조선 문인, 기이함을 추구하다

18세기 산문사의 상기 논의와 그 구현

김경 지음

보고사
BOGOSA

책머리에

석사과정 때 지도교수님과 함께 동해안으로 여름 강독회를 간 적이 있다. 여수에서 태어나서 자란 나에게 동해라는 바다는 낯설었다. 그래서 지도교수님께 '동해는 남해와 틀리네요.'라고 했더니, 교수님이 '동해가 무얼 그리 잘못했냐?'라며 웃으셨다. 이후 '틀리다'와 '다르다'의 차이에 별 신경을 쓰지 않고 살았던 내가 '틀리다'와 '다르다'를 구별하기 시작했다.

박사과정 때 '한국 전통미학 자료의 역주·비평적 해석 및 개념사 연구'팀에 근무하면서 비평용어에 대해 주목하기 시작했다. 그런데 무수한 비평용어 중에서도 '기이하다', '특이하다'라는 의미를 지닌 기(奇)가 기계적인 할당을 통해 내 연구 주제가 되었다. 물론 내 선택이지만, 그때까지만 해도 그 선택에 대해 큰 의미를 두지 않았다.

박사과정을 수료하고 학위논문 주제를 고민하고 있었는데, 지도교수님과 밥을 먹다가 별 의미 없이 '우리 과 대학원생은 모두 특이한 것 같아요'라고 하자 지도교수님이 '네가 제일 특이해'라고 웃었던 적도 있었다. 결국 「18세기 한문산문의 상기(尙奇) 논의와 작품양상」이라는 제목으로 박사학위논문을 제출하였다. 지도교수님의 큰 그림이었는지는 모르겠지만, 기(奇)에 주목하게 하였으며 기(奇)의 의미를 생각하게 만든 이는 분명하다.

기(奇)는 정(正)과 반대되는 개념에서 출발하였기에, '틀리다'라는 의미를 지닌다. 하지만 기(奇)는 '틀리다'라는 의미에만 한정되지 않고, 끝없이 정(正)과 충돌하면서 점점 '다르다'로 변모해 나아간다. 그래서 기(奇)는 '틀리다'와 '다르다'의 의미를 동시에 지니면서도 '기이하다', '특이하다'라는 중의적 의미로도 사용된다. 중국의 명·청 시대와 18세기 조선에서의 기(奇)는 개성과 일탈을 주장하는 문인들에게 주목의 대상이 되면서 '다르다'라는 의미가 도드라졌다. 이 시기의 한문학이 주제나 소재 측면에서 다양한 양상을 보이는 이유는 여러 가지 여건이 반영된 것이겠지만, 다르다고 해서 가치를 부정하지 않는 이유도 한 자리를 차지하는 듯하다.

박사학위논문을 제출하고 제법 시간이 지났다. 이제야『조선 문인, 기이함을 추구하다』라는 책으로 내놓게 되었다. 제목으로만 보자면 이전 연구를 보완·확장한 것처럼 보이지만, 실은 부분적인 하자보수에 불과하다.

이 연구 주제는 여전히 나에게 있어 흥미로운 대상이지만, 감당하기 어려운 영역이기도 하다. 부끄러움도 모른 채 책을 냈다는 책망의 소리가 벌써 여기저기서 들리는 듯하다. 하지만 숨는다고 나를 향한 소리가 사라지지는 않을 것이니, 더 이상을 피할 수 없다는 마음으로 책을 내게 되었다.

지금도 '틀리다'고 할 수 있지만, '다르다'로 나아가는 첫걸음이라 여겨주길 바란다.

2020년 7월
김 경

차례

조선 문인,
기이함을 추구하다

18세기 산문사의 상기 논의와 그 구현

∞ 제1장 ∞
기(奇)를 바라보는 시선

이 책은 18세기 산문비평에서 부각된 개념어이자 비평용어인 기(奇)를 검토 대상으로 삼아, 이 시기의 상기(尙奇)에 대한 논의와 작품양상을 밝히고 그 산문사(散文史)적 의의를 검토하는 것을 목적으로 한다.

이 연구의 목적을 명확하게 설명하기 위해서는 '왜 기(奇)인가?'와 '18세기로만 한정한 이유는 무엇인가?'라는 물음에 대한 답변이 선행되어야 한다.

동일한 개념이라 하더라도 비평가나 시대의 차이에 따라 그 이해의 편차는 다르게 나타난다. 하지만 이와 같은 측면을 감안하더라도 특정한 개념이 특정한 시대에 각별한 의미로 논의되는 경우라면 마땅히 주목해야 한다. 이 책은 바로 이러한 지점에서부터 출발한다.

기(奇)는 18세기뿐만 아니라 한문학사에 있어 시대마다 꾸준히 제기되며 주목받아온 개념어인 동시에 비평용어이다. 기(奇)는 일반적으로 새로움과 개성, 비정상과 일탈 등으로 표현되어왔다. 따라서 기(奇)는 상투적인 것에서 벗어난 독특함이라는 긍정적인 측면과 전범(典範)에서 벗어나 있는 일탈이라는 부정적인 측면이 병존한다.

아울러 기(奇)는 문학론과 비평영역에서 단독으로 사용되기보다는 정(正)의 타자로서 존재해 왔다. 가장 초기에 정(正)과 기(奇)를 언급한 비평가는 유협(劉勰, 465~521)이다. 그는 병법(兵法)에서의 논의를[1] 바탕으로 정(正)을 근본으로 하여 기(奇)를 운용할 것을 주장하였다.[2] 이후 정(正)과 기(奇)는 대립적이면서도 상생적 관계를 유지하였고, 양자 사이에는 끝없는 긴장이 존재해 왔다. 게다가 각각의 시대마다 고문(古文)을 주창하며 이를 전범으로 삼았는데, 이와 같은 양상은 의고(擬古)와 창신(創新)의 대립으로 연계되어 치열한 논쟁으로 이어져 왔다. 이에 정(正)을 고문의 미감과 형식을 충실히 재현한 것으로 본 반면, 기(奇)는 고문의 전범과 법식에서 벗어난 일탈과 전도 등으로 인식되어왔다. 따라서 기(奇)는 부정적 의미와 긍정적 의미가 병존하지만, 정(正)에 반대되는 의미에서 파생되었기 때문에 대부분 전범에서 일탈이라는 부정적 의미로 사용되어왔다.

그러나 명·청(明·淸)시대에 이르러 이전 시기보다 기(奇)의 긍정적 의미가 부각되는 양상을 보인다. 이는 상기(尙奇)의 논의와 연관된 것이다. 명·청시대의 상기에 대한 논의는 주로 성령(性靈)을 주장하는 문인들에 의해 대두되었고, 다른 것·새로운 것 등의 의미를 내포하며 작가의 개성을 강조하였다. 이들은 정(正)과 기(奇)의 대립적 관계를 부정하며 기(奇)를 진(眞)과 연계하였다.

---

1) 孫武, 『孫子』, 「勢」: "三軍之衆, 可使必受敵而無敗者, 奇正是也. …… 戰勢不過奇正, 奇正之變, 不可勝窮也." 손무는 전술에서 正을 전면전, 奇를 기습전에 비유하고 있다.
2) 劉勰, 『文心雕龍』 권5, 「定勢」: "舊練之才, 則執正以馭奇, 新學之銳, 則逐奇而失正." 유협의 奇에 대한 인식은 2장에서 기술하고자 한다.

18세기 조선의 경우도 기(奇)에 대한 인식의 변화가 감지된다. 이 시기에도 기(奇)는 대부분 부정적 의미로 사용되지만[3], 정(正)과 기(奇)의 관계 설정에 있어서 기존의 대립적 관계를 부정하며 상보적 관계로 설정하려는 것과 기(奇)를 정(正)에 반대되는 의미로 파악하지 않으려는 인식이 여러 문인에게서 확인된다. 이에 정(正)과 기(奇)라는 두 축에 분열이 보이고 심지어는 정(正)의 영역에 기(奇)가 침투하기도 한다. 이와 같은 사실은 유만주(兪晩柱, 1755~1788)의 서술에서 확인할 수 있다. 그는 당대 문풍(文風)을 기(奇)로 언급하였음은 물론, 실제 역량 있는 작가들이 기(奇)를 추구하였고 기(奇)를 통해 정(正)을 장악할 수 있다는 인식을 보인다.[4] 이전까지 수사의 측면에서는 정(正)을 중심에 두고 기(奇)를 운용하는 것으로 이해했고, 특히 작가 혹은 문풍에 대한 비평으로서의 기(奇)는 정(正)에 벗어난 그릇된 양상을 지칭하는 말로 사용되는 사례가 일반적이었다. 그러나 유만주의 경우는 이와 상반되게 기(奇)에 대한 긍정적 인식을 바탕으로 작가 및 당대 문풍을 기(奇)로 제시하고 있다.

그렇다면 18세기 문인들이 상기(尙奇)에 주목한 이유는 무엇인가? 주지하다시피, 18세기 산문은 이전 시기에 비해 실험적 글쓰기가 부각된다. 이와 같은 원인은 내부적으로 산문이론이 발전하였고, 외부적으

---

3) 正祖, 『弘齋全書』 권161, 「文學」: "今人多愛明·淸文集, 此甚可怪. 明文章則當以王陽明爲第一, 歸震川·張太岳集亦可讀. 淸人則惟毛西河足謂鉅匠, 而學問徑路不正. 邵靑門集, 又或以爲與唐宋八大家相上下, 故取看則卽是平平. 豈文眼各不同而然耶? 政坐於務華而好奇也."

4) 兪晩柱, 「欽英」, 「甲辰年 7月 6日 條」: "近代文學有奇正二家, 正則唐宋八家, 循軌遵轍是已, 奇則施·金四書, 透玄窃妙是已. 唐宋餘派流而爲士大夫文章, 施·金餘派流爲南庶輩文章. 南·黃倣效唐宋之軌轍, 二李【惠實·懋官】摹擬施·金之玄妙. 橫騖者宜爲範駈者所攻, 而或謂法四書者, 必其才强者也. 師八家者, 必其才弱者也. 才强者必欲其奇而脫乎臼, 以其奇而反以之正, 則甚易. 才弱者不得不正而昧乎妙, 故以其正而反以之奇也, 極難."

로는 다양한 사상과 문학론 등이 유입되었기 때문이다. 특히 명·청시대의 문학에 대한 조선의 반응은 실로 다양하였다. 그중에서도 새로운 문풍에 긍정적 인식을 보이는 문인들은 비판적 안목을 토대로 자신만의 스타일 개발에 노력하였고 그 성과가 작품으로 드러났다.[5]

이 시기 새로운 문풍과 실험적 글쓰기에 대한 반응은 조선 내부에서도 긍정적, 혹은 부정적인 입장으로 나뉘며 첨예한 대립을 보인다. 이러한 양상에서 사용된 대표적인 비평용어가 바로 기(奇)이다. 표면적으로 기(奇)가 긍정적·부정적 의미를 모두 지니고 있기에 포폄(褒貶)의 양단에서 주된 비평용어로 사용되었다. 하지만 기(奇)의 속성에 주목할 필요가 있다. 기(奇)는 정(正)에 반대되는 의미에서 파생되었기에 관습적 표현에 대한 반작용과 상투적 인식에 대한 저항적 성격을 지닌다. 따라서 새로운 문풍을 긍정적으로 인식한 문인들이 관습적, 상투적 인식과 표현에 대한 도전의 근거로 기(奇)에 주목한 것이다.

기(奇)는 18세기에 화두로 부각 되었기에 상기(尙奇)에 대한 논의도 이전 시기보다 빈도에서 확연한 차이를 보인다. 아울러 기(奇)의 긍정적 의미도 다기화(多岐化)되는 양상을 보인다. 이러한 양상과 원인을 시대적 배경과 함께 설명하면 다음과 같다.

첫째, 유가(儒家)의 전통적인 심미관인 도문일치(道文一致)의 균열이다. 조선시대의 문학관은 정주학(程朱學)의 사유 안에서 문(文)과 도(道)의 비중을 어디에 두느냐에 따라 시대와 작가마다 다양한 양상을 보여왔다.[6] 특히 18세기의 문단은 일부 문인들이 도문일치를 부정하면서

---

5) 안대회 편(2003), 『조선후기 소품문의 실체』, 태학사, 9~12면 참조.
6) 조선시대의 문학관은 程朱學의 사유 안에서 '貫道', '載道', '道本文末'의 등에 따라 미세한 차이를 보인다. 이 차이는 이하 연구를 참고하기 바란다. 이동환(2006), 『실학

'문학의 독자적 영역'과 '도(道)와 문(文)의 동등한 가치'를 주장하여 자기만의 독자적인 세계 인식과 삶의 방식을 드러내려는 경향으로 발전해 나갔다.[7] 즉 문(文)에 반드시 도(道)를 실어야 한다는 규범에서 벗어나 이전 시대보다 자유로운 글쓰기를 추구하였다. 게다가 18세기에 이르러서는 기존 세계관의 균열로 인해 중화질서가 붕괴되고, 상공업의 발달로 인해 근기(近畿)를 중심으로 도시발달이 이루어지며, 이로 인해 생활방식은 급격한 변화의 흐름을 보이게 된다.[8] 따라서 당대 문인들은 개인의 가치를 무엇보다 중요시하며 자신을 둘러싼 평범하고 일상적인 것에서 의미를 찾으려 하였다. 이러한 양상은 당대 비평가들에 의해서 기(奇)로 평가받게 되었고, 이때 기(奇)는 개성, 참신함, 독창성 등의 의미로 이전 시대보다 긍정적 의미의 영역이 확대된 것이다.

둘째, 외부적 요인으로 명·청(明·淸) 문학의 유입을 들 수 있다. 특히 만명(晚明)시대에는 상기설(尙奇說)이라 하여 기(奇)를 중시하는 풍조가 대두되었다. 이들은 진아(眞我) 추구, 개성(個性) 중시, 모식(模式) 반대 등의 경향을 보이며 환(幻), 신(新)과 함께 기(奇)를 그 시대를 대표하는 개념어로 사용하였다.[9] 이에 대한 조선의 반응은 일방적인 수용

시대의 사상과 문학』, 지식산업사, 232~248면; 안병학(2002), 「문학의 본질, 그리고 글쓰기」, 『조선유학의 개념들』, 예문서원, 415~434면; 윤재민(2000), 「조선시대 문인 학자들의 문학관」, 『조선시대 삶과 생각』, 고려대민족문화연구원, 177~207면; 박경남 (2010), 「18세기 문학관의 변화와 개인과 개체의 발견(Ⅰ)」, 『동양한문학연구』 31, 동양 한문학회, 111면.

7) 박경남(2010), 111면.
8) 정민(2007), 『18세기 조선지식인의 발견』, 휴머니스트, 111~132면 참조.
9) 河珺心(2001), 「奇論의 이해 – 李漁의 新奇論을 중심으로」, 『중국어문학논집』 제18호, 중국어문학연구회, 306~307면; 고연희(2012), 「조선후기 산수기행문예에 나타나는 '奇' 의 추구」, 『한국한문학연구』 제49호, 한국한문학회, 72~74면 참조.

보다는 다양한 해석을 보이면서 긍정적, 부정적 입장과 관계없이 기
(奇)를 주된 평어로 사용하게 된다. 이에 따라, 전 시대보다 쓰이는 빈
도 면에서부터 차이를 보이며 의미 면에서도 더욱 다양화되어 가는 양
상을 보이게 된다.

셋째, 내부적 요인으로 이전 시기 산문이론의 정립을 들 수 있다.
16세기 말~17세기 초는 산문작가라 할 수 있는 문인들의 등장과 산문
이론의 확립 및 문예미의 추구로 인해, 산문은 기존의 공용문 역할을
넘어 문학으로서의 위치를 점하게 된다. 물론 이러한 산문 성격의 변화
는 이 시기에만 국한된 것은 아니지만, 산문의 성격이 공적인 것에서
사적인 것으로 변모하게 된다. 산문비평 또한 활발한 양상을 보이게
되는데, 그 영역은 18세기에 이르러 더욱 확장된다. 기(奇)에 대한 담론
도 주로 문학사 흐름이나, 문장 전범설정의 관계에서 언급되었던 양상
이 창작과정에서 작가의 주체 및 개성, 창작결과물에서의 수사적 영역
에서도 구체적 논의를 보이게 된다.[10]

이상에서 보듯이, 18세기에 이르러 상기(尙奇)에 대한 논의는 긍정적
의미로 그 영역이 확장되어 간다. 게다가 18세기는 이전 시기보다 기(奇)
에 대한 주목이 두드러진 시기이다. 나아가 비평영역에서는 기에 대한
담론이 확대됨에 따라 포폄의 대상이 세분화되면서 기(奇)의 의미 또한

---

10) 산문이론의 심화는 18세기에서 비평의 영역으로 이어지는데, 당송고문을 전범으로
삼은 노론계와 진한고문을 전범으로 삼은 남인계 문인들 사이에 치열한 논쟁이 있어왔
다. 특히 奇僻과 奇簡은 진한고문을 전범으로 삼은 문인들을 지적하는 평어로 사용되었
다. 따라서 비평용어 중에서도 긍정적, 부정적 의미가 혼재된 奇는 문파 및 당파와 무관
하게 대표적 비평용어로 사용되며 褒·貶의 양방향에서 다루어지게 된다. 이러한 양상
이 18세기에 이르러서는 전범으로 삼은 문파와 당파에 의해 경색되기보다는 비교적
자유로운 자세를 보이는 문인들이 출현하게 되면서 포폄의 대상이 세분화되고 이에
따라 奇의 의미가 더욱 다기화되었다.

다기화되었다. 이러한 점은 이전 시대와의 분명한 차이점이며, 18세기에만 두드러지는 양상이다. 아울러 이 시기의 새로운 문풍에 주목하고 실험적 글쓰기를 실행하였던 문인들이 기(奇)와 연관되어 있음을 볼 수가 있다. 이를 통해 본다면, 기(奇)가 이 시기 산문의 흐름을 조명하고 문단의 변화를 설명하는 데 있어 하나의 단서가 될 수 있다고 하겠다.

그러므로 18세기 상기(尙奇)에 대한 논의와 작품양상을 구체적으로 조명할 필요가 있다. 비평사에서 주요 개념을 통해 문학의 흐름을 입체적으로 분석한 연구는 있었지만[11] 기(奇)에 대해 체계적으로 분석·해명한 연구와 통시적 연구는 미진하다. 이는 기(奇)의 개념 자체가 다양한 문맥에서 여러 가지 의미로 운용되고 자료 자체도 광범위하기 때문일 것이다. 지금까지 기(奇)에 관한 선행연구는 주로 중국 문학사와 한시 분야에서 비롯되었다.[12] 이후 산문 분야에서는 개별 작가 및 특정

---

11) 정우봉은 興·神·形·趣를 거론하였고, 안득용은 難·澁·險, 신향림은 眞, 김철범은 見識·實·悟에 주목하였다. 정우봉(1992), 「19세기 詩論 연구」, 고려대 박사학위논문; 정우봉(2003), 「조선 후기 문학이론에 있어 神의 범주」, 『한국한문학과 미학』, 태학사; 정우봉(2009), 「조선후기 문예이론에 있어 趣 개념과 그 의미」, 『한문학보』 21, 우리한문학회; 안득용(2012), 「難解性을 통해 본 16·17세기 문학과 환경」, 『한국한문학연구』 49, 한국한문학회; 신향림(2012), 「農巖 金昌協과 燕巖 朴趾源의 거리 – 문학론에서 眞 개념의 운용추이를 중심으로」, 『한국한문학연구』 제49집, 한국한문학회; 김철범 (2012), 『한문산문 글쓰기론의 논리와 전개』, 보고사.

12) 중국문학사의 경우, 河炅心(2001); 황정희(2007), 「한유 산문 중의 인격 형용어 奇 연구」, 『중국어문논총』 33, 중국어문연구회; 고인덕(2001), 「風格用語 '新奇'로부터 고찰한 公安派와 竟陵派의 문학이론」, 『중국어문학지』 9, 중어중문학연구; 김용표(2008), 「글쓰기, 어떻게 할 것인가 – 韓愈 산문의 '奇' 특징에 대한 고찰을 통한 제언」, 『중어중문학』 43, 한국중어중문학회.
한시의 경우는, 정숙인(1998), 「'奇'字 詩品의 의미분석 연구」, 『語文論文』 26, 한국어문교육연구회; 조은상(1999), 「奇자 평어와 관련된 한시의 특성과 문학치료적 효과에 대한 연구 – 『시화총림』을 중심으로」, 건국대 석사학위논문; 정시열(2006), 「'奇'字 評語 作品에 대한 一考 – 『小華詩評』과 『詩話叢林』을 대상으로」, 『한국고전연구』 제13권, 한국고전연구학회; 임준철(2008), 「朝鮮中期 漢詩에서의 '奇'」, 『語文論文』 36, 어문연

장르에 관한 연구가 있었다.[13] 이제 개별 작가와 특정 장르에 국한된 연구를 넘어서서 기(奇)를 통시적 관점에서 제시할 필요가 있다. 따라서 이글에서는 이전 시대보다 상기(尙奇)에 대한 논의의 변화가 뚜렷한 18세기를 단대사(斷代史)로 설정하여 관찰하고자 한다.

그간 18세기 산문을 조명한 연구는 양적으로나 질적으로 방대하여 일일이 거론하기조차 어렵다. 18세기 초기에 주목한 선행연구에서는 이 시기의 당파(黨派)와 문파(文派)에 따른 문학론과 전개양상에 집중하였다.[14] 이러한 논의는 당시 문학의 흐름을 대립적 구도로 설정하며 각각의 문파들의 공통적 성향과 특징들을 밝혀낸 데에 일정한 의의를 지닌다.[15] 다만 문파의 대립을 통해 당시 문단을 편의적으로 이해하려

구학회.

13) 이홍식(2001), 「東谿 趙龜命의 主意論的 글쓰기와 奇의 미학」, 한양대 석사학위논문; 조현영(2009), 「이덕무 산문의 眞情論과 奇의 풍격」, 한양대 석사학위논문; 김우정(2006), 『최립산문의 예술경계』, 한국학술정보; 고연희(2012); 김경(2013a), 「朝鮮後期 散文에서의 奇 - 李用休 散文을 중심으로」, 『민족문화연구』 58, 고려대민족문화연구원; 김경(2013b), 「李奎象 批評樣相에서의 奇論」, 『민족문화연구』 61, 고려대민족문화연구원; 김경(2014a), 「沈翼雲 散文에서의 奇」, 『동양한문학연구』 39, 동양한문학회; 김경(2014b), 「盧兢 散文 敍述技法에서의 奇」, 『한국한문학연구』 55, 한국한문학회.

14) 강명관(2007a), 『안쪽과 바깥쪽』, 소명; 강민구(1997), 「英祖代 文學論과 批評에 對한 硏究 - 趙龜命·林象鼎·李天輔·李廷爕을 中心으로」, 성균관대 박사학위논문; 금동현(2002), 『조선후기 문학이론 연구』, 보고사; 김영주(2005), 「조선후기 소론계 문인의 문학론 연구」, 경북대 박사학위논문; 이병순(2007), 「朝鮮後期 文人들의 前後七子에 대한 對應 樣相 硏究」, 단국대 박사학위논문; 박은정(2005), 「17세기말 18세기 전기 농암 계열 문장가들의 고문론 연구」, 한양대 박사학위논문; 송혁기(2003), 「18세기초 散文理論의 전개양상 一考」, 『한국한문학연구』 31, 한국한문학회; 송혁기(2005b), 「17세기말~18세기초 산문이론의 전개양상」, 고려대 박사학위논문; 윤지훈(2007), 「18世紀 農巖系 文人의 文學論과 批評에 관한 硏究」, 성균관대 박사학위논문; 임유경(1990), 「영조대 四家의 문학론 연구」, 이화여대 박사학위논문; 장유승(2013), 「前後七子 수용과 秦漢古文派 성립에 대한 비판적 고찰」, 『한문학논집』 36, 근역한문학회; 하지영(2014), 「18세기 秦漢古文論의 전개와 실현 양상」, 이화여대 박사학위논문.

15) 송혁기(2005b)는 노론계를 중심으로 한 당송고문론, 남인계를 중심으로 한 진한고문

는 측면이 있다.[16] 특정 문파가 특정 문인의 문학론에 그대로 반영될
수 있을지 의문이기도 하지만, 이분화된 설정을 통해 이해하려는 시도
는 18세기 다양한 문학론을 조망하는데 제약이 있다.[17]

18세기 중·후기에 관한 연구 경향은 소품문(小品文)의 유행과 배경,
또한 외부적 요인인 명말·청초의 사상과 문학을 연계하였다.[18] 이들
연구를 통해서 이 시기의 다양한 문학론과 다채로운 글쓰기 방식이 구명
되었다. 다만 새로운 글쓰기 양상을 모두 소품문으로 지칭하는 경향이
없지 않다. 더구나 소품문과 고문(古文)의 구분 및 고문을 어떠한 양식으
로 변용하였는지에 대한 해명이 필요하다.[19]

지금껏 18세기 산문은 연구자들에게 주목의 대상이었다. 다만 연구자
사이의 시각 차이가 크다. 그 이유는 이들의 논의가 실제 작품분석을
통해 18세기 산문을 이해하기보다는 주로 문학론 위주로 특정 문파에
귀속시키려 했기 때문이다. 일례로, 소품문에서 주로 쓰이는 짧은 단구

론이 계승되어 오며 대립적 구도를 형성하였다고 논하였다. 이병순(2007)은 조선후기
문단을 진한계열·당송계열·소품계열로 나누고, 전후칠자에 대한 대응 양상에 주목하
였다. 장유승(2013)은 전후칠자와 당송파의 대립에 대해 다른 견해를 보인다. 선진부터
당대까지의 고문과 송대부터 이후 금문의 구도로 제시하였다.

16) 유파를 설정하고 이를 통해 조선후기 문단을 논의한 것은 강명관(「16세기 말 17세기
초 擬古文派의 수용과 秦漢古文派의 성립」, 『한국한문학연구』 18, 한국한문학회, 1995)
의 논의에서 비롯하였다. 그러나 전후칠차의 수용에 의해 산문론이 구체화 되었다는
점은 인정하면서도 유파의 설정까지는 무리라는 논의가 심경호(『조선시대 漢文學과
詩經論』, 일지사, 1999), 김우정(「월정 윤근수 산문의 성격」, 『한문학논집』 19, 근역한문
학회, 2001), 송혁기(2005b), 하지영(2014)에 의해 제기되었다.

17) 하지영(20014), 3~6면 참조.

18) 김성진(1991), 「朝鮮後期 小品體 散文 硏究」, 부산대 박사학위논문; 김영진(2003),
「朝鮮後期 明淸小品 수용과 小品文의 전개 양상」, 고려대 박사학위논문; 안대회(2003);
강명관(2007b), 『공안파와 조선후기 한문학』, 소명.

19) 이 시기 고문의 변용 양상에 대해서는 강혜선(『朴趾源 散文의 古文 변용양상』, 태학
사, 1999)의 연구가 주목된다.

의 반복과 난해성, 험벽한 전고사용 등의 생경한 미감은 진한고문(秦漢古文)에서 보이는 용례들이다. 또한, 진(眞)과 아(我)를 중시하며 입론에서 소재의 다양화와 참신한 비유 등의 사용은 공안파(公安派) 문인들에게 보이던 특질이다. 그러나 18세기의 일부 작가들은 문파와 당색에 유연한 자세를 보이며[20] 개개인에 따라 혹은 문체에 따라 이러한 특질들을 자신만의 것으로 심화·발전시켰다. 즉 새로움을 추구한 시기이지만, 그 새로움은 온전한 새로움이 아니다. 진한고문이든, 당송고문이든, 소품문이든, 모두 한문산문의 전통 아래 발전되어 왔기에, 이전시기와 전혀 다른 새로움이란 개념은 존재하지 않는다. 이에 '무엇이·어떻게, 변용·변주되는가?'라는 물음에 답해야 할 시점이다.

따라서 이 책에서는 18세기 산문에서 새로운 문풍의 흐름을 파악하고 이전 시대와 대별되는 흐름을 제시할 방안으로써 기(奇)라는 개념어에 주목한 것이다. 즉 이 시기의 상기(尙奇)에 대한 논의 및 작품양상을 통해 이전 시대까지 이어온 산문의 문학양식이 어떠한 방식으로 변용·발전되었는지를 살피고자 한다.

이 책에서는 18세기 산문에서 중요하게 사용되었던 기(奇)의 개념이 이전 시기에는 어떤 의미로 사용되었는가를 살피고 그 바탕 위에서 18세기 비평사의 전체적인 추이와 방향 속에서 기(奇)의 의미를 파악하고자 한다. 이를 위해 기(奇)의 기본 개념과 특징을 밝히고, 18세기 문인들의 상기(尙奇)에 대한 논의를 거론하며, 기(奇)로 평가되는 작가들의 실제 작품에서 기(奇)가 어떠한 방식으로 구현되는지를 밝히고자 한다.

---

20) 일례로 유한준은 노론계이지만, 소론인 조귀명의 도문분리론을 심화·확대하였다. 또한 남인계에서 전범으로 삼은 진한고문을 文氣의 보완 차원을 넘어 古氣의 재현으로 삼았다.

2장에서는 기(奇)의 개념과 상기(尙奇)에 대한 논의를 검토하고자 한다. 먼저 기(奇)의 개념을 살피고 기(奇)와 연관된 개념어를 유사 개념어와 대립 개념어로 나누어 기(奇)의 범주를 고찰하고자 한다. 아울러 명·청(明·淸)시대 상기(尙奇) 논의에서 기(奇)가 어떠한 의미로 논의되었는지를 살피고자 한다.

3장에서는 18세기 조선의 상기(尙奇)에 대한 논의를 통해 이 시기의 기(奇)에 대한 인식의 변화양상을 살피고자 한다. 이는 4장의 작품양상을 살피기 위한 예비적 고찰로, 18세기 산문영역에서 기(奇)의 주요 담론과 인식의 변화양상을 서술하고자 하는 것이다. 다만 18세기의 기(奇)에 대한 인식은 이전 시대와의 연장 선상에 있기에 이 책에서는 18세기 상기(尙奇)에 대한 논의를 다루면서 이전 시기의 비슷한 양상을 함께 언급하는 방식을 취하고자 한다. 이는 그 이전 시대 문인들 중 기(奇)에 대해 비교적 긍정적 입장을 보이는 담론을 제시하여 18세기 기(奇) 인식에서 연속성을 찾고자 하는 것이다.

4장에서는 18세기 상기(尙奇)로 지적된 작가와 그들의 작품양상을 통해 기(奇)의 실제를 조명하고자 한다. 거론할 작가는 이용휴(李用休, 1708~1782), 심익운(沈翼雲, 1734~1783), 노긍(盧兢, 1738~1790), 이덕무(李德懋, 1741~1793)이다. 이들을 대상 작가로 선정한 이유를 선행연구 검토와 함께 서술하면 다음과 같다.

이용휴 산문에 대해서는 그간 많은 논의가 축적되었다. 이용휴 산문의 독특함은 당대 문인들은 물론이고 선행연구에서도 주목했던 바이다. 이용휴에 관한 연구는 양명학(陽明學) 및 공안파(公安派)와 연관한 연구들로 출발하였다. 이후 자아와 개체라는 사유와 문학의 혁신성에 주목한 연구와 소품문 관점에서 작품분석을 다루는 연구로 이어졌다.[21] 다만

실제 작품을 분석한 연구들에서도 특정 문파와 당파 등에 귀속한 논의들
로 인해 이용휴 산문의 미감을 온전히 구현해내지는 못하였다.

심익운의 산문은 안대회에 의해 처음 소개된 이후, 산문론과 함께
고문가(古文家)로서의 위상을 밝히는 작업이 있었다.[22] 그의 문집의 작
품에서는 18세기 기적(奇的) 취향을 대변하는 작가들의 일탈적 면모와
고문가로서의 면모가 병존하고 있다. 이에 선행연구에서는 연구자의
시각에 따라 두 가지의 면모가 상충된다. 그 이유는 문학론 위주로 논의
되었고 실제 작품분석을 통해 충분히 뒷받침되지 못하였기 때문이다.

심익운은 「설문(說文)」에서 신(神)과의 연계를 통해 기(奇)를 구체적
으로 기술하고 있다. 나아가 성대중(成大中)의 기록에서 보듯이 당대
실험적 글쓰기를 추구한 노긍(盧兢), 이가환(李家煥)과 함께 거론되는

---

21) 양명학 및 공안파와 관련한 연구는 정우봉(「李用休의 문학론의 일고찰: 그의 陽明學的
사고와 관련하여」, 『韓國漢文學硏究』 9, 한국한문학회, 1987)과 강명관(2007b) 등이
있다. 박경남(2010), 정민(2007), 박동욱(「惠寰 李用休의 文學 硏究」, 성균관대 박사학
위논문, 2006), 이경근(「惠寰 李用休의 文藝論 硏究」, 서울대 석사학위논문, 2009)은
개체와 사유에 주목하였다. 안대회(「李用休 小品文 美學」, 『동아시아 문화연구』 34,
한양대학교 동아시아문화연구소, 2000), 조현덕(「혜환 이용휴의 사유양식과 소품체 산
문 연구」, 고려대학교 석사학위논문, 2001), 김영진(2003)은 소품에 주목하였고, 이후
조남권·박동욱(『혜환 이용휴 산문전집』, 소명출판, 2007)은 산문집을 번역하고 해제를
통해 산문 미학을 제시하였고, 안대회(『나를 돌려다오』, 태학사, 2003; 『고전산문산책』,
휴머니스트, 2008)는 산문선을 내놓았다. 실제 작품을 대상으로 분석한 연구는 박동욱
(「혜환 이용휴 산문 연구」, 『溫知論叢』 15, 온지학회, 2006), 김경(2013a), 하지영(2014)
에서 시도하였다. 특히 하지영은 이용휴 산문 작법의 독특함을 진한고문과의 개연성을
통해 '古氣의 재현과 敎示'라는 미적 특질을 밝혀내었다.

22) 안대회(2008); 김철범(2012); 박경현(2012), 「심익운의 詩文學 연구」, 이화여대 석사
학위논문; 김우정(2010), 「沈翼雲의 「說文」과 산문세계」, 『한문교육연구』 35, 한국한
문교육학회. 김경(2014). 산문에 관한 연구로는 다음과 같은 논의가 있다. 김철범과
김우정은 심익운의 산문에 대해 예리한 비판의식과 주제형상 측면에서 면밀한 검토가
있었다. 이후 김경은 심익운 산문의 미감을 奇로 규정하여 서술기법 위주로 고구하였으
나, 분석대상이 작품 일부에 국한되었기에 奇의 미감을 온전히 구현하지는 못하였다.

작가이기도 하다.[23] 그는 정(正)과 기(奇)를 상보적 관계로 설정하며 이를 통해 정(正)을 바탕으로 한 기(奇)를 추구하였다. 따라서 당대 기(奇)만을 추구했던 작가들과는 또 다른 면모를 확인할 수 있을 것이다.

노긍의 산문은 이탈적(離脫的) 면모가 주를 이루며, 당대 문인 및 선행연구에서도 이러한 면모를 기(奇)로 지적하였다.[24] 노긍에 대한 주목은 김영진의 논의에서 시작되었다. 이후 안대회는 소품문 관점에서 분석을 시도하였으며, 이후 노긍에 관한 연구는 소품문에 집중되었다. 그러나 소품문에만 집중된 경향을 지적하며 노긍의 시(詩)에 주목한 연구와 고문과 소품문의 구도에서 벗어나 산문 전체를 구명한 연구가 있었다.[25]

이상 선행연구에서는 노긍의 문학을 대변하는 개념어로 기(奇)를 언급하고 있다. 이들 연구에서 드러난 기(奇)의 의미는 참신함과 개성, 그리고 전범(典範)에 대한 이탈(離脫) 등으로 귀결된다. 이러한 점은 동시대 문인들이 추구한 기(奇)의 면모를 가장 여실히 보여주지만, 그들

---

23) 成大中, 『靑城雜記』 권5, 「醒言」: "大抵勝德之才, 必爲身災, 李家煥憚盧兢, 兢憚翼雲, 家煥之博冶, 兢所不及, 而超詣則勝之, 翼雲之才, 又居其右."

24) 趙秀三은 稗官語를 사용하여 經史의 기미가 없다고 하였고, 洪就榮은 性靈를 드러낸 점을 높이 평가하였으며, 丁範祖와 李家煥은 전범에 대한 모방보다는 독창적인 문학을 추구한 점에 주목하였다. 이에 관한 서술은 4장에서 논하고자 한다.

25) 김영진(1998), 「조선후기 사대부의 야담 창작과 향유의 일상: 盧命欽·盧兢 父子와 豐産 洪鳳漢家와의 관계를 중심으로」, 『어문논집』 37, 민족어문학회; 안대회(2001), 「조선후기 소품문의 성행과 글쓰기의 변모」, 『한국한문학연구』 28, 한국한문학회; 안대회(2002), 「盧兢 小品文攷」, 『한문학보』 6, 우리한문학회; 안대회(2008); 김영진(2003); 김용남(2007), 「漢源 盧兢과 그의 小品文 一攷」, 『개신어문연구』 24, 개신어문학회; 김지영(2007), 「한원 노긍 한시 연구」, 한국학중앙연구원 석사학위논문; 류기일(2012), 「漢源 盧兢 散文 硏究」, 고려대 석사학위논문; 김경(2014b), 「盧兢 散文 敍述技法에서의 奇」, 『한국한문학연구』 55, 한국한문학회; 유호진(2015), 「盧兢 詩의 破格的 形式과 眞情의 流露」, 『한국한문학연구』 58, 한국한문학회; 김경(2016), 「盧兢 散文에 나타난 空間의 구현양상과 그 의미」, 『대동한문학』 47, 대동한문학회.

과 변별되는 노궁만의 특징에 대한 논의는 아직 부족하다. 게다가 정격
(正格)에 벗어난 부분에만 한정하였고, 소품문 관점에서 분석하였기에
고문의 변용 양상에 대해서는 그다지 주목히지 않았다.[26]

이덕무 또한 윤행임·성대중·박지원·유만주 등 당대 작가들에 의해
기(奇)로 평가되었고, 기(奇)에 대해 구체적 인식을 보이는 작가이다.
이덕무에 관한 선행연구는 대상과 범위에 있어 광범위하지만, 기(奇)의
관점에서 시도된 연구는 아직 미진하다.[27] 이덕무의 산문에 관한 연구
는 주로 양명학 및 공안파와의 영향 관계를 밝히고자 하는 것과[28] 비평
영역과 필기 관점에서의 연구가 주된 경향이었다.[29] 아울러 실제작품
분석을 통해 이덕무 산문의 특질을 규명한 연구는 소품문 관점에서만

26) 김경(2014b), 67면.
27) 이덕무의 산문을 奇의 관점에서 분석한 연구로는 趙炫映(「이덕무 산문의 眞情論과
   奇의 풍격」, 한양대 석사학위논문, 2009)의 논의가 있다. 다만 이덕무의 奇가 眞과 연
   관된다는 점에만 국한한 연구이다. 따라서 실제작품의 분석을 통해 奇의 실체를 구현하
   기보다는 眞과의 연계를 통해 奇의 함의만 규정하는데 머물렀다.
28) 강명관(2002), 「李德懋와 공안파」, 『민족문학사연구』 제21호, 민족문학사학회; 강명관
   (2002), 「李德懋 小品文 研究」, 『고전문학연구』 제22집, 한국고전문학회; 안대회(2003),
   「李德懋 小品文의 美學」, 『고전문학연구』 제24집, 한국고전문학회; 권정원(2006), 「이
   덕무 초기 산문의 공안파 수용양상 연구」, 부산대 박사학위논문. 이들 연구 중 권정원은
   실제작품의 분석을 통해 이덕무의 산문의 특징을 세밀히 고구하였다. 다만 연구범위를
   초기 산문에 국한하였고, 공안파의 영향관계를 밝히고자 하는 것이 주된 관점이다.
29) 이학당(2005), 「李德懋의 文學 批評에 關한 研究」, 성균관대 박사학위논문; 강민구
   (2003·2005), 「『楓石鼓篋集』을 통해 본 18세기 이후 문학비평연구(Ⅰ, Ⅱ)」, 『동방한문
   학』 25·29, 동방한문학회; 김대중(2005), 「『楓石鼓篋集』의 평어 연구」, 서울대 석사학
   위논문; 박희병(2008), 「『鍾北小選』의 평어 연구」, 『민족문학사연구』 38, 민족문학사
   연구소; 김경(2010), 「李德懋 散文批評 研究 -『鍾北小選』, 『楓石鼓篋集』 所在 批評을
   中心으로」, 고려대 교육대학원 석사학위논문; 이수영(2011), 「이덕무의 산문 비평의식
   연구:『풍석고협집』·『종북소선』·『엄계집』 소재 미비를 중심으로」, 서강대 석사학위논
   문; 김경(2011), 「李德懋의 青城雜記 評語 研究」, 『동양한문학연구』 33, 동양한문학회;
   최두헌(2011), 「筆記의 관점에서 본 『耳目口心書』 연구」, 고려대 석사학위논문.

시도되었다. 이에 이덕무에 관한 연구는 소품작가와 고문가로서의 면모가 상충하는 양상을 보인다.

이상 이 책에서 분석대상으로 거론한 작가들은 제가(諸家)의 평에서 기(奇)로 평가되거나, 작가 스스로 기(奇)에 대해 구체적인 인식을 보인다. 이용휴와 노긍은 기(奇)에 있어 첨예한 위치를 점하기 때문에 기(奇)의 의미 중에서도 새로움과 일탈 등을 보여주기에 적합한 인물일 것이다. 반면, 심익운과 이덕무는 고문가로서의 면모와 기적(奇的) 취향을 동시에 드러내는 작가이다. 즉 규격과 법식에서의 일탈적 면모를 노긍에게서, 소재와 발상의 참신함을 이용휴에게서 고구하고자 하며, 정(正)과 기(奇)를 상보적 관계로 인식하면서도 기(奇)에 무게 중심을 둔 이덕무와 정(正)에 무게 중심을 둔 심익운의 산문을 거론하여 기(奇)가 실제 작품에서 어떠한 양상으로 구현되는지를 살피고자 한다. 이 작가들의 작품을 통해서 기(奇)가 지니는 다양한 의미를 보여줄 수 있으리라 기대한다.

기(奇)는 긍정적, 부정적 의미가 병존하고 있기에 그 의미가 단일하지 않다. 더구나 18세기의 기(奇)는 긍정적 의미의 확대와 다기화로 인해 그 의미를 일정한 기준으로 재단할 수는 없다. 단언하기 어렵지만, 18세기에 기(奇)가 지닌 의미는 기이함, 새로움, 참신함, 개성, 이탈 등으로 표현할 수 있을 것이다. 그러나 이러한 추상적 의미로는 작가 개개인의 기(奇)를 구분하기에는 어려운 점이 있다. 이에 이 책에서는 다음과 같은 몇 가지 사항에 유의하여 서술하고자 한다.

첫째, 실제 작품의 문맥에 따라 기(奇)의 구체적 개념을 살필 것이다. 즉 개별 텍스트 속에서 분석을 시도할 것이다. 아울러 실제 작품의 분석에서 작가 개개인의 기(奇)를 구분하기 위해 서술기법[30]에 주목하고자 한다. 즉 서술방식에 있어 '고문을 어떻게 변용(變用)하고 있는가?'

'왜 변주(變奏)를 하고 있는가?'라는 부분에 중점을 두고자 한다. 문파, 당파, 가학 등의 선입견을 벗어나 실제 작품의 분석을 통한 귀납적 검토에 무게 중심을 두고자 한다.

둘째, 비평가가 특정작가 및 특정작품을 기(奇)라고 평했을 때, 그 기(奇)의 의미에 대해서 다양한 측면에서 고구해야 한다. 앞서 언급한 유만주는 18세기 문단을 정(正)과 기(奇)로 양분하여 평하고 있는데, 기(奇)의 대표적인 작가로 이용휴와 이덕무를 지목하였다. 이때 유만주가 언급한 기(奇)는 사대기서(四大奇書)의 현묘(玄妙)함으로, 고문과 다른 문체를 말한다. 더불어 기(奇)와 함께 언급한 정(正)은 당송고문(唐宋古文)을 전범으로 삼은 글쓰기를 말한다. 즉 당대 전범에 충실한 글쓰기를 정(正)이라 하였고, 전범에서 벗어난 글쓰기 양상을 기(奇)로 언급한 것이다. 이 서술에는 당파, 문파 등 여러 가지 요인들이 함축되어 있기에 시대적 배경 또한 함께 검토해야 할 것이다. 이러한 다각적 검토를 통해 비평가나 작가가 인식하는 기(奇)의 의미가 무엇이며, 기(奇)의 어떠한 의미를 긍정적·부정적으로 인식하고 있는지도 고려해야 할 것이다.[31] 이 책에서는 앞서 두 가지 사항을 유의하면서 비평가에 의해 언

---

30) 한문학에서 서술기법은 주로 설득의 기술, 사상의 구축, 사건 기술을 통한 의미함축, 감정 표현의 방법 등을 의미한다. 심경호(2005), 「한문고전과 한문학에서의 수사학에 대하여」, 『수사학』 3, 한국수사학회, 140면. 이 책에서의 서술기법은 협의적 측면에서 본다면 한문산문에 사용되는 편장자구 및 문체론과 관련되므로 표현기법이나 수사학과 비슷하다. 다만 작가의 창작과 서술의도 또한 고려해야 할 주요 대상이기에 이를 포괄하는 측면에서 서술기법이라 지칭한다.

31) 이러한 점은 秦漢古文論을 중심으로 18세기 산문을 조명하고자 한 연구에서도 지적되었다. 하지영(2014)의 연구는 실제작품을 분석을 통해 18세기 글쓰기 양상을 구명하는 데 의의가 있다. 지금까지 18세기의 연구는 당송고문을 주류 문단의 위치로 설정하였고 새로운 글쓰기는 소품문에만 국한된 양상이었다. 이에 상대적으로 당송고문론에 비해 조명받지 못했던 진한고문론을 통해서 18세기 문학론과 산문창작을 구체적으로 조명하

급된 기(奇)가 작가의 작품에서 어떠한 방식으로 구현되고 있는지를 실제 작품의 서술기법을 통해 살피고자 한다.

5장에서는 4장을 토대로 18세기 한문산문에서 상기(尙奇)의 문학사적 의의에 대해 논하고자 한다. 기(奇)를 추구한 작가들의 서술기법을 통해 이들의 산문에서 배태된 기(奇)의 의미와 그 시대 산문의 흐름을 논하고자 함이다. 이를 통해서 18세기 다채로운 문학적 시도와 산문의 발전을 설명할 수 있을 것이다. 나아가 기존 18세기 한문산문의 새로운 경향은 소품문의 연구로 구명되었지만, 소품문만으로 설명할 수 없는 사각지대를 기(奇)라는 개념어를 통해 풀어낼 수 있을 것이다.

였다. 특히 산문언어 및 수사법에서 실제 작품분석을 통해 이론을 뒷받침하고 있으며, 이를 통해 18세기 새로운 글쓰기를 추구했던 일부 문인들이 진한고문의 작법을 수용하였음을 논증하였다. 다만 이 연구 또한 진한고문론에 중심을 두고 논하였기에, 18세기의 다양한 글쓰기 양상을 구현하는 영역까지는 이르지 않았다.

☜ 제2장 ☞

기(奇)의 개념과 그 여정

1. 기(奇)의 개념 및 범주

1) 기(奇)의 개념

기(奇)는 '엽기(獵奇)', '신기(新奇)하다', '기이(奇異)하다', '기특(奇特)하다' 등으로 통용되는 일상적인 말이다. 『설문해자(說文解字)』에서는 기(奇)의 본뜻을 '한 발로 서 있는 것'을 나타내는 것으로 '기이하다', '짝을 이루지 않다'의 뜻으로 설명하고 있다.[1] 우리말에서 기(奇)는 '기묘하다', '괴상하다', '이상하다', '기괴하다', '기특하다', '유별나다'의 의미로 '평범하다', '범상하다'와는 반대의 의미로 쓰인다. 이상에서 보듯이

---

1) 許愼, 『說文·可部』: "奇, 異也. 一曰, 不耦." 段玉裁는 이에 대한 주석에서 奇의 기본 함의는 본래 '무리를 이루지 않다'와 '기이하고 특수하다(與衆不同, 或曰, 奇異特殊)'라는 두 가지를 의미 포함한다고 하였다.(『說文解字注』, 臺灣, 黎明文化事業公司, 1984, 206면) 현대의 문자학자인 謝光輝는 말 탄 모양의 상형인 '騎'의 古字로 설명하고 있다.(김언종·조영호(2008), 『한자어의미 연원사전』, 다운샘, 88면) 또한 奇를 大와 可로 이루어진 회의·형성자로 보아 '남과 다르고 뛰어나다'라는 뜻으로 풀이하기도 한다.(이병관 편(1988), 『形音義原流字典』, 미술문화원, 106면)

기(奇)는 '평상성과 보편성을 뛰어넘다'의 긍정적 함의와, '상리(常理)에
서 벗어나다'의 부정적 개념을 지니고 있다. 즉 평범하고 상투적인 것에
서 벗어난 독특한 아름다움이라는 긍정적인 의미와 전범(典範)으로 부터
벗어나 있는 비정상적인 상태라는 부정적인 의미를 모두 가지고 있다.[2]
문헌에 등장하는 기(奇)의 의미는 다음과 같이 정리된다.

① 진기(珍奇)하다, 기이하다. 『주례(周禮), 천관(天官), 혼인(閽人)』
에서 "기복괴민불입궁(奇服怪民不入宮)"의 기복(奇服)에 대해 정현(鄭
玄, 127~200)은 의비상(衣非常)이라 풀이하였고, 양경(楊倞)은 진기지
의(珍奇之衣)로 풀이하였다.

② 전혀 뜻밖이다, 신기한 술법. 『노자(老子)』의 "이정치국, 이기용
병(以正治國, 以奇用兵)"에서 기(奇)는 변화막측하다는 뜻으로 풀이하
였다.

③ 남의 재능을 알아주다. 『사기(史記)·원앙주착전(袁盎晁錯傳)』의
"서수십상, 효문불청, 연기기재, 천위중대부(書數十上, 孝文不聽, 然
奇其材, 遷爲中大夫)"에서와 『삼국지(三國志)·위지(魏志)·무제기(武帝
紀)』의 "태조소기경, 유권수, 이임협방탕, 고세인미지기야(太祖少機警,
有權數, 而任俠放蕩, 故世人未之奇也)"에서 인격이나 재능을 형용하
는 의미로 사용하였다.

④ 아름답다, 묘하다. 「유섭산기(游攝山記)」: "여의산지기, 재등조,
등조지기, 재연우(予意山之奇, 在登眺, 登眺之奇, 在煙雨)"에서는 뛰
어난 자연 경물의 묘사에 사용하였다.

⑤ 홀수. 『주역(周易)·계사하(繫辭下)』의 "양괘기, 음괘우(陽卦奇,
陰卦耦)"에서는 짝수[耦]의 상대어로 사용하였다.

⑥ 옳지 않다, 바르지 못하다. 『예기(禮記)·곡례상(曲禮上)』의 "국군
불승기거(國君不乘奇車)"에서는 부당한 방법이라는 의미로 사용하였

---

2) 김경(2013a), 311~320면, 참조.

고, 육덕명(陸德明)은 이에 대해 "기사부정지거(奇邪不正之車)"라 풀
이하였다.

　⑦ 운수가 나쁘다. 『사기(史記)·이장군열전(李將軍列傳)』의 "대장
군청역음수상계, 이위이광노, 수기, 무령당단우, 공부득소욕(大將軍
靑亦陰受上誡, 以爲李廣老, 數奇, 毋令當單于, 恐不得所欲)"에서는
때를 잘못 만났다는 의미로 사용하였다.[3]

　이들 중에서 ①·②·④·⑥은 주로 품격용어에 사용되며, ③의 경우
작품의 평에 인물평이 수반될 경우 사용된다.[4]

2) 기(奇)의 범주와 용례

(1) 유사 개념어

　품격용어에서 주로 사용되는 기(奇)는 단독으로 사용되기도 하지만,
주로 이자(二字)·사자평어(四字評語)로 사용되며 사자보다는 이자평어
가 다수를 차지한다. 이자평어를 나열하면 다음과 같다. 신기(新奇), 기
이(奇異), 기정(奇挺), 기치(奇致), 기탁(奇卓), 기준(奇俊), 기특(奇特), 기
고(奇古), 기건(奇建), 기경(奇警), 기교(奇巧), 기초(奇峭), 기필(奇筆), 기
위(奇偉), 기절(奇絶), 기장(奇壯), 기발(奇拔), 기상(奇爽), 기벽(奇僻), 기
걸(奇傑), 기일(奇逸), 기괴(奇怪), 기묘(奇妙), 기려(奇麗), 기오(奇奧), 기
기(奇氣), 기궤(奇詭), 기굴(奇崛), 희기(稀奇), 기해(奇侅), 기휼(奇譎). 이
를 도식화하면 아래와 같다.[5]

---

3) 단국대학교 동양학연구소(2000), 『漢韓大辭典』 3, 단국대학교 출판부, 1026~1027면
　참조; 고인덕(2001), 133면.
4) 대표적으로 한유의 산문에서 奇는 '道德才學'이라는 이상적 인격 범주와 매우 깊은
　관련을 갖는다. 황정희(2007), 193~194면 참조.

	긍정적 개념	부정적 개념	중의적 개념	양식
신기(新奇)	○			문학, 필법, 화법
기이(奇異)			○	문학, 필법, 화법
기장(奇章)			○	문학
기정(奇挺)	○			문학, 인품
기치(奇致)	○			문학, 필법, 화법
기탁(奇卓)	○			문학, 인품, 필법
기준(奇俊)	○			문학, 인품
기필(奇筆)			○	필법
기해(奇侅)			○	문학, 필법, 화법
기종(奇縱)	○			문학, 필법, 인품
기특(奇特)			○	문학, 필법, 화법
기고(奇古)			○	문학, 필법, 화법
기건(奇建)	○			문학, 필법
기경(奇警)			○	문학
기교(奇巧)			○	문학
기초(奇峭)		○		문학
기위(奇偉)			○	문학, 필법, 화법
기절(奇絕)	○			필법
기장(奇壯)	○			문학, 필법
기발(奇拔)	○			문학
기상(奇爽)	○			문학, 필법

---

5) 이들에 대한 개념은 마땅히 문맥 속에서 정확한 의미를 파악해야 한다. 다만 여기에서
제시한 평어들은 본론에 앞서 예비적 단계로 일반적 경향을 말하는 것이다. 필자는 조
선후기 산문에서의 奇가 갖는 의미에 대해 논한 바 있다. 김경(2013a), 311~320면. 이
절의 내용은 상기 논문을 활용하되, 전체적인 구도에 맞추어 수정·보완하였다. 또한
이 글에서 인용된 자료들은 '한국 전통미학 자료의 역주·비평적 해석 및 개념사 연구팀'
에서 구축한 '한국 전통 미학사상 및 예술비평 자료집성 DB'를 이용하였으며, 또한 번역
및 주석과 평석 역시 사용하였음을 밝힌다.

기벽(奇僻)		○		문학
기걸(奇傑)			○	문학
기일(奇逸)			○	문학, 필법
기괴(奇怪)			○	문학
기묘(奇妙)			○	문학, 화법
진기(珍奇)	○			필법, 화법
희기(稀奇)			○	화법
기굴(奇崛)			○	문학, 필법
기궤(奇詭)			○	문학
기기(奇氣)			○	문학, 인품
기려(奇麗)	○			문학, 인품, 필법
기오(奇奧)			○	문학, 필법, 화법
기화(奇畵)			○	화법
기환(奇幻)		○		문학
기휼(奇譎)			○	문학, 필법, 화법
기삽(奇澁)		○		문학, 필법

기(奇)와 관련된 개념들 중 기초(奇峭), 기벽(奇僻), 기환(奇幻), 기삽(奇澁)은 대부분 부정적인 의미로 사용되고 나머지는 문맥에 따라 긍정적인 개념과 부정적인 개념을 지니고 있다. 이는 전술한 바, 기(奇)는 함께 사용하는 평어에 따라 의미를 달리하는 경우가 많으며, 함께 사용하는 평어를 강조하는 경우가 빈번하다.[6]

---

6) 한시비평에서의 奇와 산문비평에서의 奇는 엄연한 차이가 있으나, 이자평어로 사용될 때의 비슷한 경향성을 보인다. 二字評語 또는 四字評語로 한자가 결합하여 사용되는데, 대부분 하나의 글자가 중심 개념이 되고 다른 하나는 그것을 보충하거나 좀 더 자세하게 설명하는 보조 역할을 하게 된다. 우리나라 시화집에 奇와 관련된 시품은 20개 정도가 되는데, 지속적으로 사용되는 시품은 奇古, 奇健, 奇絶을 들 수 있으며 奇와 함께 연용된

이자평어로 사용된 경우, 대표적으로 기괴(奇怪)에서의 기(奇)는 '특이하다', '이상하다'의 의미와 '비정상적이다'라는 의미를 공유하는데, 이때 기(奇)의 의미는 연용(連用)된 한자인 괴(怪)의 의미로 사용된다. 이 품격은 크게 두 가지 방향으로 표현된다. 첫 번째는 작품의 내용이 주로 현실 생활에서 보기 어려운 사실과 이미지를 반영하는 양상이다. 신선이나 괴물, 귀신, 무덤 등의 이미지가 문인의 대담한 상상력과 신선한 구상의 힘을 빌어 읽는 이로 하여금 경이감과 쾌감을 불러일으키는 경우이다. 두 번째는 예술 형식과 언어상에서 일상적인 규율을 깨서 새로운 특징을 드러내는 경우이다. 따라서 기괴는 평범하고 상투적인 것에서 벗어난 독특한 아름다움이라는 긍정적인 의미와 전범(典範)으로부터 벗어나 있는 비정상적인 상태라는 부정적인 의미도 가지게 되어 문맥에 따라 달리 사용된다.

평어 중에서 奇妙가 가장 많은 빈도수를 보인다. 최자는 시의 품격을 上品, 次品, 病으로 나누었는데, 상품에서 '新奇'를 언급하고 있다.『詩話叢林』에서는 奇의 평어가 쓰인 용례가 39가지인데, 단독으로 사용되는 용례가 15가지이고 나머지 24가지는 다른 평어들과 함께 사용되었다.『시화총림』에서 奇와 함께 사용된 평어들은 健, 壯, 雄, 絶, 杰, 重, 偉, 新, 爽, 悍, 拔, 巧 등이다. 그 통계는 15種 47回 54首로 다음과 같다. 奇(19/21), 奇巧(2/2), 奇健(7/9), 奇絶(2/4), 奇壯(3/3), 奇拔(1/1), 奇爽(1/2), 奇傑(3/3), 奇悍(1/1), 奇逸(1/1), 奇重(1/1), 奇偉(2/2), 奇古(1/1), 奇怪(2/2), 奇妙(1/1). 정시열(2006), 253면 참조. 조은상은『시화총림』에 수록된 奇의 개념에 대해서 '새로움'·'모호함'·'비범함'·'건장함'으로 나누어 설명하고 있다.(조은상(1999), 15~28면 참조) 다만, 서예와 화법에서 사용되는 奇는 주로 긍정적 의미로 사용된다. 서법에서는 徐居正(1420~1488)의「草書行, 贈金子固」에서 "그대는 어느 곳에서 초서의 비결을 배웠는가? 筆畫이 독특하고 빼어나 자못 기이하네(君從何處得草訣? 筆畫超詣頗奇絶.)"라 하여 필획에 대한 '奇絶'이란 평어를 사용하고 있다. 이외도 許穆(1595~1682)의「跋許上舍珣家藏金生眞蹟」에서는 '奇怪如神', 李光庭(1674~1756)의「雙碧堂書畫屏跋」에서는 '奇古'가 사용되는데, 모두 奇를 긍정적 의미로 사용하고 있다. 화법에서는 申叔舟(1417~1475)의「畫記」에서는 '奇特', 李萬敷(1664~1732)의「洪知縣畫評」에서는 '奇逸', 李景奭(1595~1671)의「題趙使君家傳畫帖後」에서는 '奇古'가 사용되는데, 여기에서도 奇는 긍정적 의미이다.

또한 기괴(奇怪)와 함께 주된 비평용어로 사용되는 것이 신기(新奇)이다. 앞서 기괴(奇怪)에서 기(奇)가 두 가지 의미에 걸쳐 있는 것처럼, 신기(新奇)에서의 기(奇)도 긍정적·부정적 의미를 내포하고 있다. 우선 신(新)이 갖는 의미에 기(奇)가 종속되면 신선(新鮮)의 의미로 사용된다. 청(淸)나라 이어(李漁)의 『한정우기(閑情偶寄)』에 "신즉기지별명야(新卽奇之別名也)"라 하였듯이, 신(新)은 기(奇)의 또 다른 명칭으로 거론될 만큼 기(奇)의 연관개념으로 자리하는 용어이다.[7] 하지만 신기(新奇)가 신선(新鮮)과 기묘(奇妙)의 의미로 분리되거나 혼용될 경우, 문맥에 따라서 의미는 달라진다. 대표적으로 유협(劉勰)은 신기(新奇)에 대해 "옛것을 물리치고 현재의 것을 향하여 가는 것으로 위험한 방향으로 기울거나 괴이한 취향으로 나갈 수 있다"라고 하였다.[8] 이때 신기(新奇)는 '새롭고 기발하다'는 의미인데, 정격에서 벗어날 수 있다는 위험을 언급한 것으로 부정적 의미를 내포하고 있다.[9]

이는 시비평과 인상비평에서 주된 양상이다. 중국의 경우 산문비평에서 실제비평에 해당하는 것으로, 즉 본문이 결합된 본격적인 평비(評批)는 남송(南宋) 때에 시작되었다. 이 시기 비평양상은 경전(經典)을 주석하는 것에서 탈피하였다. 이는 형식면에서 새로운 변화이자 경전에만 국한되었던 대상의 범위가 확대되어 이전시대의 시문(詩文)에 대한 평은 물론 문장까지 범주의 확장이었다. 이후 문장에 평과 비를 가한 현상은 원대(元代)에도 이어졌으며 명대(明代)에 와서는 소설과 희곡에도 비평

---

7) 鄭頤壽 主編(2000), 『辭章學辭典』, 三秦出版社, 305면.

8) 劉勰 『文心雕龍』, 「體性」: "新奇者, 擯古競今, 危側趣詭者也."

9) 유협은 문장에서 작가의 개성을 추구하는 것에 반대하지 않았지만, 그 개성의 추구에는 여러 문장을 섭렵하는 한 것으로 구현되어야 한다는 주장이다. 자세한 논의는 다음 2절에서 논의하고자 한다.

을 가하게 된다. 특히 명대에는 소설분야의 비평이 현저하게 증가한
양상을 볼 수 있다.[10] 청대(淸代)는 비평을 집대성한 시기로, 이 시기에는
비평이 유행처럼 확대되어 광범위한 대상에 다양한 비평방식을 사용하
여 일일이 열거할 수 없을 정도에까지 이르게 된다.[11] 대표적으로 김성
탄(金聖嘆, 1610~1661)이 비(批)를 남긴 『재자고문(才子古文)』에서 기(奇)
가 포함된 평어는 기리(奇理), 기문(奇文), 출기(出奇), 기구(奇句), 기자(奇
字), 기어(奇語), 기정(奇情), 기필(奇筆), 대기(大奇) 등이다. 김성탄은 자
구(字句)·문장·문리(文理)·서사·접속·정(情)·기(氣) 등 문학 창작의 모
든 요소뿐 아니라, 작품 전체의 품격까지 평가하는 주된 비평용어로
기(奇)를 사용하고 있다.[12]

조선후기에 이르러서는 시비평 만큼은 아니지만, 산문에서도 평점과
함께 평어들이 수록되는 양상이 빈번해진다. 조선후기 문집에 평비가
붙어 있는 사례로는 서당(西堂) 이덕수(李德壽, 1673~1744)의 『서당유집
(西堂遺集)』과 『서당집(西堂集)』이 있다.[13] 또한 조귀명(趙龜命, 1693~1737)
의 『건천고(乾川稿)』(규장각본)는 임상정(林象鼎, 1681~1755)·이천보(李天
輔, 1698~1761)·이정섭(李廷燮, 1688~1744)에게 받은 비(批)가 보인다. 안
석경(安錫儆, 17181~1774)의 『삽교예학록(霅橋藝學錄)』은 중국 및 우리나
라의 시문을 대상으로 하여 각각의 작품마다 평을 붙인 것으로 본격적인
산문비평이라 할 수 있다.[14] 특히 이덕무(李德懋, 1741~1793)는 실제비평

---

10) 이국희(2003), 『도표로 이해하는 중국문학개론』, 현학사, 188~189면 참조.
11) 김경(2010), 13~14면 참조.
12) 강민구(2010), 『조선후기 문학비평의 실제』, 보고사, 208~209면 참조.
13) 이덕수의 영인본 중에서 全義李氏 淸江公派 花樹會에서 영인한 『西堂先生集』에 평어
　가 수록되어 있다.
14) 정우봉(2003), 「『霅橋藝學錄』의 산문수사학 연구」, 『한국한문학연구』 32, 한국한문학

에서 다양한 문집에 곡진한 평어들을 남겼다. 그는 『종북소선(鍾北小選)』에 평하였고[15], 이의준(李義駿, 1738~1798)·성대중(成大中, 1732~1812)과 함께 서유구(徐有榘, 1764~1845)의 『풍석고협집(楓石鼓篋集)』에 평자로 참여하였으며, 성대중의 『청성잡기(靑城雜記)』에 대해 평을 하였다.

우선 『건천고』에서의 기(奇)에 대한 평가는 평자에 따라 서로 상대되는 양상을 보인다. 기(奇)가 단독 품평어로 사용된 경우는 방비(旁批)에서 8번이고, 이자평어는 심기(甚奇), 기이(奇異), 호기(豪奇) 등이며, 평문(評文)에서는 '상기지과(尙奇之過)'에서 사용되고 있다. 이천보는 기(奇)를 작품 전체의 품격과 수사학적 의미로 모두 사용하며 긍정적 의미의 비평용어로 사용하고 있다. 이에 반해 이정섭의 경우 기(奇)를 긍정적 평어로 사용한 예를 찾을 수 없으며, 오히려 첨(尖)·조(佻)·귀(鬼)·벽(僻)과 함께 문장의 폐해 현상으로 지목하고 있다.[16]

안석경의 경우 품격보다는 산문작법과 관련된 평어들이 주를 이룬다.[17] 그중에서도 신(神)은 모방의 극복과 문장의 변화와 관계된 것으로 기(奇)와 비슷한 함의를 보인다. 『종북소선』·『풍석고협집』·『청성잡기』에서 평자로 참여하고 있는 이덕무의 경우 기심(奇甚), 기건(奇建), 기문(奇文), 기절(奇絶) 등 이자평어로 평하기도 하지만, 대부분 새로운 작품

회, 62~63면 참조.

15) 『종북소선』의 저작에 대한 문제는 지금까지 단일한 결론이 도출되지 않았다. 강국주(「『종북소선서(鍾北小選敍)』의 개수(改修)와 작자 문제」, 『고전문학연구』 30, 한국고전문학회, 2006)와 박희병(2008, 2010)은 이덕무의 評選이라 보았고, 김영진(2003)과 김혈조(「『鍾北少選』 서문의 작자 문제」, 『동양한문학연구』 제38집, 동양한문학회, 2014)는 박지원의 저작이라는 입장이다.

16) 『건천고』의 평에 대한 자세한 분석은 강민구(2010)에서 논하였다.

17) 『삽교예학록』에서 중점을 둔 것은 "經子之精奧", "百家之深眇", "文章變化之神", "詩人咏嘆模寫之眞"이었다. 윤지훈(2007), 104면.

의 성격으로 비평문을 구성하였기 때문에, 기(奇)는 전술한 비평서들에
비해 많이 등장하지는 않는다.

이처럼 이자평어에서 연용되는 비평용어들을 통해 기(奇)의 범주를
유추할 수 있었다. 산문비평에서 기(奇)의 사용은 시비평보다 사용 빈도
가 낮은데, 이는 奇의 관심이 낮아졌다기보다는 비평방식의 다양화에
따른 것이다. 전술한 산문 비평서들은 품격용어만이 아닌 방비(旁批)·
말비(末批)·미비(眉批) 등의 형식[18]을 통해 실제 작품에 가까운 상세한
비평문을 남기고 있기 때문이다. 아울러 조선후기의 산문 비평서에서는
품격에만이 아닌 실제 작품의 창작기법이나 표현 등으로 그 적용 영역이
확장되고 있다.

(2) 대립 개념어

기(奇)는 정(正)과 반대되는 개념에서 파생되었기에 가장 상반된 평
어는 정(正)이다. 이와 유사한 개념어들로는 아(雅), 청(淸), 평(平), 법
(法), 상(常), 정(定), 화(和), 순(純) 등이 있다. 정(正)과 가장 유사한 의
미로 사용되는 평어는 아(雅)라 할 수 있다. 아(雅)는 '바르다'라는 의미
로, 전아(典雅)라는 이자평어로 많이 사용된다. 유협은 "경문(經文)과 고
문(誥文)을 녹여서 본받고, 유가(儒家)를 모범으로 하는 것"[19]이라 하였
는데 순수함, 바름, 깨끗함, 온화함 등의 의미로 사용된다.

---

18) 작품 속에서 나타나는 비는 위치에 따라 명칭을 달리한다. 편 머리에 붙이는 首批,
   편 끝에 붙이는 尾批, 책 위의 天頭에 붙이는 眉批, 자구 옆에 붙이는 旁批, 원문 구절
   중간에 끼워 넣은 夾批 등이 있다. 이들 중 首批, 尾批, 眉批는 작품 전체에 대한 평론의
   성격을 지닌다.
19) 劉勰, 『文心雕龍』, 「體性」: "典雅者, 鎔式經誥, 方軌儒門者也."

청(淸)은 '청신(淸新)'이란 평어로 많이 쓰인다. 호응린(胡應麟)의 『시수(詩藪)』에서 산문과 구별되는 시의 대표적 개념으로 청(淸)을 설정하고, "청이란 범상함을 초월하고 속된 것을 끊은 것이다"라고 설명하였다. 신흠(申欽)도 「청창연담(淸窓軟談)」에서 "청(淸)은 시의 본색이다"[20]라 하여 시에 있어 가장 우위에 두었다. 이이(李珥)는 「정언묘선총서(精言妙選總敍)」에서 "이 선집에서 선정한 시는 청신(淸新)과 쇄락(灑落)을 위주로 하는 시들이기 때문에 매미가 바람과 이슬에서 허물을 벗어버리듯 연화식(烟火食)을 하는 입에서 나온 것 같지 않다."[21]라고 하여 청신을 탈속적인 운치가 있는 미감으로 설명하였다.

평(平)은 주로 평담(平淡)과 평이(平易)란 비평용어로 쓰이는데, 화평하며 자연스럽고 소박한 풍격 혹은 그러한 예술경계를 가리킨다. 이 개념은 육조(六朝)에서 시작되었는데 원래는 담담하여 맛이 적고 함축된 뜻이 결핍되어 있다는 부정적인 의미로 사용되었다. 송대(宋代) 이후 특히 주희(朱熹)는 이성적인 작품이란 성정에 바탕을 두어 작가 자신의 성정을 올바르게 드러낸 것[22]이라 하였다. 이후 담담한 가운데 뜻이 무궁하다는 함의를 가지게 되었고 사람들이 숭상하기 시작하였다. 이 시대의 평담(平淡)과 평이(平易)는 기(奇), 신(新), 조탁(彫琢) 등과 대립되는 의미이다. 기(奇), 신(新), 조탁(彫琢)은 기이함과 신기함만을 따르는 당대 문풍을 지적하는 비평용어로 사용되었다. 반면 평이(平易)와 평담

20) 申欽, 『象村稿』 권50, 「晴窓軟談」上: "淸是詩之本色, 若奇若健, 猶是第二義也."

21) 李珥, 『栗谷全書』拾遺권4, 「精言妙選總敍」: "此集所選, 主於淸新灑落, 蟬蛻風露, 似不出於煙火食之口."

22) 朱熹, 『朱子語類』 권140, 「論文下」: "淵明詩平淡, 出於自然. 後人學他平淡, 便相去遠矣 …… 詩須是平易不費力, 句法混成, 如唐人玉川子輩, 句語雖險怪, 意思亦自有混成氣象." 이현세(1988), 344면.

(平淡)은 이들과 대비되는 개념으로 초연(超然)과 자득(自得)으로 얻어진 품격이다. 즉 작가가 체득한 호방함이 작위적인 안배를 고려하지 않고 자연스레 작품에 구현되는 것을 말한다.[23]

일례로 육구몽(陸龜蒙, ?~881?)은 「보리선생전(甫里先生傳)」에서 자신의 문학에 대해 "간교함이 다하고 괴이함이 변하여 왕왕 평담에 이르렀다[姦窮怪變得, 往往造平淡]"라 하였다. 이는 시에 국한하여 언급한 것이지만, 기괴(奇怪)의 반대 개념어이자 시적 편력의 최종 지점을 평담(平淡)으로 기술하고 있음을 확인할 수가 있다.

기(奇)와 반대되는 개념어 중 정(正) 이외에 법(法)과 상(常)을 거론할 수 있다. 먼저 법(法)은 법도의 의미로 창작 규칙과 기법을 말한다. 법은 원래 예법(禮法)·형법(刑法) 등을 지칭하는 말이었는데 점차 격식과 표준, 또는 방법과 기법이라는 말로도 사용하게 되었다. 상(常) 또한 고정불변의 의미로 사용되었기에 '영원하다', '일정하다', '보편적이다'라는 의미로 파생되어 법과 같이 법도와 율격을 뜻하게 되었다. 법(法)과 상(常)은 예술론 가운데 인위적인 요소와 후천적인 규정성을 강조하는 개념이다. 법(法)과 상(常)을 강조하는 것은 편장자구의 조탁과 성조운율의 아름다움 및 예술표현의 규정성과 외적 형식에 치중하였기에 성정(性情)의 발로를 중시하는 문학관과 배치되는 경향이 있다.

이상에서 보듯이 기(奇)와 대립적 관계에 있는 개념어들은 모두 법도와 규범을 대변하고 있다. 이는 앞서 언급한 기(奇)의 연원이 정(正)과의 대립적 의미에서 출발했기 때문이다. 따라서 문학론에서 기(奇)는 정(正)과의 대립관계로써 다루어진다. 정(正)은 상고주의(尚古主義)가 바탕인

---

23) 朱熹, 『朱子全集』 권58, 「答謝成之」.

유가(儒家)에서 정통문학으로서 위치를 대변하는 용어로 사용된다. 고
(古)에 대한 지향은 유가의 기본정신으로 시대를 불문하고 기저에 자리
하며 한문학의 미적 인식의 바탕이 되었다. 공자(孔子)가 춘추 말기 난세
속에서 주(周)나라를 염원했던 것이 상고주의의 시작이다. 이로부터 옛
날을 기준으로 현실을 비판하는 것이 유가의 주된 특색이 되었다.

이러한 노력은 문학에서도 예외가 아니었다. 성인시대의 문학이나
성인의 문학을 아직 상실하지 않았던 시기를 현재에 재현하려는 움직
임은 끝없이 제기되며 문학이론과 비평에서 주된 과제로 언급되었다.
이로써 고(古)는 역사적 개념이 아닌 전범(典範)이나 규범(規範)과 같은
뜻으로 인식되었다.[24] 따라서 문학론에서의 정(正)은 유가(儒家)에서 이
상적 상태로 여기는 고(古), 즉 전범설정에서의 문인 및 문파, 문체상
요구되는 격식 등이다.

유가의 문예이론은 현실을 반영하고 있는 그대로 사실을 재현하는
데 중점을 둔다. 그렇기에 현실주의적 문예이론이라 할 수 있다. 기(奇)
는 정(正)과 대비되는 개념이기 때문에 정(正)에 반대되는 경향을 표현하
는 용어로 사용되었다. 주로 유가 문예이론에서 일탈된 양상을 지칭하거
나, 유가와 대비되는 불가(佛家), 도가(道家)의 사상이 반영된 허무(虛無),
허구(虛構), 과장(誇張) 등을 언급할 때도 기(奇)가 주로 사용되었다.[25]

따라서 기(奇)는 대부분 고(古)의 추구에서 설정된 전범이나 규범에
서의 일탈과 전도된 양상을 표현하는 데 사용되었다. 여기에서 기(奇)

---

24) 閔斗基, 「中國에서의 歷史認識의 展開」; 高柄翊, 「儒家思想에서의 進步觀」(閔斗基
    편, 『中國의 歷史認識』, 창작과비평사, 1985).
25) 장소강(2000)은 현실주의적 내용과 구별되며 허구적 내용을 포함하는 낭만주의 문학
    을 奇로 지칭하였다. 張少康 지음, 李鴻鎭 옮김(2000), 『中國古典文學創作論』, 범인문
    화사.

는 일탈, 전도, 변주, 기괴함, 이상함 등의 의미이며 정격(正格)에서 벗
어난 상태를 말한다. 다만 기(奇)는 함께 사용되는 개념어를 강조하며
의미를 달리하기도 한다. 따라서 연용된 개념어와 시대의 흐름에 따라
다양한 의미를 지니게 되었다.

2. 당·송(唐·宋) 이전의 기(奇) 인식

기(奇)에 대한 긍정적·부정적 인식은 각각의 시대마다 정도의 차이
가 있지만, 각 시대 혹은 개별 작가들에 의해 긍정적 의미에서 주목을
받기도 하였다. 이 절에서는 당·송(唐·宋) 이전의 기(奇)에 대해 긍정적
인식을 보이는 문인들과 그들의 문학론을 통해 이 시기의 기(奇)에 대
한 인식을 검토하고자 한다.

기(奇)가 지니는 의미 중에서도 '뛰어나다', '걸출하다'라는 뜻으로 사
용하는 경우는 우수한 작품을 지칭할 때이다. 가장 이른 시기의 문예이
론에서 기(奇)를 긍정적으로 인식한 이로는 왕충(王充, 27~100)이다. 그
는 『논형(論衡)』에서 '글을 짓는 사람을 홍유(鴻儒)라 하는데, 홍유는 문
인 가운데 뛰어나고 뛰어나며 기이하고 기이한 자이다'[26]라 하였다. 따

---

26) 王充, 『論衡』 권39, 「超奇」: "夫能說一經者爲儒生, 博覽古今者爲通人, 采掇傳書以上
書奏記者爲文人, 能精思著文連結篇章者爲鴻儒. 故儒生過俗人, 通人勝儒生, 文人踰
通人, 鴻儒超文人. 故夫鴻儒, 所謂超而又超者也. 以超之奇, 退與儒生相料, 文軒之比
於敝車, 錦繡之方於縕袍也, 其相過遠矣. 如與俗人相料, 太山之巓埠, 長狄之項跖, 不
足以喩. 故夫丘山以土石爲體, 其有銅鐵, 山之奇也. 銅鐵旣奇, 或出金玉. 然鴻儒, 世之
金玉也, 奇而又奇矣." 「超奇」는 『논형』의 39째 편이다. 주된 내용은 작가에 대한 품평이
다. 「초기」에서는 일반적인 문인을 몇 가지 종류로 나누었는데, 儒生·通人·文人·鴻儒
등이다. 홍유에 대한 찬양을 통하여 왕충은 작가를 품평하는 기준을 제시하고, 작가의

라서 여기에서의 기(奇)는 '뛰어나다'라는 의미로 사용되었다. 물론 여기에서 홍유는 '유생(儒生)-통인(通人)-문인(文人)'을 모두 거친 자를 말하는 것으로, 환담(桓譚)과 같은 독창적인 견해를 가진 사상가를 가리킨다.

환담(桓譚) 이후로 모두 크고 심오한 재주를 가졌기 때문에 아름다운 글이 있었다. 붓이 글을 드러낼 수 있다면 마음은 의론을 도모할 수 있다. 글은 가슴속에서 나오는 것이고, 마음은 글을 통해 표현되니, 그 글을 보았을 때 특별하고 탁월하면 의론을 얻은 것이라 할 수 있다. 이것으로 말하자면 글을 많이 쓴 사람이 뛰어난 인재이다. …… 활 쏘는 선비를 예로 들면, 마음이 평온하고 몸이 바르며 활과 화살을 잡은 것이 매우 단단한 연후에야 활 쏜 것이 (과녁에) 적중한다. 논설(論說)이 나오는 것도 화살이 발사되는 것과 같다. 논의가 도리에 맞는 것은 화살이 과녁에 적중하는 것과 같다. 무릇 활쏘기는 화살이 적중한 것으로 공교함을 드러내고, 논(論)은 문묵(文墨)으로 뛰어남을 증명한다. 뛰어남과 공교함은 모두 마음에서 나오는 것으로 그 실은 하나다.[27]

인용문에서 왕충은 "글은 가슴속에서 나오는 것이고, 마음은 글을 통해 표현되니, 그 글을 보았을 때 특별하고 탁월하면 의론을 얻은 것이라고 할 수 있다"라 하였고, 또한 "활쏘기는 화살이 적중한 것으로 공교함을 드러내고, 논(論)은 문묵(文墨)으로 뛰어남을 증명한다. 뛰어남과 공교함은 모두 마음에서 나오는 것으로 그 실은 하나다"라 하였다. 이러

修養에 대해 언급하였다. 郭紹虞 編(1979), 『中國歷代文論選』 第1冊, 上海古籍出版社, 109~119면 참조.

27) 위와 동일: "自君山以來, 皆爲鴻眇之才, 故有嘉令之文. 筆能著文, 則心能謀論. 文由胸中而出, 心以文爲表, 觀見其文, 奇偉俶儻, 可謂得論也. 由此言之, 繁文之人, 人之傑也. …… 選士以射, 心平體正, 執弓矢審固, 然後射中. 論說之出, 猶弓矢之發也. 論之應理, 猶矢之中的. 夫射以矢中效巧, 論以文墨驗奇. 奇巧俱發於心, 其實一也."

한 기술에서 보듯이 왕충은 기(奇)를 '뛰어나다'라는 의미로 사용하며 긍정적 인식을 보이고 있다. 아울러 마음에서 발한다는 측면에서 교(巧)와 기(奇)를 동등한 것으로 인식하고 있다. 즉 진실한 내용이 있고 가슴속에서 우러나오는 문장을 쓸 수 있다면 기(奇)가 된다고 보았다.[28]

이후 기(奇)에 대해 긍정적 인식을 보이는 이로는 유협(劉勰, 465~521)을 들 수 있다. 유협은 기(奇)를 정(正)과 함께 논의하면서 왕충의 논한 기(奇)의 의미를 발전시키면서 보다 구체화하는 양상을 보인다.

전술하였다시피, 기(奇)와 정(正)을 처음 병론(竝論)한 것은 손무이다. 그는 병법에서 처음 언급하였는데, 이를 유협이 문학이론에 대입하였다.[29] 손무가 정(正)과 반대되는 병술(兵術)로 기(奇)를 언급했듯이, 유협 또한 '기정수반, 필겸해이구통(奇正雖反, 必兼解以俱通)'에서 기(奇)를 정(正)에 반대의미로 언급하고 있다.[30] 아울러 작품의 문체를 8종으로 구분하면서 신기(新奇)를 전아(典雅)와 짝지었는데, 앞서 기(奇)를 정(正)의 반대의미로 사용한 경우와 같이 신기(新奇)를 전아(典雅)의 일탈과 전도로 보았다.[31]

---

28) 張少康 지음, 李鴻鎭 옮김(2000), 『中國古典文學創作論』, 법인문화사, 191면.

29) 유협은 선진의 정치·철학·군사 등의 영역과 書論·畫論·詩論 등의 영역에서 勢에 대한 관점을 흡수하고, 문학 창작에서 勢가 가지는 함의·공효·의의를 체계적으로 분석하였다. 조성천(2004), 「《文心雕龍·定勢》의 解題와 譯註」, 『중국문학이론』 4, 한국중국문학이론학회, 203면.

30) 劉勰, 『文心雕龍』 권5, 「定勢」: "淵乎文者, 並總群勢. 奇正雖反, 必兼解以俱通." 黃叔琳·李詳補 注(1999), 『增訂文心雕龍校註』上, 中華書局, 406면.

31) 위와 동일, 「體性」: "若總其歸塗, 則數窮八體: 一曰典雅, 二曰遠奧, 三曰精約, 四曰顯附, 五曰繁縟, 六曰壯麗, 七曰新奇, 八曰輕靡. 典雅者, 鎔式經誥, 方軌儒門者也. 遠奧者, 馥采典文, 經理玄宗者也. 精約者, 覈字省句, 剖析毫釐者也. 顯附者, 辭直義暢, 切理厭心者也. 繁縟者, 博喩釀采, 煒燁枝派者也. 壯麗者, 高論宏裁, 卓爍異采者也. 新奇者, 擯古競今, 危側趣詭者也. 輕靡者, 浮文弱植, 縹緲附俗者也. 故雅與奇反, 奧與顯殊, 繁與約舛, 壯與輕乖, 文辭根葉, 苑囿其中矣."

근래 이래 작가들은 대체로 궤이(詭異)와 기교(奇巧)를 좋아하였다. 그 작품들의 체제를 궁구해보면 그릇된 추세에 의해 변한 것이다. 전통 형식을 싫어하고 업신여겼기 때문에 신기를 취하는데 천착한 것이다. 그들의 잘못된 의도를 살펴보면 그 글이 난해한 것 같지만 사실은 다른 방법이 있는 것이 아니라, 정상과는 반대되게 했을 뿐이다. 문자의 경우 정(正)이라는 글자를 반대로 하여 핍(乏) 자로 만들고 문장에서는 정상적인 것을 반대로 하면 신기한 것으로 만든 것이다. 신기한 작법을 모방하는 법은 반드시 문구를 전도시키는데, 위의 글자를 아래로 도치시키고 중간의 말을 밖으로 내보내며 이리저리 바꾸어 상규(常規)를 벗어나면 새로운 모양새가 된다. 무릇 사통팔달의 대로는 평탄하지만, 지름길로 가는 사람이 많은 것은 가까운 길을 쫓으려고 하기 때문이다. 정상적인 문장은 명백하지만, 늘 정상에 위배되는 언사에 힘쓰는 것은 시속에 영합하기 때문이다. 그러나 정통한 사람은 참신한 문의(文意)로 기교를 얻게 되지만, 구차히 기이함을 추구하는 자들은 체재를 잃게 되어 기괴함을 이룬다. 오래 숙련된 재주를 가진 사람은 정상적인 작법을 고수하면서 신기한 것을 구사하지만 새로 배우는 사람들은 신기한 것을 쫓다가 바른 작법을 잃게 된다.[32]

유협의 기(奇)에 대한 인식은 이 글에서 구체적으로 확인된다. 이 글에서는 남조유송(南朝劉宋)시대의 문단이 정격(正格)에서 벗어나 신기함을 추구하는 연유에 관해 서술하였다. 그는 신기함이란 정상과 반대되는 것이라 하였다. 사람들이 그릇된 추세를 따르는 것은 지름길로 빨리 가려는 것처럼 본질을 배제한 형식만을 추구하여 주목을 받고자 해서이

---

32) 위와 동일 「定勢」: "自近代辭人, 率好詭巧. 原其爲體, 訛勢所變. 厭黷舊式, 故穿鑿取新. 察其訛意, 似難而實無他術也, 反正而已. 故文反正爲乏, 辭反正爲奇. 效奇之法, 必顚倒文句, 上字而抑下, 中辭而出外, 回互不常則新色耳. 夫通衢夷坦, 而多行捷徑者, 趨近故也, 正文明白, 而常務反言者, 適俗故也. 然密會者以意新得巧, 苟異者以失體成怪. 舊練之才, 則執正以馭奇, 新學之銳, 則逐奇而失正."

다. 정(正)을 반대로 하면 핍(乏)이 된다는 것은『좌전(左傳)』의 구절을
인용하여 신기한 작법만을 모방하는 양상을 빗대어 서술한 것이다.[33]
이후의 서술 또한 문체(文體)에 관련히여 설명하고 있다. 당대인들은
의도적인 자구의 도치와 생략을 통해 모양새만 새롭게 하여 시속에 영합
하려고만 한다. 이러한 양상은 문의(文意)를 새롭게 하기보다는 문체만
을 새롭게 하기에 기괴함에 빠지게 된다는 것이다. 즉 문의를 통해 새로
움을 추구하기보다는 문체만을 새롭게 하는 양상을 기(奇)라 말하고 있
다. 이를 통해 알 수 있는 사실은 기(奇)가 정(正)에 변모된 양상이기는
하나, 기(奇)라는 개념 자체를 부정적으로 인식하지 않았다는 것이다.
정확히는 기(奇)를 모방하려는 작가들이 정(正)을 변모시키는 재주가 부
족하면서도 오히려 기(奇)를 추구하려다가 바른 작법을 잃게 되는 양상
을 부정적으로 인식한 것이다. 이와 같은 폐단을 궤교(詭巧), 변(變), 신
(新), 난(難), 불상(不常), 신색(新色), 적속(適俗), 교(巧), 괴(怪)로 표현하
였는데, 이는 후대 기(奇)와 연관되는 개념으로 사용되는 용어들이다.
즉 유협은 이들과 기(奇)를 엄격히 구별하였다는 것을 알 수가 있다.

유협에 서술에 의하면 기(奇)다운 기(奇)를 추구하기 위해서는 작가의
숙련된 작법이 바탕이 되어야 하기에, 여기에서의 관건은 작가의 수준이
다. 따라서 유협의 논의는 기(奇)라는 개념 자체에 대한 부정이 아닌,
작가들이 기괴하고 교묘함만을 좋아하여 작법의 정도를 버리고 신기함
을 추구하는 행태에 대한 비판이다. 아울러 기(奇)에 대한 유협의 긍정적
인식은「체성(體性)」편에서도 확인할 수 있다. 그는 기(奇)를 신기(新奇)

---

33)『左傳』,「宣公十五年」: "天反時爲災, 地物爲妖, 民反德爲亂. 亂則妖災生, 故文反正
　　爲乏." 小篆의 '正'를 반대로 쓰면 '乏'과 같다. 鄭太鉉 譯註(2005),『國譯 春秋左氏傳』
　　3권, 전통문화연구회, 149면.

로 표현하였는데, 하나의 품격으로 거론하여 개성적 면모가 부각된 참신
한 문풍으로 인식하고 있다. 「신사(神思)」에서도 "뜻은 빈 것을 뒤집어
기이하기가 쉽다[意翻空而易奇]"라 하였는데, 이는 입론에서 교묘함과 기
발함을 가리키는 것으로, 여기서도 기(奇)의 긍정적 의미를 언급하고
있음을 볼 수 있다.

유협은 『문심조룡(文心雕龍)』에서 기(奇)를 49번이나 사용하고 있음에
도 그 의미가 일치하지는 않는다.[34] 이는 기(奇)가 지니는 의미의 상대성
으로 인해 포폄(褒貶)의 양방향에서 사용되기 때문이다. 문체에 관한
논의에서도 반복된다. 기(奇)가 문사의 성공적 운용 및 내용의 깊이를
나타낼 때 긍정적인 의미로 창작에서의 신기함에 경도되어 비속한 문자
와 기괴한 형식을 취하는 것에는 부정적 의미로 사용되었다.[35]

『문심조룡』에서 사용된 정(正)과 기(奇)에 대한 논의는 꾸준히 제기
되어왔다. 대체로, 정(正)과 기(奇)를 주종관계로 설정하였고, 이를 바
탕으로 본의(本義)와 전의(轉義)로 나누어 기(奇)의 의미를 설명하였다.
본의는 기이(奇異), 기특(奇特)으로 아정(雅正)에 상대되는 개념으로 보
았으며, 전의는 괴탄(怪誕), 궤이(詭異) 등의 개념으로 보았다.[36] 즉 정

---

34) 하경심(2001), 주석4) 재인용. 今場正美는 「『文心雕龍』의 同時代文學批評−奇의 槪念의
 檢討를 通して」라는 논문에서 긍정적, 부정적 의미로 쓰인 예를 구분하여 논한 바 있다.
35) 裵得烈(1997), 「《文心雕龍》對擧槪念硏究」, 北京師範大學 博士學位論文, 178면 참조.
36) 杜黎均은 『문심조룡』에 사용된 奇의 함의를 專用義와 普通義로 나누었다. 전용의에서
 는 褒義로 新奇·獨特, 貶義로 空虛·怪誕·庸屬으로 다시 나누었다. 보통의는 奇異·
 奇巧로 설명하였다. 그는 奇의 함의 자체에 모순성을 지적하였으며, 이점이 奇의 특질
 이라 말하였다. 杜黎均(1981), 『文心雕龍文學理論硏究和譯釋』, 北京出版社, 73∼75면
 참조.
　　陳兆秀는 基本意義로는 작품에서의 奇特·超凡적인 성분, 引申意義로 文思, 辭采,
 用字, 造句의 新奇와, 문학작품에서 신기함을 쫓아 詭異하고 怪誕한 풍격에 이르는
 것으로 보았다. 陳兆秀(1976), 『文心雕龍術語探析』, 台灣私立中國文化學院 碩士論文,

(正)과 전아(典雅)에 근간을 두고, 이를 바탕으로 변모, 이탈된 것이 기
(奇)이다.

또한 정(正)과 기(奇)는 대립하는 개념어이면서도, 동시에 서로 분리
되기보다는 함께 사용되었다. '문질빈빈(文質彬彬)'에서 문(文)과 질(質)
은 서로 대립되는 개념이다. 그러나 질(質)을 바탕으로 문(文)을 추구하
여 내용과 형식의 조화를 강조하는 것처럼, 정(正)과 기(奇)도 정(正)을
바탕으로 기(奇)를 운용할 때 최상의 문장이 된다는 것이다. 예를 들면
『문심조룡(文心雕龍)』의 「변소(辨騷)」에서 "기이함을 부어 넣지만, 그
참된 것을 잃지 않는다[酌奇而不失其眞]"라고 하였는데, 이는 기(奇)의
운용이 진(眞)에서 벗어나지 않는다면 나쁘지 않다는 주장이다. 아울러
"화려함을 완상하면서도 실질을 놓치지 않는다[翫華而不墜其實]"라 하
였는데, 이를 통해 기(奇)가 화(華)와, 진(眞)이 실(實)과 연계되어 있음
을 볼 수 있다.

이를 통해 본다면 유협의 기(奇)에 대한 인식은 일차적으로 정(正)과
대립관계를 설정하면서 정(正)에서 벗어난 양상을 기(奇)로 표현하였다.
이때의 기(奇)의 의미는 일탈과 전도에 가깝다. 그러나 정(正)과 기(奇)를

197~204면 참조.

憑春田은 奇의 함의를 奇異·奇巧, 雅正에 상대는 것으로 나누었고, 奇와 연용된 용어
로는 奇才·奇文·奇正·奇字·奇至·奇偉·奇采·奇類·奇意·奇辭·奇偶를 주요 어사로
거론하였다. 憑春田(1990), 『文心雕龍語辭通釋』, 明天出版社, 479~481면 참조.

韓湖初는 正과 반대되는 개념으로 인식하며 4가지 함의를 내포한다고 보았다. 사상·
학술·문예 창작 영역에서 新奇, 방법상 규범에 얽매이지 않는 것, 전아한 문풍에 반대되
는 것, 浪漫型·幻奇型 작품의 장착특색 및 경향으로 나누어 설명하였다. 韓湖初(1995),
『文心雕龍硏究』제1집, 北京大學出版社, 87면.

裵得烈은 앞선 논의를 바탕으로 基本義를 褒義로써, 新奇·奇特·獨創, 貶義로써 詭
異·詭誕으로 나누었고 普通義는 奇異, 新奇, 難解로 구분하였다. 裵得烈(1997), 170~
172면 참조.

각각의 독립된 품격보다는 연쇄적 관계로 설정하였다. 즉 정(正)을 바탕으로 한 기(奇)의 운용을 중요시하되 수식만을 일삼는 양태는 부정적으로 인식하고, 구상에서의 교묘하고 기발함 등은 긍정적 의미로 인식하였다. 유협의 이와 같은 논의는 왕충이 제시한 기(奇)의 의미를 발전시킨 것이자, 기(奇)와 정(正)을 대립관계로 설정하여 기(奇)의 의미를 보다 구체화한 것임을 알 수 있다.

이후 기(奇)를 구체적으로 논의하면서, 평자들에 의해 기(奇)로 평가되는 작가로는 한유(韓愈, 768~824)를 들 수 있다. 당대 및 후대 평자들은 한유의 산문 품격을 기괴(奇怪)·기특(奇特) 등으로 언급하였다. 한유가 인식하는 글쓰기의 궁극적 목표는 「쟁신론(爭臣論)」에서의 '수기사이명기도(修其辭以明其道)'라 할 수 있다. '수기사(修其辭)'는 수사적 측면을 고려한 것이고, '명기도(明其道)'는 도를 밝히는 내용적 측면을 중시한 것으로,[37] 수사와 내용을 연쇄적 관계로 설정한 것이다. 이는 그가 언급한 창작방법에서도 확인할 수 있는데, 「상병부이시랑서(上兵部李侍郎書)」와 「독의례(讀儀禮)」에서 '기사오지(奇辭奧旨)'라 하며[38] 창작과정에서 당시 문인들과의 차별을 위해 기(奇)의 품격을 중시하였다. 실제 한유는 평범하고 진부한 표현을 제거하여 기굴(奇崛)하고 험벽(險僻)한 문체를 추구하였다.[39] 이에 대해 모곤(茅坤)은 「팔대가문초론열(八大家文鈔論例)」에서 『사기(史記)』·『한서(漢書)』의 서사법(序事法)을 얻지 못한

---

37) 周楚漢(『唐宋八家文化文章學』, 中國, 巴蜀書社, 2004, 127~128면)은 한유가 明道를 주장하였지 載道를 주장한 것은 아니라고 하였다.

38) 韓愈, 「上兵部李侍郎書」: "奇辭奧旨, 靡不通達." 「讀儀禮」: "於是摭其大要. 奇辭奧旨 著于篇, 學者可觀焉." 馬通伯 校注(1982), 『韓昌黎文集校注』, 臺灣, 華正書局.

39) 이점은 명대 복고파 문인 사이에서 한유 산문에 대한 긍정적 평의 실체로 작용하였다. 王運熙·雇易生 主編(1996), 『中國文學批評通史·明代』 권5, 上海古籍出版社.

것을 '기굴험휼(奇崛險譎)'이라 평하였고, 최립(崔岦)은 「증오수재준서(贈吳秀才竣序)」에서 '기궤불사(奇詭不辭)'라 하였다.[40] 한유는 변문체(駢文體) 글쓰기에서 벗어나 양한(兩漢)시대의 자유로운 글쓰기 방법을 찾기 위해 새로운 글쓰기를 시도하였고 이러한 면모가 기(奇)로 평가받았다. 따라서 외형적 측면으로 보자면 기괴(奇怪), 내재적 측면에서 보자면 기특(奇特)한 면모를 지닌다.[41] 그렇다면 한유가 인식하는 기(奇)는 무엇인가?

한유의 기(奇)에 대한 기본적 인식은 「진학해(進學解)」[42]에서 드러나듯 기(奇)를 정(正)과 대립관계에 있으면서 법(法)과는 모순 관계에 있다고 보았다. 그러나 실제 창작과정에서는 독창성과 비범함을 중시하며 이를 기(奇)로 풀어내고 있다.

> 온갖 사물 가운데 아침저녁으로 늘 보는 것은 사람들이 주목하지 않다가 기이한 것을 보게 되면 모두 주목하면서 입에 올리곤 합니다. 문장이 어찌 이와 다르겠습니까? 한(漢)나라 사람 중에 글을 쓰지 못하는 사람이 없었지만, 유독 사마상여(司馬相如)와 태사공(太史公)과 유향(劉向)과 양웅(揚雄)이 그중에서 가장 으뜸이었습니다. 그렇다면 들인 공력이 깊은 사람은 얻은 명성이 오래도록 전해지는 것입니다. 만약 전부 세속의 기풍에 휩쓸려 부침하고 자기 나름대로의 독창적 경지를 세우지 아니하면, 결코 동시대 사람들에게도 괴이하게 여겨지지 않고, 또 틀림없이 후세까지 전해지지도 못했을 것입니다. 그대 집안의 온갖 기물은 모두 필요로 하여 쓰이는 데가 있지만, 그중에서 보배로 아끼는

---

40) 이는 한유 산문의 전체에 대한 평이 아니라 碑誌文에 국한한 평이다.
41) 김용표(2008), 119~120면 참조.
42) 韓愈, 「進學解」: "上規姚, 渾渾無涯, 周誥殷盤佶屈聱牙, 春秋謹嚴, 左氏浮誇, 易奇而法, 詩正而葩, 下逮莊騷, 太史所錄 子雲相如同工異曲."

것은 반드시 평범한 물건이 아닙니다. 군자가 문장에 대해서도 어찌
이와 다르겠습니까?[43]

　사람은 누구나 새로운 것을 좋아하는 속성이 있기에 범상치 않은 물건
에 주목하게 된다. 한유는 이를 문장에 빗대어 서술하고 있다. 앞서 유협
이 큰길과 지름길에 비유한 것과 같은 맥락이다. 한유가 한나라 문인
중 거론한 이들은 사마상여(司馬相如)·사마천(司馬遷)·유향(劉向)·양웅
(揚雄)이다. 이들의 글은 독창적 경지를 이룩하였기 때문에 당대를 넘어
서 후대에까지 전해질 수 있다고 하였다. 이를 통해서 알 수 있는 사실은
창작에서의 독창성을 중시하였다는 점이다. 게다가 한유는 독창성을
기(奇)로 표현하였다. 기(奇)에 대해 '기이한 것[異]'·'범상치 않은 물건[非
常物]'이라 밝히고 있는데, 이를 통해 한유가 인식한 기(奇)는 문학에서의
독창적이고 비범한 경지를 표현한 것으로 긍정적 함의를 지님을 알 수
있다.[44]

　한유는 '기사오지(奇辭奧旨)'라는 언술에 드러나듯이 수사적 측면이
고려된 글쓰기를 통해 심오한 뜻을 담아내는 것을 최고의 문장으로 여
겼다. 이 가운데 기사(奇辭)는 독창성과 관련된다. 독창성은 인용문의
앞부분에서의 '진언지무거(陳言之務去)'와 후반부의 '능자수립, 불인순
자시야(能自樹立, 不因循者是也)'에서 보듯이 진부한 표현을 없애는 것과

---

43) 韓愈,「答劉正夫書」: "夫百物朝夕所見者, 人皆不注視也. 及睹其異者, 則共觀而言之.
　　夫文豈異於是乎? 漢朝人莫不能爲文, 獨司馬相如·太史公·劉向·揚雄爲之最. 然則用
　　功深者, 其收名也遠. 若皆與世沈浮, 不自樹立, 絶不爲當時所怪, 亦必無後世之傳也.
　　足下家中百物, 皆賴而用也, 然其所珍愛者, 必非常物, 夫君子之於文, 豈異於是乎?"
44) 물론「進學解」의 '文雖奇而不濟於用'에서 보듯이 奇를 도덕적 수양과 학술 소양이
　　상응하게 갖추어진 상태, 즉 성인의 도와 뛰어난 문장가의 독창적 문사가 결합된 이상
　　적 상태를 말한다. 황정희(2007), 196~198면 참조.

구습을 답습하지 않는 것이다. 따라서 이 기술로만 보자면, 한유가 인식하는 기(奇)는 입론의 측면보다는 수사적 측면을 보다 강조하였다.

일반적 중국 고대 문예이론은 유가(儒家)와 밀접하게 연계된다. 유가 문예이론은 현실주의를 바탕으로 하기에, 도가(道家)·불가(佛家)와 낮은 연계가 있는 낭만주의적 문예 사상은 유가의 문예 사상가들에 의해 배척되었다. 따라서 경서 이외의 저작 중의 허탄(虛誕)과 과장(誇張)은 모두 부정의 대상이 되었다. 이때 유가의 문예이론은 정(正), 유가 이외의 문예이론이나, 혹은 도가·불가의 사상과 연계된 문예이론을 기(奇)로 언급하였다.[45] 이때의 기(奇)는 낭만주의적 문예이론의 특징이면서 괴(怪)의 방면과 연관되어 있다. 유협은 이를 '전고함을 논하면 저와 같고 그 과탄함을 말하면 이와 같다'[46]라 하였다. 이는 『초사(楚辭)』의 과탄(誇誕)한 내용을 가리키는 데서 출발한다. 이후 이하(李賀, 790~816) 시(詩)의 특징 가운데, 예술적인 허구를 괴(怪), 허황탄환(虛荒誕幻)으로 언급하였다.[47] 기(奇)의 의미 가운데, 기괴(奇怪)와 과탄(誇誕)은 문학에서의 현실주의적 작품과 구별되는 예술적 허구를 낭만주의의 특색으로 지칭되기도 하였다.

또한, 낭만주의적 창작에서 기(奇)는 현실주의와 비교할 때 작가 재능

---

45) 현실주의와 낭만주의는 일정하게 구별되거나 대립되는 경향이 있지만, 전근대 사회에서는 밀접한 상호연관성을 가지고 있다. 현실주의가 현실을 토대로 이상으로 나아간다면, 낭만주의는 이상에서 현실로 나아간다. 이처럼 현실주의와 낭만주의는 구별되는 문학적 경향이지만, 서로 결합될 수도 있다. 현실주의는 낭만적 성격을 구유하고 낭만주의는 현실주의의 토대가 될 개연성이 보다 높았다. 윤재민(1990), 「朝鮮後期 中人層 漢文學의 硏究」, 고려대 박사학위논문, 38~41면 참조.

46) 위와 동일, 「辨騷」: "論其典誥則如彼, 語其誇誕則如此."

47) 周紫芝는 『古今諸家樂府』에서 "이하는 말이 奇하여 怪에 들어갔다[長吉語奇而入怪]"라 하였고 姚文燮(1623~1692)은 詭譎라 하였고 杜牧은 虛荒誕幻의 특색이 있다고 하였다.

을 더욱더 강조할 때도 사용되었다. 백거이(白居易, 772~846)는 「여원구서(與元九書)」에서 "이백의 작품은 재주가 있고 기이하여 남이 미치지 못한다"[48]고 하였고, 이상은(李商隱, 812~858)은 「이장길소전(李長吉小傳)」에서 "세상에 재주 있고 기이한 자는 땅에서만 적은 것이 아니라 하늘에도 많지 않을 것이다"[49]라 하였는데, 이들은 모두 걸출한 작가 재능을 기(奇)로 지칭한 것임을 알 수 있다.

> 산문은 장자(莊子), 시는 이백(李白), 초서는 회소(懷素)에 이르러 모두 병법의 이른바 기(奇)였다. 정(正)은 따를 만한 법이 있지만, 기(奇)는 정신으로 깨닫지 않으면 미칠 수 없다.[50]

고린(顧璘, 1476~1545)의 서술에 의하면, 현실주의는 사실대로 기록하고 진실을 묘사하기 때문에 따를 만한 법이 있지만, 낭만주의는 기괴(奇怪)하고 과탄(誇誕)하여 작가의 환상을 강조하므로 따를 만한 법은 없다고 하였다. 따라서 기(奇)가 지니는 의미 중에서 괴(怪)와 과탄(誇誕)과 같은 뜻으로 사용되는 경우는 내용에서의 허구적·환상적이고 초현실적 측면이나, 기발하고 과장된 표현수법을 지칭하거나, 또한 작가의 역량과 관련하여 걸출하고 뛰어난 재주를 언급할 때임을 알 수가 있다.

그러나 낭만주의적 문예이론이 현실과 동떨어진 것은 아니다. 중국 고대 낭만주의 문예이론에서 강조하는 기(奇)와 괴(怪) 또한 현실주의에

---

48) 白居易, 『白氏長慶集』, 「與元九書」: "詩之豪者, 世稱李·杜. 李之作才矣, 奇矣, 人不逮矣. 索其風雅比興, 十無一焉."

49) 李商隱, 『李義山詩集』, 「李長吉小傳」: "噫! 又豈世所謂才而奇者, 不獨地上少, 卽天上亦不多耶?"

50) 顧璘, 『息園存稿』: "文至莊, 詩至太白, 草書至懷素, 皆兵法所謂奇也. 正有法可循, 奇則非神解不能及."

기초하였다는 점에서 진정한 의의를 지닌다. 앞서 제시한 유협이 「변소」에서 "기이함을 부어 넣지만, 그 참된 것을 잃지 않는다[酌奇而不失其眞]"라 부분은 『초사』의 내용을 지적한 것이다. 그중에서 기이함 가운데 참됨이 있어야 한다는 것은 내용에 허탄한 것이 있더라도 실제와 멀지 않다는 뜻이다. 이는 낭만주의 작품에서 기괴(奇怪)·과탄(誇誕)의 내용이 때로는 현실의 면모를 실제로 묘사하는 것보다도 더욱 현실의 진실을 깊이 반영하고 그 본질적인 면을 드러내 보일 수 있음을 말한 것이다.[51]

이상 기(奇)에 대해 비교적 긍정적 인식을 보이는 작가들과 기(奇)로 지목되는 작가들의 평을 통해 이 시기의 기(奇)에 대한 문예이론을 살펴보았다. 기(奇)는 기본적으로 정(正)과 대립되는 개념에서 파생되었기 때문에 정(正)에서 이탈된 양상을 의미한다. 그러나 기(奇)에 대해 긍정적 인식을 보이는 작가들은 정(正)과 기(奇)를 대립적이면서도 연쇄적 관계로 설정하였고, 특정 영역에서는 기(奇)를 미적 대상으로 인식하기도 하였다.

물론 작가마다 차이점이 존재한다. 우선 기(奇)에 대한 유협과 한유의 인식에서 공통점은 정(正)과 기(奇)를 분리해서 이해하기보다는 양자를 연쇄관계로 파악하고 있다는 것이다. 그러나 문학론에서의 기(奇)와 창작영역에서의 기(奇)는 조금 다른 의미를 지닌 것으로 이해하고 있다. 유협은 신기함에 경도되어 비속한 문자와 기괴한 형식을 취하는 양상을 비판하며 부정적 의미로 기(奇)를 사용하였다. 즉 수사적 측면에서 그릇된 양상을 기(奇)로 표현한 것이다. 반면, 한유의 기(奇)는 수사적 측면을 좀 더 고려한 것으로 모방과 상반되는, 표현에서의 독창적인 면모를

---

51) 張少康 지음, 李鴻鎭 옮김(2000), 201~207면 참조.

언급한 것이다.

또한, 기(奇)는 유가 문예이론에서 벗어난 낭만주의적 문예이론을 지칭할 때 사용되었다. 이때의 기(奇)는 괴(怪), 과탄(誇誕)이라는 함의를 지니는데, 주로 허구적이고 과장된 내용이 포함된 작품을 지칭할 때 사용되었다. 아울러 낭만주의적 성향을 지닌 작가들의 기발하고 과장된 표현수법이나, 이를 구현할 수 있는 작가의 능력을 지칭할 때도 사용되었다. 그럼에도 이 시대의 문예이론에 있어 주된 기(奇)의 인식은 유가의 현실주의를 바탕으로 하기에 기(奇)를 독립된 미적 대상으로 간주하지 않았고, 정(正)을 바탕으로 한 기(奇)만을 올바른 것으로 간주하였다. 다만 한유가 진부한 표현을 없애기 위해 구습을 답습하지 않은 것이 기(奇)의 요소로 지적되었고, 한유 자신이 기사(奇辭)를 통해 독창적인 표현을 강조하며 작가의 개성을 중시한 점은 이 시대 기(奇)의 인식에 있어서 도드라지는 점이다.

3. 명·청(明·淸) 산문(散文)의 상기(尙奇) 논의

기(奇)에 관한 관심은 만명(晩明)에 이르러 다시 고조되었다. 이 시대에는 기(奇)를 작품의 평가 기준으로 삼는 경향이 두드러지게 나타난다. 특히 기(奇)를 중시하는 풍조를 '상기설(尙奇說)'이라고 한다. 왕양명(王陽明, 1472~1529)의 심학(心學), 이지(李贄, 1527~1602)의 동심설(童心說), 탕현조(湯顯祖, 1550~1616)의 유정설(唯情說), 공안파(公安派)의 심령설(性靈說) 등의 논의에서 공통으로 추구한 내용은 자아(自我)와 외물(外物)의 상호반응에 있어서 진아(眞我)의 추구, 개성(個性)의 중시, 모식(模式)의 반대 등으로 요약된다. 여기에서 주로 사용되는 개념이 다른 것[異], 같지 않은 것[不同]인데, 이는 기(奇)를 중시하는 풍조로 인해 나타난 것이다.[52] 아울러 소설과 희곡과 같은 장르에서 환망(幻妄)한 내용에 대해 기(奇)와 환(幻)을 결합하여 사용하였다.

천하의 문장이 생기(生氣)가 있는 이유는 전적으로 기사(奇士)로 인한 것이다. 사(士)가 기(奇)하면 마음이 신령[靈]하고 마음이 신령하면 비동(飛動)할 수 있으며, 비동하면 천지를 오르내리고 고금(古今)을 오갈 수 있으며, 굴신(屈伸)과 장단(長短)을 할 수 있고, 살고 죽는 것이 뜻대로 된다. 이것이 뜻과 같이 되면 마음대로 되지 않을 바가 없다.[53]

세상에서 오직 편협한 유생과는 함께 글을 논할 수 없다. 귀는 아직 듣지 못한 말이 많고 눈으로는 아직 보지 못한 것이 많아서 비위(鄙委)하고 견구(牽拘)한 지식만 드러내고 있으니, 천하의 문장을 살펴본다고 해도 어찌 다시 문장이 있을 수 있겠는가! 나는 문장의 묘미는 본뜨거나 모방하는 데에 있지 않다고 생각한다. 자연의 영기는 황홀하게 오고 생각지 않아도 이르며 괴기하여 이름할 수 없고 형상할 수가 없으니, 예사롭게 부합될 수 있는 것이 아니다.[54]

인용문은 탕현조(湯顯祖)의 글로 만명(晩明)에 기(奇)를 중시하는 풍조를 단적으로 보여준다. 이른바 '기사(奇士)'라 하는 자들은 '심령(心靈)'할 수 있다고 말하였다. 심령(心靈)할 수 있게 되면 '비동(飛動)', '상하천지

---

52) 고연희(2012), 72~74면 참조.

53) 湯顯祖, 『玉茗堂文』권5, 「序丘毛伯稿」: "天下文章所以有生氣者, 全在奇士. 士奇則心靈, 心靈則能飛動, 能飛動則上下天地, 來去古今, 可以屈伸長短, 生減如意. 如意則可以無所不如."

54) 湯顯祖, 『玉茗堂文』권5, 「合奇序」: "世間惟拘儒先生, 不可與言文. 耳多未聞, 目多未見, 而其出鄙委牽拘之識, 相天下文章, 寧復有文章乎! 予謂文章之妙, 不在步趨形似之間. 自然靈氣, 恍惚而來, 不思而至, 怪怪奇奇, 莫可名狀, 非物尋常得以合之."

(上下天地)’, ‘래거고금(來去古今)’, ‘굴신장단(屈伸長短)’, ‘생멸여의(生滅如意)’할 수 있다는 논의이다. 이 논의의 요지는 모든 작가 상상력의 기저에 심령이 있다는 것이다. 그는 일정한 법칙이나 모식(模式)을 가지고 작가의 상상력을 제한하는 것을 반대하고 있다. 두 번째 인용문의 ‘형사지간(形似之間)에 치닫지 않는 것’ 또한 일정한 내용과 형식에 구속되지 않는 것으로, 작가의 영감이 발하고 예술적 상상력이 약동해야 기묘한 예술 작품을 만들어 낼 수 있다고 보았다. 이와 같은 주장은 탕현조뿐만이 아닌 앞서 언급한 작가나 학파들의 주된 논리로 사용되었으며, 특히 성령(性靈)[55]을 주장하던 문인들 사이에서 활발하게 논의되었다.[56]

또한, 이 시대는 양명좌파의 영향으로 문학에서의 개성을 중시하였다. 이에 새로움과 독창성의 의미를 품고 있는 신(新)과 기(奇), 혹은 신기(新奇)라는 비평용어가 자주 언급되었다. 특히 이들 품격용어 중에서 기(奇)는 이전시기와 마찬가지로 정(正)과 함께 언급되었다. 그러나 그 의미는 다르다.

> 세속적인 것을 떠나 남과 다른 글을 짓는 이들은 다른 사람과 같은 것을 부끄럽게 여기니 반드시 동료들이 하는 말을 하지 않으려 하며 동료들이 감히 말하지 못하고 말할 수 없는 것을 말하기 좋아한다. 평범하기보다는 독특하고, 바르기보다는 치우치고, 크고 거짓되기보다는 작고 진실하기를 원한다.[57]

---

55) 성령에 대한 논의는 논자에 따라 매우 다양하게 나타난다. 개인의 사상과 가정으로 이해하면서 성령설의 핵심을 주관적 정감으로 파악하는 입장, 창작 주체의 활발한 영감의 작용으로 이해하는 입장, 성령을 성정의 영묘하고 신선한 상태로 보는 입장, 진실한 감정·개성·시적 재능의 세 요소를 포괄하는 것으로 이해하는 입장으로 나누어진다. 정우봉(1992), 8면, 각주 2번 재인용.

56) 김경(2013a), 314~315면 참조.

인용문에서 기(奇)에 대한 인식은 기존 논의와 상이하다 못해 파격적
이다. 기본적으로 정(正)과 기(奇)가 상반된 의미를 지니는 것은 기존
인식과 일치하나, 두 개념을 병존할 수 없는 것으로 보았다. 아울러 평
(平)보다는 기(奇), 정(正)보다는 편(偏), 위(僞)보다는 진(眞)을 보다 중시
하는 견해를 보이기도 한다. 이는 기존의 정(正)과 평(平)에 가치를 둔
양상과는 반대된다. 부정적 인식까지는 아니라 하더라도 선택의 과정에
서 정(正)과 평(平)을 기(奇), 편(偏), 진(眞)보다 상대적으로 평가절하하였
다. 게다가 주목해야 할 부분은 기(奇)의 의미가 진(眞)과 관련되어 있다
는 것이다. 이와 같은 인식은 당시 문풍과 관련된 것으로, 전후칠자의
의고(擬古) 행위인 모방적 형식주의를 지적한 것이다.[58]

그렇다면 전후칠자는 기(奇)에 대한 인식이 어떠한가? 기(奇)와 정
(正)에 대한 직접적인 언급은 없으나 대체로 전범설정에서 일탈된 상태
를 주로 기(奇)라 인식하였다. 이들 중 기(奇)에 구체적 인식을 보인 인
물은 사진(謝榛, 1495~1575)과 왕세정(王世貞, 1526~1596)이다. 사진은
정(正)과 기(奇)를 연쇄관계로 파악하였고[59] 왕세정은 정(正)과 기(奇)를
각각 추구해야 할 품격으로 인식하는 등[60] 기(奇)에 대해 유연한 자세
를 보였다. 게다가 전후칠자는 진한고문에서 기굴(奇崛)의 문풍을 중시
하여 문체와 수사의 변화를 통해 진정성[眞]을 회복하고자 하였다. 따

---

57) 沈守正, 『雪堂集』 권5, 「凌士重小草引」: "夫人抱邁往不屑之韻, 恥與人同, 則必不肯言
  儔人之所言, 而好言其所不敢言不能言. 與其平也寧奇, 與其正也寧偏, 與其大而僞也,
  毋寧小而眞." 葉慶炳·邵紅 編輯(1981), 『明代文學批評資料彙集』, 臺北 成文出版社.
58) 고인덕(2001), 136~138면 참조.
59) 謝榛, 『四溟詩話』: "李靖曰, 正而無奇, 則守將也, 奇而無正, 則鬥將也, 奇正皆得,
  國之輔也. …… 此奇正參伍之法也."
60) 王世貞, 『弇州四部稿』 권144, 「藝苑巵言」: "首尾開闔, 繁簡奇正, 各極其道."

라서 이들의 진정성은 법식의 재현을 통해 성취할 수 있다는 견해를 보인다. 이러한 점은 이후 진실한 감정의 표현보다는 형식주의로 경도되는 방향으로 흐르게 되었다. 다만 진정성에 대한 의미는 이들 내에서도 이견을 보인다. 이몽양(李夢陽, 1475~1529)은 인간의 정(情)을 표출하는 것이 참된 시이며, 『서상기(西廂記)』와 같은 소설에 대해 진정성의 표출이라 평하였다.[61] 왕세정은 모방적 형식주의의 극복을 위해 창신(創新)을 중시하였는데, 자아와 문학의 진정성에 대한 강조[62]는 공안파의 논의와 흡사하다.[63]

명·청시대 문인 중에서 기(奇)에 대해 긍정적 인식을 보이면서도 그 인식이 이전시기와 상이한 면모를 지니는 것은 이들이 성령(性靈)을 근본으로 하기 때문이다. 또한, 전후칠자 중에서 사진·왕세정·이몽양은 진(眞)과 연계하여 기(奇)에 대한 긍정적 인식을 보인다. 그러나 이와 같은 인식은 성령(性靈)과 진(眞)을 주장했던 문인들의 공통된 견해라기보다는 일부 문인의 견해이며, 한 문인에게서도 기(奇)에 대한 인식은 단일하지가 않다. 이들 중에는 정(正)과 기(奇)를 동일한 대상으로 인식하는 경우 또한 있으며,[64] 호기(好奇)로 흐르는 양상에 대해 부정적 인

---

61) 李夢陽, 『文章辨體彙選』 권300, 「詩集自序」: "眞者, 音之發而情之原也, 非雅俗之辨也."

62) 王世貞, 『弇州四部稿』 권51, 「鄒黃州鷦鷯集序」: "盖有眞我以後, 有眞詩, 其習之者, 不以爲達." 왕세정은 만년에도 복고파의 기본 관점인 理學에 대한 비판 및 法과 格에 대한 중시를 철회하지 않았다는 점에서 진정성에 대한 인식은 전면적인 변화라 간주할 수 없다. 廖可斌(1994), 『明代文學復古運動研究』, 上海古籍出版社, 297~304면. 하지영(2014), 18면 각주 13번 재인용.

63) 공안파의 眞은 개인의 독특한 정감과 욕망이 그대로 드러나는 것을 말한다. 그러나 전후칠자의 眞은 도덕적인 정감으로 교화에 도움이 되는 것이다. 신향림(2013), 318면.

64) 婁堅, 『松圓浪淘集』 卷首, 「書孟陽所刻書後」: "近世之論, 非拘求於面目之相背, 卽苟爲新異, 抉摘字句爲悟解, 如是焉已. 凡爲詩若文, 貴在能識眞耳, 苟眞也, 則無古無今, 有正有奇, 道一而已矣."

식을 보이기도 한다. 성령을 주장했던 문인들 내에서도 이견이 존재하
는 이유는 작가의 성령만 있으면 기(奇)이든, 정(正)이든 모두 진실한
것으로 여겼기에, 정(正)과 기(奇)를 상대적 개념으로 인식하면서도 고
정적 개념으로 바라보지 않았기 때문이다.

> 세상 사람들은 평상(平常)을 싫어하고 신기(新奇)를 좋아하면서도
> 천하의 지극한 신기는 평상에 지나지 않음을 말할 줄 모른다. 해와 달은
> 늘 있었지만, 천고에 늘 새로우며, 면과 비단, 콩과 조는 늘 있었지만
> 추울 때는 따뜻하게 하고 배고플 때는 배부르게 할 수 있었으니 어찌
> 그리도 신기한가? 신기는 바로 평상에 있으나 세상 사람들이 살피지
> 못하고 오히려 평상의 바깥에서 신기를 찾으니 이 어찌 신기라 할 수
> 있겠는가?[65]

이 인용문에서 이지(李贄, 1527~1602)는 신기(新奇)와 평상(平常)의 대
비를 통해 신기가 평상 속에 있다고 주장한다. 앞서 정(正)과 기(奇)를
동일하게 인식한 것처럼 평상과 신기를 동일한 대상으로 간주하고 있
다. 게다가 신기함은 늘 있었다는 것으로 볼 때 신기의 고유함을 말하
는 것이다. 즉 정(正)과 기(奇)를 모두 참되다는 전제하에 병론할 수 있
다는 입장이다. 이 같은 주장은 앞서 참다운 기(奇)가 아닌 호기(好奇)의
상태로 흐르는 세태를 비판하기 위함이다.[66] 이는 기존에 정(正)과 기
(奇)를 대립적으로만 인식했던 양상과는 다른 점이다. 사람들은 평범한
것을 싫어하는데 가장 신기한 것은 평범한 것에 지나지 않는다는 사실

---

65) 李贄, 『焚書』 권2, 「復耿侗老書」: "世人厭平常而喜新奇, 不知言天下之至新奇, 莫過
   于平常也. 日月常而千古常新, 布帛菽粟常而寒能暖飢能飽, 又何其奇也? 是新奇正在
   于平常, 世人不察, 反于平常之外覓新奇, 是豈得謂之新奇乎?"
66) 고인덕(2001), 141면.

을 말하고 있으므로 평범함을 벗어난 신기는 참된 신기가 아님을 주장
하고 있다. 이는 문학에서 일상생활에서의 소재로 작품에 입론할 때
작가 자신만의 통찰을 통해 이루어지는 것을 말한다. 따라서 일상생활
에서 벗어나 황당무계한 소재들을 통해 신기함을 추구하는 것은 결코
기(奇)가 될 수 없다는 입장이다.

공안파(公安派)의 문인들 또한 성령(性靈)을 기저로 삼았기에 기(奇)를
정(正)과의 명확히 대립하는 개념으로 보지 않았다. 다만 정(正)과 기(奇)
를 양립할 수 없는 선택사항으로 보았다. 이들은 작가의 성령이 드러난
문장을 최고의 경지로 삼았으며, 이를 진(眞)이란 개념으로 표현하였다.
공안파가 주장한 진(眞)에는 전후칠자의 모방과 형식주의에 대한 반발이
내재되어 있기에 '모방의 반대'라는 의미도 포함되어 있다.

> (시문은) 대부분 자신만의 성령(性靈)을 펼쳐내어 격식에 구애되지
> 않았으며, 자기의 속마음에서 흘러나온 것이 아니면 붓으로 쓰려고 하
> 지 않았다. 때때로 정(情)과 경(境)이 합치되면, 짧은 시간에 많은 말들
> 을 마치 물이 동쪽으로 쏟아지듯 써내려 갔기에 사람들을 혼이 달아나
> 게 할 정도였다. 그사이에는 좋은 부분도 있고 또 나쁜 부분도 있는데,
> 좋은 부분은 다시 말할 것도 없고, 나쁜 부분도 대부분 본색이 홀로
> 만들어 낸 말이다. 그러나 나의 경우는 그 나쁜 부분을 극히 좋아하는
> 반면, 남들이 말하는 좋은 부분이 오히려 겉만 꾸미고 답습한 것이기에
> 한스러워하지 않을 수 없으니, 요즘 문인의 기습(氣習)을 완전히 벗어
> 나지 못하였다고 여기기 때문이다. …… 대개 정(情)이 지극한 말은 저
> 절로 남을 감동시킬 수 있으니 이것이 바로 진시(眞詩)로 전할 만하다.
> 그런데 어떤 자들은 너무 노골적임을 병통으로 여기는데, 정(情)이 경
> (境)에 따라 변하며 글자가 정(情)을 쫓아가면서 생겨난다는 사실을
> 전혀 알지 못한다. 제대로 표현되지 않을까 염려될 뿐이지 무슨 노골적

인 병통이 있겠는가?[67)

인용문은 원굉도(袁宏道, 1568~1610)의 것으로, 공안파 문학론의 기저라 할 수 있는 성령에 대한 인식 및 전후칠자의 답습에 대한 부정적 입장을 확인할 수 있다.

이 작품은 원굉도의 아우인 원중도(袁中道, 1570~1623)의 문집에 대한 서문이다. 원굉도의 서술에 의하면 원중도의 시문(詩文)은 자신의 성령을 바탕으로 하였기 때문에 격식에 구애됨이 없다고 하였다. 이에 대한 평은 훌륭한 부분과 하자가 있는 부분으로 나누어지는데, 원굉도는 이러한 평에 상반된 관점을 드러낸다. 그는 다른 이들이 훌륭하다고 평한 부분은 화려한 수사로 문식만을 주력하는 것과 답습에 의한 폐단[粉飾蹈襲]으로 본 반면, 하자가 있다고 평한 부분에 대해서는 작가의 속마음을 그대로 펼쳐 보이고 작가의 독창적인 표현이 잘 드러난 것[本色獨造語]으로 평가하였다. 즉 '분식도습(粉飾蹈襲)'에 대한 부정적 입장과 '본색독조어(本色獨造語)'에 대한 긍정적 입장을 확인할 수가 있다. 원굉도의 이와 같은 입장은 문두에서의 '독서성령(獨抒性靈)'에서 비롯되었다. 원굉도가 시문의 창작에서 성령을 무엇보다 강조하였다는 점은 인용문에서의 정(情)에 대한 중시와, 작가의 정(情)이 지극히 표출된 시문이야 말로 다른 사람을 감동시킬 수 있다는 주장에서 현저히 드러난다. 따라서

---

67) 袁宏道, 『袁中郎全集』 권3, 「敍小修詩」: "大都獨抒性靈, 不拘格套, 非從自己胸臆流出, 不肯下筆. 有時情與境會, 頃刻千言, 如水東注, 令人奪魂. 其間有佳處, 亦有疵處, 佳處自不必言, 卽疵處亦多本色獨造語. 然予極喜其疵處, 而所謂佳者, 尙不能不以粉飾蹈襲爲恨, 以爲未能盡脫近代文人習氣之故也. …… 大槪情至之語, 自能感人, 是謂眞詩, 可傳也. 而或者有以太露病之, 曾不知情隨境變, 字逐情生, 但恐不達, 何露之有?" 심경호 외 역(2004), 『역주 원중랑집』 권2, 소명출판사, 93~101면 참조.

작가마다 소유한 성령을 법식에 구애되지 않고 자연스레 표출한 작품을 진(眞)이라 지칭하였다.

원굉도의 문학론은 작가의 성령을 바탕으로 하기 때문에 전 시대의 작법을 모방 및 답습하기보다는 각각의 작가 및 시대마다 고유한 예술적 성취를 인정하는 논의로 전개되었다. 즉 성령에 대한 중시는 작가의 개성에 대한 중시이다. 아울러 모방과 답습 및 전범에 대한 부정은 상고주의적 문학론보다는 상대주의 문학론을 중시한 결과이기도 하다.

원굉도를 위시한 공안파의 문학론은 개성주의 흐름과 연관되어 있기에, 정(正)보다는 기(奇)에 가치를 두게 되었다. 즉 참된 것, 개성적인 것을 중시하였고, 그 결과물들을 기(奇)로 표현한 것이다. 다만 공안파 문인들이 언급한 기(奇)는 신기(新奇)에 가까운 의미이다.

> 문장의 신기(新奇)함에는 일정한 격식이 없고, 그저 다른 사람이 표출해 낼 수 없는 것을 표출해 낸다면, 구법(句法)·자법(字法)·조법(調法)이 하나같이 자기의 속마음으로부터 흘러나오니 이것이 진정한 신기이다. 요즈음 일종의 신기에 상투적인 것이 있는데, 새로운 것 같지만 사실은 진부한 것이니 아마도 한번 상투적인 신기인 이 투식에 빠지고 나면 아주 혐오스러운 것이 될 것이다.[68]

이 인용문에서 신기(新奇)의 구체적인 의미를 확인할 수 있다. 일차적으로 모방에 대립되는 개념으로 지칭하고 있다. 따라서 신기가 격식에

---

68) 袁宏道, 『袁中郞全集』 권22, 「答李元善」: "文章新奇, 無定格式, 只要發人所不能發, 句法字法調法, 一一從自己胸中流出, 此眞新奇也. 近日有一種新奇套子, 似新實腐, 恐一落此套, 則尤可厭惡之甚." 심경호 외 역(2004), 『역주 원중랑집』 권5, 소명출판사, 306~307면 참조.

구애됨 없이 자신 속마음으로부터 나온 것이라 한다면 구법(句法)·자법(字法)·조법(調法) 등이 모두 진정한 신기라는 것이다. 아울러 신기의 의미를 진정한 신기와 상투적 신기로 이분하고 있음을 확인할 수 있다. 앞서 진정한 신기는 성령을 발현된 것으로 본 반면, 상투적인 신기는 새로운 것 같지만 진부한 것이라 말한다. 이를 통해 신기의 뜻이 형식만을 새롭게 추구하는 거짓된 신기가 아닌, 성령을 바탕으로 자연스레 이룩된 신기임을 알 수 있다.

따라서 진(眞)은 성령(性靈)을 바탕으로 다른 사람이 표출하지 못한 것이며, 이를 구속됨 없이 있는 그대로 표출해 낸 것을 신기라 말하고 있다. 다만 정(正)과 기(奇)의 구분이기보다는 모방에 대한 비판이기 때문에 진(眞)과 위(僞)의 구분이다.[69] 그럼에도 인용문을 통해 기(奇)가 진(眞)과 연관되어 있음을 알 수 있다.

정리하자면, 공안파는 성령(性靈)을 바탕으로 하였기 때문에 진(眞)을 중시하였고, 진(眞)의 진정으로 표출된 것이 신기라는 입장이다. 즉 참된 것이 다르게 되는 것은 사람마다 타고난 성령이 다르기 때문에, 사람마다 소유한 성령이 격식에 얽매이지 않고 있는 그대로 표출된 것을 신기라 하였다.

---

69) 공안파의 성령은 眞, 變, 趣, 奇와 연관되어 있다. 張少康(2004), 『中國文學理論批評史(下)』, 北京大學出版社, 165~175면 참조. 이들은 주장한 性靈은 내재된 眞情을 표현하기 때문에 일차적으로 眞과 밀접한 관계가 있다. 또한 사람마다 고유한 성령으로 드러난 眞은 다르기 때문에 變을 수반한다. 이는 眞이 복고주의에 대한 반발에서 비롯되었기 때문에 僞의 반대되는 의미이다. 따라서 절대주의에서 벗어나 각 시대의 문학을 중시하는 상대주의가 내재되어 있다. 또한 이들이 주창한 성령은 작가 자신의 개성을 중시하기 때문에 작품에서 작가만의 특징으로 나타나는 것을 趣라 하였다. 나아가 이를 격식에 구애됨 없이 眞情을 자연스럽게 드러낸 것을 奇라 인식하였다. 이들의 奇는 新奇의 의미인데, 자연의 법칙에 순응하여 마음에 따라 나온 것을 진정한 奇라 하였다.

또한, 이 시기에 소설과 희곡에서도 기(奇)가 언급된다. 특히 명대(明代)에 이르러 소설과 희곡에서도 비평을 가하는 양상을 보인다. 나아가 청대(淸代)에서는 비평이 유행처럼 확대되어 김성탄(金聖嘆)을 위시로 하여 소설에서도 다양한 비평방식을 남기게 된다. 이때 사용되는 대표적인 비평용어가 기(奇), 환(幻), 기환(奇幻)인데, 이때의 기(奇)의 의미는 주로 현실주의와 반대되는 허망한 내용이나 과장된 표현을 지적하는 것이다.

> 가령『서유기(西遊記)』와 같은 것은 괴탄하고 상식에 벗어나기에 독자들은 잘못됨을 모두 알고 있다. 그러나 거기에 실려 있는 것으로 근거하자면 스승과 제자 4명이 저마다 각각의 성정을 갖고 저마다 각각의 행동거지를 지녀서 시험 삼아 그들의 한 마디 말이나 한 가지 일을 뽑아서 캄캄한 어둠 속에서 찾게 하더라도 또한 그것이 누구로부터 나온 것인지를 알 수 있을 것이니 바로 환(幻) 가운데 진(眞)이 있기 때문이다. 이것이 바로 정신을 전해 주는 것이지만 이미『수호전』보다 못하다는 비웃음이 있는 것이다. 어찌 참됨과 참되지 않음의 관건이 본래 기이함과 기이하지 않음의 대강이 아니겠는가?[70]

인용문은 능몽초(凌濛初, 1580?~1644)의 것으로, 희곡이나 소설과 같은 장르에서 사실적이기보다는 허망하고 과장된 내용이 포함하고 있음을 지적하고 있다. 이 가운데 주목할 점은 환(幻) 가운데 진(眞)이 있다는 부분이다. 이 시기 소설이나 희곡에서 기(奇)와 환(幻)을 함께 사용

---

70) 凌濛初,『二刻拍案驚奇』,「序文」: "卽如西遊一記, 怪誕不經, 讀者皆知其謬. 然據其所載, 師弟四人各一性情, 各一動止, 試摘取其一言一事, 遂使暗中摸索, 亦知其出自何人, 則正以幻中有眞, 乃爲傳神阿堵, 而已有不如水滸之譏. 豈非眞不眞之關, 固奇不奇之大較也哉?" 凌濛初(1995),『二刻拍案驚奇』, 吉林文史出版社.

하고 또한 환(幻)을 진(眞)과 연계하는 인식은 여러 작가에서 확인할 수 있다.[71] 특히 소설에서의 과탄한 내용은 이를 접한 독자들도 현실과 맞지 않는다는 사실을 알고 있다. 그럼에도 이러한 내용에 동의하고 감동하는 것은 과탄한 내용 가운데 현실을 포함하고 있기 때문이다. 즉 현실을 묘사하는 데 있어서 사실적으로 표현하기보다는 과탄한 표현들이 현실을 보다 투철하게 반영할 수 있다는 점이다. 게다가 이러한 표현들은 현실과 완전히 괴리된 것이 아니라 인정과 이치에 바탕을 두어야 한다는 것이다. 따라서 환(幻)은 진(眞) 가운데 있어야 하고 진(眞)을 바탕으로 표현된 환(幻)이 바로 기(奇)라는 관점이다.

명·청시대 상기(尙奇)에 대한 논의의 특징적 면모는 다른 시기에 비해 기(奇)를 긍정적으로 인식하는 경우가 두드러지며, 정(正)과 기(奇)의 연쇄적 관계 설정에서 벗어나 하나의 독립된 미적 대상으로 간주한다는 점이다. 게다가 기(奇)의 의미가 진(眞)과 관련되어 있으며 나아가 진(眞)의 개념이 기(奇)로 대체되는 양상을 보인다. 이 시기 기(奇)의 의미를 진(眞)과 연계하는 데 있어 주요 요소로 작용하는 것은 성령(性靈)이다. 성령은 인간의 본성을 강조하면서 내면에서 진정(眞情)의 발로를 중시하였기 때문에 모방에 반대되는 의미가 내포되어 있다. 나아가 모방에서 벗어난 진정(眞情)이 전범의 구속에서 탈피하여 문장으로 표현되고, 이것이 남들과 다르기 때문에 기(奇)라 간주하였다. 소설이나 희곡에서도 기(奇)의 의미는 진(眞)과 연계된다. 물론 앞서 정통고문에서 주장하는

---

71) 袁于令, 「西遊記題辭」: "文不幻不文, 幻不極不幻. 是知天下極幻之事, 乃極眞之事, 極幻之理, 乃極眞之理." 湯顯祖, 「異夢記總評」: "夢之似幻實眞, 似奇實確者也." 李相喆 (1997), 「明代曲論中的奇」, 『아시아문화연구』 제2집, 가천대학교 아시아문화연구소, 502면.

기(奇)는 신(新)의 의미에 가깝고, 소설·희곡에서 주장하는 기(奇)는 환(幻)에 가깝지만, 이를 모두가 진(眞)을 바탕으로 한 점은 동일하다.

이상에서 보듯이 기(奇)의 개념은 '특이'하다는 데 특징점이 있다. 시대적 흐름의 정도(正道), 문풍(文風)에서의 정맥(正派), 작법에서 정측(正則)과 대립되는 개념이다. 특히 작법에서는 표현상의 독특함과 비현실성에서 오는 경외감으로 양분할 수 있다.[72] 즉 작품에 나타난 단어와 구상의 새로움이요, 현실에 맞지 않는 기괴함이다. 한문산문에서는 입론과 수사에 있어서 일상에 벗어난 소재와 내용들을 개성적으로 표현하고자한 것이 기(奇)의 추구로 나타났으며, 이는 앞서 언급한 정(正)·법(法)·평(平)에 대립적이지만, 동시에 작가의 개성추구라는 이면을 갖게 되었다. 더욱이 명·청시대에 제기된 상기설(尙奇說)은 기존 문단의 전범과 관습에 도전적 성격을 지니며 새로운 문풍의 이론적 바탕이 되었다. 왕양명의 심학, 이지의 동심설, 탕현조의 유정설, 공안파의 성령설 등의 논의는 모두 개성의 중시와 모방의 반대를 주장하며 기존의 다른 것이 기(奇)의 중시로 나타났다. 이들은 성령(性靈)을 주장하면서 기(奇)가 정(正)과 반대되는 개념적 속성에서 벗어나 새로움과 독창성의 의미를 내포하는데, 주로 진(眞), 신(新)의 개념어와 연용하며 사용하였다. 따라서 정(正)보다는 기(奇), 위(僞)보다는 진(眞)을 중시하는 견해를 보인다. 물론 이들의 주장은 당대 문단의 보편적 인식은 아니다. 한문학은 태생적으로 고(古)에 대한 지향성을 지니므로 정(正)에 대한 중시는 이전 시기와의 연속성을 보이며 당대 문단의 주류를 형성하였다.

이런 상충적 구도는 중국뿐이 아닌 조선후기에도 주요 논쟁의 대상

---

72) 정시열(2006), 252면.

이 되었으며, 산문 비평사에서는 당시 문단의 문제점을 지적하고 극복하는 데 있어, 기(奇)가 주된 비평용어로 자리하게 된다.

& 제3장 ભ

기(奇)의 변모와 일탈

한문산문은 공적인 성격을 지니는 실용문으로서 가치를 지닌다. 이
는 한문학의 보편적 인식인 성리학적 재도론(載道論)에 기초하기 때문
이다. 그러나 조선 후기로 접어들면서 재도론에 균열을 보이며 문(文)
에 반드시 도(道)를 실어야 한다는 관습에서 벗어난 일탈적 경향이 대
두되었다. 더욱이 18세기에 이르러서 성령(性靈)을 주장하는 문인들에
의해 문(文)에 대한 가치는 이전 시기보다 더욱 중시되었으며, 이러한
성향을 보이는 문인들은 작가의 개성을 중시하며 재도론에 반기를 표
명하였다. 물론 18세기에도 한구정맥(韓歐正脈)을 추숭하는 노론계(老
論系) 문인들이 문단에서 주류적 위치를 점하고 있었기 때문에 문(文)에
서의 도(道)에 대한 가치는 여전히 건재하였다. 그럼에도 이전 시기보
다 산문의 독자적 문채미를 인식한 문인들이 대거 등장한다. 따라서
이 시기는 산문의 사적 성격이 부각되는 양상을 보인다.

그가[이침(李沈)] 용휴(用休)를 낳았는데 용휴는 진사가 된 뒤로는 다시 과거 시험장에 들어가지 않았다. 문장에만 전념하여 우리나라의 속된 문체를 도태시키고 힘써 중국의 문체를 따랐다. 그의 문장은 기이하고 웅장하며 참신하고 교묘했으니, 요체가 우산 전겸익이나 석공 원굉도에 못지않았다. 혜환거사라고 자호하였는데, 영조 말엽에 명망이 당시의 으뜸이어서 글을 연마하여 스스로 새롭게 하고자 하는 사람들이 모두 찾아와 질정을 받았다. 몸은 평민의 반열에 있었으나 손수 문단의 권세를 쥔 것이 30여 년이었으니 예부터 없었던 일이었다. 그러나 우리나라 선배들이 문자가 가진 흠을 너무 심하게 끄집어냈기 때문에 속류들의 원망을 사기도 하였다.[1]

인용문은 정약용(丁若鏞, 1762~1836)이 이가환(李家煥, 1742~1801)의 묘지명을 쓰면서 이가환의 아버지인 이용휴(李用休, 1708~1782)에 평한 부분이다. 이 글에서 이용휴가 문장에만 전념하였고, 중국문체를 따랐으며, 그의 문장이 '기굴신교(奇崛新巧)'하다는 평을 받았고, 새로운 글쓰기를 추구한 이들이 이용휴를 따랐다는 것을 알 수 있다.[2]

인용문과 같이 18세기에는 문학가로 자인하는 문인들이 등장한다. 이들은 대부분 정치에 나가지 않았거나 정치에 소외된 문인들로서, 비정치적 입장을 지녔다. 주로 동호인 성격을 지니며 그들 간의 논평을 통해 당대 산문의 문예적 취향이 공유 및 확산되었다. 아울러 이 시기 산문의 사적 성격이 부각하면서 산문론에 있어서도 다양한 논의들이

---

1) 丁若鏞, 『與猶堂全書』 권15, 「貞軒墓誌銘」: "是生諱用休, 旣爲進士, 不復入科場. 專心攻文詞, 淘洗東俚, 力追華夏, 其爲文奇崛新巧, 要不在錢虞山袁石公之下. 自號曰惠寰居士, 當元陵末年, 名冠一代. 凡欲琢磨以自新者, 咸就斧正. 身居布衣之列, 手操文苑之權者三十餘年, 自古以來未之有也. 然抉剔邦人先輩文字之瑕太甚, 以故俗流怨之." 윤재환(2012), 『조선 후기 근기 남인 시맥의 형성과 전개』, 문예원, 176면.
2) 물론 정약용이 奇崛新巧의 문체를 추숭한 것이 아니다.

등장하였다. 특히 새로운 글쓰기를 추구한 이들은 중국의 상기설(尙奇
說)에 호의적 입장을 보이며 작가의 주체와 개성을 강조하였다. 이에
대한 조선 내부에서의 평가는 긍정적·부정적 입장으로 나뉘며 이들에
대해 기(奇)로 평하였다. 따라서 기(奇)에 대한 논의도 이전 시기보다
다양한 양상을 보이게 되었다.

18세기 이전까지 조선 문단에서의 기(奇)는 주로 상고주의 인식을 바
탕으로 한 전범설정에서 정(正)과 반대되는 비평용어로 사용된다. 고문
(古文)이 시대의 흐름에 따라 그릇된 방향으로 전개되는 양상을 기(奇)라
고 표현한 것이다. 이는 '기(奇)만을 위한 기(奇)'의 추구로 인해 험벽한
자구나 전고를 통해 문의(文意)를 난해하게 하는 경우를 말한다. 상기(尙
奇) 또한 시문(時文)에서 작위적인 수사행태를 추구하는 문풍을 비판하
는 의미로 사용되었다.[3] 따라서 기(奇)는 대부분 일탈과 전도 등의 의미
로 사용된다. 다만 특정 장르와 특정문인에 한정되어 기(奇)의 미적 특질
이 중시되기도 하였다.[4]

---

3) 金柱臣(1661~1721)은 근대 문풍의 폐단을 尙奇에서 찾았다. 『壽谷集』권11, 「散言下
篇」: "盖其綴文, 意在避凡俗, 新人耳目, 而自不覺文之紕繆, 莫此爲甚. 是眞所謂欲巧
而反拙也. 近代文弊, 以尙奇爲主, 而循襲此套者居多. 操觚之士, 可以爲戒, 不可不知
也." 또한 鄭弘溟(1582~1650)은 당시 조선중기의 문체가 복고적 성향으로 변했음을
奇로 명기하였다. 鄭弘溟, 『畸庵集』권10, 「策問-文體」: "我東文體, 數百年前, 率皆順
易, 後來稍稍復古, 一洗軌皷, 可謂奇矣."

4) 산수유기의 경우, 奇를 추구해야 할 미적 요소로 지목하기도 하였다. 李滉, 『退溪集』
권35, 「與金舜擧」: "所可疑者, 其文曹曹乎似有好奇尙異之意, 故談山, 必及於域外荒
茫無當之說, 以爲始以爲終. …… 夫遊名山者, 其說固主於奇. 然其奇也各有分劑, 其言
也各有攸當."
또한 유몽인과 최립은 奇를 추구대상으로 삼았다. 유몽인은 한유의 산문 성취를 奇簡
에서 찾았으며(『於于集後集』권4, 「題汪【道昆】遊城陽山記後」: "余觀大明文章之士, 有
懲宋儒, 專尙韓文, 而不能得其奇簡處, 徒學弛緩支離之末, 資之以助箋註文字, 使人易
曉也.") 스스로도 簡의 미학을 추구하였다.(『於于集』권3, 「別冬至副使睦湯卿【大欽】詩
序」: "余生平工文章, 幼尙易, 壯尙簡, 老尙艱深.")

그러나 18세기에 이르러서는 기(奇)에 대한 담론이 이전 시기의 전범 설정에 관계되어 언급되었던 양상에서 벗어나 창작과정에서의 작가의 주체성 및 창작동기, 창작결과물에서 수사적 영역과 미적 지향과 같은 영역에서도 구체적 논의를 보이게 된다. 즉 18세기 산문론에서도 기(奇)에 대한 긍정적 의미가 강조되며 상기(尙奇)에 대한 논의가 등장하게 된다.

이 시기의 기(奇)에 대한 논의는 대체로 다음과 같이 구분된다. 첫째는 기(奇)를 부정적 의미로 인식하는 경우이다. 이는 정(正)과 기(奇)를 대립적 요소로 인식하며 정(正)을 우선시하는 양상으로 한문학에서의 보편적 인식이다. 둘째는 기(奇)를 정(正)과의 대립적 관계에서 벗어나 상보적 관계로 인식하는 경우이다. 기(奇)에 대해서 비교적 개방적인 자세를 보이며 다른 변화와 시도를 통해 기존과 다른 유형을 완성하고자 하는 흐름이다. 이는 기(奇)를 배격해야 할 요소로 인식하기보다는 적절히 활용해야 하며 정(正)을 바탕으로 하면서도 기(奇)에까지 두루 통해야 한다는 주장이다. 셋째는 기(奇)를 추구대상으로 설정하며 미적 지향으로 삼는 경우이다. 이는 기존 문단의 통념을 타파하고 소재나 형식, 표현 등에서 철저하게 기(奇)만을 추구하는 흐름이다.[5] 18세기에

최립의 경우, 金春澤의 평에서 奇를 숭상하는 자들은 지리함과 명대 문인들의 糟粕함을 취해 字句만을 수식하는 병폐가 있는데, 최립만이 奇를 숭상하면서도 수식만을 추구하지 않았다고 하였다. 金春澤, 『北軒集』 권16, 「論詩文」: "東人之文, 大率傷於四書註疏, 其自以守正者, 多支離緩弱. 其尙奇者, 以支離緩弱之資地, 而稍取明人糟粕, 以假飾其字句而已. 惟簡易, 尙奇而不假飾." 이들의 奇는 주로 奇簡, 奇艱, 奇屈 등으로 협의적 함의로 사용하였다.

5) 이 장의 논의들은 필자가 2014년 한문학회 추계학술대회에서 발표했던 내용을 수정·보완한 것이다. 김경(2014c), 「18세기 산문비평에서 '奇' 인식의 변화양상」, 한문학회 추계학술대회 발표문.

이르러서는 이전시기에 비해 둘째, 셋째의 경향이 부각되는 양상을 보인다. 따라서 상기(尙奇)에 대한 논의도 둘째, 셋째의 경향에서 주로 확인된다. 이 장에서는 상기(尙奇)의 논의와 관련된 경향을 중심으로 18세기 기(奇)에 대한 인식의 변화양상을 살펴보고자 한다.

1. 창작주체 및 작가 개성(個性)으로서의 기(奇)

18세기의 산문은 문학으로서 가치가 부각하면서 산문론에서도 작가의 주체성과 작가의 개성을 강조하는 논의들이 등장하게 된다. 자득(自得), 창신(創新), 주신(主神), 진정(眞情) 등의 논의도 이러한 시대적 배경과 무관하지 않다. 물론 이러한 논의들은 이전 시기부터 주장되어온 것들이나 의고(擬古) 또는 법고(法古)를 추구함에 있어 학습 방법을 강조하기 위함이었다. 따라서 기(奇)에 대한 논의도 전범이라 할 수 있는 고(古)와의 관계에서 언급되며 전도된 문풍의 의미로 지칭되었다. 그러나 18세기에는 공안파(公安派)를 비롯된 소품(小品)계열까지 논장(論場)에 들어서면서 고(古)에 대한 논의는 확대되었다. 소품계열은 고(古)와 금(今)을 시간적 개념뿐만이 아니라 공간적 거리로 인식하면서 중국과의 상대성 및 조선의 독자성을 강조하게 된다. 따라서 기(奇)에 대한 논의도 기존의 진한(秦漢)계열 및 당송(唐宋)계열이 추숭하는 고(古)와 공안파를 비롯한 창신(創新)을 지향한 문인들이 주장한 진(眞)과의 대립구도 속에서 진행된다. 다만 창신(創新)에 대한 지향은 그 양상이 단일하지 않다. 우선 이 절에서는 상기(尙奇)에 대한 논의 중에서도 창신(創新)과 전범을 절충하는 양상을 살피고자 한다.

18세기 작가들 역시 기(奇)가 정(正)의 상대적 개념이라는 전통적인 인식을 기본적으로 유지하였다. 다만 기(奇)에 대한 가치 제고를 통해 기(奇)를 문장에서 추구해야 할 품격으로 인식하는 문인들이 등장한다. 이들은 기(奇)가 정(正)에 상충한다는 틀에서 벗어나 절충을 시도하였다. 대표적 작가로는 유한준(兪漢儁, 1732~1811), 심익운(沈翼雲, 1734~1783), 이덕무(李德懋, 1741~1793)를 들 수 있다.

먼저 이덕무의 기(奇)에 대한 대체적인 인식은 이광석(李光錫, 1745~1788)에게 보낸 편지글에서 확인할 수 있다.[6] 이덕무를 비롯한 그와 교유했던 인물들은 다양한 글쓰기를 해 왔으며, 이광석 역시 글쓰기 방법 중 창신(創新)의 문제에 주목하였다. 이덕무는 이광석의 글이 수사적 방법에 치우쳐 난삽(難澁)하고 지리(支離)한 면모를 보이자 그의 글쓰기 방법을 기(奇)라 평하였다. 이덕무는 기존의 기(奇)까지도 부정하면서 당시의 문풍이 기(奇)다운 기(奇)를 보여주고 못한다고 하였다.

아울러 기존의 문장창작에 대해 적극적으로 반발하는 의욕적인 모습도 보여준다. 참된 기(奇)가 되지 못하는 이유는 자신만의 깨달음을

---

6) 李德懋, 『雅亭遺稿』 권7, 「族姪復初【光錫】」: "夫文章雖藝也, 顧變化之神, 則無其際也. 嚴欲其不阻, 暢欲其不流, 晷而骨不露, 詳而肉不滿, 雖遷·固·愈·修復起, 不易乎斯言也. 有欲貫螺室之回旋若羊角者, 織綸之緖, 接之以蜜, 酒膠夫蟻子之腰, 送之螺穴而吹焉, 蟻子尋其路而出, 絲於是貫其中矣. 心溪之文, 若旋風焉, 若輪淌焉, 巧且密焉者, 螺室之回旋也. 不佞之雙眸, 雖耽耽如虎, 其織悉, 非蜜蟻絲也, 安知螺室之邃哉? …… 今心溪之胸中, 巴蜀之奇也. 銅錦芋砂諸靈詭之産, 顧爛鬱充亘於胸中矣. 惟其錦閣鳥道, 巉巖連崿, 不能盡發其無窮之奇也. 今不佞咫尺之書, 乃秦人之五石牛, 誘心溪若巴蜀者也. 心溪果能誘之於不佞之書, 而大闢其劍閣鳥道, 使不佞, 盡探夫銅錦芋砂諸靈詭之産無窮乎否. 是非獨不佞之所欲焉者, 實亦有助於心溪哉? 不佞於文章, 非盡觀天下之奇書也, 盡遇天下之奇才也. 然以才鳴者, 固不過疲苶不能立, 使人讀其詩若文, 冉冉欲睡去也, 奇者旣不見矣. 怪者亦安在哉? 心溪之才靈而怪者也, 不佞雖無狀, 每惜之而眷眷若是哉! 惟心溪察之."

통해 형성된 주체적인 내면이 이루어지지 않은 상태에서 다만 피상적
인 수준에서 기(奇)를 추구하기 때문에 진기(眞奇)가 되지 못하고 기적
(奇的) 수준에 머문다는 것이다. 기적(奇的) 수준이라는 것은 이광석의
글쓰기에 있어 수사적 방법에 치우친 점으로 지적하였던 난삽과 지리
이다. 이덕무는 이광석이 기(奇)와 신(新)에 치우친 부분을 지적하지만,
그럼에도 진기(眞奇)로 가는 과정에 있다고 보았다. 즉 긍정적인 평가
로써 문학의 창작원리와 미학적 방법을 제시해 주고 있다.[7]

> 나는[이덕무] 취(趣)를 위주로 해서 신령스럽게 하려는 것이고, 진옥
> [이진(李璡)]은 기(氣)를 위주로 해서 이미 변환한 것입니다. 나는 전부
> 가 평이한 것을 하고 싶어 하지 않고 전부가 기특한 것도 능하지 못합니
> 다. 그러므로 4할은 평이하고 6할은 기특하여 때로는 평탄한 길을 걷기
> 도 하고 때로는 깊은 산에 들기도 합니다.[8]

이 인용문에서 이덕무의 기(奇)에 대한 인식을 자세히 볼 수 있다.
이 글의 논쟁은 이진(李璡, 1736~?)이 이덕무를 명나라 원굉도(袁宏道)
와 종성(鍾惺)에 빗대어 표현한 것에서 비롯되었다. 이 과정에서 기(奇)
에 대한 함의를 자세히 살펴볼 수 있다. 이덕무 자신은 취(趣)를 위주로
신령스럽게[靈] 하는 것을 기(奇)라 여겼다. 반면, 이진은 기(氣)를 위주
로 변환[幻]하는 것을 기(奇)라 인식하였다. 나아가 이덕무 자신은 취
(趣)를 위주로 4할은 평이하고 6할은 기이하여 때론 평탄한 길을 걷기
도 하고 때론 깊은 산에 들어가는 것처럼 기(奇)만을 추구하지 않겠다

---

7) 김경(2010), 34면.
8) 李德懋, 『靑莊館全書』 권16, 「尹曾若【可基】」: "某主趣而欲靈, 進玉主氣而已幻, 某全
平不欲也, 全奇不能也. 故四分平六分奇, 時行坦途, 時入深山."

고 주장하였다. 즉 이덕무는 문장에서의 기(奇)와 평(平)에 대한 관계를 명확하게 밝히고 있다. 이덕무는 이진처럼 기(奇)에만 경도된다면 형곽산과 아미산과 같이 큰 산도 개미집이나 탄환같이 가소롭게 여길 만큼 더욱더 특이한 것만 추구하려고 하는 병폐가 생기고, 이와 같이 된다면 인위적인 면만이 부각되어 평이한 자연스러움은 사라진다는 것을 말하고 있다. 따라서 이덕무 자신은 절충적인 입장에서 기(奇)를 추구하겠다고 말하는 것이다. 이 점은 앞서 이광석에게 지적하였던 논의와 유사하다. 이에 이덕무의 기(奇)에 대한 인식은 수사적 방법에 치우쳐 난삽하고 지리한 면모만을 추구하는 것에 반대하며 기(奇)와 평(平) 사이의 절충과 안배를 시도한 것이라 하겠다.

　그렇다면 절충의 방법은 무엇인가? 이점은 '취(趣)를 위주로 해서 신령스럽게 한다'는 부분에 주목할 필요가 있다. 우선 취(趣)라는 개념은 '빠르다[疾]'라는 뜻으로 강력한 심리적 움직임을 말한다. 한문학에서는 주로 한가로운 생활에 대한 강렬한 심리적 지향 등을 의미한다. 따라서 단일한 의미로 규정하기 어려운 개념이다. 조선후기에 이르러서는 취(趣)의 심미적 특징을 모호성, 자득성, 비실체성으로 언급되기도 한다.[9] 모호성은 단일한 개념으로 규정하기 어려움이며, 자득성은 말로 설명하거나 논리적으로 전달하기보다는 자신의 마음으로 깨달아 터

---

9) 이와 같은 논의는 李學逵에게서 볼 수 있다. 그는 한유, 육유, 원굉도의 언급을 통해 취의 심미적 특징을 설명하고 있다. 李學逵, 『洛下生集』冊15, 「與尹師赫李思淳」: "俄作書付賢輩, 或有問趣之說, 予應之曰, "難言也. 苟勿拘於形而理會言外則可矣. 韓退之太學聽琴序云, '及暮而退, 充然若有得.' 陸務觀風雨夜坐詩云, '掩書餘味在胸中.' 袁石公有言曰, "山上之色, 水中之味, 花中之光, 女中之態, 雖善說者, 不能下一語, 惟會心者知之." 蓋趣者, 固充然若有得者也, 餘味在胸中者也, 色味光態之不能下一語者也. 賢輩見此, 想當笑領會也."

득하는 것이며, 비실체성은 고정된 실체가 아니라 객관적 요소들 속에 체현되어있는 것을 말한다.[10]

이덕무의 '취(趣)를 통해 신령스럽게 한다'는 부분에서 취(趣)와 영(靈)은 공안파 문인들이 강조했던 개념들이다. 공안파는 성령(性靈)을 주장하며 작가의 개성을 강조하였다. 이때 성령은 진(眞), 변(變), 취(趣), 기(奇)와 연관되어 있는데, 취(趣)는 작가의 개성이 실제 작품에 자신만의 특징으로 드러나는 것으로 인식하였다. 따라서 취(趣)는 작가의 개성과 관련되어 있으며 창작과정에 있어서 작가의 주체성과 작가의식과도 관련된다. 이덕무가 언급한 취(趣)의 구체적 의미를 단정하기 어렵지만, '취(趣)를 통해 신령스럽게 한다'는 언급으로 볼 때 자신만이 터득한 깨달음을 통해 문장의 형식에 구애됨 없이 자유롭게 표현하고자 함이 내재되어 있다. 따라서 이덕무의 취(趣)는 자득성에 가까운 의미라 하겠다.

이덕무는 아무리 괴이한 기(奇)라도 한두 번 보면 저절로 문맥이 드러나야 좋은 문장이라 여겼다.[11] 이진이 기(氣)를 통해 환(幻)하게 한다는 것은 기(奇)만을 추구하는 양상이다. 즉 험벽한 전고나 난삽한 수사적 기법을 통해 문의(文意)를 난해하게 하는 양상으로, 모의(模擬)에만 지나치게 치우친 풍조를 비판한 것이다. 이에 반해 이덕무는 과도한 기(奇)를 벗어나기 위해 취(趣)에 좀 더 중점을 둔 것이라 할 수 있다. 취(趣)를 위주로 한다는 것은, 표면적으로 볼 때 창작과정에서 기(奇)의 효과를 기대하는 것이다.[12] 이덕무는 입론에서 자신만이 터득한 깨달음을 통해

---

10) 정우봉(2009), 420~424면 참조.

11) 李德懋, 『靑莊館全書』 권5, 「嬰雅」 "凡文章雖至怪極奇者, 一再次細尋, 自有脉絡, 方是好文."

12) 이덕무의 산문에서 기존 양식을 변주 및 변용하는 양상을 볼 수 있는데, 그 경향이 하나로 일관되기보다는 장르나 글의 제재에 따라 서술방식에 변화를 보인다. 이때 奇에

일상적이고 사소한 것에서 소재를 차용하였다. 이는 문학의 창작에서
모방보다는 스스로 터득과정인 자득(自得)을 중요시한 결과라 하겠다.[13]

자득에 대한 중시는 이전 시기부터 강조되어왔다. 동시대에 있어서
는 조귀명(趙龜命, 1692~1737)에게서 확인할 수 있다.[14] 황경원(黃景源,
1709~1787)은 조귀명의 문장을 '자득지기(自得之奇)'와 '독견지묘(獨見之
妙)'라 평하였다.[15] 자득과 독견은 문학에서의 개성과 주체를 강조하는
것으로, 조귀명의 문학론을 대변한다.[16]

대한 긍정적 인식도 때로는 입론의 영역에, 때로는 수사적 영역에, 때로는 두 영역을
함께 고려하는 등, 그 양상이 단일하지 않다. 이에 관한 선행연구에서는 이분법적인
사고를 넘어 틈[間]에 중심적 가치를 두었다는 주장이 제기되었다. 특히 이덕무는 박지
원과 더불어 법고와 창신, 고문과 금문이냐가 중요한 것이 아니라, 각각의 가치를 인정
하면서도 아울러 각각의 병통을 극복하면 모두가 가치가 있다고 주장하였다. 박수밀
(2007), 『18세기 지식인의 생각과 글쓰기 전략』, 태학사, 37~41면 참조. 그러나 이덕무
의 奇에 대한 대체적인 인식은 수사보다는 입론의 영역에서 긍정적 인식이 확인된다.

13) 이덕무가 自得을 중시한 것은 문집 여러 곳에서 확인된다. 원문은 주석 17번을 참고하
기 바람.

14) 조귀명은 문장을 지을 적에는 自得을 통해 참다움[眞]을 소유하는 것이 중요하다고
말하였다. 자득한 식견을 긍정적으로 판단하고, 深眇之理와 靈悟之解를 바탕으로 더욱
발전시켜서 개성을 잘 표현할 수 있다면 역대 유명한 인물들과 더불어 후세에까지 그
이름을 남길 수 있다고 하였다. 이를 통해서 보자면, 조귀명의 자득은 대상의 인식에
있어서 자신만이 가진 견식이라 하겠다. 趙龜命, 『東谿集』 권10, 「答敬大書【癸卯】」:
"識莫如眞, 理莫如窮. 或謂'三代以下文章之士, 豈皆理之窮而識之眞哉?'夫自道學律
之, 彼盖理有所不窮, 而識有所不眞矣, 自其人言之, 則各有其理, 而未嘗不窮, 各有其
識, 而未嘗不眞. 漢之董·賈·楊·劉, 唐·宋之韓·歐·曾·王, 門路正大, 蘊積深厚, 固以
學識自命矣. 若如太史·柳州·蘇氏父子, 其學誠無所主, 而太史之識, 眞於怨, 柳州之
識, 眞於窮, 蘇氏之識, 眞於權變放達. 故其發於文字者, 類能刺骨洞髓, 玲瓏透徹. 譬如
饒人評味浪子說情, 理雖非正, 而境則實眞, 自足以動人心腸也. 是之謂自得, 自得之
深, 毋論正偏高下, 而文皆好. …… 嗚呼! 發深眇之理於造次之間, 藏靈悟之解於尋常之
中, 意愈奇而體愈正, 論愈險而文愈易, 此吾所夢想於坡公者, 而未尋其蹊逕也."

15) 黃景源, 『江漢集』 권5, 「答趙翊衛【龜命】書」: "景源白, 辱諭屬以文集序, 非敢辭也.
執事之文, 本之以自得之奇, 發之以獨見之妙, 刻深而辯博, 精篤而橫放, 執事所謂似幻
而非幻者. 不竢人之論贊而其自知也已明矣."

16) 自得은 18세기 이전부터 강조되어온 논의이다. 李植(1584~1647)은 奇拔自得, 柳夢寅

이덕무의 자득 또한 개성으로 연결되며 개성은 사물과 개체에 대한 다양성을 인정하는 것에서 비롯되었다. 그는 남과 다른 것에 주목하였다. 다른 것이란, 미처 발견하지 못했거나 주목받지 못한 것들로서, 이덕무는 그것을 글의 제제로 과감하게 차용하였다. 이러한 글쓰기 양상은 자신에 대한 주목과 진실의 탐구하고자 하는 학문 태도가 반영된 것이다.

그러나 이덕무는 무엇보다 창작에 있어 작가 태도에 주목하였다. 그는 문장을 조화(造化)로 인식하였기 때문에 모방해서는 안 된다고 말한다. 이는 사람 얼굴이 제각기 다른 것처럼 자득을 통해 자신만의 글쓰기를 주장하고 있다. 그러나 새로운 것만을 창출하다 보면 본연(本然)을 잃게 되므로 작가마다 터득한 방법을 중시하였다. 따라서 모방보다는 독창적 면모를 지닌 작가들을 추숭했으며, 그들의 문장을 모방하기보다는 그들의 창작태도를 중시하였다.[17]

은 自悟自得, 金昌協(1651~1708)과 洪世泰(1653~1725)는 天機와 연계하여 자득을 논의하였다. 이들 중에서 이식과 김창협은 '道文一致'를 전면적 부정하지는 않으나 그 범위 내에서 유연한 인식을 견지하며 文의 가치를 좀 더 인식하고자 한 의도이다. 이에 자득의 함의도 전범의 답습에서 얻어진 결과로 인식되었다. 즉 축척된 학식, 사유의 수준 등의 의미로 사용하였고, 특히 유가 경서를 학술적으로 연마하고 그 정신을 배움으로써 얻을 수 있는 것이라 보았다. 송혁기(2006), 166~174면 참조.

17) 李德懋, 『靑莊館全書』 권48, 『耳目口心書』 권1: "文章一造化也, 造化豈可拘縛而齊之於摹擬乎? 夫人人, 俱有一具文章, 蟠鬱胸中, 如其面不相肖, 如責其同也, 則板刻之畫, 擧子之券也, 何奇之有? 亦余豈曰盡棄古人之法也? 非子之所以縛於法而不能自恣也, 法自具於不法之中, 豈曰棄也. …… 然天下之才, 非超脫而止也. 有典雅者, 有平易者, 壹皆責之, 以別創新奇, 或恐反喪其本然而日趍于高曠超絶之域, 不亦敗道乎? 振作多士之文章, 豈一律而已哉? …… 自有妙解透悟法, 在人人各自善得之如何耳. …… 蓋于鱗輩雄健, 中郎輩退步矣, 中郎輩超悟, 于鱗輩退步矣, 各自背馳, 俱有病敗." 창작태도와 관련하여 거론한 인물은 이반룡, 원굉도, 당순지, 귀유광 등으로 이들의 장단점을 모두 기술하고 있다. 즉 진한고문, 당송고문, 공안파 등 어느 특정 문파에 경도되는 것보다는 이들 중 창작태도에서 개성적 면모를 드러낸 작가들에 긍정적 인식을 보인다.

이는 당나라 황보식(皇甫湜, 777?~830?)의 「답이생제일서(答李生第一序)」[18]에 나타난 기(奇)의 인식과 상응하는 부분이다. 황보식의 논지는 뜻이 새롭고 문사가 높으면 의도하지 않아도 저절로 기이하게 된다는 것인데, 이는 이덕무가 추구한 기(奇)와 같은 의미이다. 다시 말하면, 작가가 작품 창작에 있어서 기(奇)를 의도적으로 추구하는 것이 아니라 글 속에 담긴 뜻이 구속이 없게 되면 이 과정에서 자연스레 기(奇)를 배태한다는 것이다. 즉 기(奇)하게 하려고 하는 것이 아니라, 작가가 주체성을 가지고 자신만의 개성을 여과 없이 있는 그대로 재현하는 것을 말한다. 물론 작가의 개성을 작품에 구현하기 위해서는 작가의 탁월한 재능이 뒷받침되어야 한다. 따라서 이덕무는 진기(眞奇)에 궁극적 목표를 두었지만, 실제 진기(眞奇)로 가기 위해서는 무엇보다 작가의 주체성을 강조하였으며 작가의 주체성은 모방과는 반대되는 개념이므로 인위적인 수사적 방법을 통해 형식적인 면모만을 추구하는 것을 반대하였다.

이러한 점은 박지원이 주장한 법고창신(法古創新)의 개념과 유사하다.[19] 박지원은 기본적으로 고(古)에 대한 개념을 절대시하는 인식에서 벗어나 고(古)에 대해 상대적 개념으로 파악하였다.[20] 과거와 현재를

---

18) 皇甫湜,『皇甫湜正集』권4,「答李生第一序」: "夫意新則異於常, 異於常則怪矣. 詞高則出於衆, 出於衆則奇矣. 虎豹之文, 不得不炳於犬羊, 鸞鳳之音, 不得不鏘於烏鵲, 金玉之光, 不得不炫於瓦石, 非有意先之也, 乃自然也. 必崔嵬然後爲嶽, 必滔天然後爲海."

19) 이 개념은 박지원만의 독창적인 것이 아닌 전통적 문학론을 바탕으로 새롭게 이론화한 것이며, 法古에서 古는 古文의 개념으로 좁힌 것이다. 박지원 문학론의 핵심이라 할 수 있는 '법고창신'이 갖는 의미와 속성에 대해 학계에서는 주된 연구와 관심의 대상으로 삼았다. 김혈조(1993),「연암 박지원의 사유양식과 산문문학」, 성균관대 박사학위논문; 이현식(1993),「연암 박지원 문장의 연구」, 연세대 박사학위논문; 李鐘周(1990),「北學派 散文 硏究 - 燕巖 朴趾源을 中心으로」, 서강대 박사학위논문; 오수경(1995),「法古創新論의 개념에 대한 검토」,『한문학연구』10, 계명한문학회.

20) 강혜선(1999), 16면.

구별하여 시간으로 인식하는 차원을 넘어서 그 공간 속에서 존재하는 자신의 문제로 확장하고 있음을 볼 수 있다. 그리고 여기에서 그치는 것이 아니라 사물에 대한 인식으로 이어지고 있으며, 그 영역은 문학 창작에서 고스란히 반영되고 있다.[21] 이와 같은 인식은 이덕무에게서도 볼 수 있는데, 그 또한 시간관념에 대해 유동적 자세를 취하였다.[22]

박지원과 이덕무는 고금(古今)의 상대적 인식을 바탕으로 예전보다는 지금, 중국보다는 조선의 현실을 강조한다. 따라서 금(今)의 특징이 이후 고(古)가 될 수 있다는 인식을 바탕으로 전대 문학에 대한 모방을 비판하면서 새로운 글쓰기를 주장하였다.[23] 그러나 이 주장은 의고적 작법행태에 대한 전면적인 부정은 아니다. 「초정집서(楚亭集序)」의 '법고이지변, 창신이능전(法古而知變, 刱新而能典)'에서 보듯이 양자는 서로 대척점이 되는 것이 아니라 상생의 순환 고리로 연결되어 있음을 알 수 있다.[24]

---

21) 심경호는 연암의 사물에 대한 인식 중 그 토대를 일회성에 두고 이는 문학론과 미학론에 바탕이라 하였다. '일회성'이란 사물의 구분에 있어 본질적으로 공간적 그리고 시간적으로 지극히 미세한 차이에 의해 사물과 사물을 구별 짓는 절대적 차별로 된다. 이러한 차별이 되는 것은 사물 하나하나가 다시 반복될 수 없는 공간과 시간의 '일회성'에 의해 존재한다는 사실 때문이고 즉 일회성으로 인해 다른 무엇으로 대체할 수 없는 것이며 이를 바탕으로 한 인식이 문학론과 미학론의 근본이 된 것이라 하였다. 심경호 (2001), 『한문산문의 내면 풍경』, 소명, 267~297면 참조.

22) 李德懋, 『靑莊館全書』 권63, 「蟬橘堂濃笑」: "一古一今, 大瞬大息. 一瞬一息, 小古小今. 瞬息之積, 居然爲古今. 又昨日今日明日, 輪遞萬億, 新新不已. 生於此中, 老於此中, 故君子着念此三日."

23) 朴趾源, 『燕巖集』 권1, 「楚亭集序」: "苟能法古而知變, 刱新而能典, 今之文, 猶古之文也."

24) 박지원 문학론의 핵심이라 할 수 있는 '법고창신'의 문체적 특징과 의미에 대해서는 크게 두 가지 양상으로 나뉜다. 첫째, 法古와 創新을 분리하지 않고 연계된 개념으로 이해하는 경우이다. (이현식(1993), 「연암 박지원 문장의 연구」, 연세대 박사학위논문; 강혜선(1999), 『박지원 산문의 고문 변용양상』, 태학사; 정민(2012), 『비슷한 것은 가짜다』, 태학사; 김진호(2012), 「〈楚亭集序〉에 나타난 연암의 法古創新論 연구」, 『민족문화』 39, 한국고전번역원; 김명호(2013), 『연암문학의 심층탐구』, 돌베개.) 둘째, 法古보다는

즉 당대 현실에 맞는 글을 쓰면서도 일정한 방향과 규범을 고려해야
한다는 뜻이다. 이는 전술한 바와 같이, 정(正)과 기(奇)를 대립적 요소로
인식하지 않고 상호보완적 관계로 인식하며 양자의 절충을 시도하였던
양상과 같은 맥락이다. 즉 법고(法古)·능전(能典)은 정(正)이고 지변(知
變)·창신(刱新)은 기(奇)라 하겠다.

이 시대의 기(奇)에 대한 인식은 이전 시대 정(正)과 기(奇)의 양자 대치
에서 부분적 균열을 보이며 상보적 관계로 전환되어간다. 이덕무는 문장
의 형식에 정서적인 내용을 담아내기 위한 하나의 방법으로 기(奇)의
추구를 독려하였으며, 이를 문학의 창작원리와 미학적 방법으로 인식하
였다. 아울러 기(奇)를 의도적으로 추구하지 않고 뜻이 구속됨 없게 되면
자연스레 드러나는 것이라 인식하였다.

> 문장에는 기이함[奇]과 바름[正]이 있다. 처음에는 바름에 자리하다
> 가 기이함에 출입한다. 바름이 주가 되는 까닭에 첫 번째 자리가 되고,
> 기이함이 객이 되는 까닭에 출입이 있기에 위치는 신중히 하지 않을
> 수 없다. 기이하면[奇] 곧 신묘하게[神] 되고, 신묘하면 곧 변하게[變]
> 된다. 변하면 곧 화하게[化] 되고, 화하면 곧 성스럽게[聖] 된다. 법의
> 바름에 구속될 따름이라면 화할 수가 없다. 화는 기이함에 근본한다.
> 그러나 바름으로써 주를 삼아야 기이함이 신(神)·변(變)·화(化) 할 수
> 있고, 신·변·화하게 하면 문장은 성(聖)의 경지에 이를 것이다. 바름이
> 거처하지 않으면 문장이 펼쳐지지 못한다. 신묘함이 숨어 있지 않으면
> 문장이 빛나지 못한다. 바름으로써 하지 않으면 구속되고, 기이함으로

創新에 무게 중심을 두고 이해하는 경우이다.(이동환(1978), 「박지원의 문학사상」, 『진
단학보』 44; 조동일(1978), 『韓國文學思想史試論』, 지식산업사; 이병순(2006), 「朝鮮後
期 反擬古 文學論 研究 – 法古에 대한 비판과 法古創新」, 『漢文學論集』 24, 근역한문학
회; 임형택(2009), 「朴趾源의 인식론과 미의식」 『실사구시의 한국학』, 창비.)

써 하지 않으면 가려진다. 그런데 바름은 감출 수 없기 때문에 거처한다
고 했고, 기이함은 드러날 수 없기 때문에 숨는다고 했다. 주객(主客)이
나뉘는 이유이다. 대저 신(神)은 지극히 오묘하여 가득 찼다가도 곧
쪼그라드니 귀신도 헤아릴 수 없다. 이것은 신의 현묘함을 형용한 것이
니, 비록 바름을 주인으로 하고 기이함을 객으로 하더라도 기이함이
없는 바름은 없다. 이것이 오로지 신을 말하는 까닭이다.[25]

정(正)과 기(奇)의 절충을 통해 상보적 관계로 설정한 측면은 유한준에
게서도 확인된다. 유한준은 기본적으로 기(奇)를 정(正)에 상대되는 개념
으로 인식하고 있으며 위치상 기(奇)가 정(正)보다 아래에 머문다고 하였
다. 이는 문장의 구상단계에서 형상단계로 나가는 과정에 요구되는 작가
의 창작 전술로, 정(正)과 기(奇)를 중심으로 이루어지는 신(神)·변(變)·
화(化)·성(聖)의 발전단계를 강조한 부분에서 확인된다. 즉 정(正)을 씨
줄로, 기(奇)를 날줄로 삼아 '신-변-화-성'의 단계적 상승효과를 거둘
수 있다고 보는 것이다.[26] 유한준의 기(奇)에 대한 인식은 주객(主客)의
설정에서 보듯이 정(正)에 중심을 두고 있으나, 운용의 측면에서는 기
(奇)를 강조하고 있다. 그는 기(奇)와 정(正)의 운용을 병법(兵法)에서의
기습전에 비유하여 기법(奇法)의 중요성에 대해 말하였다.[27] 이에 정(正)

---

25) 兪漢雋, 『著菴集』(여강출판사 영인본, 1987) 권21, 「文訣【三十四章】」: "文有奇·正.
肇位于正, 出入于奇. 正爲主, 故爲肇位, 奇爲客, 故有出入, 位置不可不愼也. 奇乃神,
神乃變. 變乃化. 化乃聖. 滯於法之正而已, 則無以化. 化本於奇. 然惟以正爲主之, 奇
爲能神變化, 神變化而文至於聖矣. 正惟不居, 文乃不舒. 神惟不藏, 文乃不光. 不以正
則局, 不以奇則晦. 然正不可以隱, 故曰居, 奇不可以露, 故曰藏. 主客之所以分也. 夫
神之至妙, 是嬴是縮, 鬼神其不能測. 此形容神之妙, 雖主正而客奇, 亦無無奇之正. 此
所以專言神也."

26) 유동재(2005), 「저암 유한준의 문학관과 문장론 연구: 「자전」과 「문결」 중심으로」, 안동
대 교육대학원 석사학위논문, 51~65쪽 참조.

27) 兪漢雋, 『自著著草』, 「太湖集序【辛亥】」: "嚴於結搆, 而時出奇以經緯之, 譬如用兵者,

과 기(奇)에 대한 인식은 대립적 관계에서 출발하고 있으면서도, 작법에
서는 '유이정위주지, 기위능신변화(惟以正爲主之, 奇爲能神變化)'에서 보
듯이 정(正)을 바탕으로 한 기(奇)를 강조하며, 두 개념을 상보적인 관계
로 인식하고 있다.

유한준의 정(正)과 기(奇)의 상보적 관계 설정은 신(神)과 관련된 것이
기도 하다. 이 점은 '정유불거, 문내불서. 신유부장, 문내불광(正惟不居,
文乃不舒. 神惟不藏, 文乃不光)'이라는 서술에서 보듯이, 기(奇)가 문장에
서 구현될 수 있는 관건이 신(神)에 달려있다고 인식하였다. 즉 작법에서
주(主)라 할 수 있는 정(正)과, 객(客)이라 할 수 있는 기(奇)를 적절히
운용하고 조화시키는 것이 바로 신(神)이며, 신(神)은 정(正)과 기(奇)의
중간적 위치를 차지하며 작품에 따라 고정된 형식이나 작법이 아님을
말하고 있다.

유한준의 기(奇)에 대한 인식은 이덕무와 비슷한 양상을 보인다. 다만
이덕무의 자득을 바탕으로 한 개성의 중시는 창작의 과정에서 전범의
구속에 벗어나 비교적 자유로운 면모로 부각되었다. 반면, 유한준은 정
(正)과 기(奇)의 상보적 관계에서 신(神)의 기능을 강조하며 창작의식이
나 온축된 영감이 작법의 체제 내에서 자연스럽게 이루어지는 양상을
기(奇)라 말하고 있다. 즉 이덕무의 자득을 바탕으로 한 기(奇)는 창작과
정에서 개성적 면모가 강조된 것이며, 유한준의 기(奇)는 창작과정에서
의 영감이 신(神)을 통해 작법의 체제 내에서 구현되는 것을 말한다.[28]

18세기 문인 중, 유한준과 같이 기(奇)와 신(神)을 연계한 작가로는

務堅其壁壘, 徐整其部伍, 而往往出偏師, 衝陷折關."
28) 이 같은 인식이 실제 작법에도 반영되었음은 俞彦鎬의 언급을 통해 알 수 있다. 『燕石』
책11, 「蒼厓自著序【辛亥】」: "異而依乎常, 奇而離乎僻."

심익운을 들 수 있다.[29] 우선 심익운의 기(奇)에 대한 인식을 살펴보자.

　　문(文)을 짓는 방법은 대략 세 가지가 있으니 도(道)와 법(法)과 신
(神)이다. 도는 본체[體]이고 신은 작용[用]이며 법은 그 틀[器]이다.
이것을 한 사람의 몸에 비유컨대, 도는 그 사람됨의 근본이며, 법은
귀·눈·코·입·몸 등처럼 바꿀 수 없는 것이며, 신은 그 지각운동의
영민(靈敏)함이다. 그렇기에 도로써 그 학문의 근본을 세우고, 법으로
써 그 바탕을 바르게 하고 신으로써 깨달음을 오묘하게 하는 것이다.
도는 항상 주(主)가 되고 법과 신은 서로 번갈아 그 뒤를 따르기에 기
(奇)와 정(正)이 나누어진다. 그 정(正)을 우선하는 측면에서 말하자면,
도가 있은 이후에 법이 있게 되고 법이 있는 이후에 신이 있게 된다.
이것은 사람의 경우 사람이 되는 이치가 있은 이후에 몸이 생겨나고
몸이 생겨난 이후에 영민함이 발하게 되는 것과 같다. 그 기(奇)의 측면
에서 말하자면, 도가 처음이고 신이 그 다음인데 신이 깃드는 곳이 법이
라는 사실은 영민함이 몸에 거하는 것과 같다. 만약 사람인데도 영민함
이 없다면 그 몸은 그저 쓸모없는 도구에 지나지 않는다. 그렇기에 "법
은 신이 깃드는 곳이다."라고 하는 것이다. 그렇기 때문에 그 차례를
말하면 도, 법, 신의 순서가 되고 그 오묘함을 말한다면 "도는 본체이고,
신은 작용이며, 법은 그 틀이다."라고 말하는 것이다.
　　『손자병법(孫子兵法)』에 "싸움은 정면에서 적과 맞서는[正] 한편 예
측하지 못한 계책[奇]으로써 이긴다."라고 하였으니, 이것을 알면 더불
어 문을 말할 수 있다. 그러므로 배움의 근본을 세우는 것은 도에 달려있
고 바탕을 바르게 하는 것은 법에 달려있으며 깨달음을 오묘하게 하는
것은 신에 달려있는 것이다. 법을 구비하였지만 신이 충분하지 않으면
시체처럼 되는 문제가 생기고, 신은 전일하나 법이 갖추어지지 않으면

---

29) 필자는 심익운 산문에서의 奇가 갖는 의미를 神과 연계하여 논한 바가 있다. 김경
　　(2014a), 30~37면. 이장의 내용은 상기 논문을 활용하되, 구도에 맞추어 수정·보완하
　　였다.

귀신처럼 되는 문제가 생기며, 신이 전일하고 법이 구비되어 있으나 도로부터 말미암지 않으면 여우처럼 되는 문제가 생긴다. 어째서인가? 몸이 있으나 영민함이 없으면 시체가 아니겠는가? 영민함이 있으면서 몸이 없으면 귀신이 아니겠는가? 또 이미 몸이 있고 게다가 영민함도 있는데 사람이 아니라면 여우가 사람의 탈을 빌린 것이 아니겠는가? 그렇기 때문에 세 가지를 온전히 하고 기(奇)와 정(正)의 구별을 알게 된다면 곧 글을 지을 수 있을 것이다.[30]

인용문에서 도(道)는 본체[體]이고, 법(法)은 틀[器]이며, 신(神)은 작용 [用]인데, 이를 사람의 몸에 비유하며 논의를 개진하고 있다. 이 세 가지 문술(文術) 중에서 도(道)가 주(主)가 되며 법(法)과 신(神)이 종(從)이 되는 데, 법(法)과 신(神)을 어떻게 운용하느냐에 따라 정(正)과 기(奇)가 나뉘 게 된다는 부분에서 기(奇)의 언급이 보인다. 심익운은 '도(道)-법(法)- 신(神)'으로 운용된 결과가 정(正)이고, '도(道)-신(神)-법(法)'으로 운용 된 결과가 기(奇)라 하였다. 즉 작법에 있어 일반적인 순서는 '도-법-신' 이지만, 신묘함이나 오묘함을 담을 수 있는 순서로는 '도-신-법'이라 말하고 있다. 이에 기(奇)는 도(道)를 바탕으로 삼고 법(法)보다 신(神)이

---

30) 沈翼雲, 『百一集』文, 「說文, 一原【原, 本也, 始也】」: "爲文之術, 大約有三, 曰道曰法曰 神. 道者體也, 神者用也, 法者其器也. 比之一人之身, 道其爲人之本乎, 法其耳目鼻口 形骸之不可變易乎, 神其知覺運動之靈明乎. 故道以本其學, 法以正其質, 神以竗其解. 道常爲之主, 法與神迭相爲後, 而奇正分焉. 自先其正而言之, 有道而後有法, 有法而後 有神. 猶人之有爲人之理, 而後形骸生, 形骸生而後靈明發焉. 自其奇而言之, 道先之, 神次之, 法者神之寓也, 猶靈明之寓於形骸也. 使人而無靈明, 其形骸特無用之具耳. 故 曰, "法者神之寓也." 故語其序, 則曰道曰法曰神, 語其妙, 則曰, "道者體也, 神者用也, 法者其器也." 兵法曰, "兵以正合, 以奇勝." 知此則可與語文矣. 故本學在乎道, 正質在 乎法, 妙解在乎神. 具於法而神不充, 其失也尸, 專於神而法不備, 其失也鬼, 神專法具 而不由乎道, 其失也狐. 何也? 形骸存而靈明亡, 非尸乎? 靈明存而形骸亡, 非鬼乎? 旣 有形骸矣, 又有靈明矣, 而非人也, 非狐之假人乎? 故三者全, 而知奇正之分, 則斯可以 爲文矣."

먼저 거처했을 때 드러나는 양상으로, 사람의 영민함이 그 몸에 거처하는 것과 같다는 논리이다. 심익운은 기(奇)를 정(正)과의 상대적 개념으로 인식하고 있으면서도, 동시에 기(奇)를 긍정적으로 인식하고 있다. 아울러 기(奇)의 함의가 신(神)과 관련되어 있음을 알 수 있다. 그렇다면 심익운이 생각하는 신(神)의 개념에 살펴볼 필요가 있겠다.

신(神)은 주로 시론(詩論)에서 강조되어왔다. 신(神)의 개념은 작품의 창작에서 외물의 묘사에 예술적 형상의 본질이나 정신, 또는 작가의 심미적 정신 활동으로 구분할 수 있다.[31] 심익운의 신(神)에 대한 인식은 「설문(說文), 사신(四神)」에서 볼 수 있는데[32] 작가와 작품이라는 두 영역을 엄격하게 분별하지는 않고 있다.[33] 다만 '도·법·신' 세 개념의 관계에

---

31) 神의 개념을 보다 세분하자면 다음과 같이 정리된다. 첫째는 神明, 神靈 등의 의미로 대부분 창작과정 중에서 영감이 발동하는 것이 마치 초자연적인 힘에 도움을 얻은 경우, 둘째는 대상을 묘사함에 있어 내재된 정신의 본질, 셋째는 작자의 정신으로 심령이 창작에 있어 예술사유적인 활동, 넷째는 작품에 내재된 정신의 본질, 다섯째는 예술 창작에 있어 최고의 경지를 말한다. 成復旺 主編(1995), 108면.
조선후기에 있어 神에 대한 인식은 境이나 形과의 관계에서 함께 논의되었다. 神과 境의 논의는 창작 사유 과정에서 묘사 대상과의 혼연한 일치에 이른 작가의 심리적 상태나 경지를 중심으로 진행되었다. 神과 形에 대한 논의는 形이 갖는 외재적, 현상적 의미와 반대되는 내재적, 본질적 의미로 작가의 정신적 풍모를 뜻한다. 정우봉(1992), 30~52면 참조.

32) 沈翼雲, 『百一集』文, 「說文, 四神【神, 變化之不可測也】」: "惟天下之至文, 爲能有神, 神則變, 變則化, 變化至則無所不通, 無所不通則聖. 故文始於神, 而終於聖. 神者, 文之司令也. 優孟爲孫叔敖衣冠, 歲餘而楚王左右不能辯, 以爲叔敖復生也. 彼其膚爪鬚髮, 豈眞盡如叔敖哉? 惟得其神而已矣. 故善爲文者, 學古而不泥於迹, 本之以道, 發之以神, 故神動而天隨, 天者自然也. 文至於自然而美極矣, 故神不先定者, 其文亂, 其文亂者, 其心惑也. 故文之至竗, 在乎神, 神之不撓, 在乎治心, 道所以治其心也. 故善爲文者, 本之道而發之神, 故其文古而其事今, 其言近而其義遠. 如天之高, 如地之厚, 如鬼神之不可測, 龍藏而雲興之, 虎嘯而風生之. 富貴不足以易其樂, 貧賤不足以移其志, 質諸古人而無愧, 百世以俟而不惑, 故其文可傳也. 世之欲爲文者, 盍亦於此觀之哉!"

33) 정우봉은 심익운의 神에 대해 작가와 작품 양방면에 모두 관련된다고 하였다. 대상의 심층 깊숙이 내재한 본질을 파고드는 작가의 神, 意와 法을 장악하여 자유자재로 운용

서 볼 때 창작과정에서 작품으로 형상할 수 있는 작가역량에 초점을 둔 것이라 하겠다. 심익운은 '선위문자, 본지도이발지신, 고기문고이기사금, 기언근이기의원(善爲文者, 本之道而發之神, 故其文古而其事今, 其言近而其義遠)'에서 글은 고문(古文)의 격식에 맞는 글이면서도 실제 자신이 머무는 현실을 글의 소재로 다루어야 한다고 기술하고 있다. 따라서 심익운이 말하는 작가역량이란 표현방식에서는 옛것을 바탕으로 하지만 내용에서는 작가가 처한 삶을 반영할 수 있는 감수성이라 하겠다. 개성, 참신함, 새로움 등의 함의가 내포되어 있지만, 기벽(奇癖)에 경도되어 오직 새로움으로 내달리는 경향과는 다르다. 이는 신(神)이 작문에 있어 단독으로 사용되는 개념이 아닌 어디까지나 도(道)를 바탕으로 하였기 때문이다.

정리하자면, 심익운의 신(神)은 주제 사상이나 혹은 근간이라 할 수 있는 도(道)를 근본으로 한 작가의 창작의식이나 영감이라 하겠다. 여기에 묘(妙)와 기(奇)를 내포하고 있지만, 기교주의의 인정이라 할 수 있는 첨신(尖新)에까지 확장되지는 않는다. 따라서 심익운이 인식한 기(奇)는 작품 창작에 있어 남들과 구분되는 작가의 창작의식이나 온축된 영감이 체제 내에서 자연스럽게 이루어지는 양상을 말한다.[34] 즉 정(正)을 바탕으로 한 기(奇)의 추구이며, 정(正)과 기(奇)의 적절한 조화를 통한 심미적

하는 고도의 역량과 작가의 주관적 정신 역량을 기초로 하여 작품 전체를 변화감 있게 하는 심미적 특징으로 보았다. 정우봉(2003), 93면.

34) 심익운의 산문은 고문의 형식미는 유지하면서도 입론에서는 일상적 소재들을 과감하게 사용하고 있다. 이러한 점은 고문가로서의 면모와 당시 奇를 추구하였던 작가들에서 보이는 일탈적 특징이 병존하고 있다.(김경(2014a), 52면) 이러한 점은 유한준에게서도 볼 수 있다. 「雜說」에서 자구 운용방식보다는 고문의 형식과 유세적·우언적 글쓰기를 학습하고자 한 흔적이 보인다.(하지영(2014), 214면)

측면에 집중한 것이다. 이 같은 논의는 유한준의 '기이하면 신묘하게
되고 신묘하면 변하게 된다'는 부분과 유사하다.

　유한준과 심익운이 공통적으로 정(正)과 기(奇)를 상보적 관계를 설정
하는 데 있어, 신(神)의 작용을 중시하였다. 이들은 기(奇)를 정(正)과
상반되는 개념으로 인식하면서도 고정된 위치가 아닌, 정(正)과의 관계
속에서 유동적인 개념으로 보았음을 알 수가 있다. 아울러 기(奇)가 유동
적인 개념이 될 수 있는 중요한 요소를 신(神)에 두었으며, 기(奇)·정(正)
을 결정하는 주요 개념으로 인식하였다. 이를 통해 기(奇)는 정(正)과
상보적인 개념이 될 수 있으며, 정(正)을 바탕으로 한 기(奇)를 추구하였
기에 작가마다 주체성을 통해 이룩한 개성은 강조하지만, 기(奇)가 일탈
이나 전도, 새로움만을 의미하는 것이 아님을 알 수가 있다.

　이상 이덕무, 심익운, 유한준의 상기(尙奇)에 대한 논의를 살펴보았
다. 이덕무는 자득(自得)을 바탕으로 한 기(奇)를 추구하였고, 유한준과
심익운은 신(神)을 중심으로 한 기(奇)의 운용을 중시하였다. 이들은 모
두 기(奇)가 정(正)과의 대립적 관계에서 파생되었음을 인식하고 있으나,
정(正)과의 관계에 있어서 기(奇)를 고정된 개념으로 바라보지 않는다는
점이 동일하다.

　다만 이덕무의 경우, 작가의 개성과 주체성을 자득으로 설명하며 평
이한 문체로 구현되는 것을 기(奇)라 인식하였다. 반면, 유한준과 심익
운은 정해진 체제 내에서 신(神)의 운용을 통한 작가의 개성이 구현되
는 것을 기(奇)라 인식하였다. 이때 신(神)은 체제를 바탕으로 운용되는
것이기 때문에 창작 이전 전범에 대한 학습의 중요성 또한 강조하였다.
따라서 모방과 창작 양자를 고려한 개성의 중시라 하겠다.[35] 이덕무는
기(奇)를 구현할 수 있는 장치로 자득을 거론하며 창조에 무게를 두었

고, 심익운과 유한준은 신(神)을 거론하며 모방과 창조 양자를 모두 고려하는 차이가 있지만, 작가의 깨달음으로 얻어진 독창적인 내용을 법식 안에서 추구하고자 한 점은 동일하다.

결국, 이들 또한 작가의 내재된 역량이 자연스레 배태한 것을 온전한 기(奇)라 인식하였다. 이점은 이전 시대 문인들에게서도 보이는 보편적 인식이다. 그렇다면 이전 시기와의 차이점은 무엇인가? 이전 시대 문인들도 작가역량에 기반한 기(奇)를 미적 특질로 인정하였다. 이때의 작가역량은 전범에 대한 학습을 바탕으로 온축된 작가의 경지를 말한다.[36] 반면 이덕무, 유한준, 심익운은 작가역량을 남과 다른 자신만의 개성과 작가로서의 주체성을 보다 강조하였다. 아울러 개성을 바탕으로 자연스레 배태한 것을 기(奇)라 하였다. 즉 작가 주체성을 바탕으로 이룩된 참신한 입론이 정해진 체제 내에서 구현된 것을 기(奇)라 인식한 점이 다르다. 이러한 인식은 기(奇)와 정(正)을 대립적, 고정적 개념으로 바라보지 않고 유동적 관계를 통해 정(正)과 기(奇)의 절충 및 상보적 관계를 설정한 것에서 기인한다.

이 절에서의 상기(尙奇)에 대한 논의는 정(正)과 기(奇)를 병론하고 있기에 양자를 완전히 분리해 인식한 것은 아니다. 하지만 정(正)과 기(奇)

---

35) 유한준의 경우, 자득과 모방을 상충되는 개념으로 인식하기보다는 상보적 관계로 설정하며 공존의 가능성을 제기하고 있다. 자득을 갖춘 작가라면 전범에 대한 모방은 나쁠 것이 없다는 주장이다. 하지영(2014), 111~112면 참조.

36) 李獻慶(1719~1791)은 경전의 道를 익숙하게 강구한 뒤에 奇와 變을 이끌어내고자 하였다. 『艮翁集』권13, 「與李蓀甫【秉延】書」: "僕嘗謂天下事物, 有正有奇, 有常有變, 而奇且變者, 每生於大畜之餘, 蓋正而常者之積而溢焉者耳. …… 文章亦然. 莊周·馬遷之於文, 李白·杜甫之於詩, 皆積而後溢者也. 是以莊周之齊物論·馬遷之伯夷傳·李白之遠別離·杜甫之夔州而後作, 若是其奇且變也. 後人不爲彼之積而後溢, 而徒欲其奇且變焉, 則其可乎?"

사이에는 틈이 존재한다. 이는 정(正)과 기(奇)를 상보적 관계로 설정하였고, 정(正)을 바탕으로 하면서도 운영에 있어서는 기(奇)에 무게 중심을 둔 점에서 확인할 수 있다. 이러한 양상은 산문의 보편적 인식이라 할 수 있는 재도론적 문학론과 차이점을 보인다. 재도론적 문학론에서 고(古)에 대한 전범설정은 절대적 성격을 지니기에 기(奇)보다는 정(正)이 우선시되었다. 그러나 이 절에서의 상기(尚奇)에 대해 긍정적 인식을 보이는 작가들은 작가의 주체와 개성을 강조하며 정(正)보다는 기(奇)에 무게 중심을 두었다. 그럼에도 정(正)을 바탕으로 한 기(奇)의 추구이기 때문에 전범에 대한 완전한 탈피는 아니다. 전범을 바탕으로 한 창신(創新)을 주장하였기에 전범과 창신의 절충이라 할 수 있다. 양자의 절충 정도는 작가마다 차이를 보이지만, 작가의 주체와 개성을 강조하는 입장은 이전 시기와 구별되는 점이다.

창작과정에서 작가의 주체성과 개성을 강조하는 양상은 18세기 당대 지어진 산문작품에서도 확인할 수 있다. 작품 창작에 있어 작가의 주체와 개성을 강조한다는 것은 다른 것에 대한 추구이다. 이에 서발류, 증서류, 애제류와 같은 전범적 성격이 강한 체식에 있어서도 의례적인 창작이 아니라 자신만이 터득한 이치나 진솔한 감정을 피력한 작품들이 등장한다.

일례로 이용휴는 「증정재중(贈鄭在中)」과 같은 증서류에서 증여받은 대상에 주안점을 두지만, 그보다는 자신만의 터득한 이치로 글을 구성한다. 심익운의 「민노장지(閔老葬誌)」, 노긍의 「제망노막돌문(祭亡奴莫石文)」, 이덕무의 「도서사화문(悼徐士華文)」 등과 같은 애제문과 비지문도 청탁에 의해서 글을 창작하였다기보다는 자신과 친밀한 관계를 유지하였던 이들에게 써 준 것이기에 자발적 성격이 강하다.[37] 기존에는 당대 이름난 문장가들에게 작품을 의탁함으로써 자신이나 글의 대상인을 부각하려는 경향이 주를 이루었다면, 18세기에는 자신과의 친밀한 관계성을 중심으로 한 글의 청탁이 이루어지기 때문에 내용에서도 보편적인 주제보다는 개인적 감회나 생각을 글로 담아내는 양상을 보인다. 이러한 양상은 재도론적 산문에서 추구하는 온유돈후(溫柔敦厚)한 품격에서 벗어나기 때문에 재도론적 관습과 전범을 중시하는 문인들에 의해 비판의 대상이 되었다.

이 절에서 상기(尙奇)는 기본적으로 참다운 기(奇)를 추구하기 위해서 작가의 창작 태도와 관련하여 논의가 시작되었고, 이를 통해 작가의 주체성과 개성을 강조하면서 기(奇)가 논의되었다. 그러나 이 절에서 논의된 상기(尙奇)는 기(奇)만을 추구하는 양상은 아니다. 따라서 정(正)을 안배한 기(奇)의 추구는 당시 벽(癖)이나 치(痴)로 일관했던 양상과는 다른 면모를 보인다. 유한준과 심익운의 경우 창작 태도에서 작가의 주체성과 개성을 강조하지만, 개성이 발현되기 위한 전제조건으로 고(古)에 대한 학습을 중시하였다. 이 때문에 18세기 진(眞)을 추구하며 창신(創新)에 경도되는 양상과는 그 결을 달리하며 기벽(奇癖)과 첨신(尖新)으로까지 확장하지 않았다. 이러한 상기(尙奇)의 논의는 명·청시대의 상기(尙奇)에 비해 기(奇)에 대한 긍정적 인식에 있어서 그 정도가 덜하지만, 기(奇)를 논하면서 작가의 주체성과 개성을 강조한 측면은 18세기 이전까지 조선 문단에서는 볼 수 없었던 양상이다. 이전 시기의 기(奇)는 전도된 문풍과 작가를 지칭하였기 때문에 논의 범위도 제한적이었다. 이러한 양상은 당송고문을 추숭하던 노론계 문인들에 의해 18세기에도

---

37) 이들 작품에 대한 분석은 4장에서 기술하고자 한다.

기(奇)의 인식에 있어서 연속성을 유지한다. 그러나 작가의 개성을 중시
하는 문인들에 의해 기(奇)에 대한 논의는 그 범위를 확장하게 된다.
이 점은 기(奇)에 인식에 있어서도 전변성을 보이는 부분이다.

　이 절에 거론된 작가들은 기본적으로 전범에 대한 추숭에서 병폐로
거론된 모방과 답습에 벗어나기 위해 기(奇)에 주목하였다. 기(奇)는 일
차적으로 전범에서의 일탈이라는 의미를 지니기에 전범에 대한 부정,
관습에 대한 전복 등의 성격을 지닌다. 이에 이 절에서 거론된 작가들은
관습과 모방에 벗어나기 위해 기(奇)라는 개념어에 주목한 것이다. 아울
러 작가의 개성을 강조하는 개성주의 문학은 공안파 문학론과 유사성이
확인된다. 그러나 공안파 문인들은 기(奇)가 정(正)에 반대되는 개념이
아니라 진(眞)과 연관되며 기(奇)를 미적 추구대상으로 삼았다. 이들은
전후칠자의 모방을 반대하기 위해서 제기된 성령(性靈)을 바탕으로 정
(正)과 기(奇)를 고정된 개념으로 인식하지 않았고 오직 성령만이 발휘된
것을 우선시하였다. 따라서 이 절에서의 상기(尙奇) 논의에서 기(奇)의
의미와는 차이점이 확인된다.

2. 수사(修辭)와 미적(美的) 지향으로서의 기(奇)

　청대(淸代) 유대괴(劉大魁, 1698~1779)는 문장에서 귀한 것을 기(奇)라
하였다.[38] 그는 신(神)을 비롯한, 의(意)와 기(氣)를 기(奇)의 영역으로

---

38) 劉大魁, 『論文偶記』: "文貴奇, 所謂'珍愛者, 必非常物.' 然有奇在字句者, 有奇在意思
　者, 有奇在筆者, 有奇在丘壑者, 有奇在氣者, 有奇在神者. 字句之奇, 不足爲奇, 氣奇,
　則眞奇矣. 神奇, 則古來亦不多見. 次第雖如此, 然字句亦不可不奇." 郭紹虞 編(1979),
　『中國歷代文論選』 3책, 上海古籍出版社, 435면.

논하였는데, 품격에서 뿐만이 아닌 수사적 영역까지 확장하고 있다. 유대괴 역시 심익운과 유한준처럼 신(神)을 기(奇)에서 중요한 작용 요소로 인식하였다. 자구(字句)만을 기이하게 하는 것도 기(奇)의 일부분이라 할 수 있지만, 진정한 기(奇)는 기(氣)와 신(神)을 기이하게 하는 것이라 하였다. 이는 전술한 유형에서의 작가 주체와 작가의 개성적 측면만을 강조했던 양상과 다르다. 유대괴의 논의는 작가 자신만의 독특한 예술적 성취를 완성해 낼 수 있는 요소가 기(氣)와 신(神)의 기이함이라 지목한 것이다.

유대괴 견해를 따른다면 기(奇)는 창작 전(全) 영역에서 고려되어야 할 중요한 요소이다. 즉 기(奇)를 미적 지향으로 여긴 것이다. 이 시기 조선 문단에서 비슷한 양상은 이규상(李奎象, 1721~1799)에게서 볼 수 있다. 그는 「산언(散言)」에서 기(奇)라는 개념어를 통해 중국 및 조선의 역대 시인과 문장가들을 통시적으로 열거하며 그들의 특징과 장단점을 서술하였다.[39]

> 문장의 지극한 곳을 한 글자로 나타내는 부호는 곧 기(奇)자이다. 주자(朱子)께서 "시문(詩文)은 기(奇)를 위주로 한다."라고 하였으니, 어찌 회옹(晦翁)은 다양한 기예에 두루 통달할 수 있었던 것인가? 고금(古今)의 문장이 수풀처럼 무성하지만, 오직 '기자파(奇字派)'는 『주역(周易)』·『시경(詩經)』·『서경(書經)』·『논어(論語)』·『맹자(孟子)』·『중용(中庸)』·『대학(大學)』으로 거의 절반이 기어(奇語)였다. 그리고

---

39) 중국문인에서는 朱熹와 蘇軾에 대한 서술이, 조선 문인에서는 李恒福과 柳夢寅에 관한 서술이 주를 이룬다. 이들에 대한 비평은 다른 문인들에 비해 자못 상세하며, 특히 유몽인에 대한 평은 실제비평에 가까운 면모를 보인다. 이하 이규상에 관한 서술은 김경(2013b)의 논고를 활용하되, 본문의 논의에 맞게 수정·보완한 것이다.

『좌전(左傳)』·『국어(國語)』와 『장자(莊子)』·『도덕경(道德經)』과, 손
자(孫子)·오기(吳起)·태사공(太史公)의 책과 『이소(離騷)』나, 사마천
(司馬遷)이나, 한·위(漢·魏)의 고시(古詩) 등이다. 양한·육조(兩漢·
六朝)의 문(文)에서는 기(奇)가 거의 사라졌는데 기(奇)한 것은 오직
화룡(臥龍)의 「출사표(出師表)」 두 편뿐이다.[40]

인용문은 「산언(散言)」의 도입부이다. 이규상은 주희(朱熹, 1130~1200)
의 말과[41] 역대 경전에 사용된 기어(奇語)에 근거하여 기(奇)로 역대 문단
을 포폄하고 있다. 이규상은 극진한 문장을 기(奇)로 표현할 수 있다고
단언하였고, 시대에 따라 문장은 무수하지만 이를 대표할 수 있는 평어
를 기(奇)에서 찾았다.

그 근거로 제시한 부분은 더욱 특이하다. 자신의 주장을 뒷받침할
근거로 주희의 말을 인용하였고, 유가의 경전을 정(正)이 아닌 기자파
(奇字派)로 분류하였다. 또한 유가 경전을 『장자』·『도덕경』 및 역사서
와 병론한 점도 특이하다. 정주학자(程朱學者)들이 유가 경전에 비해 상
대적으로 평가 절하한 역사서를 문장의 정맥으로 제시하고 있다.[42] 이
규상은 자신의 처한 당대를 고려한 시대 실정에 맞는 글쓰기를 주장한
다. 또한 사물 자체에 내재한 조리를 강조하기 때문에 자신의 의식세계

---

40) 李奎象, 『一夢文集』 권23, 「散言」: "文章極盡處, 一字符, 卽奇字矣. 朱子曰, "詩文奇
爲主." 何晦翁之旁通多藝也? 今古文章, 非不林叢也, 惟是奇字派, 則易·詩·書·論·孟·
庸·學, 太半奇語矣. 左·國也, 莊子·道德經也, 孫·吳·太公書離騷也, 馬遷也, 漢魏古
詩也, 兩漢六朝之文幾乎熄, 奇也惟臥龍出師表兩篇耳."

41) 朱熹, 『朱子語類』 권139, 「論文」上: "文字奇而穩方好, 不奇而穩, 只是闒毠." 朱傑人
外 主編(1996), 『朱子全書』, 上海古籍出版社, 4316면.

42) 이와 같은 양상은 申維翰에게서도 확인된다. 그는 육경을 경전으로 인식하기보다는
역사서로 인식하며 산문 전형을 先秦시기의 史傳文에 근거를 두고 있다. 김철범(2012),
62면.

에 있어 다양성에 대한 긍정과 개성 존중과 같은 면모를 갖게 된다. 이에 유가 경전에서부터 『장자』 및 사류(史類) 등 여러 서적의 다양성을 인정하며 문장으로서 병론한 것이다.[43]

이와 비슷한 논의는 유만주(兪晩柱, 1755~1788)에게서도 볼 수가 있다. 그는 "오경(五經)은 만세의 기문자(奇文字)이다. 우리나라에서 기(奇)를 좋아하는 작가들은 도리어 이를 버리고 『산해경(山海經)』과 『목천자전(穆天子傳)』을 찾는데 또한 비루하다"[44]고 하였는데, 이 역시 이규상과 같은 논의로 유가 경전을 정(正)의 위치에 고정하기보다는 기(奇)로 분류한 것이다. 이는 정주학에 대한 전면적 부정이기보다는 이전 시기 도문분리(道文分離)의 논리가 18세기에 들어 보다 보편화 되어가는 양상이라 하겠다.[45]

또한 유만주는 18세기 문단의 흐름을 정(正)과 기(奇)의 양대 유파로 분류하여 지적하였다. 정(正)의 유파로는 당송고문(唐宋古文)을 전범으로 삼은 노론계 문인들의 글쓰기 양상을 언급하며 남유용(南有容)과 황경

---

43) 이규상의 이러한 인식은 아버지인 李思質(1705~1776)의 '많은 體들이 있으니 한 가지만 고집하면 안 된다'는 가르침에서 출발한다. 이규상의 산문론은 辭達에 근간을 두면서도 體式에 있어 한 가지만 고집하지 않았다. 李奎象, 『一夢文集』 권27, 「先考僉樞府君家狀」: "惟取辭達, 古今有許多體, 安可執一轍也."

44) 兪晩柱, 『欽英』 권4: "五經是萬世之奇文字. 海內好奇之家, 却去尋山海經·穆天子傳, 亦陋矣."

45) 유만주의 이러한 인식은 아버지인 유한준과 관계된다. 유한준은 자기만의 독특한 식견과 깨달음을 자유롭게 표현하는 것을 자기 문학의 목표로 삼았던 조귀명의 인식을 넘어, 각자의 삶을 성취하는 가운데 문학적 완성뿐 아니라 다양한 경로의 자기완성에 이를 수 있다는 새로운 관점을 제시하였다. 이에 문학적 지향을 옹호하는데 국한되어 있었던 도문분리론을 모든 기예와 삶과 취를 옹호하는 삶의 원리로 확대·심화시켰다. 이러한 영역의 확대는 완물상지로 폄하되었던 소소한 일상적 삶의 가치를 회복시켰으며 그의 아들인 유만주에게 계승되었다. 박경남(2009), 「兪漢雋의 道文分離論과 散文세계」, 서울대학교 박사학위논문, 35~48면 참조.

원(黃景源)을 지목하였다. 기(奇)의 유파는 주로 당대 주류적 글쓰기에 벗어난 인물들을 언급하며 이용휴(李用休)와 이덕무(李德懋)를 거론하였다. 즉 당대 문풍에서 전통적 글쓰기와 실험적 글쓰기를 정(正)과 기(奇)로 대변하였다. 나아가 유만주는 정(正)보다는 기(奇)를 긍정적 의미로 바라보고 있다.

이규상과 유만주의 기(奇)에 대한 논의는 이전 시기 및 18세기 당대 흐름에 있어도 또 다른 양상이다. 기존의 기(奇)에 대한 인식은 오로지 정(正)과 상반된 의미로 사용된다. 이에 반해 이규상은 기(奇)를 기준으로 논평하고 있다. 여기서 전도나 일탈적 함의가 아닌 기(奇)를 미적 지향으로 인정하려는 시각을 볼 수 있다. 그렇다면 이들이 인식하는 기(奇)의 의미는 무엇인가?

산문으로는 최간이(崔簡易)·월사(月沙) 이정귀(李廷龜)·계곡(谿谷) 장유(張維)·택당(澤堂) 이식(李植) 등이 칭송되나 내 생각에는 백사(白沙) 이항복(李恒福)의 산문이 제일이다. 그의 산문은 어떠한 뜻도 기(奇)하지 않은 경우가 없고 어떠한 말도 기(奇)하지 않은 경우가 없으며 어떠한 글도 기(奇)하지 않은 경우가 없으니, 기(奇)를 매우 숭상한 것이다. 그렇기 때문에 종종 생경하고 껄끄러운[生澁] 데에 얽매인 곳이 있지만, 비록 생경하고 껄끄러운 데 얽매인 곳도 오히려 다른 사람들을 압도한다. 그러하니 우리나라에서만 으뜸일 뿐 아니라 비록 중국에 두더라도 자첨과 원미 외에는 아마도 쉽게 그 보루를 빼앗을 수는 없을 것이다.

…… 그가[유몽인] 지은 『어우야담(於于野談)』 3책이 간혹 전해지기도 하는데 그것을 대수롭지 않은 이야기[小說]라고 여겼기 때문에 사람들이 간혹 집안에 두었던 것이다. 내가 약관에 잠시 그의 『야담』에 수록된 그의 시문을 보니, 자못 빽빽하고 껄끄러웠는데[詰屈聱牙] 건성

으로 쓴 것이 아닌 듯하였다. 전에 공주에서 거처할 때 직장(直長) 종숙
(從叔)의 댁을 찾아뵈었는데『간죽(看竹)』이라는 표제의 책 한 책을
보고서 펼쳐 보니 과연 기(奇)한 문장이었다. …… 그 산문의 기(奇)한
곳은 질박하고 엄숙하며[古峭] 엄정히고 간결함이[勁簡] 백사에게 다
소 미치지 못하는 듯하나 현란하고 왕성하며 기괴하고 신기함은 백사와
같은 부류였다. 어떠한 뜻도 기(奇)하지 않은 것이 없고, 어떤 말도
기(奇)하지 않은 경우가 없었으며 어떠한 글도 기(奇)하지 않은 곳이
없어서 역시 백사와 발걸음을 나란히 할 수 있었다. 이 때문에 보배로
여겨 아끼며 항상 그의 산문을 책상머리에 두었다.[46)]

이규상은 기(奇)의 측면에서 한문4대가인 이정구(李廷龜)·신흠(申欽)·
장유(張維)·이식(李植)보다 이항복(李恒福, 1556~1618)의 문장을 제일로
평하고 있다. 기존의 평에서는 이항복을 사대가(四大家)와 병론하지는
않았다.[47)] 이에 반해 이규상은 이항복을 사대가보다 높게 평하고 있다.
그뿐만이 아니라 이항복을 우리나라 제일의 문장가라 하여 소식과 왕세
정에 견주고 있다. 이항복에 대한 평은 여러 문인에서 볼 수 있다.[48)]

---

46) 李奎象,『一夢文集』권23,「散言」: "文則世稱崔簡易·李月沙廷龜·張谿谷維·李澤堂
植, 而吾意則李白沙恒福之文爲第一邪. 無意不奇, 無語不奇, 無句不奇, 無篇不奇, 尙
奇之甚. 故往往有牽縛生澁處, 而雖其牽縛生澁處, 猶可以壓人矣. 不但冠於我東, 雖置
中國, 子瞻·元美外, 恐不可尋常奪壘矣. …… 其所著有於于野談三冊, 或行於世, 以其
小說, 故人或置家焉. 余弱冠時, 暫見其野談所載自家詩文, 則頗詰屈聱牙, 似非草草手
段也. 向居公州時, 見直長從叔宅, 見題看竹一冊, 披見, 果文之奇者也. …… 其文之奇
處, 古峭勁簡, 似遜於白沙, 而爛燁汪放, 弔詭新奇, 白沙一流也. 無意不奇, 無語不奇,
無篇不奇, 亦可接武於白沙也. 以是珍愛之, 常置其文於案頭."
47) 산문선집에 이항복이 포함된 경우는 드물다. 다만 洪吉周는 산문선집인『大東文雋』에
서 金昌協·金昌翕·安錫儆을 비롯해 여러 고문가들의 논평했는데, 이에 이항복을 선정
하여 함께 거론하고 있다. 안대회(2005),「奇로 해석한 문학, 이규상의 奇論」,『문헌과
해석』제33호, 문헌과해석사, 192면.
48) 李廷龜,『月沙集』권35,「答金沙溪」: "蓋白沙公爲文, 以氣爲主, 下語務出新奇." 申
欽,『象村稿』권55,「春城錄」: "宣廟中年, 邦域無虞, 生民樂業, 稱小康矣. 上嚮用文學

이들 논평 가운데, 이규상의 평과 관련하여 이정구의 서술이 주목된다. 이정구는 이항복 산문의 특질을 신기(新奇)로 평하고 있다. 신기는 일반적으로 신조어를 만들어내는 것을 의미한다.[49]

이규상은 이항복의 의(意)·어(語)·구(句)·편(篇)을 들어 기(奇)로 평하였다. 의(意)와 어(語)는 주제의식과 표현에 관한 것이고, 구(句)와 편(篇)은 작법과 구성에 관한 것이다. 이는 작가와 작품에 대해 모두 기(奇)한 요소가 있음을 언급한 것이다. 즉 앞서 이정구의 평은 기(氣)에 국한된 것이라면 이규상의 평은 전 영역으로 확대된 것이다. 아울러 이항복에 관한 서술에서의 '생삽(生澁)' 또한 수사적 측면을 고려한 것으로, 기(奇)의 긍정적 의미가 수사적 영역에까지 확대되고 있음을 볼 수 있다. 이항복의 기(奇)는 유몽인(柳夢寅, 1559~1623)과 관련된 평에서 그 의미를 조금 더 구체적으로 살필 수 있다.[50]

유몽인의 산문에 대해 '질박하고 엄숙하며[古峭] 엄정하고 간결함이[勁簡] 이항복에게 다소 미치지 못하는 듯하나 현란하고 왕성하며 기괴하고 신기함은 이항복과 같은 부류였다'고 평하고 있다. 이 서술에 의하

之士, 新進之年少有才藝者, 如漢陰, 白沙諸人, 皆能以文章致身, 卒爲國大用, 可謂得其力矣." 張維, 『谿谷集』권6, 「白沙先生集序」: "公才甚高, 學甚博, 爲文章有奇氣. 藻思涌溢, 踔厲不羈, 其至者去古人不遠, 而不至者, 亦非今人所能及."

49) 이항복은 조어에 있어 기존에 알려진 典故를 새로운 의미로 해석하거나 일반적 의미와 다른 비유를 쓰는 경우가 많다. 대표적으로 「栗谷先生碑銘」에서 볼 수 있다. 서한석 (2007), 「白沙 李恒福의 散文에 관한 硏究」, 성균관대 박사학위논문, 74~76면 참조.

50) 이규상은 『看竹』이 유몽인의 저술이라 기술하고 있지만, 許筠(1569~1618)의 문집이다. 허균의 문집 『惺所覆瓿藁』는 허균이 죽기 직전 사위인 李士星에게 맡겨 비밀리에 보관되었고, 이후에도 공식적으로 간행할 수 없어 필사본으로만 전해졌다. 오늘날 완질로 전하는 필사본도 규장각 소장 2종을 포함하여 대여섯 종에 불과하다. 고려대 소장본 (청구기호: 육당 D1 A167A 5)의 표제가 看竹으로 되어 있듯, 『성소부부고』는 본래의 이름 대신 『看竹集』이라는 제목으로 일컬어지기도 했다. 정길수(2012), 『나는 나의 법을 따르겠다』, 돌베개, 271면.

면, 유몽인은 이항복에 비해 고초(古峭)와 경간(勁簡)함이 부족하다는 것이다. 게다가 이어지는 서술에서 '난엽왕방, 조궤신기(爛燁汪放, 弔詭新奇)'라 평하고 있는데, 조궤(弔詭)는 『장자(莊子)』에 나오는 것으로 지극히 기이하고 수수께끼 같다는 말이다. 이 평은 후반부의 서술로 볼 때, 유몽인의 산문에 대한 전반적인 평이라기보다는 『어우야담』와 관련된 것이다. 『어우야담』에 관한 평들은 장유(張維, 1587~1638)나 이덕무(李德懋, 1741~1793) 등에서 볼 수 있는데, 모두 저속한 표현과 부정확한 사실을 지적하였다.[51] 저속한 표현이란 패사류(稗史類) 성격에 기인한 것으로 장유와 이덕무는 이러한 면모를 비판적으로 기술하였다. 이규상은 장유·이덕무와 달리 긍정적 인식을 보인다.[52] 이는 황당무계해 보이는 허탄한 이야기를 생생하게 전달한 문체의 뛰어남을 지목한 것이다.[53] 따라서 이규상이 언급한 평어는 문체와 표현인 수사적 측면에 관한 것임을 알 수 있다.

유몽인은 조선 산문에 있어 기(奇)를 대표할 만한 작가이다. 유몽인 스스로도 어려서는 평이(平易), 장성해서 기간(奇簡), 노성해서는 간심

---

51) 張維, 『谿谷漫筆』: "柳夢寅著於于野談, 多記閭巷鄙事, 間以詩話, 或及國朝故實. 余偶得一卷觀之, 其文俚甚, 所記亦多失實" 李德懋, 『雅亭遺稿』 권7, 「族姪復初」: "惟心溪者, 善中於于之病也. 且訛漏滋甚, 其所稱南原鄭生者, 是崔陟, 非鄭也, 其子婦紅桃, 其妻則玉英也. 余嘗讀素翁崔陟傳而詳知也. 凡著書, 有將俗化雅手段, 然後可矣. 此則或以雅奇之事, 一經於于筆, 減價落色. 然嘗觀其古文詞, 高者峻潔, 無乃記事之才, 別有人耶?"

52) 이규상은 稗史類에 지대한 관심을 보인다. 이는 在野 문인이라는 자신의 처지와 家學의 영향에 기인한 것이다. 그는 어린 시절부터 稗史小說에 관심이 많았다. 집안에 소장된 野史類가 수백 권이 넘었고 스스로 史家癖이 있다고 말하고 있다. 이러한 주변 상황이 자신의 글쓰기에 적지 않은 영향을 끼쳤다는 것은, 그의 저술인 『幷世才彦錄』에서 확인할 수 있다.

53) 신익철(1998), 『유몽인 문학 연구』, 보고사, 234~235면 참조.

(艱深)을 추구하였다고 하였다. 이규상은 유몽인의 산문에서도 조어(造語)에 주목했음을 볼 수 있다.[54] 조어는 '새로 말을 만들다'라는 의미이다. 유몽인은 고인의 어휘를 모방하거나 답습하는 것을 배격하였다. 이로 인해 유몽인은 자득(自得)으로 터득한 독창적인 문장으로 기간(奇簡)과 간삽(艱澁)을 추구하였다.[55] 이와 같은 양상은 어조사의 최소 사용으로 인해 얻게 되는 간(簡)의 추구와 이로 인한 압축성과 암시성의 추구이다.[56] 이규상도 유몽인 산문에서 조어와 관련된 간결함과 간삽함을 기(奇)의 면모로 보았다. 이는 유몽인이 창작에서 입론의 측면보다는 수적 측면을 고려한 것이고, 또한 생생하게 전달한 문체와 기이한 조어에 주목했음을 볼 수 있다. 이를 조궤(弔詭)와 신기(新奇)라는 평어로 제시하고 있다. 또한 이항복과 관련한 서술에서 기(奇)의 의미는 포괄적이라 추단할 수 없으나, 유몽인에 관한 서술을 통해서 기(奇)가 문체와 조어에 관련한 것임을 유추할 수가 있다.

기존의 기(奇)에 대한 인식에서 특히 수사적 측면에서의 기(奇)는 일탈과 전도로 표현되며 당대 시문(時文)의 병폐를 지적하는데 주로 언급되었다. 이규상이 기적(奇的) 면모로 여긴 초(峭), 궤(詭), 삽(澁) 등은 18세

54) 李奎象, 『一夢文集』 권23, 「散言」: "洪進士曰, '於于, 卽吾先祖鶴谷相公之渭陽也. 於于之死, 不能救之, 悲絶之說, 傳來於家間. 以是吾先祖子孫, 皆知於于之文章. 吾舍叔自少時, 力求其詩文於世人, 或從山寺而得之, 或從湖海舊家而得之. 今輯爲六卷, 而詩文居三卷, 野談居三卷, 皆手寫而藏之矣. 野談一冊, 則金丈用謙氏借失之, 今存五卷云.' …… 余躍, 坐而請借曰, '吾之願見此文者, 久矣. 世之不傳此集者, 久矣, 今日之聞, 可謂不世奇緣也. 有神物持護於絶世之珍者邪!' 遂借來而見之, 則其文篇篇無非奇絶也, 詩則遜於其文, 而造語刻削而鍛鍊亦高手也."
55) 宋知泳(2004), 「於于 柳夢寅 散文 硏究」, 고려대 석사학위논문, 25~26면 참조.
56) 柳夢寅, 『於于集』 권5, 「答年兄林公直書」: "夫文者, 言之精也. 古人不蘄一時, 必蘄千萬世. 故雖名言格語, 苟涉古人之陳, 猶不屑, 況乎今之文哉! 試觀今之文, 以·之·而·其·於·乎·也以屬辭, 一句三用語助, 使人讀之也, 其句讀流於脣吻."

기에도 부정적으로 인식되며 작위적 수사행태를 비판하는데 지적되어 온 비평용어이다.[57] 이에 반해, 이규상은 기(奇)가 갖는 의미를 정(正)에 서 일탈된 면모로만 인식하는 것이 아닌, 문체와 작법에서 비판적 요소 로 지적된 용어들에 대해 수사적 측면에서 독특함으로 인정하며 고려해 야 할 중요 요소로 간주하였다. 이를 통해, 이규상은 기(奇)를 문체 및 작법의 세부적인 영역에까지 그 적용 범위를 확장하고 있다.[58]

유만주 또한 기(奇)에 대한 긍정적 인식을 수사적 측면에까지 그 영역 을 확장하고 있다. 전술하다시피, 유만주는 18세기 당대 문풍을 기(奇)라 지칭하면서 대표적인 작가로 이용휴와 이덕무를 꼽았다. 이들은 시내암 (施耐庵)과 김성탄(金聖嘆) 등의 사대기서(四大奇書)의 현묘(玄妙)함을 추 구하였는데, 유만주는 이들이 재주가 뛰어나 기(奇)를 좇아 법도에서 벗어나고자 했다고 언급하였다. 우선 사대기서는 『삼국지연의』·『수호 전』·『서유기』·『금병매』을 말한다. 유만주는 소설에 대해 흥미를 넘어 효용성을 인정하였다.[59] 또한, 사대기서에 대해서도 긍정적 인식을 보

---

57) 李種徽, 『修山集』 권2, 「明文選奇叙」: "夫奇者, 正之反也, 其類爲偏爲窮爲巧爲僻爲 險怪." 이들 용어는 난해성으로 언급되기도 한다. 강명관(2007a), 『안쪽과 바깥쪽』, 소 명, 46~52면 참조. 18세기 이전 난해성에 대해 긍정적으로 인식한 문인으로는 柳夢寅과 崔岦을 들 수 있다. 유몽인은 작가 개성의 추구와 관련된 측면에서 난해성을 긍정한다. 안득용(2013), 281면 참조. 최립은 평범한 글쓰기와는 대척되는 자구의 난해함을 통해서 심오한 의미를 담는 글쓰기다. 이러한 점은 자구 경제성을 고려하여 그 의미를 함축적이 며 심원하게 하고자 한 것이다. 안득용(2010), 26~27면 참조. 최립의 이러한 글쓰기를 선행연구에서도 奇的 요소로 지적하였다. 奇와 관련한 논의는 김우정에 의해 논의된 바 있다. (김우정, 「최립 散文의 一研究: 奇의 문제와 관련하여」 『泰東古典研究』 제18집, 태동고전연구소, 2002; 김우정, 「簡易 崔岦 散文 研究」, 단국대학교 박사학위논문, 2004)

58) 이규상은 蘇軾과 趙龜命에 대해 新意의 측면에서 奇라 평하였고, 朱熹에 대해서는 奇를 辭達에 중심을 두고, 義理에서 찾고 있다. 이를 통해 이규상이 수사적 측면만을 奇라 한 것이 아니라, 입론의 측면 또한 포괄하고 있음을 알 수 있다. 김경(2013b), 322~332면 참조.

이며 인정세태를 반영한 것이고 성(性)과 정(情)을 안정시키는 글이라며 긍정적으로 평가하였다.[60] 따라서 이용휴와 이덕무가 현묘함을 추구했다는 것은 소설류에서의 시원스럽게 전개하고[通暢], 자세하고 곡진하게 서술하며[委曲], 불필요한 것을 깎아내고[陶削], 새롭고 신기하게 만드는 [生新] 서술방식을 썼음을 말한다.[61]

또한 유만주는 이용휴 산문에서 기(奇)의 특질을 어조사 생략과 관련하여 서술하였다.[62] 이용휴는 산문에서 어조사를 생략한 반면, 시에서는 어조사 생략을 피하지 않는다는 것이다. 이러한 점을 병폐의 요소로 지적하면서도 기이한 면모로 인식하였다.

어조사 생략과 같은 수사적 측면을 평한 비평용어 중에서, 기(奇)와 함께 쓰이는 비평용어로는 자구 운용에서 간(簡), 문기(文氣)와 문의(文

---

59) 유만주는 소설 가운데에서 특히 『서상기』와 『수호지』를 탐독했으며, 이들 소설을 비평한 김성탄을 絕世奇文이라 칭하였다. 김경미(1994), 「조선후기 소설론 연구」, 이화여대 박사학위논문. 특히, 경서나 소설이나 문장이 생각을 참되고 절실하게 표현해서 읽는 이들을 감동시키는 것은 기이한 문장이 된다고 하였다. "毋論正經小說番書竺典, 其文章之眞切情理. 讀之能使人感動者, 不害爲奇文."

60) 兪晩柱, 『欽英』, 「三十日丁卯」: "嘗就四大奇而斷之. 三國戰爭之奇也, 故其書長於機辯. 水滸衰亂之奇也, 故其書長於氣義. 西廂幽艷之奇也, 故其書長於情懷. 第一炎凉之奇也, 故其書長於人情物態." 권정원(2003), 「小說에 대한 兪晩柱의 입장에 관한 一考察」, 『한자한문교육』 10집, 한국한자한문교육학회, 149면.

61) 兪晩柱, 『欽英』, 「十一日戊戌」: "演義小說之類, 能解識能善觀, 則其於時文, 可以裕如. 蓋時文者, 不過程式書札題覆而已, 而通暢委曲陶削生新, 宜於時而不宜於古也." 유만주가 말한 玄妙함은 단정 지을 수 없으나, 당송팔가의 법도와 대비되는 의미임을 유추할 수 있다. 따라서 법식에 구애되기보다는 자유로운 글쓰기 양상을 말하는 것이다. 유만주는 이를 活法이라 하였는데, 생동감 있는 표현과 인정의 곡진함을 표현하는 점에 긍정적 인식을 보인다.

62) 兪晩柱, 『欽英』, 「甲辰年 正月 十三日條」: "惠寰詩百餘篇, 當以軸覽. 此人文章極怪, 於文則全不使之而字, 而於詩則全不避之而字, 決要殊異於衆, 此固一病而亦一奇也. 惠寰藏書頗富, 而所有皆奇文異冊, 無平常者一秩, 蓋其奇實天性也." 이는 조선중기 유몽인이 의고파를 비판하는 논리와 유사하다.

意)에서 간(艱), 삽(澁) 등을 거론할 수 있다. 한문산문에 있어, 간(簡)의 추구는 시대와 장르 벗어나 사달(辭達)과 함께 가장 중시되어온 기본 개념이다. 간(簡)이란 '어간의심(語簡意深)'으로 표현할 수 있다. 즉 간결하면서도 그것이 함의하고 있는 바가 심원(深遠)할 때 쓰는 말이다.[63] 추구 양상에 있어서 간(簡)의 상대적 개념인 번(繁), 간오(簡奧)의 상대적 개념인 평창(平暢)으로 나누어진다. 간(簡)-번(繁)은 자구(字句)와 관련된 것으로, 한문에서는 글자의 경제적 사용을 중시한다. 산문 작법에 있어서 문장의 정밀함을 우선시하므로 굳이 쓸 필요가 없는 어조사를 사용하거나 반복하는 것을 피하자는 말이다.

기간(奇簡), 기삽(奇澁), 기간(奇艱), 기오(奇奧) 등은 주로 전후칠자들이 고기(古氣)를 재현하기 위한 수단으로 사용되었으며, 당송고문을 선호하는 문인들에 의해 부정적인 함의로 지적되어온 비평용어들이다. 이의현(李宜顯, 1669~1745)은 문체에서 평창(平暢)과 간오(簡奧)를 대비하여 근래에 문체에서 간(簡)을 추구하는 자들은 모두 자구를 짧게 해서 간삽하는데 치중하고 있는 점을 지적하였다. 이재(李栽, 1657~1730)도 이들 비평용어에 대해 당대 문사들의 잘못된 병폐와 폐단을 기(奇)로 언급하였다.[64] 이는 문장에서 사안에 따라 기이함을 드러내기보다는

---

63) 간결성은 암시성을 내포하고 있다. 산문에서 서술 대상의 초점을 부각하기 위해 簡을 추구하는데, 간결성을 추구하는 이유는 그 암시성을 극대화하려는데 목적이 있다. 표현하고자 하는 것을 모두 글에 표현하기보다는 간접적인 방법인 簡을 통해 그 의미를 함축하고자 하는 것이다. 심경호(2013), 『한문산문미학(개정증보판)』, 고려대학교 출판부, 67면.

64) 李宜顯, 『陶谷集』 권28, 「陶峽叢說」: "文有以平暢爲長者, 亦有以簡奧爲主者. 要之脉絡不紊, 叙致有法, 俱合於文章規度則斯已矣, 正不必偏主一格也. 近來稱文者, 輒以簡之一字爲言, 句字務爲短澁. 簡之爲言, 豈但以句字求之哉? 篇法章法, 無不皆然. 若簡其句而冗其語, 則何貴其簡, 脉絡相戾, 叙致不整, 則何貴其簡?" 李栽, 『密菴集』 권6, 「答朴見卿【己亥】」: "古之所謂奇者, 奇而已矣. 今以隱語庚辭, 澁齒刺目爲奇. 轉相倣

작위적으로 기이하게 쓰고자 했기 때문에 기이하지 못하다 평하고 있다. 그러나 유만주는 이용휴 산문에서 간(簡)을 긍정적 측면에서 기(奇)로 여기고 있다. 이는 이규상에 비해 유보적 입장이나, 어조사의 생략과 같은 작법방식을 수사의 독특함으로 여기며 기(奇)의 면모로 인식한 양상은 동일하다.

이러한 양상은 박지원에서도 확인할 수 있다. 그는 「형암행장(炯菴行狀)」에서 이덕무의 산문은 특징을 '기초이불리어진절(奇峭而不離於眞切)'로 기술하고 있다.[65] 다만 이 서술에서 기초(奇峭)가 진한고문을 지칭한 것은 아니지만, 당송고문 계열에 의해 진한고문의 병폐로 지적되어온 비평용어이기 때문에 박지원의 이에 대한 언급은 동시대의 일반적 양상과는 다르다. 아울러 이 서술을 통해 이덕무의 기(奇)는 진(眞)과도 관련되어 있음을 확인할 수 있다. 즉 기초(奇峭)만을 긍정적으로 인식한 것이 아닌 진절(眞切)과 관계된 평이다. 이처럼 박지원의 경우와 같이 특정 작가의 문체상 특징을 언급할 때 기(奇)를 긍정적인 의미로 언급하는 것은 동시대 많은 평자들에게서 확인할 수 있다.[66]

效, 文日益弊, 有如河決而海坼, 蚍戶鷗閣, 幾何其不爲徐偃伯之澀體, 而震電掩聰, 所以見譏於歐公也?" 특히 이의현의 이러한 인식은 김창협의 비평을 계승한 것이다. 김창협은 한유의 비지문에서 접속사와 종결사의 생략을 奇僻이라 평하였다. 金昌協, 『農巖集』 권34, 「雜識·外篇」: "韓碑體格, 固極簡嚴可法, 而其句字, 亦時有太生割奇僻處, 如曹成王碑, 通篇皆然." 이들의 奇에 대한 비평은 전범문파와도 관계된 것이다. 김창협을 위시하여 당송고문을 전범으로 삼았던 노론계 문인들은 진한고문을 전범으로 삼은 남인계 문인들의 난삽함과 기굴함을 부정적 의미에서 奇로 지적하였다. 이에 본문에서 언급한 奇簡, 奇澁, 奇艱 등은 전범문파와 당색에 따라 극히 상반된 입장으로 나누어진다. 유만주는 당송고문을 전범으로 삼은 노론계 문인이며 이규상 또한 교류 인사가 주로 노론계 문인들이었다. 하지만 수사에서 奇簡을 긍정적으로 여겼다는 것은 선호문파와 당파에 비교적 유연한 자세를 보여주는 부분이다.
65) 朴趾源, 『燕巖集』 권3, 「炯菴行狀」: "其爲文, 博采百氏, 自成一家, 匠心獨詣, 不師陳腐, 奇峭而不離於眞切, 樸實而不墮於庸凡, 使千百載下, 一讀而宛然如目擊也."

앞서 유만주는 당대 문풍을 기(奇)로 대변하였고, 이에 해당하는 작가로는 이용휴와 이덕무를 지목하였다. 세부적인 층위는 다르지만, 이 시기 작가 평에서도 기(奇)가 긍정적 의미로 사용된다는 것을 알 수 있다. 이전 시기에 작가 평에서의 기(奇)는 주로 부정적 의미로 사용되었다. 물론 18세기에도 작가 평에서 기(奇)는 부정적 의미로 사용된다. 이에 반해 유만주의 서술에서 나타난 기(奇)의 인식은 이전 시기와 상반된다. 나아가 이 시기에는 자기 자신을 기(奇)로 표현하는 작가가 등장하기도 하는데, 대표적인 작가로 노긍(盧兢, 1738~1790)을 들 수 있다. 홍취영(洪就榮, 1759~1833)의 기록에서 노긍 스스로가 기적(奇的) 면모를 인정하였고 문장가로서의 자부를 드러냈음을 볼 수 있다.[67] 이러한 양상은 기(奇)의 긍정적 인식이 협의적 측면을 넘어 작가 평에까지 그 의미를 확장하고 있으며, 기(奇)를 시대 및 한 작가를 대변한다는 측면에서 미적 지향으로서의 인식을 보여준 것이라 하겠다.

이규상과 유만주는 기(奇)를 미적인 요소로 인식하며 그 영역을 수사적 측면에까지 확장하고 있다. 아울러 이들은 작가 평에서도 기(奇)를 긍정적 함의로 사용하고 있다. 특히 기간(奇簡), 기삽(奇澁), 기간(奇艱), 기오(奇奧) 등은 이전 시대에 병폐와 폐단의 요소로 지목되었으나, 이규상과 유만주는 이를 긍정적 의미에서 기(奇)의 특질로 인식하였음을 볼 수 있었다. 나아가 이규상의 경우, 모든 품격요소를 포괄하는 의미로 기(奇)를 사용하였으며, 이를 통해 전대 문학가들에 대한 포폄의 기준으로 사용하였다. 유만주는 이규상에 비해 유보적인 입장을 보이지만, 당

---

66) 李敬儒(1750~1821)는 이용휴 산문의 특징을 '奇邁絶俗'이라 하였다. 원문은 4장-1절 주석 4번을 참고.

67) 盧兢, 『漢源文集』 권7, 「墓碣銘」: "公之自爲, 寧奇毋庸, 寧僻毋俗, 寧侻詭毋膚率."

대 문풍을 대변하는 용어로 기(奇)를 사용하였고, 작가 평에서도 기(奇)
는 긍정적 함의로 사용하였다. 따라서 이들은 기(奇)를 미적 지향으로
삼았고, 이를 통해 수사에서도 기(奇)를 긍정적으로 인식하고 있다.

아울러 수사에서 독특함을 긍정적인 의미에서 기(奇)를 평한 것은 기
존인식과 상반된 양상이다. 이 시대의 기(奇)에 대한 인식은 전시대 정
(正)에 대립되는 타자적 개념에서 상보적 관계로 전환되며, 나아가 기
(奇)를 미적 지향으로 긍정하려는 인식이 등장한다. 또한, 기(奇)는 비
평영역에서 세부적으로 적용되며 기(奇)의 함의도 이전 시대에 비해 긍
정적 영역으로 확대되어간다. 특히 수사 영역에서의 기간(奇簡)에 대한
인식에서 진한고문 계열과 유사한 점이 확인되었다.

기간(奇簡)은 남인계열이 추숭한 진한고문의 실제 작법으로 거론되는
평어이다. 따라서 당송계열을 추숭한 문인들에게 비판의 요소로 지목되
었다. 그들은 실제 작법에서 평(平)을 바탕으로 달의(達意)를 중시하였기
때문에 진한고문에서 추구한 문의(文意)의 난해성과 자구(字句) 운용을
부정적 측면에서 기굴(奇崛), 기벽(奇僻), 기궤(奇詭), 기흌(奇譎) 등으로
비판하였다. 유만주와 이규상은 집안이 노론계열이면서도 기간(奇簡)에
대해 추구대상으로 삼았다는 것은 이들이 비교적 문파와 당파에 경색되
기보다는 유연한 자세를 보여주는 부분이라 할 수 있다.[68]

또한 기간(奇簡)은 이전 시기인 최립과 유몽인이 실제 작법에서 추구
대상으로 삼았다. 이 시기 기(奇)에 대한 인식은 문풍과 작가에 대한
언급에서는 부정적 의미로 사용되지만, 최립과 유몽인은 서술기법에서

---

68) 유만주는 물론 이규상도 가계가 노론에 속했지만 비교적 당론의 편견에 사로잡히지
   않았다. 『幷世才彦錄』에서도 다른 당파의 인물에 대해 기록하고 장점을 평가하기에
   결코 인색하지 않았다. 임형택(2007), 『우리 고전을 찾아서』, 한길사, 485면.

있어서 긍정적으로 인식하며 미적 대상으로 삼았다. 이들이 당대 문인들과 구별되는 것은 문학에서 실용성보다는 예술적 측면을 중시한 결과 문채미(文采美)의 필요성을 내재하였다는 점이다. 이러한 태도는 산문의 문채미에 대한 인식과 글쓰기에서의 지향점으로 작용하였는데, 당대 일반적인 창작 경향에 대한 거부이자 평범한 글쓰기와 대비되는 양상으로 드러났다.

이를 통해 본다면, 이규상과 유만주의 기(奇)에 대한 인식은 최립, 유몽인과 같은 진한고문 계열의 작법에 호의적 입장이라 하겠다. 물론 진한고문에 대한 추숭이라기보다는 기간(奇簡)에 국한된 것이다. 이들이 기간(奇簡)을 실제 작법에서 추구대상으로 삼았다는 것은 평이한 문채보다 생생하게 전달하는 문체에 주목한 것이며, 수사의 측면에서 독특함으로 인정하며 고려해야 할 요소로 간주한 것이다. 이규상은 전술하였듯이, 산문의 전형을 선진(先秦)시기의 사전문(史傳文)에 근거하였기 때문에 의론보다는 서사를 중시한 진한고문의 문채미에 보다 주목한 것이다. 따라서 기(奇)를 수사의 독특함으로 인식한 경우는 진한고문 계열과 유사성을 보인다.

이 절에서 기(奇)를 미적 지향으로서와 수사의 독특함으로 인식하는 양상을 살펴보았다. 우선 수사의 독특함으로 인식한 경우는 당대 평이한 문체와는 다른 것에 대하여 주목하였고, 나아가 진한고문의 실제 작법과 유사한 면모를 보였다. 또한 긍정적 의미에서 당대 문풍 및 작가를 기(奇)로 평하는 것은 기(奇)를 미적 대상으로 간주하였다는 점이다. 유만주는 기(奇)를 통해 정(正)을 장악할 수 있다는 입장을 보였고, 이규상은 기(奇)를 포폄의 기준으로 삼았으며, 노긍은 자신을 기(奇)를 추구한 자라고 자임하였다. 유만주의 경우는 기(奇)에 대한 미적 지향이라 할 수 없지만, 그럼에도 기존의 정(正)과 기(奇)에 대한 인식과는 상반되는 것이며, 이규상은 기(奇)를 모든 비평용어의 기준으로 삼은 것은 상기(尚奇)의 양상을 보여주는 부분이다. 노긍의 경우는 성령(性靈)을 중시하였기 때문에 당대 관습적 인식과 상투적 표현에 대한 저항으로서 기(奇)의 추구이다.[69] 이러한 양상은 당대 상기(尚奇)에 대한 논의에서도 대별된다.

이 장에서는 상기(尚奇)에 대한 논의를 두 가지로 유형화하여 살폈다. 정(正)과 기(奇)를 상보적 관계로 설정하며 창작과정에서 작가의 주체성과 작가의 개성적 면모를 기(奇)로 인식한 경우와, 창작 결과물에서 수사와 미적 지향을 기(奇)로 인식한 유형으로 나누어 논의를 개진하였다. 그러나 이 두 가지 양상에서 기(奇)에 대한 긍정적 인식의 적용영역이 명확히 구분되는 것은 아니다. 정(正)과 기(奇)를 상보적 관계로 설정한 경우 창작 결과물보다는 창작과정에서 기(奇)를 강조한 것이고, 미적 지향으로서의 기(奇)는 창작 결과물에서 수사적 측면을 보다 강조한 것이다.

심익운과 유한준은 기(奇)가 유동적인 개념으로 작동하게 하는 중요한 요소로 신(神)을 거론했으며, 신(神)을 기(奇)·정(正)을 결정하는 미적 개념으로 인식하였다. 이덕무의 경우는 자득(自得)을 통해 얻은 깨달음이 평이한 문체로 재현되는 것을 기(奇)라 인식하였다. 이들은 공통적으로 정(正)과 기(奇)를 상보적 관계로 설정하며 입론의 참신함과 개성적 작가의식이 정해진 체제 내에서 구현되는 양상을 기(奇)라 인식한 점은 동일하다. 다만 이들 사이에도 기(奇)에 대한 인식은 저마다 차이를 보인다. 기(奇)를 구현할 수 있는 중요한 요소로 지목한 자득(自

---

69) 노긍의 성령에 대한 추구는 4장 3절에서 상세히 다루고자 한다.

得)과 신(神)에서 일차적 차이를 보인다. 이는 나아가 작가역량과 연관된 것이기도 하다. 따라서 작가의 내적역량을 무엇으로 상정하는지에 따른 차이가 있었다. 아울러 이규상과 유만주는 기(奇)를 미적 지향으로서 인식하며 수사적 측면에서도 기(奇)를 보다 강조하고 있으며, 동시대 문인들은 기(奇)를 긍정적으로 인식하며 작가 평에까지 그 영역을 확대하고 있다.

이들의 상기(尙奇)에 대한 논의를 통해 기(奇)의 의미와 적용 영역에 있어 이전 시기보다 확장되고 있음을 살펴볼 수 있었다. 이러한 양상은 2장 3절에서 기술한 명·청(明·淸)시대의 상기론(尙奇論)과 무관하지 않다. 특히 공안파의 논의와 유사점이 확인된다. 공안파 문인들의 주장이 하나로 모이는 것은 아니지만, 그들이 인식한 기(奇)는 신기(新奇)의 의미에 가깝다. 아울러 진(眞)의 추구과정에서 저절로 드러나는 양상을 기(奇)라 인식하였다. 이들은 성령을 바탕으로 하였기 때문에 기(奇)의 의미가 진(眞)과 관련되어 있으며 개개인의 차이에 따라 진(眞)을 기(奇)로 대체하는 양상을 보이기도 한다. 게다가 수사적 측면에서 기간(奇簡)에 대한 중시를 통해 진한고문에 대해 호의적 입장을 확인할 수 있었다.

18세기 산문론은 전대에 이룩한 논의를 토대로 더욱 다양한 논의들이 등장하며, 당파에 따른 전범에 얽매이기보다는 개방적 자세를 보이며 진한고문, 당송고문, 공안파 등의 다양한 문학론을 흡수하였다. 특히 상기(尙奇)에 대해 구체적 논의를 보이는 문인들은 당파나 문파에 비교적 자유로운 자세를 보인다. 또한 이 시기에는 자득(自得), 주신(主神), 창신(創新), 진정(眞情) 등이 문학론에서 주된 논의로 등장하게 되는데, 모두 모방에 대한 비판과 작가 주체성에 대한 강조이다. 기(奇)는 관습에 대한 저항이라는 속성을 지니고 있기에 이 시기에 더욱 주목받게 되었고, 실험적 글쓰기를 추구하는 문인들의 문학론과 비평영역에 토대를 제공하게 된다. 따라서 기(奇)는 이 논의들에 있어서 빠짐없이 거론되었다.

3장 1절에서 거론한 이덕무, 심익운, 유한준은 정(正)과 기(奇)를 상보적 관계로 인식하였는데, 이덕무는 기(奇)를 구현하기 위해서 자득을 거론하였고, 심익운과 유한준의 경우는 기(奇)가 정(正)과 대립적 개념이 아닌, 유동적인 개념이 될 수 있도록 주신(主神)을 주장하였다. 이들은 창작영역에서 작가의 독자적인 면모를 구축하기 위한 개성을 공통적으로 강조하고 있다. 이들의 논의는 기본적으로 전범에 대한 모방에서 벗어나기 위한 것이었다. 그러나 기(奇)와 정(正)의 상보적 관계 설정에서 보듯이, 양자가 서로를 견제하여 하나의 지점으로 경도되기보다는 글의 성격에 따라 적절히 이 둘을 안배해야 함을 주장하였다. 즉 공안파의 문학론에서 주장한 개성, 진정 등을 흡수하면서도, 동시에 전범적 글쓰기를 고려한 것이라 하겠다.

3장 2절에서의 상기(尙奇)에 대한 논의는 공안파 및 진한고문과 친연성이 확인된다. 우선 정(正)과 기(奇)의 대립적 관계를 부정한 것은 공안파 문인들이 주장하는 것과 유사성을 보인다. 이는 기(奇)를 미적 지향으로서 인식하는 양상에서 확인할 수 있었다. 아울러 수사적 측면에서 기간(奇簡), 기오(奇奧)는 어조사의 생략과 전고 등의 사용을 통해 문의를 난삽하게 하는 진한고문의 작법이다. 따라서 당송고문이 주류적 위치를 차지하는 비평영역에서 기간(奇簡), 기삽(奇澁), 기간(奇艱), 기오(奇奧) 등은 병폐와 폐단의 요소로 지목되었다. 그러나 이규상과 유만주는 이를 긍정적 의미에서 기(奇)의 특질로 인식하였음을 볼 수 있었다. 이러한 점은 진한고문이 18세기에도 여전히 전범으로의 역할이 유효하다는 점

이자, 상기(尚奇)의 논의에 구체적인 인식을 보이는 문인들에 의해 유지
및 발전되었다는 것을 확인할 수 있었다.

이 장에서 거론한 이들은 모두 이전 시기보다는 기(奇)의 긍정적 함의
를 확대하고 있지만, 작가마다 미세한 차이를 보인다. 그러나 이들의
차이는 어디까지나 비평문에 제한해서 거론한 것이기에, 그 차이를 온전
히 고구한 것이라 할 수 없다. 따라서 이들의 상기(尚奇)에 대한 논의는
마땅히 기(奇)로 평가되는 작가들의 실제 작품과 연계를 통해 살펴야
한다.

제4장

기이함을 추구한 18세기 문인들

1. 이용휴

이용휴(李用休, 1708~1782)는 18세기 산문을 기(奇)로 조명할 때 빼놓을 수 없는 작가 가운데 한 명이다.[1] 이 점은 당대 문인 및 선행연구에서도 주목한 바이다. 당대 문인들 중 이용휴에 대해 많은 평을 남긴 이로는 유만주를 들 수 있다. 그는 당시 문풍의 흐름을 정(正)과 기(奇)의 양대 유파로 분류하고, 기(奇)의 대표적인 작가로 이용휴를 꼽았다. 정약용(丁若鏞, 1762~1836)은 「정헌묘지명(貞軒墓誌銘)」에서 이용휴에 대해 중국문학에 경도되었고, 글이 기굴(奇崛)하고 신교(新巧)하다고 하였다.[2] 이극성(李克誠, 1721~1779)은 이용휴의 글에 대해 기고(奇古)하여 근세 문장가들이 따를 수 있는 것이 아니라고 하였다.[3] 또한 이경유(李敬儒, 1750~

---

1) 이 부분은 필자의 (2013a)를 참고하여 서술하되, 본 장에 서술 구도에 맞게 수정·보완한 것임을 밝힌다.
2) 원문은 3장 주석 1번을 참고.
3) 李克誠, 『螢雪記聞』: "文章<u>奇古</u>, 非近世操觚者, 所可及也."

1821)는 기매절속(奇邁絶俗), 김택영(金澤榮, 1850~1927)은 기궤첨신(奇詭尖新)으로 이용휴를 평하고 있다.[4] 이들의 평을 통해 이용휴의 문학이 기(奇)와 긴밀한 관계가 있음을 확인할 수가 있다. 선행연구에서는 이용휴 산문의 주된 특징을 문체(文體)의 파격성(破格性), 편폭(篇幅)의 단형화(短形化), 기발(奇拔)한 착상(着想) 등으로 지목하였는데, 앞서 언급한 당대 문인들의 평과 연계되는 부분이다.

  그렇다면 제가의 평에서 이용휴의 산문에 관해 기(奇)하다고 한 것은 그의 실제 작품에서 어떠한 부분을 말하는 것인가? 아울러 그가 추구한 기(奇)는 무엇인가? 이 장에서는 이용휴의 『혜환잡저(惠寰雜著)』를 기본 텍스로 삼고, 『강천각소하록(江天閣銷夏錄)』과 『병세집(幷世集)』에 수록된 그 작품을 분석대상으로 삼아 제가의 평에서 언급된 기(奇)가 이용휴의 실제 작품에서 어떠한 양상으로 구현되는지를 밝히고자 한다.

1) 발상의 전환(轉換)과 대비(對比)에 의한 통념의 전복(顚覆)

  이용휴의 산문에서는 발상(發想)이 뛰어난 작품들을 많이 볼 수 있는데, 이는 독특한 문학적 성취를 느끼게 한다. 독특한 발상이 드러난 작품들은 대부분 자기 자신에 초점을 맞춘 것들이다. 자신에 대한 주목은 일차적으로, 외부세계를 온전히 이해하기 위한 노력에서 시작되었다. 이를 통해 이루어진 자아 각성이 창작에서의 개성적인 시각을 갖게 하였다. 대표적인 작품인 「서증종손유여진사(書贈從孫幼輿進士)」·「환아잠(還

---

  4) 李敬儒, 『滄海詩眼』: "惠寰居士, 文章, 奇邁絶俗. 其贈滄海逸士卽鄭瀾也詩二句, 可知非俗語 有曰, 萬枕同駒駒, 皆作富貴夢者, 是也."; 金澤榮, 『韶濩堂文集定本』권2, 「申紫霞詩集序」: "自英廟以下, 則風氣一變, 如李惠寰錦帶父子, 李炯菴·柳泠齋·朴楚亭·李薑山諸家, 或主奇詭, 或主尖新, 其一代升降之迹, 方之古則猶盛晚唐焉."

我箴)」·「아암기(我菴記)」에 이러한 자세가 보인다. 아울러 문화적 환경의 변이에서 자신의 가치를 창출하는 것이 바로 자아의 기능이기 때문에 이러한 시대적 배경이 이용휴 자신에 대한 인식을 증폭시켰다고 할 수 있다. 자아 각성의 결과로 주체가 확립되면 진(眞)을 지향하게 된다. 아래 인용문은 이용휴의 「증정재중(贈鄭在中)」이다. 이 작품에서 내안(內眼)을 통해 사물의 이치를 바르게 볼 수 있다고 주장하는 것도 이와 무관하지 않다. 그는 관습에 대한 회의와 반성을 통해 기존의 가치를 부정하고 재창조하고 있다.[5]

    ①-1 눈에는 두 가지가 있으니 외안과 내안이다. 외안은 사물을 보는 것이고 내안은 이치를 보는 것이다. 그러나 사물에는 이치가 없는 것이 없다. 또한 외안의 현혹당하는 것은 반드시 내안으로 바로잡아야 하니 그렇다면 운용은 전적으로 내안에 있는 것이다.
    (眼有二, 曰外眼, 曰內眼. 外眼以觀物, 內眼以觀理. 而無物無理, 且外眼之所眩者, 必正於內眼, 然則其用全在內矣.)

    ①-2 게다가 외물이 가리고 교차하여 마음 또한 옮겨가게 되면 외안은 도리어 내안의 해가 된다. 이 때문에 옛사람들이 처음 눈먼 상태로 나를 되돌려주길 바란 것이 이러한 이유이다.
    (且蔽交中遷, 外反爲內害. 故古人願以初瞽還我者, 以此也.)

    ②-1 在中은 올해 40살이다. 40년 동안 본 것이 많을 것이다. 비록 지금부터 시작하여 80세가 된다고 하더라도 예전과 별 반 다르지 않을 것이니, 뒤에 재중이 지금의 재중과 같을 것을 알 수 있다.
    (在中今年四十矣, 四十年中所見, 不爲不多. 雖從此至大耋, 不過如

---

5) 조남권·박동욱 옮김(2007), 『혜환 이용휴 산문전집』, 소명출판, 해제 참조.

前, 後之在中, 猶夫今之在中, 可知也.)

②-2 다행히도 재중의 외안은 사물을 보는 데 장애가 있어서 오로지 내안으로만 볼 수 있으니 이치를 봄이 더욱 분명하다. 훗날 재중은 빈드시 지금의 재중과 다를 것이니 이와 같다면 백태를 없애는 처방은 물론이고 비록 금비로 각막을 깎는 처방도 또한 원하지 않을 것이다.

(幸在中外, 障防視物, 得專內視, 見理益明. 後之在中, 必不爲今之在中, 如是則勿論點睛退瞖之方, 雖金篦刮膜, 亦不願矣.)

이 작품은 의미상 '눈에 대한 논의'와 이 글의 '대상인에 관한 서술'로 나눌 수 있다. 여기에서는 구체적인 분석을 위해 4부분으로 나누어 서술하였다. 이 작품은 장님인 정재중이 자신의 장애에 대해 불편을 토로하고 의술을 통해 장애를 치료하고자 하였기에 그를 위로하기 위해 지은 글이다. 정재중의 이름은 문조(文祚)이다. 재중은 그의 호나 자로 보이는데, 그의 기록은 자세하지 않다. 다만, 박제가(朴齊家, 1750~1805)의 「여정생원문조(與鄭生員文祚)」라는 편지글에서 그의 이름을 확인할 수가 있다.

그러나 이 작품은 증여받는 사람이 누구인지 어떤 상황인지에 관한 서술 대신, 눈[目]의 이야기로 시작하고 있다. ②-1에 들어서야 증서를 받는 사람이 누구인지, 어떤 사람인지에 대해 서술하고 있다.

이 작품은 내용이 진행될수록 독자들의 궁금증을 증폭시키고 있다. ②-2에 들어서야 재중에 대해 구체적으로 설명하고 있다. 재중이라는 사람은 외안에 장애가 있어 오로지 내안으로만 볼 수 있는 자이다. 즉 시각 장애인이라는 말이다. '다행히도 재중의 외안은 사물을 보는 데 장애가 있어서 오로지 내안으로만 볼 수 있다[幸在中外, 障防視物, 得專內

視]'이라는 구절은 그동안 증폭되었던 궁금증을 일소하고 있다. 이용휴
는 사람에게서 중요한 것은 외물을 보는 눈이 아니라 사물의 이치를
볼 수 있는 눈이라 말하고 있다. 그러므로 재중은 불행한 것이 아니라
내안을 해치는 외안이 없기에 사물의 진면목을 다 볼 수 있다고 위로·
권면하고 있다. 이는 발상 자체를 달리하여 기존 통념과 반대되는 논지
로 작품을 풀어나간 것이다. 이 글에서 '장님이었던 처음 상태로 되돌려
달라'라는 옛사람들의 말을 인용하고 있는데, 이러한 논지는 박지원(朴
趾源)의 「답창애(答蒼崖)」·「소완정기(素玩亭記)」에서도 볼 수 있다. 이용
휴는 이 작품에서 불행을 위로하는 말을 절묘하게 보편적 논지로 확산시
켰다.[6] 이는 "다행히도 재중의 외안은 사물을 보는 데에 장애가 있어서
오로지 내안으로만 볼 수 있으니 이치를 봄이 더욱 분명하다[幸在中外,
障防視物, 得專內視, 見理益明]"에 등장하는 '행(幸)'자에 집약되어있다. '다
행히도 재중은 외물을 보는 장애가 있다는 것'은 발상 전환의 극치이며,
눈에 장애가 있다는 것을 '행(幸)'으로 대치시켜 버린 것이다. 이는 주제
구현방식에 있어서 통념과 반대되는 발상을 통해 자신만의 개성적인
글쓰기를 보여주고 있다.

또한, 주제구현에서 발상의 전환과 함께 사용되는 서술기법은 대비
(對比)[7]라 하겠다. 이용휴가 강조하고자 하는 지점은 내안에 있는데, 이
는 반대편에 '사물을 보는 눈인 외안'을 설정해 둠으로써 글의 주지가
간결하고도 선명하게 전달된다. 대립항의 설정을 통해 독자의 시선을

---

6) 안대회(2008), 60면.
7) 대우가 서로에게 긍정적인 작용을 이끌어내는 것을 목적으로 한다면, 대비는 두 가지
   의 차이를 밝히기 위하여 서로 맞대어 비교함으로써 어느 한쪽을 버리고 다른 한쪽을
   부각하기 위한 목적으로 사용된다.

작가가 제시한 두 가지 사항에 주목하게 만들고, 그 가운데 중요한 것이 무엇인지를 독자 스스로 판단하게 한다. 눈멂에 대한 안타까움이나 걱정이 앞서기 마련인 문제를 내안이냐 외안이냐의 문제로 치환하고, 이 가운데 내안의 중요성을 밝힘으로써 자연스럽게 비극적인 상황을 극복하게 만드는 것이다. 이와 같은 양상은 다음 글에서도 확인된다.

> 아무 해 아무 달 아무 날에 정수(靖叟) 노인이 돌아가셨다. 일가로서 나는 술잔을 들어 그를 마지막으로 보내며 말했다. "그대는 세상에 있을 때도 늘 세상을 싫어했지. 이제 돌아가는 곳에는 먹을 것 입을 것 마련하는 일, 혼례나 상례의 절차, 손님 맞고 편지 왕래하는 예법이 없으며, 또 염량세태나 시비를 따지는 소리도 없이 다만 맑은 바람과 환한 달빛, 들꽃과 산새들만이 있을 것이네. 공께서는 이제부터 길이 한가로울 것이네." 내 심정을 이해하는 말이라고 공은 분명 고개를 끄덕이겠지. 흠향하소서.
>
> (某年月日, 叟老人將大歸. 宗人某擧觴而送之曰, 公雖在世, 而常厭世. 今所歸處, 無衣食之營, 婚喪之節, 迎候拜揖, 書牘問遺禮, 又無炎凉之態, 是非之聲, 只有淸風明月, 野花山鳥. 公可從此而長閒矣. 知心之言, 想應頷之. 尙饗.)[8]

이 글은 이용휴의 동생인 정산(貞山) 이병휴(李秉休, 1710~1776)를 위해 지은 제문이다.[9] 애제문의 일반적인 구성은 서두에서 제사의 날짜와 고인을 밝히고, 본문에서는 고인에 대한 칭송 및 애도가 주된 내용

---

8) 이 작품은 『江天閣銷夏錄』에 「祭靖叟文」이란 제목으로 실려 있다.

9) 이용휴와 이병휴는 생부 李沈(1671~1713)과 그의 둘째 부인 漢陽趙氏 사이에서 태어난 형제사이다. 윤재환(2012), 173면. 이병휴에 대한 글로는 『詩家點燈』에 「寄靖叟」가 있는데, 『惠寰居士詩集』에는 「漫筆」이라는 제목으로 실려 있다.

이며, 말미에서는 상향(尙饗)을 통해 마무리한다. 이 인용문은 구성으로 보자면 애제문에 수반해야 할 형식을 갖춘 작품이라 하겠다.

그러나 본문에서의 내용은 일반 애제문과는 상이하다 못해 파격적이다. 특히 망자를 잃은 슬픔과 애통을 오히려 기쁨으로 여길 수 있다는 것은 기존 통념과 반대된다. 이는 일반적 상식과는 다르게 죽음을 슬픔으로 받아들이지 않고 오히려 망자가 바라던 것으로 가치를 부여하고 있는데, 이용휴 특유의 독특한 발상이 발휘되는 부분이다.

이처럼 망자의 죽음에 대한 애도와 슬픔보다는 기쁨으로 주된 내용을 구성한 이유는 '공수재세, 이상염세(公雖在世, 而常厭世)'에 있다. 망자가 세상을 싫어했던 것은 서술된 내용에서 보듯이 생계유지, 예절 및 절차, 혼탁한 인정세태 등임을 알 수 있다. 따라서 작가는 죽음이라는 비극적인 상황이 역으로 기쁜 일이 될 수 있다는 자신의 논지를 강조하기 위해서 삶이 가질 수밖에 없는 온갖 번다하고 괴로운 일들에 대해 상대적으로 장황하게 서술하였다. 이용휴는 이 부분에 관한 서술에서 '무(無)'를 구(句)의 앞에 위치시키고 '□□之□'의 형태로 반복하고 있는데, 이러한 구법을 통해 삶이 가지는 번다함을 효과적으로 드러내고자 하였다. 아울러 중간에 '영후배읍, 서독문유예(迎候拜揖, 書牘問遺禮)'와 같이 다른 구(句)의 형태를 삽입함으로써 문기(文氣)의 변화를 꾀하고 있다.

제문의 기본 요건은 망자의 행적을 기술하여 그 덕을 칭송하는 것이다. 아울러 행적의 기술은 기사(記事)의 사실성이 무엇보다 중시된다. 이러한 기준에서 볼 때, 이 글은 체식(體式)에서 요구되는 격식이 무시됨을 볼 수 있다. 인용문에서는 망자가 싫어했던 것만을 기술하고 있을 뿐이고, 사실에서 벗어나 상상을 통해 죽음 이후의 모습들을 그려내고 있다. 이용휴는 망자가 생전에 추구했던 행적을 직접적으로 기술하기보다는 망자의 싫어했던 것만을 나열함으로써 망자가 일생동안 추구하고자 했던 삶의 지향을 우회적으로 드러내고 있다. 그렇다면 망자가 추구한 삶의 지향점을 무엇인가? 이용휴는 '한(閒)'이라 말한다. 게다가 한(閒)의 경지는 일시적인 것이 아니라 죽음을 통해 '장한(長閒)'을 이룩하였기 때문에 기쁜 일이라 하였다. 이용휴는 이 점에 주목하였고 이 점을 부각하기 위해 한(閒)과 반대되는 현실에서의 잡다한 일과 온갖 번뇌들만을 기술하여 망자의 행적을 칭송하고 있다. 여기에서도 대비를 통해 삶과 죽음을 대립 항으로 설정하여 자신이 주장하고자 하는 주지를 효과적으로 전달하였다. 즉 기존 통념과 반대되게 삶의 무의미함을 통해 죽음의 유의미함에 가치를 부여하였다.

이용휴 산문에서 대비를 통해 주제를 부각하는 양상은 인용된 작품이외에 「아암기(我菴記)」[10], 「차거기(此居記)」[11]에서도 볼 수 있다. 「아암기」에서는 아(我)와 인(人), 「차거기」에서는 차(此)와 피(彼)를 대립 항으로 설정하고 있다. 이들은 다시 유의미함[我, 此]과 무의미함[人, 彼]으로 분류되며 서술에서 무의미함만을 나열함으로써 상대적으로 유의미함을 부각시키는 효과를 발휘한다.

지금까지 이용휴 작품 중에서 발상의 전환과 대비를 통해 기존 통념

---

10) 李用休, 『惠寰雜著』 2冊, 「我菴記」: "我對人, 我親而人疎, 我對物, 我貴而物賤. 世反以親者聽於疎者, 貴者役於賤者何? 欲蔽其明, 習汩其眞也. 於是有好惡喜怒, 行止俯仰, 皆有所隨而不能自主者. 甚或言笑面貌, 以供彼之玩戲, 而精神意思, 毛孔骨節, 無一屬我者, 可恥也已. (中略) 處士又取材於園, 結一小菴顏之曰我, 示人之日用事爲皆由己也. 彼一切榮華勢利富貴功名, 以較我之天倫團歡、戮力本業外之. 不啻外也, 處士知所擇矣. 他日我訪處士, 其坐菴前老樹之下, 當更講人我平等, 萬物一體之旨矣."

11) 李用休, 『惠寰雜著』 2冊, 「此居記」: "此居, 此人居此所也. 此所卽此國此州此里, 此人年少識高, 耆古文, 奇士也. 如欲求之, 當於此記, 不然, 雖穿盡鐵鞋, 踏遍大地, 終亦不得也."

과 반대되는 글들을 살펴보았다. 「증정재중」에서는 눈멂이라는 비극적인 상황이 '내안'의 가치를 강조됨으로써 오히려 귀중한 가치로 승화되었고, 「제정수문」에서는 죽음이라는 비극적인 상황이 오히려 기쁨으로 승화되었다. 이는 발상의 전환을 통해 주제를 구현하고 이를 효과적으로 전달하기 위해서 대비라는 서술기법을 활용한 것이다.

이용휴는 "진(眞)이 다하는 지점에서 기(奇)가 드러난다"[12]고 하였다. 이용휴는 기이한 기법과 발상을 즐겨 구사하였지만, 그 기이함은 다름을 위한 것이 아니라 자신의 삶과 세계를 감싸고 있는 허위들을 걷어내고 그 참된 모습을 적나라하게 드러내고자 한 것이다.[13] 따라서 그가 발상의 전환을 통해 추구하고자 한 것은 근원으로의 접근을 통한 진(眞)의 확립이라 하겠다. 게다가 진(眞)은 보편적 진리이기보다는 개별된 진아(眞我)이다. 눈멂과 죽음은 보편적 정서에 있어 불편하고 비극적인 요소들이다. 그러나 개개인 처한 삶에 기반하여 근원을 거슬러 올라가게 되면 불편하고 비극적인 요소들은 오히려 당사자들 입장에서는 기쁨의 요소가 되는 것이다.

이러한 양상은 제가의 평 중에서도 정약용과 김택영의 언급과 연관된다. 정약용은 '기굴신교(奇崛新巧)'라 하였고 김택영은 '기궤첨신(奇詭尖新)'라 하였는데, 우선 기굴(奇崛)과 기궤(奇詭)는 순탄함이나 평이함과 상반되는 의미이다. 아울러 진한고문에서 문기(文氣)가 강한 작품들에서 언급되는 평어들이다. 그러나 정약용은 신교(新巧)라는 평어와 함께 사용하고 있고, 김택영은 첨신(尖新)이라는 평어를 연용하고 있음을

---

12) 李用休, 『惠寰詩集』 권8, 「許烟客汝正【佖】挽」: "其詩似其人, 眞極時露奇."
13) 박동욱·송혁기(2014), 『나를 찾아가는 길』, 돌베개, 14면.

볼 수 있다. 이들의 신교와 첨신은 이용휴 산문이 고법에 충실하면서도 새롭고 기발한 면모가 있음을 이와 같은 평어들로 제시하고 있다. 제시한 인용문에서 보듯이 이용휴의 산문에서 새롭고 기발하다는 것은 편장자구(篇章字句)보다는 주제구현과 관련된다. 이용휴의 서술방식은 고법에 충실하고 한문산문에서 서술의 주된 방식인 대비를 즐겨 사용하고 있다. 이에 반해 주제구현의 부분은 발상의 전환을 통해 기존의 통념을 전복하고 있음을 볼 수가 있다. 즉 작품에서 지시하고 있는 사유가 새롭기에 당대 및 후대 평자들의 인식지점에 낯설음을 유발하며 이러한 면모가 기(奇)의 요소로 지적된 것이다.

2) 이질적 전고(典故)를 통한 다각적·다층적 이미지의 구현

유만주는 "혜환은 장서가 매우 많은데 소유한 것들은 모두 기이한 책들이고 평범한 것은 한 질도 없으니 그 기이함은 실로 천성이다"[14]라 하였다. 실제 이용휴는 선진양한(先秦兩漢)에서부터 명말(明末)의 문집류까지 폭넓은 문장들을 섭렵하며 『수호지(水滸志)』, 『유이록(幽異錄)』과 같은 소설에서부터 이서(異書)에까지 수용하는 태도를 보였다.[15] 또한, 이덕무는 이용휴에 대해 "고서를 널리 읽어서 자구마다 근거가 있다"[16]라고 평하였다. 이를 통해 이용휴가 다양한 문학을 수용하여 자신의 문학에 반영하였고 전고를 사용하는 데 있어 다양한 문집을 활용했

---

14) 兪晩柱, 『欽英』, 「甲辰年 正月 十三日條」: "惠寰藏書頗富, 而所有皆奇文異冊, 無平常者一秩, 盖其奇實天性也."
15) 김영진(2003), 89면; 이경근(2009), 66면.
16) 李德懋, 『淸脾錄』: "……詩力追中國, 恥作鴨江以東語. 格律嚴苦, 藻采煥曄, 別闢洞天, 峭絶無隣, 博極墳典, 字句有根."

음을 알 수 있다. 아래 인용한 「제하사고(題霞思稿)」는 이러한 면모를
잘 보여준다.

1-1 늙은이가 할 일이 없어, 앉아 있는 손님들에게 평소 듣고 본
기이한 볼거리나 특이한 소문을 말하게 하여 들었다. 한 손님이 말하길,
"어느 해 겨울 날씨가 봄처럼 따뜻하더니 갑자기 바람이 일고 눈이 내리
다가 밤이 되어서야 그치고, 무지개가 우물물을 마시므로 마을 사람들
이 놀라 떠들썩했소"하였다.

(老人無事, 使坐客, 說平生奇觀, 異聞而聽之. 一客云, "某年冬暖如
春, 忽風作雪下, 入夜雪止, 虹飮于井, 村人驚起噪焉.")

1-2 한 손님은, "접때 행각승이 말하길 '일찍이 깊은 골짝에서 한
짐승을 마주쳤는데 호랑이의 몸에 푸른 털을 갖고, 뿔이 나 있으며,
근육 날개를 달고 있으며, 소리가 어린아이의 소리와 같았다'라고 했
소." 나는 이런 말들은 잠꼬대 같은 것이라 믿을 수 없다고 하였다.

(一客云, "曩有行脚僧言, '曾入深峽遇一獸, 虎軀綠毛, 角而肉翅, 聲
如嬰兒.'" 余謂, 是近謊說, 不可信.)

2-1 다음 날 아침 어떤 소년이 찾아와 인사하고 시를 폐백으로 올렸
다. 그 성명을 묻자 이단전이라 하기에 다른 사람들의 작명과 다른 것이
의아했다.

(翌朝, 有一少年子來謁, 以詩爲贄. 問其姓名曰, 李亶佃, 已訝其異
乎人之命名.)

2-2 시집을 펼치자 빛나고 특이하여 들쭉날쭉 한 것이 생각할 수
있는 범위를 넘은 것이 있었으니, 비로소 두 손님의 말이 잠꼬대가 아니
라는 것을 믿게 되었다.

(及開卷, 光怪陸離難狀, 有出思慮之外者, 始信二客之說, 非謊也.)

이 작품은 여항 문인인 이단전(李亶佃, 1755~1790)의『하사고(霞思稿)』
에 발문한 것이다. 이단전에 대한 행적은 남공철(南公轍)의「이군시서(李
君詩序)」, 조수삼(趙秀三)의「이단전전(李亶佃傳)【병소서(幷小序)】」, 조희
룡(趙熙龍)의「이단전전(李亶佃傳)」등에 자세히 기술되어 있는데, 그는
특히 시(詩)에 뛰어났고 이용휴의 제자가 되기 전 이덕무에게서 시를
배웠다.

「제하사고」는 이용휴의 문학에서 기(奇)를 조명할 때 빠지지 않고 다
뤄지는 작품이다. 기존연구에서는「제하사고」에 대해 문집의 내용과
관련이 없는 두 가지 기이담을 들어서 평문을 대신하였고, 이단전의
시의 기이함을 자신이 들었던 기이담과 연결시켰다[17]고 하였다. 이 작
품은 크게 두 단락으로 나눌 수 있는데, ①은 기이담을 나열한 부분이
다. 여기에서 작가가 가져온 이야기들은 모두 전고가 있는 것이다.

차용된 전고를 자세히 살펴보면 다음과 같다. 첫째로, ①-1에서는
우물물을 먹는 무지개 이야기이다. 이 이야기는『육서고(六書故)』에 "월
나라 사람들은 무지개를 후(鱟)라 부르기도 하고, 또 무지개가 내려와
계곡을 마신다고 했다[18]"는 기록과『전한서(前漢書)』의「연왕단전(燕王
丹傳)」에서 "하늘에서 비가 오고 무지개가 내려와 궁중에 이어지더니
우물물을 마셨다[19]"라는 기록에서 가져온 것이다. 뿐만이 아니라 두보

---

17) 심경호는 出奇가 설명을 배제한 의외의 병치라는 형식면에서 실현되었으며 소재 자체
의 超凡과 대상에 대한 접근 시각의 파격 속에서도 '奇'의 미학이 추구되었다고 하였다.
이러한 특징은 명나라 말의 소품문을 공부한 결과이며 서문을 쓰는 대상에 대해 직접
논하지 않고 다른 기이한 이야기를 서술하면서 논점을 암시하는 방법은 淸나라 林嗣環
의「秋聲詩自序」와 통한다고 하였다. 심경호(2013), 71~73면 참조. 안대회(2000)는 이
단전의 시가 황당한 거짓말처럼 보였던 세계를 다루었음을 연결시켰다.

18) 戴侗,『六書故』권20: "越人謂虹爲鱟, 且言其下飮澗穀"

19)『前漢書』권63: "是時天雨, 虹下屬宮中飮井水, 井水泉竭."

(杜甫)는 「만청(晚晴)」[20]에서 이런 무지개의 이미지를 받아 "강홍명원음
(江虹明遠飮)"이라는 시구를 남겼다. 요컨대 '물을 마시는 무지개'라는
이야기는 오래전부터 사용되었던 전고이다. 무지개에 대한 일반적 인
식은 '봄에서 가을까지 우기이기에 무지개가 있다. 겨울에는 비가와도
햇빛이 없기에 무지개가 생기지 않는다'[21]라고 하여 지금과 다르지 않
다. 따라서 이용휴가 설정한 '햇살이 미미한 겨울, 비도 아닌 눈이 오는
밤'이라는 조건 아래에서는 무지개가 결단코 일어날 수 없는 상황이다.
즉 전혀 다른 상황에 무지개 전고를 활용하고 있음을 볼 수 있다. 아울
러 문헌에 나타나는 무지개 대한 인식은 대체로 상서롭지 못한 것으로
풀이하고 있다.[22] 따라서 무지개가 가지는 기이한 이미지는 이용휴가
착색시킨 것이 아니라 오래전부터 있었던 무지개에 대한 여러 층위의
이미지들이다.

그러나 이용휴는 무지개가 생겨날 수 없는 상황에서 생겨난 무지개
의 오묘한 빛은 상상만으로도 기이한데 그 무지개 내려와 우물물까지
들이킨다고 말한다. 즉 기이함이 갖는 이미지를 보다 배가시키기 위해
무지개가 우물물을 마시는 것을 무지개가 생겨날 수 없는 계절에 대입
하고 있다.

두 번째로, ①-2에서는 '푸른털, 뿔, 근육 날개를 갖고 있으며 소리가

---

20) 「晚晴」의 전문은 다음과 같다. "返照斜初徹, 浮雲薄未歸. <u>江虹明遠飮</u>, 峽雨落餘飛.
　　鳧雁終高去, 熊羆覺自肥. 秋分客尙在, 竹露夕微微."
21) 戴侗, 『六書故』 권20: "虹生於雨與日, 微雨偏零遇斜日射之, 雨氣規日成虹. …… 向
　　日渙水側眂, 則亦有靑赤暈成虹. …… 惟自春至秋雨氣行, 雲陰不徧, 日光斜照. 故有
　　虹, 冬雨無復日光, 故無虹."
22) 『太平御覽』 권14, 「雲虹」: "文子曰, 天地二氣, 卽成虹, 人二氣, 卽生病."; "淮南子曰,
　　…… 虹蜺者, 天之忌也."

어린아이 울음인 호랑이'에 대한 이야기이다. 본문에서 기술된 호랑이
의 특징은 '푸른털', '날개와 뿔', '아기 울음'이다. 먼저 호랑이가 날개를
가졌다는 표현은 중국이나 우리나라에도 많이 보인다. 중국에서는 호랑
이보다 조금 작고, 날개가 박쥐의 그것과 같다[23]는 기록이 있다. 또,
『회남자(淮南子)』 등에는 이러한 형상을 궁기(窮奇)라 하여, 천신(天神)으
로 북방에 있다[24]고 하였다. 반면 '날개 달린 호랑이'를 우리나라에서는
익호(翼虎)라 이름하였다. 군대에서는 문기(門旗)의 중앙에 익호를 그렸
다고 하며, 고려시대 백호상의 형태는 대부분 몸체를 길게 표현하여
우모형(羽毛形)의 날개를 달아 신수(神獸)로서의 모습을 보인다고 한다.
이는 지금까지 흔히 표현하는 '날개 달린 호랑이'라는 이미지이다. 지상
최고의 영물인 호랑이가 천상의 매개물로 상징되는 날개를 얻은 형상을
당시 인간이 상상할 수 있는 가장 강력하고도 기이한 이미지의 원형이
다. 여기에 '녹모(綠毛)'라는 신비로움을 더해주는 시각적 요소와[25] '성여
영아(聲如嬰兒)'라는 두려움을 더하는 청각적 요소,[26] 또한 일반적으로
각자무치(角者無齒)라 하여 호랑이와 같이 육식동물에는 뿔이 없으나 이
호랑이는 뿔까지 갖추고 있다.

　　각기 이질적 전고로 형성된 호랑이는 결단코 현실에 있을 수 없는

---

23) 鄺露, 『赤雅』 권3: "比虎差小翅如蝙蝠."

24) "窮奇, 廣莫風之所生也."에 따른 高誘의 注로 "窮奇, 天神也. 在北方道, 足桀兩龍,
其形如虎."라는 기록이 있다.

25) 푸른색 털은 일반적으로 신선 몸에 나는 것으로 신비로움을 나타낸다. 漢나라 劉根이
道를 터득한 후에 몸에 푸른 색 털이 생겨났다는 고사가 전한다. 曹松,「贈道人」: "閬苑
駕將雕羽去, 洞天贏得綠毛."

26) 聲如嬰兒는 처음 『山海經』에서 사용되었고 후대에는 畏獸를 나타내는 고사로 사용되
었다.『山海經』: "龍候之山, 泱泱之水山焉, 東流注於河, 其狀如魚, 四足, 其聲如嬰兒,
食之無瘻疾."

존재이다. 따라서 작자는 어떤 객의 입을 빌려 말하고 있고 인용한 객의 말도 자신이 직접 목도한 것이 아니라 행각승의 얘기라 말한다. 행각승은 여러 곳을 정처 없이 돌아다니며 수행하는 승려로, 탈속과 방황, 순례의 묘한 이미지를 풍긴다. 이러한 방랑과 탈속의 이미지는 '날개 달린 호랑이'의 기이함만을 감싸주고 있는 것이 아니라 작품 전반에 흐르는 기이한 이미지에 힘을 실어준다.

지금까지 ①에서 나타난 두 이미지를 살펴보았다. 이 두 이미지는 사실 문자 그대로의 양상만을 보여주는 것이 아니라, 그 뒷배경에는 몇 갑절의 이미지들을 풀어내고 있는 것을 확인할 수 있었다. ①에서 운용된 전고들은 중국의『회남자』와『산해경』,『전한서』,『적아』를 비롯해 고려시대의 벽화, 우리나라의 설화, 관용구 등 오랜 시간 쌓아온 인간의 상상력을 관통하고 있다. 바로 중첩된 이미지들을 통해 기이함을 구축하고 있다. 말하자면, 이 글에서 그가 가져온 이미지들은 위에서 보듯 대부분 전고가 있는 말들이다. 하지만 작가는 그 이미지들의 외연으로 곁들여진 '지적(知的)' 요소들은 말소시켜 '기이(奇異)'의 감각만으로 독자들을 이끈다. 즉 기이함에 대한 의론은 일체 배제한 채 담담한 서술로 이미지만을 재현하고 있을 뿐이다.

그렇다면 이용휴는 제발문에서 '의론은 배제한 체 기이한 담론만을 나열하고 있는가?'라는 의문이 발생한다. 이러한 점은 주제 구현방식에 있어 이용휴만의 독특한 이미지의 구축 방식이다. 우선 기이한 두 가지 이야기를 엮어서 이단전의 시에 대한 평을 대신하고 있는데, 두 가지 이야기는 개별적이기보다는 한 편의 줄거리가 있는 이야기와 같은 느낌을 준다. 「제하사고」는 크게 시간상으로 '과거'①과 '현재'②로 구분된다. ①은 기이한 일을 들었던 과거이고, ②는 어떤 소년의 시집을 들여다본 현재이다. ①과 ② 모두 구조상으로 '기이함'을 소재로 과거와 현재를 연결하고 있다. 내용면에서는 ①-1의 '물먹는 무지개'와 ①-2의 '특이한 호랑이'는 ②-1의 '소년의 이름'과 ②-2의 '시집'이 각각 짝을 이루고 있다. 이 글은 구조상 '기이함'들을 나열하고 있는데, ①에서는 두 개의 '기이함'이 병렬 관계로 ②에서는 남과 다른 소작농의 '이름'과 들쭉날쭉 기괴한 '시집'이라는 개념이 기(奇)라는 유사성을 가지고 대비 관계를 형성하고 있다. 이는 다시 ①에서 남에게 들었던 '기관(奇觀)', '이문(異聞)'이 ②에서 소년의 '이명(異名)', 시집의 '괴상(怪狀)'과 짝을 이룬다. ②의 기이함은 현실이자 직접적인 것이고, ①의 '기이함'은 과거이자 간접적인 것인데, 이들은 모두 실체가 있는 '시집'으로 인해 '기이함'으로 귀속되고 있다.

이 글은 내용상·구조상 병렬적인 면모를 보인다. 그러나 이미지 측면에서 본다면 기(奇)는 약간의 상이한 이미지로 다층적인 면모를 보이며 서술되어 있다. 이는 다시 이질적인 전고를 활용한 서술로 인해 기(奇)의 이미지를 강화하는 역할로 작용한다. 즉 이용휴는 작품의 서술에 있어서 단지 전고를 통한 나열식 서술로 일관하고 있지만, 이 글을 접한 독자들에게 기이한 이미지를 심원(深遠)하게 형상하게끔 한다. 이를 위해서 타인을 통해 들은 진원지가 불명한 이야기들이라는 점, 작품 속 화자가 기(奇)를 믿지 않는다는 점을 의도적으로 기술하여 기(奇)의 이미지를 강화하고 있다.

또한, 이 작품은 제발문임에도 불구하고 제발문의 체식에서 요구되는 기본적인 내용은 전혀 보이지 않는다. 즉 이단전의 시에 대한 평을 직접 서술하기보다는 기이담만을 나열을 통해 간접적으로 서술하고 있다. 이는 주제의식을 서술에서 뚜렷하게 드러내기보다는 의미의 개방성을 추구하였다. 수용미학적 측면에서 작품의미의 개방성을 통한 열린 결말의 추구이며, 이러한 면모는 독자들로 하여금 다각적이고 다층적 이미지들을 구현하게 하면서 아울러 작품의 해석을 달리하게끔 한다. 기(奇)의 이미지를 전면적으로 내세우기보다는 작품 감상 이후의 이미지를 고려한 특징으로, 그의 산문에 나타난 기(奇)의 구현방식이라 할 수 있다. 이와 같은 양상은 다음 글에서도 확인된다.

　　① 부채를 흔들어 바람을 일으키고 물을 뿜어 무지개를 만든다. 재가루로 달무리를 이지러뜨리고 끓는 물로는 여름 얼음을 만든다. 나무소를 가게하고 구리 종을 저절로 울게 한다. 소리로는 귀신을 부르고 기(氣)로는 뱀과 범을 못 오게 한다.

　　(搖扇生風, 噴水成虹. 灰缺月暈, 湯造夏氷. 使木牛能行, 令銅鐘自鳴. 聲召鬼神, 氣禁蛇虎.)

　　② 서쪽 끝에서 동쪽 바다까지 잠깐 사이에 생각이 두루 미치고, 하늘 위에서 땅 아래까지도 순식간에 생각이 이른다. 백 세 이전으로 거슬러 올라가 기록하고, 천 세 이후도 미루어 헤아리니 지난 옛날의 여러 철인(哲人)들도 오히려 주어진 역량을 다하지 못한 바가 있다.

　　(西極東海, 頃刻思周, 天上地下, 瞬息念到. 百世以前, 遡而記之, 千歲以後, 推以測之, 雖往古群哲, 猶有未盡分量者矣.)

　　③ 이렇게 큰 지혜와 큰 재능을 가지고도 7척 몸뚱이에 부림을 당하여 술과 여자, 재물과 혈기 속에 빠져 있으니 어찌 크게 애석하지 않겠는가!

　　(有此大靈慧大才能, 而爲七尺血肉之軀所役, 淹沒於酒色財氣中, 豈不大可惜哉!)

인용문은 「증조군운거(贈趙君雲擧)」로, 『혜환잡저』및 『강천각소하록』·『병세집』에도 수록된 작품이다. 단락으로 구분하자면 3부분으로 나눌 수 있는데, ①은 앞서 인용하였던 「제하사고」와 같이 전고로만 구성되어 있다. '부채를 흔들어 바람을 일으킨다[搖扇生風]'는 『서유기』에[27], '물을 뿜어 무지개를 만든다[噴水成虹]'는 『현진자(玄眞子)』에[28], '끓는 물로는 여름 얼음을 만든다[湯造夏氷]'는 『물유상감지(物類相感志)』[29]에, '재 가루로 달무리를 이지러뜨린다[灰缺月暈]'는 『비아(埤雅)』에[30], '나무 소를 가게 한다[使木牛能行]'는 것은 『삼국지연의(三國志演義)』에[31], '구리 종을 스스로 울게 한다[令銅鐘自鳴]'는 『속고승전(續高僧傳)』에[32], '소리로는 귀신을 부르고[聲召鬼神]'는 『대반열반경소(大般涅槃經疏)』에[33], '기(氣)로는 뱀과 범을 못 오게 한다[氣禁蛇虎]'는 『자경편(自

---

27) 『西遊記』 제59회, 「唐三藏路阻火燄山孫行者一調芭蕉扇」: "鐵扇仙有柄芭蕉扇, 求得來, 一扇息火, 二扇生風, 三扇下雨, 我們就布種, 及時收割, 故得五穀養生. 不然, 誠寸草不能生也."

28) 張志和, 『玄眞子』: "背日噴乎水, 成虹霓之狀, 而不可直者, 齊乎影也."

29) 蘇軾, 『物類相感志』, 「總論」: "夏月熱湯入井成冰, 楠湯洗杯靑蠅不來."

30) 陸佃, 『埤雅』: "舊雲雞羽焚而淸飆起, 蘆灰缺而月暈移. 說者以爲, 取蘆草灰, 隨隔下月光中, 令圓畫缺其一面, 則月暈亦缺於上也."

31) 『三國志演義』, 「司馬懿占北原渭橋, 諸葛亮造木牛流馬」: "(建興)九年, 亮複出祁山, 以木牛運, 糧盡退軍 …… 十二年春, 亮悉大衆由斜穀出, 以流馬運, 據武功五丈原, 與司馬宣王對於渭南."

32) 智光, 『續高僧傳』 권26: "釋智光, 江州人, 尼論師之學士也. 少聽攝論大成其器, 言論淸華聲勢明穆, 志度輕健鮮忤言諍, 謙牧推下爲時所重. 開皇十年, 救召尼公, 相從入京住大興善寺, 仁壽創塔, 召送循州, 途經許部, 行出城南 人衆同送舍利於興忽放光明, 高出丈餘, 傾衆榮慶北至番州寄停寺內. 其夜銅鍾洪洪自鳴, 連宵至旦, 驚駭人畜, 及至食時其聲乃止. 旣達循州道場塔寺, 當下舍利天降甘露塔邊樹上, 色類凝蘇, 光白曜日, 光還京室以法自娛, 頻開攝論有名秦壤, 晚厭談說歸靜林泉, 尋還廬阜屛絶人事, 安禪自節卒於山舍."

33) 灌頂, 『大般涅槃經疏』, 「科南本涅盤經序」: "聲召有六, 一聲時表法, 二聲時臨機, 三聲之本末, 四聲之橫豎, 五聲有感應, 六聲中歎告. 初二月下, 聲時表法者. …… 次十恒

警編)』과 『속수기문(涑水記聞)』에[34] 등장하는 구절이다.

이상에서 보듯이, 차용한 전고들은 사대기서(四大奇書)에서부터 불경 (佛經)에 이르기까지 그 운용이 광범위하다. 이들 전고를 차용한 것은 어디까지나 불가능한 사례들을 나열함으로써 불가능함을 우회적으로 표현한 것이다. 아울러 불가능에 대한 나열은 점층적으로 확대하여 그 의미가 심화하는 양상을 보인다. 부채로 바람을 만들고 물로 무지개를 만든다는 부분에서의 '부채와 바람', '물과 무지개'는 어느 정도의 상관 관계를 맺고 있으며, 상상해봄 직한 일들이다. 그러다 '재 가루로 달무리 를 이지러뜨리다'와 '끓는 물로 얼음을 만든다'는 부분의 '재 가루와 달무 리', '끓는 물과 얼음'은 물리적 성향이 정반대인 것들과 짝을 이루고 있으며 이전보다 불가능하다는 측면에서 그 정도가 심화한 것들이다. 이후 '나무 소가 가고 구리 종이 저절로 울고 소리로 귀신을 부르고 기 (氣)로 뱀과 범을 못 오게 한다'는 부분도 역시 현실에서 있을 수 없는 것들로서 불가능한 일들의 나열이며, 계속된 나열을 통해 서로가 갖는 이미지들은 상충되면서도 불가능하다는 이미지가 심화하는 양상을 보 인다. 즉 현실에 있을 수 없는 사례들을 직접 서술하기보다는 이질적 전고만을 차용하여 불가능의 이미지를 지속하고 있으며, 이를 통해 불가 능의 이미지를 확고하게 하고 있음을 확인할 수 있다. 게다가 차용된 전고들도 일반 산문에서 사용되는 육경(六經)과 삼사(三史)가 아니다.

鬼神王衆, 文爲二, 所召有數類名, 此應是同名. 後列者, 是正四王仁等速詣, 是順召, 供具如文(雲雲), 次二十恒鳥."

34) 趙善璙, 『自警編』; 司馬光, 『涑水記聞』: "崔公孺, 諫議大夫立之子, 韓魏公夫人之弟 也. 性亮直, 喜面折人. 魏公執政, 用監司有非其人者. 公孺曰: 公居陶鎔之地, 宜法造 化爲心, 造化以蛇虎者, 害人之物, 故置蛇於藪澤, 置虎於山林. 公今乃置之通衢, 使爲 民害可乎! 魏公甚嚴憚之."

모두 불경이나 소설에서 가져온 것들로, 앞서 유만주가 언급하였던 기이한 책들을 소유했다는 부분을 여기에서도 확인할 수 있다.

①단락에서 물리적으로 불가능한 사례들을 나열하였다면 ②단락에서는 불가능함을 가능케 하는 사례들을 나열하고 있다. 작가는 물리적 거리와 시간적 거리에 구애되지 않고 그 간격과 차이를 넘나들 수 있는 것을 사람의 생각[思]이라 말한다. 따라서 서쪽 끝과 동쪽 끝, 하늘과 땅의 거리에 구애되지 않고 백 년 전으로 거슬러 오르고 천년 뒤를 헤아릴 수 있다. 그러나 자신 생각을 자유로이 운용할 수 있는 것이 철인(哲人)들로 다하지 못할 때가 있다고 말한다. 이는 인간의 생각에 대한 능력은 무한하지만, 때론 그 능력을 다 발휘하지 못할 때도 있다는 것이다.

③단락에 들어서 작가가 말하고자 하는 주지가 등장한다. 사람의 지혜와 재능은 무한한데도 육신에 부림을 당하여 그 능력을 발휘하지 못하고 있음을 말한다. 이를 통해 증서를 받는 조운거라는 사람이 현재 술과 여자, 재물과 혈기에 빠져 자신의 능력을 제대로 발휘하지 못하고 있음을 알 수가 있다. 따라서 작자는 떠나는 조운거를 권면하기 위해 육신의 굴레를 벗어나 자신의 능력을 충분히 발휘하기를 바라는 마음으로 이와 같은 내용들을 기술하였다. 이를 위해 앞서 ①에서의 불가능한 사례들을 나열하였고 ②에서 인간의 생각은 무한하다는 것을 서술하였다. 이와 함께 철인들도 그 능력을 다 발휘하지 못할 때가 있다는 기술을 통해 위로하고 있음을 볼 수 있다. 이와 같은 서술기법은 집약적(集約的)이며 교시적(敎示的)으로 그의 만년에 사용하던 주된 수법이다.[35] 증서류에서 일반적으로 수반해야 할 내용은 과감히 배제하고 증

---

35) 이용휴의 만년 산문은 가독성이 떨어지는 난해한 특징이 감소하는 반면, 배비구를 적극적으로 활용하여 가독성을 높이고 짧은 편폭 속에서 구조를 보다 단순화 한 특징을

서의 대상인에게 전달하고자 하는 주지를 집약적이자, 교시적인 방법
으로 기술하였다.

　이 항에서는 이용휴의 서술기법에서 전고와 관련된 양상을 살펴보
았다. 이용휴는 만년에 짧은 편폭의 산문을 주로 지었는데, 여기에서
사용되는 주된 서술기법이 문두에서부터 전고를 사용한 반복된 나열로
만 일관된 서술이다. 이러한 기법은 독자들의 주목과 궁금증을 유발시
킨다. 게다가 불필요한 서술은 일체 배제하고 전달하고자 하는 주지를
문말에 포치하여 교시적 느낌을 발휘한다. 따라서 전통산문에 수반해
야 할 기본적 내용은 배제된 양상을 보인다. 이와 같은 양상은 정통
한문체식에서 이탈적인 부분이고, 보편적 전범에 대한 부정적 인식을
보여주는 부분이다.

　또한, 이용휴는 전고를 차용하는 데 있어 기존 양상과 달리 그 대상
을 소설이나 불경에까지 확대하고 있음을 볼 수가 있었다. 사용한 각각
의 전고들도 서로 이질적이며 원형의 의미로만 사용하는 것이 아니라
작품의 주지에 맞게 변용하여 각각의 이질적 전고를 융합하고 있는 양
상까지도 확인되었다. 나아가 차용된 전고들은 주로 문두에서 사용되
었고 4구의 배비구를 활용하여 나열하고 있다. 이와 같은 서술기법은
압축된 전고를 통해 형상성을 높이며 작품을 접한 독자들로 하여금 다
층적이고 다각적인 이미지를 구현하게 하는 효과를 발휘한다. 이러한
양상은 유만주와 이덕무가 기(奇)로 지목한 부분이다.

　이용휴 산문에서 이질적 전고에 대한 사용은 문의(文意)를 난삽하게
하여 독해를 어렵게 하는 측면도 존재한다. 이러한 서술기법은 남인계열

　보인다. 하지영(2014), 187~198면 참조. 하지만, 일부 작품에서 주지에 대한 집약적·교시
　적 특징은 유지되면서도 이질적 전고를 통한 난해성은 유지되고 있음을 볼 수 있다.

이 진한고문을 전범으로 삼아 문기(文氣)를 재현하고자 했던 것과 관련
된다. 진한고문은 사언(四言)의 단구(短句)가 주로 사용되어 일정한 리듬
감을 형성하기 때문에 안성적이고 장중한 미감을 제공한다. 후대 진한고
문을 전범으로 삼은 문인들은 주로 어조사를 생략을 통해 문기를 높이는
동시에 독자들의 시선을 명사나 동사에 집중하게 하였다.[36] 이용휴는
압축된 의미를 통해 자신이 부각시키고자 하는 주지를 교시적으로 전달
하기 위해 이질적 전고를 효과적으로 사용하고 있다. 여기서 그가 난해
성(難解性)에 대한 긍정적으로 인식하였으며 자신만의 개성적 측면을
부각시키기 위한 의도를 담아 서술하였음을 알 수 있다. 이러한 양상은
제가의 평 중에서도 정약용의 '기굴(奇崛)'과 김택영의 '기궤(奇詭)'와도
연관된다.

3) 편폭의 단형화(短形化)와 서술의 착종(錯綜)을 통한 암시성 제고

전술하다시피 18세기에 들어서는 산문에서도 전통시대의 보편적인
주제나 미의식에서 벗어나 작가 자신만의 독자적인 문학세계를 구축하
고자 하는 경향이 현저하게 나타난다. 특히 이용휴는 중국의 최신 서적
을 탐독하여 자신의 글쓰기에 반영하였고 이를 통해 발전적 변용을 꾀
했다. 한문체식에 있어서도 기존 체식에 벗어난 양상이 두드러진다.
이와 같은 면모는 앞서 언급하였던 인용문에서도 볼 수 있었다.

먼저 「제하사고」는 제발문(題跋文)에 속한다. 제발문은 책의 끝에 본
문 내용의 대강(大綱)이나 간행 경위에 관한 사항을 간략하게 적은 글이
다. 나아가 서적 이외에도 금석탁본·서화 등의 앞뒤에 그 유래, 감상,

---

36) H. F. PLETT 저, 양태종 역(2002), 『수사학과 텍스트 분석』, 동인, 138면.

비평 등을 적는 것이 관습이다. 이용휴는 이 글에서 흔히 말하는 정통 한문학의 체식을 전혀 고려하지 않고 있는데, 이는 형식적 측면에서 그가 보여준 기(奇)의 양상 중의 하나이며 일탈적인 면모를 잘 드러낸 부분이다.[37]

이와 같은 면모는 그의 여타 작품에서도 빈번하게 보인다. 보통 이별에 임하여 증언(贈言)하는 송서류(送序類)의 경우 떠나가는 사람을 위로하는 내용으로 의론이 중심이 되는 것이 일반적이다. 이에 반해, 이용휴의 「송홍대부사연서(送洪大夫使燕序)」[38]에서는 대화체로 일관하며 의론은 일체 배제되어 있다. 이는 서사성만을 두드러지게 하는 특징이 있다. 앞선 인용문으로 제시하였던 「증정재중」·「증조군운거」 또한 남에게 증여하는 작품이므로 증여받는 대상의 구체적 상황에서 출발하는 것이 일반적이나 증여받는 사람이 누구인지, 어떤 상황인지에 관한 서술 대신 전혀 다른 것으로 글을 풀어나가고 있다. 이와 같은 면모는 체식에서 이탈적인 부분이었다.

일례로 「증조군운거」는 증서류에 해당하는 것으로 이별에 임하여 떠난 자를 위해 지어준 것이다. 따라서 내용에서 일반적으로 증서를 받는 사람과 작가와의 관계, 상대방에 대한 기대와 권면 등이 기술된다.[39]

---

37) 이와 같은 양상은 동시대에 문인들에게 빈번하게 보인다. 대표적으로 박지원의 「亡姊孺人朴氏墓誌銘」에서는 일반적으로 묘지명에서 기술하는 사실들은 과감하게 생략하고 오직 박지원과 누이와의 관계만을 밝히고 있다. 이는 묘지명에서 기본적으로 요구되는 체식을 무시한 글쓰기이다.

38) 李用休, 『惠寰雜著』, 「送洪大夫使燕序」: "洪大夫將行, 請余贈言. 余謂'大夫旣奉命, 則憑君靈矣, 自無途路虞矣. 且大夫素有僑札風, 今行不惟不失辭, 定爲國重. 設令大夫不作行人, 其間不過自某曹移某曹, 某司遷某司, 課日赴衙, 剖幾訟押幾牒, 或朋友過從報謝, 身不出漢京, 而盡計其蹄轍之迹, 則亦且數百千里矣. 曷若入燕都, 縱觀萬國, 執壤而來, 環奇詭特, 若古王會圖壯人心目也哉!' 大夫曰, '然.' 進車乘之而去."

39) 진필상 지음, 심경호 옮김(2001), 『한문문체론』, 이회, 234~235면 참조.

이러한 기준에서 본다면, 이 글은 증서류의 전통적 체식 기준에 부합되지 않는다. 제목에서 증서 받은 대상이 조운거라는 사실 외에, 그에 대한 직접적인 서술은 찾을 수가 없다. 조운거라는 사람의 행적이나 작가와의 관계 등은 일체 생략하고 불가능한 일과 가능한 일들만을 서술하는 것을 통해 독자들을 주목하게 만들고 있으며 문말(文末)에 들어서 계속되었던 궁금증을 일소하고 있다. 「증정재중」 또한 증여받는 사람이 누구인지 어떤 상황인지에 관한 서술 대신, 눈[目]의 이야기로 시작하였고, 이러한 장치는 독자들에게 궁금증을 자아내어 글의 흡입력을 높였다.

지금까지 한문체식에 벗어난 데 중점을 두고 기(奇)를 논했다면, 문체에 나타난 기(奇)는 무엇인가? 결론부터 말하자면 그의 산문 전체를 보자면, 정통 고문방식에 충실한 글쓰기와 자신만의 독특한 글쓰기가 병존하고 있다. 이는 과연 앞서 언급했던 기이한 요소들과 어떠한 상관관계를 보이는가?

「제하사고」는 그의 글쓰기 특징을 여실히 보여주는 작품으로, 여타 그의 글들처럼 짧은 편폭과 서술의 간결성을 보인다. 어휘 면에서는 벽자 등이 없고 문장 또한 문리(文理)에 적합한 방식인 용이한 구두를 보인다. 그는 어휘나 문장의 구성에서 있어서 이(易)와 순(順)을 의도적으로 추구하였다.[40] 이용휴의 문체는 용자(用字)나 구법(句法)에 있어서 기굴함보다는 어기(語氣)에 따른 자연스러운 화법을 추구하였다. 이는 독자의 가독성을 높여준다. 게다가 앞장에서 설명한 바와 같이 구조가 글의 내용에 힘을 실어주게끔 되어있다. 예를 들어, 「제하사고」에서 오늘의 기이한 일을 먼저 서술하고, 어제 기이한 이야기를 역순으로 서술

---

40) 李森煥, 『小室山房藏』 권3, 「際仲父惠寶先生文」: "字尙簡易, 文貴從順."

하였다면 기(奇)의 미감은 반감될 것이다. 「증정재중」과 「증조군운거」
에서도 마찬가지이다. 모두 착종(錯綜)을 활용하여 글의 흡입력을 높이
고 있다.

이용휴의 산문은 편폭이 짧다. 인용하였던 「증정재중」은 154자, 「제
정수문」은 87자, 「제하사고」는 137자, 「증조군운거」는 111자에 불과하
다. 일반적인 증서류, 애제류, 서발류와 비교했을 때 그 양에 있어서
절반에도 못 미친다. 이처럼 편폭이 짧은 글에서 자구(字句)의 배치는
치밀함을 보인다. 구체적 분석을 위해 원문을 제시하는데 아래와 같다.

①-1 眼有二, 曰外眼, 曰內眼. 外眼以觀物, 內眼以觀理. 而無物無
理, 且外眼之所眩者, 必正於內眼, 然則其用全在內矣.

①-2 且蔽交中遷, 外反爲內害. 故古人願以初瞽還我者, 以此也.

②-1 在中今年四十矣, 四十年中所見, 不爲不多. 雖從此至大耋, 不
過如前, 後之在中, 猶夫今之在中, 可知也.

②-2 幸在中外, 障防視物, 得專內視, 見理益明. 後之在中, 必不爲
今之在中, 如是則勿論點睛退瞖之方, 雖金篦刮膜, 亦不願矣.
(「증정재중」)

①-1 老人無事 使坐客 說平生奇觀·異聞而聽之. 一客云, "某年冬暖
如春, 忽風作雪下, 入夜雪止, 虹飮于井, 村人驚起噪焉."

①-2 一客云, "曩有行脚僧言, '曾入深峽遇一獸, 虎軀綠毛, 角而肉
翅, 聲如嬰兒.'" 余謂, 是近謊說, 不可信.

②-1 翌朝, 有一少年子來謁, 以詩爲贄. 問其姓名曰, 李亶佃, 已訝
其異乎人之命名.

②-2 及開卷, 光怪陸離難狀, 有出思慮之外者, 始信二客之說, 非
謊也.
(「제하사고」)

① 搖扇生風, 噴水成虹. 灰缺月暈, 湯造夏氷. 使木牛能行, 令銅鐘
　自鳴. 聲召鬼神, 氣禁蛇虎.

② 西極東海, 頃刻思周, 天上地下, 瞬息念到. 百世以前, 遡而記之,
　千歲以後, 推以測之, 雖往古群哲, 猶有未盡分量者矣.

③ 有此大靈慧大才能, 而爲七尺血肉之軀所役, 淹沒於酒色財氣中,
　豈不大可惜哉!

（「증조군운거」）

「증정재중」 ①-1에서의 "안유이, 왈외안, 왈내안. 외안이관물, 내안
이관리(眼有二, 曰外眼, 曰內眼. 外眼以觀物, 內眼以觀理)"라는 구절은 마
치 산문이라기보다는 시처럼 대우와 반복적인 구조를 보인다. 산문에
서는 이를 배비구(排比句)라 한다. 이는 이용휴 시문(詩文)의 독특한 작
법으로 산문은 시처럼 시는 산문처럼 사용하는 파격적인 형식을 보인
다. 이와 같은 서술은 「증조군운거」와 「제하사고」에서도 볼 수가 있다.
특히 각각의 ①단락에서 전고를 차용하는데 모두 4자 1구 형식을 유지
하며 반복적으로 사용하고 있다. 이들은 어조사가 생략된 절제된 단구
로 시와 같은 리듬감을 형성한다.

　또한 경중(輕重)을 중요한 장치로 활용하고 있다. 경중은 긴 구와 짧
은 구의 연결, 구(句)의 뒤얽음, 의미가 무거운 구와 가벼운 구의 배합
과 관련된 것이다.[41]

　　①-1 ⓐ 眼有二, 曰外眼, 曰內眼.
　　　　ⓑ 外眼以觀物, 內眼以觀理.
　　　　ⓒ 而無物無理, 且外眼之所眩者, 必正於內眼, 然則其用全

---

41) 심경호(1998), 56~57면 참조.

在內矣.

②-2 ⓐ 幸在中外, 障防視物, 得專內視, 見理益明.

　　　ⓑ 後之在中, 必不爲今之在中, 如是則勿論點睛退瞖之方, 雖
　　　　金篦刮膜, 不願矣.

（「증정재중」）

①-1은 내용상에 있어서 첫 번째 단락에 해당하는 부분이다. 먼저 ⓐ에서는 3자(字) 3구(句)의 형식을 보이며 짧게 나열식으로 서술하고 있고 ⓑ에서는 5자(字)로 배비구를 이루고 있다. 그러나 앞선 논의보다 더욱 발전된 논의를 개진하는 부분인 ⓒ에서는 ⓐ와 ⓑ에서 보여줬던 자구의 규칙성을 무시하고 자구의 형식이 뒤엉켜 있으며 앞 구절보다 긴 구절로 서술하고 있다. 또한 가벼운 의미[예비적 논의]를 지닌 구를 앞서 서술하고 의미가 무거운 구[본격적 논의]를 뒤에 서술하고 있다.

②-2 또한 마찬가지이다. 내용상 두 번째 단락에 해당하는 부분으로 첫 번째 단락에서처럼 논지의 예비적 성격인 ⓐ에서는 자구의 규칙성을 보이다가 실제 논의에 해당하는 ⓑ에서는 이러한 규칙을 무시하고 앞선 구절보다 길게 서술하고 있다. 이용휴가 경중을 달리하는 행문을 사용한 이유는 정제된 구법을 과다하게 사용하면 자칫 글이 단조로울 수가 있는데, 자구에 의도적인 변형을 주어 글의 단조로움을 극복하였다. 이는 글에 호흡과 어세의 변화를 주어 자신의 논지를 보다 설득력 있게 하는 데 목적이 있다.

이와 같은 양상은 「제하사고」와 「증조군운거」에서도 확인된다. 먼저 「제하사고」에서 기이담을 서술한 ①단락은 4자(字) 1구(句) 형태로 규칙성을 유지하다가 ②단락에서 앞선 구절의 규칙성이 무너지고 구의 형태도 단구에서 장구로 바뀜을 볼 수가 있다. 「증조군운거」 또한 ①·②단락에서 4자(字) 1구(句)의 형태가 ③단락에 이르러서 장구로 변환되고 있다.

나아가 이용휴는 착종(錯綜)을 통해 간결성(簡潔性)과 암시성(暗示性) 을 추구하고 있다. 「증정재중」은 앞서 언급하였듯이 일반적인 증서류 에 비해 그 편폭이 매우 짧다. 이 글에 나타난 표현들은 앞서 서술을 차곡차곡 밟아가면서 보다 확장된 논의를 개진하였다. 이 과정에서 착 종을 사용하고 있다. 또한 논의 개진에 필요한 단어와 구절을 반복시키 고 있을 뿐 이외에 사소하고 번다한 것들은 일체 서술하고 있지 않다.

착종은 경중처럼 문장에 변화를 주어 글의 생기를 불어넣는 효과를 발휘한다. 먼저 ①-1에서는 '내안(外眼)'과 '외안(內眼)'을 서술상 내용 상 중복적으로 사용하면서 서술에서의 변화와 자신의 논의를 확장하는 데에 활용하고 있다. 이는 ①-2에도 일관되고 있다. ①-1에서 '외안'과 '내안'을 의미상 대치시키면서 논의를 개진한 것처럼 '후지재중(後之在 中)'과 '금지재중(今之在中)'을 대치하여 서술하고 있다. 동일한 구조에 상대되는 자(字)를 배치하여 서술의 변화와 논의의 확장을 꾀하고 있 다. 이것이 착종의 묘이다. 아울러 전체 서술에 있어서 도치를 보였던 것처럼 각 단락의 예비적인 성격을 지닌 구들은 앞서 배치하고 본격적 논의는 뒤에 배치하고 있다.

예비적 성격을 문두에 놓고 본격적 논의를 문말에 포치하는 서술 형태 는 「제하사고」와 「증조군운거」에서도 동일한 양상이다. 예비적 성격에 해당하는 단락은 단구로 처리하다가 본격적 논의에 해당하는 단락에서 는 장구로 바뀌며 서술에서의 변화를 통해 자신의 논지를 확장하였다.

또한, 인용된 작품에서는 경종과 착종을 사용하는 동시에 간결성과 암시성을 연용(連用)하였다. 이는 산문의 형식미 추구와 긴밀한 관련이 있는데, 각각의 구절들은 반복, 대치, 변화를 보이면서도 글 전체의 내용은 간결한 느낌을 주고 있다. 산문에서 서술 대상의 초점을 부각하기 위해 간(簡)을 추구한다.[42] 산문에서 간결성을 추구하는 이유는 그 암시성을 극대화하려는데 목적이 있다. 표현하고자 하는 것을 모두 글에 표현하기보다는 간접적인 방법인 간(簡)을 통해 그 의미를 함축하고자 하는 것이다.

이용휴는 「증정재중」에서 눈에 관한 서술로 일관하며 나머지는 배제하고 있다. 게다가 눈에 관한 서술은 단순히 정재중이라는 사람에게만 해당하는 것이라 아니라 작가 자신 그리고 모든 이들에게 해당하는 말이다. 사람이라면 누구나 진(眞)을 찾을 수 있어야 하지만 자신의 눈이 외물에 가려져 진(眞)을 찾거나 추구하지 못하고 있다는 말이다. 이를 직접적으로 서술하기보다는 정재중에게만 국한된 서술을 통해 암시하고 있으며 그 암시성은 간(簡)의 추구로 인해 더욱 효과를 발휘하고 있다. 「증조군운거」에서도 조운거에 대한 직접적 서술을 생략하고 사람의 재능은 무한한데 육신에 부림을 당하여 그 능력을 발휘하지 못하고 있는 것만을 말하고 있다. 이러한 서술방식은 작품의 대상인에게만 국한된 서술이다. 이러한 양상은 독자들의 궁금증을 유발하며 흡입력을 높이는 동시에, 작품의 대상인에게만 국한된 서술을 통해서 논지의 암시성은 배가되는 효과를 발휘한다.

서술방식에서 나타난 이용휴의 산문은 전통양식을 충실히 따르고 있다. 용자(用字)·구법(句法)·행문(行文) 등에서 정통글쓰기에 사용되는 경중·착종으로 자신의 논지를 강화하였다. 다만 짧은 편폭과 시적(詩的)인 구법은 기존문장과 상이한 점이다. 이러한 점은 이용휴만의 독자적 변주

---

42) 심경호(2014), 「간(簡) 개념의 다층적 의미와 개념 활용의 역사」, 『한자한문연구』 제9호, 고려대 한자한문연구소, 22면 참조.

(變奏)라 할 수 있다. 그러나 이용휴의 산문에 나타난 기(奇)는 여기에 국한되는 것이 아니다. 짧은 편폭은 암시성을 드러내는 부분에 효과적으로 사용된다. 게다가 암시성은 자신의 논지나 이미지구축에 있어 효과적으로 활용하여 의미를 배가시키고 있다. 즉 전통글쓰기에 충실한 서술방식은 앞 장에서 언급하였던 주제의식의 구현과 함께 사용되면서 그의 기이함은 더욱 배가되는 양상을 보인다.

4) 소결

이상 이용휴 산문의 작품에서 사용된 서술기법을 통해 기(奇)로 평가되는 작품을 살펴보았다. 이러한 양상을 제가의 평과 연계해서 살펴본다면 다음과 같다. 먼저 유만주의 평은 긍정적이다. 그는 김성탄의 문학비평이 후대 소설 비평에 지대한 영향을 끼쳤다는 점에서 긍정적 인식을 보였다.[43] 유만주가 말한 이용휴의 기(奇)는 그의 문학적 재능을 표출하기 위해 고정의 틀에서 벗어난 개성적 작품을 말한다. 정약용의 문학론은 도학적(道學的)인 문학이론에 일정한 연속성을 지니며 보수적인 면모를 보인다.[44] 그러나 정약용이 언급한 이용휴의 작품이 중국 문학에 경도되었다는 점은 이용휴가 김성탄과 같은 문체에 주목하여 고문의 격식에 벗어나 독자적 글쓰기에 주력한 것을 말한다.

이 절에서는 제가의 평을 바탕으로 이용휴 산문에 나타난 기(奇)를 3가지로 나누어 개진하였다. 첫째, 발상의 전환과 대비에 의한 통념의 전복이 두드러진다. 둘째, 이질적 전고를 구법에서 노련하고 짜임새 있

---

43) 한매(2002), 「朝鮮後期 金聖嘆 文學批評의 受容樣相 硏究」, 성균관대 박사학위논문, 58~59면 참조.
44) 김흥규(1983), 『朝鮮後期 詩經論과 詩意識』, 高麗大學校 民族文化硏究所.

게 엮고 있다. 이러한 양상 서술에서 이미지들의 다각적·다층적인 면모
를 구현하는 데에 활용되고 있다. 셋째, 작법에 있어 짧은 편폭의 작품들
이 주를 이루며, 의론(議論)보다는 서사를 강조하며[45] 간결성과 암시성
을 중시한다.

먼저 첫 번째 양상에서 발상의 전환은 진(眞)의 추구와 연관된다. 이용
휴의 산문에는 자신 및 객체에 대한 주목과 각성에 관한 내용이 자주
등장한다. 「증정재중」에서는 '눈멈'이라는 주제와 「제정수문」에서는 '죽
음'이라는 주제를 통해 보편적 이치를 부정하고 개별적 이치를 주장한
다. 이는 보편적 진(眞)이 아닌, 개별적 진(眞)으로 진아(眞我)의 추구 결과
이다. 이러한 양상은 주제구현방식에 있어서 드러난 것으로, 성령을 바
탕으로 진(眞)을 추구한 공안파 문학과 친연성을 확인할 수 있었던 부분
이다.[46] 이 점이 이용휴가 소품(小品)작가로 지목되는 부분이기도 하다.

그러나 이용휴의 진(眞)은 통념에 대한 전복적 성격이 강하기 때문에
재도론적 문학론에 벗어난 성향을 보이지만, 도(道)의 의미를 문(文)의
범위에까지 확장한 진한고문의 진(眞)과 관계된 것이다. 전후칠자의 진
(眞)은 도덕적인 정감으로 교화에 도움이 되는 것으로 인식하였는데,
이용휴의 경우도 그릇된 인식을 진(眞)을 통해 바로잡고자 한 것이기

---

45) 여기에서 서사의 개념은 시간의 흐름보다는 의론이 가미되지 않은 이야기를 지칭한다.
46) 眞의 추구는 양명좌파, 공안파, 소품과 관련성을 맺고 있는 것으로 논해진다. 때문에
   이용휴는 소품작가로 분류되기도 하였다. 그러나 眞과 眞我의 추구가 공안파와 유사성
   이 있는지에 대한 의문이 제기되었다. 이용휴는 眞은 공안파의 私情과 欲과 같은 차원
   으로까지는 확대되지 않았으며, 여전히 유가 정신을 바탕으로 육경의 연장선상에 있다
   고 보았다. 하지영(2014), 77면. 이용휴는 公義를 바탕으로 개인적 욕망에 대한 탐닉을
   경계하였고, 士人의 책임의식이 문학세계에 근간이 되었다. 이에 이용휴의 眞은 감정
   의 솔직함보다는 올바름으로서의 眞에 초점을 두었다. 김동준(2003), 「李用休 漢詩의
   理智的 性向과 새로운 詩的 型式」, 『진단학보』 제95호, 진단학회, 256면.

때문에 진리의 추구로써 진(眞)의 성격이 강하다.

이러한 양상으로 보자면 이용휴 산문에 드러난 주제의식의 기(奇)는 소품문보다는 오히려 남인계열에 의해 추숭되었던 진한고문을 유지 및 발전시키고 있음을 확인할 수가 있다. 아울러 이용휴의 진(眞)의 추구와 그 정립을 위한 통념의 전복과 발상의 전환은 양명학(陽明學) 및 서학(西學)과도 연계되는 부분이다. 특히 기존연구에서 「증정재중」은 양명학의 사상적 이념을 발산한 것[47], 양명학의 기본 교의를 따른 것[48]이라 하였다. 그런데 '맹인의 상태로 되돌려 달라'는 말은 남인계열 문인들이 주목하였던 『칠극(七克)』이란 서학서(西學書)에 등장하는 구절이다.[49] 즉 『칠극』의 '원차초고환아(願此初瞽還我)'를 이용휴는 「증정재중」에서는 '고고인원이초고환아자(故古人願以初瞽還我者)'로 표현한 것이다. 따라서 「증정재중」에서 발상의 전환과 관계된 논의는 양명학과 무관한 것은 아니지만, 『칠극』이 남인계열의 교양서라는 점을 감안한다면, 이용휴의 사상적 연원이 서학과 밀접한 연계가 있음을 확인할 수 있다.[50]

나아가 자아의 강조는 18세기 진(眞)을 추구한 문인들과 동일한 양상이다. 따라서 이용휴의 진(眞)에 대한 추구는 진한고문의 진(眞)과 소품계열의 진(眞)을 융합하여 자신만의 진(眞)으로 심화·발전시켰다. 즉 특정 문파나 전범에 귀속되는 양상이 아니다. 문파로 보자면 진한고문

---

47) 안대회(2008), 『나를 돌려다오』, 태학사, 28면.

48) 박희병(2009), 『저항과 아만』, 돌베개, 177면.

49) 龐迪我, 『七克』, 「熄忿-窘難益德」: "物達西賢人也. 身後顯聖跡最多, 一瞽者跪其墓前, 因功德, 求得見, 輒見. 已默疑曰, 見與不見, 未知孰有益於我, 複祈曰, 若見無益於我, 願此初瞽還我, 輒瞽如初."

50) 『칠극』은 이용휴 뿐만 아니라 이익, 정약용, 이가환 등 남인계열에서 두루 그 독서의 흔적을 발견할 수 있다. 하지영(2016), 「이용휴 문학에 나타난 서학적 개념의 수용과 변용」, 『동양고전연구』 65, 동양고전학회, 66~72면 참조.

및 소품과 연계되고, 사상적으로는 양명학 및 서학과 연계된다. 더욱이 서술기법에서 대비를 주로 사용하며 당송고문과 같이 평이한 구식을 통해 주제를 구현하고 있는 것에도 확인할 수 있다. 따라서 이용휴 산문에서 진(眞)과 관계된 사상적 연원은 특정 학파 및 문파의 수용을 통해 그대로의 재현이 아닌 변용된 조선식임을 확인할 수 있다.

두 번째 양상에서는 전고 사용과 관련된 작품을 살펴보았다. 이용휴의 전고 사용은 유가 경전에만 머물지 않고, 소설류 및 불경에까지 그 대상을 확장하고 있음을 볼 수 있었다. 아울러 이들 간의 전고는 이질적이라 함께 사용되지 않았던 것들인데, 이용휴는 다각적·다층적 이미지 구현을 위해 사용하고 있다. 이러한 점은 이용휴가 다양한 문학을 수용하여 자신만의 문학으로 구현하였다는 것을 보여주는 부분이다.

또한, 전고만으로 구성된 서술 부분에는 사자(四字)로 구성된 일구(一句)를 반복적 사용하며 문기(文氣)를 강화하며 난해성을 유발하고 있다. 이러한 양상은 그가 만년에도 진한고문의 작법을 따르고 있음을 확인할 수 있는 부분이다.

세 번째 양상도 진한고문과 유사성을 확인할 수 있는 부분이었다. 이용휴 산문은 편폭이 짧은 작품이 즐비하다. 편폭의 단형화는 간(簡)의 추구에서 비롯되었고, 간(簡)의 암시성을 높이기 위해 착종과 같은 서술기법을 사용하였다. 게다가 의론보다는 서사를 강조하는데, 주제 전달에서도 곧바로 문면에 드러내기보다는 증여받는 대상에만 국한된 서술을 통해 암시적으로 표현하고 있으며, 그 암시성은 간(簡)의 추구로 인해 효과가 배가되는 양상을 보인다.

정리하자면, 그는 주제구현에 있어서는 보편적으로는 진(眞)이라 할 수 없지만, 개인에 있어서는 진(眞)이 된다는 인식을 바탕으로 상투적

인식에 전복을 가하며 생경한 미감을 형성하였다. 아울러 전고의 사용에 있어서 그 대상을 소설류와 불경에까지 확장하고 있다. 이러한 점은 공안파의 문학론과 친연성을 보이기 때문에 소품작가로 거론된 것이다. 그러나 서술기법으로만 보자면 오히려 진한고문의 기법과 유사성이 확인된다. 사자일구(四字一句)의 반복과, 전고를 통해 문의(文意)의 난해성을 유발하는 점, 의론보다는 서사를 통해 간(簡)을 추구한 점 등이 실례로 거론할 수 있다. 이는 이용휴에게만 보이는 것이 아니라 동시대 문인들에게서도 보이는 기(奇)의 양상이라 할 수 있다. 그렇다면 이용휴만의 기(奇)는 무엇인가?

그것은 기(奇)가 가진 중의적 개념을 실제 글쓰기에서 가장 효과적으로 활용하고 있다는 점이다. 우선 구법(句法)이나 행문(行文)에서는 착종이나 경중과 같은 기존의 방식을 사용하고 있다. 그러나 이와 같은 서술방법은 간결성과 암시성의 효과를 발휘하기 위해 사용되었다. 나아가 작자 자신의 이미지를 구체적으로 서술하기보다는 독자들에게 위임하여 그들로 하여금 그 이미지를 다층적이고 다각적인 면모로 변화시키게 하고 있다. 즉 특이한 발상으로 주제구현에 있어서 독특성[奇]을 보이지만, 서술에 있어서는 기존 고문(古文)과 다르지 않는 평이한 [正] 면모를 보인다. 이는 앞선 주제 구현방식과 서로 이질적인 측면으로 드러나 그의 기(奇)다운 면모를 더욱 부각하는 데에 활용하고 있다. 따라서 이용휴의 기(奇)는 서술방식에서 기존 글쓰기를 충실히 자신의 글쓰기에 활용하지만, 이를 주제구현의 측면에서 독특한 발상과 연용(連用)하여 순이(順易)하게 읽히면서도 개별(個別)되는 이미지를 형상화하고 확장하였다.

2. 심익운

심익운(沈翼雲, 1734~1783)은 성대중(成大中)과 이규상(李奎象)의 기술
을 통해 당대 뛰어난 작가임을 알 수가 있다.[51] 특히 성대중의 기록에
서 당대 실험적 글쓰기를 추구한 노긍(盧兢), 이가환(李家煥)과 함께 심
익운을 거론하고 있음을 볼 수 있다. 아울러 심익운은 기(奇)에 대해
구체적인 인식을 보인 작가이기도 하다. 그는 「설문(說文)」에서 기(奇)
를 신(神)과 연계하여 정(正)과의 상보적 관계를 구축하였다.

심익운의 대표문집으로는 『백일집(百一集)』이 전해진다. 『백일집』은
1책 「백일시집(百一詩集)」, 2책 「백일문집(百一文集)」으로 구성되어 있으
며, 그가 34세 되던 해에 서문(序文)을 쓰고 직접 작품을 선별해 엮었다.
또 다른 문집으로는 충북대학교에 소장된 『백일년집(百一年集)』이 있
다.[52] 그밖에 『강천각소하록(江天閣銷夏錄)』에도 심익운의 작품이 실려
있다. 이 책의 편찬연대는 분명하지 않으나 심익운의 「현재거사묘지(玄

---

51) 成大中, 『靑城雜記』 권5, 「醒言」: "沈翼雲, 絶世才也. 其父一鎭, 凡庸人也, 生子三人,
長翔雲, 仲翼雲, 季領雲. 自相師友, 詩文皆妙, 而翼雲最奇. …… 其詩益感慨險僻, 多
怨懟不平之音, 愛才者多憐之. …… 大抵勝德之才, 必爲身災, 李家煥憚盧兢, 兢憚翼
雲, 家煥之博洽, 兢所不及, 而超詣則勝之, 翼雲之才, 又居其右. 然家煥以邪逆誅, 兢坐
事配渭原, 宥還, 竟死於餓, 翼雲亦謫死, 皆以才至此." 李奎象, 『幷世才彦錄』, 「文苑
錄」: "沈翼雲, 字鵬汝, 文科進, 家承靑平都尉繼子派, 以先係改易事, 負名敎罪. 又以兄
翔雲, 累坐廢, 兄弟能文, 善詩善札翰." 이 절에서 심익운에 대한 논의는 필자의 (2014a)
를 참고하여 서술하되, 이 부분의 서술 구도에 맞게 수정·보완한 것임을 밝힌다.

52) 심익운의 문집은 2종이 전해진다. 대표적인 문집으로는 『百一集』이며 또 다른 문집으
로 『百一年集』이 있다. 『百一集』은 1책 「百一詩集」, 2책 「百一文集」으로 구성되어 있
으며 그가 34세 되던 해에 序文을 쓰고 작품을 선별해 엮었다. 문집에 실린 작품들은
1754년부터 1767년까지, 그의 나이로는 21세 때부터 34세까지 14년간 쓴 결과물들이
다. 『百一集』은 서울대학교 규장각 소장의 필사본과 충북대학교본 두 종이 있는데, 몇
몇 글자에 미미한 차이가 있을 뿐 문집의 구성과 수록 작품은 서로 동일하다. 김경
(2014a), 30면.

齋居士墓誌)」가 수록된 것으로 볼 때, 심사정(沈師正, 1707~1769)이 죽은 뒤에 편찬된 것으로 추정된다.[53] 또한 윤광심(尹光心)의 『병세집(幷世集)』에 심익운의 몇몇 작품들이 단편적으로 전해진다.

이 절에서는 전술한 문집들을 텍스트로 삼아 그중에서도 기취(奇趣)의 산문에 주목하는 동시에, 3장에서 언급했던 심익운 기(奇)의 인식이 실제 작품에서 어떠한 양상으로 구현되는지를 분석하고자 한다.

1) 체식(體式)의 일탈(逸脫)과 변주(變奏)를 통한 슬픔의 형상화

18세기의 글쓰기는 기취(奇趣)를 보이며 이전 시대보다 다양한 형태가 나타난다. 박지원(朴趾源)·노긍(盧兢)·이옥(李鈺)은 소설(小說)이나 어록(語錄)에 쓰이는 백화체(白話體)를 사용하기도 하고, 이용휴(李用休)와 이가환(李家煥)은 특이한 내용이나 파격적인 문체를 사용하여 고문(古文)과의 상이한 면모를 보이기도 한다. 이외에, 소품문(小品文)으로 불리는 작품들에서도 고문의 틀에서 벗어난 소재와 글쓰기로 전범에 대한 부정적 인식을 보이기도 한다. 심익운 또한 체식(體式)에 수반되는 요소를 배제하거나 독자적으로 변주(變奏)하는 작품들이 보인다.

> 노인의 이름은 창후(昌厚)이고, 성은 민씨(閔氏)이다. 죽을 때 나이는 82세이다. 젊어서는 충청우도(忠淸右道)에 살았고 만년에는 강화도 머물렀다. 계미년(1763)에 추은(推恩)으로 통정대부(通政大夫)의 품계를 얻어 첨추(僉樞)에 임명되었고 그 아내에게 숙부인(淑夫人)을 증여하였다. 자식은 아들 하나이고 손자는 세 명인데, 그 장손인 광해(光海)를 내게 맡겼다.

---

53) 편자 미상, 『江天閣銷夏錄』, 국립중앙도서관 위창문고, 청구기호 M古5-32.

노인과 나는 수십 년 동안 교유하였는데, 평생 배운 점술·지리·택일 (擇日)·녹명(祿命) 등을 내게 다 말해주었으나 의롭지 못한 부분을 말 하지 않았다. 남을 위해 장지를 구해주되 빈천을 따지지 않았고 그가 가진 기술을 다 하였다. 가진 재물이 궁핍하여 사람들이 복채를 주면 좋아하였으나 약속을 저버리더라도 화를 낸 적이 없었다. 노인은 긴 얼굴에 담소를 잘했는데, 매번 도성에 들어오면 항시 내 집에 머물렀고 만나면 언제나 기뻐하였다.

갑신년(1764) 가을에 내가 영남에 갈 일이 있었는데, 노인이 배를 타고 강을 거슬러 올라와 나를 전송하며 '내가 늙고 병들어 다시 볼 수는 없을 것 같다'고 말하였다. 다음 해 가을에 내가 또 영남에 있게 되었을 때 노인이 죽었다. 나는 노인이 나를 도탑게 대해 주었기 때문에 노인을 위해 장지(葬誌)를 짓는다.[54]

인용문은 자신과 평소 가깝게 지냈던 민노인을 위해 지어준 장지(葬 誌)다. 장지는 죽은 사람의 인적사항이나 무덤의 소재를 기록하여 묻은 판석(板石)이나 도판(陶板)을 말한다. 일반적으로 서민은 묘지명이 없으 므로 장지를 지어줄 필요가 없다. 그러나 심익운은 신분과 관계없이 자신에게 도타운 정을 보여준 민노인의 생애를 간결한 필치로 그려내고 있다. 따라서 이 작품 자체만으로도 기적(奇的) 취향을 드러내고 있다.[55]

---

54) 沈翼雲, 『百一集』 文, 「閔老葬誌」: "老人名昌厚, 姓閔氏, 死時年八十二. 少家湖右, 晚寓江華島中. 癸未歲, 以推恩得通政階, 拜僉樞, 贈其妻淑夫人. 有子男一人, 孫三 人, 以其長孫光海托余. 老人與余遊數十年, 凡平生所學卜算地理擇日祿命家言, 無不 爲余言, 言不及非義, 爲人卜葬兆, 不擇貴賤, 盡其術. 窘於財, 人與之則喜, 有所負, 亦未嘗怒. 老人脩顔, 善談笑, 每入京城, 必止宿於余, 見必矍如也. 甲申秋, 余適有嶺 行, 老人乘舟泝江來送余, 自言老病, 不能復相見. 明年秋, 余又在嶺外, 而老人死矣. 余以老人之於余厚, 爲老人葬誌."

55) 서민이나 노비에게 쓴 애제문과 비지문이 흔한 양상은 아니지만 宋時烈, 洪世泰, 李瀷 이나 동시대 盧兢 등에게서도 볼 수 있다. 신해진(2012), 『떠난 사람에 대한 그리움의 미학 애제문』, 보고사.

장지는 비지문(碑誌文)에 속한다. 그 내용은 크게 망자 행적의 칭송, 작자와 망자와의 관계, 망자의 죽음에 대한 슬픔과 애도가 관습적으로 수록된다. 따라서 망자의 어떤 점을 부각하고, 그에 대해 어떠한 방식으로 슬픔의 정을 나타내는가가 관건이다.[56]

먼저 망자의 칭송 부분을 살펴보자. 행적에서는 주로 민노인의 성품을 드러내기 위한 서술이 많은 부분을 차지하고 있다. 묘지명에서 망자의 덕이나 행적을 서술하는 것은 그를 칭송하고자 함이다. 민노인의 직업은 점술가로, 이익이나 재물을 목적으로 하기보다 오직 의로움을 위해 점술을 사용한 점을 기술하였다. 심익운이 민노인의 행적 중에서 의로움에 중심을 두고 서술한 이유는 무엇인가? 심익운의 의도는 일반 민초의 삶에서도 의로움을 지키는 것을 보여주기 위함이다. 그의 산문에서는 현실비판에 관한 내용이 상당한 비중을 차지하는데, 이러한 양상은 「잡설(雜說)」·「대소설(大小說)」이나, 「삼적(三賊)」·「삼계(三戒)」 등에서 볼 수 있다. 이들 작품에서 주된 비판의 대상은 이익만을 쫓는 관료들이다. 따라서 민노인의 행적 중에서도 그의 의로움을 부각함으로써 서민이지만 장지를 지을 수 있다는 사실을 반증하였다.

또한, 슬픔의 형상화에 주목할 필요가 있다. 비지문은 조선 초기에서는 개인적 정서보다는 보편적 이념을 중시하였으나, 16세기 이후 대표적인 애도방식으로 자리하면서 애제문과 함께 죽음에 대한 곡진한 인정을 나타내는 경향의 작품들이 많아지게 되었다.[57] 이 작품에서도 작자는 망자와의 관계를 기술하고 있다. 그러나 슬픔의 정을 드러내는 방식에서

---

56) 이영호(2006), 「관습적 글쓰기와 창의적 글쓰기 – 조선후기 제문 양식을 중심으로」, 『작문연구』 2, 한국작문학회, 199면.

57) 이은영(2004), 『제문, 양식적 슬픔의 미학』, 태학사, 271~278면 참조.

는 자신의 심상을 직접으로 서술한 부분은 찾을 수 없고, 오직 망자와 자신과의 관계된 일화만을 나열하고 있다. 담담한 서술을 통해 개인적 감정보다는 서사를 중심으로 기술하고 있다. 이는 망자를 잃은 슬픔을 직접 드러내기보다는 단순 나열을 통해서 우회적으로 드러내고 있는 것으로, 감정에 대한 절제를 통해 비애감을 증폭시키기 위한 의도적 기술이다. 당대 애제문이나 비지문에서 서정성이 강화되어 망자를 잃은 슬픔을 곡진히 드러내는 양상과는 다르다.

이 작품에 주된 서술방식은 서사의 나열이다. 망자와의 관계된 일화는 경성에 올 때 늘 자신의 집에 머물렀다는 것, 영남으로 갈 때 한강을 거슬러 올라와 배웅한 것, 그다음에 다시 영남에 머물게 되었을 때 민노인이 죽었다는 것, 이 3부분으로 기술되어 있다. 서사에 관한 서술은 시간순으로 배열되어 있지만 틈과 생략을 이용하여 독자들로 하여금 주목하게 하고 그 틈을 메우게 하고 있다. 망자와 관계된 일화들은 모두 담담한 필치를 통해서 민노인의 삶을 회상하고 있으며 민노인이 했던 이야기도 간접화법을 통해 서술하고 있다. 즉 구체적 묘사를 배제한 서술방식을 통해서 독자들에게 그 여백을 메우게 한 것이다.

또한 민노인의 배웅하는 모습만을 기술한 부분은 독자들에게 생략된 부분을 상상하게 하여 주목하게 만들고 있다. 즉 작품의 서술은 단지 나열식 서술로 일관하고 있지만, 이 글을 접한 독자들은 이미지를 심원(深遠)하게 형상하며, 이로 인해 슬픔의 정서는 배가되는 양상을 보인다.[58]

---

58) 이와 같은 양상은 李用休나 盧兢에게서도 볼 수 있다. 이용휴는 「題霞思稿」·「送洪大夫使燕序」에서 의론은 일체 배제하며 서사성만을 두드러지게 하는 특징이 있다. 노긍은 「南寺詩會跋」·「華溪寺詩會序」에서 시회에 대한 내용보다는 서사만을 나열하고 있다.

심익운은 비지문에서 수반되어야 할 기본적인 내용은 기술하고 있으면서도 그 슬픔의 형상방식에서는 자신만의 서술방식으로 변주하는 양상을 보인다. 그러나 변주를 넘어서 일탈적인 면모를 보이기도 한다. 『강천각소하록』에 수록된 「현재거사묘지」는 자신에게 종조가 되는 심사정(沈師正)에 대한 묘지명이다.[59] 묘지(墓誌)는 죽은 사람의 성명·관계(官階)·경력·사적·생몰연월일, 자손의 성명, 묘지의 주소 등을 새겨서 무덤 옆에 파묻는 돌이나 도판(陶板), 또는 거기에 새긴 글을 의미한다. 묘지는 망자의 가계라든가 신분 등 개인 신상에 대한 정보가 담겨 있기에 혹 나중에 무덤의 형태가 바뀔 경우, 이를 통해 그것이 누구의 묘인지 알 수 있을 뿐만 아니라 동시에 인물과 주변인들과의 관계를 파악할 수 있는 특징이 있다. 특히 묘지 끝에는 묘지명(墓誌銘)이라 하는 명문(銘文)은 죽은 사람의 공덕을 찬양하는 내용으로 운문의 형식을 취한다. 앞서 언급한 지(誌)가 망자의 성씨와 벼슬 등을 기록하는 것에 주안점을 두는 산문체이다. 반면, 명(銘)은 죽은 이를 칭송하는 내용으로 운문의 형식이다.

김경(2013a), 326면.

59) 沈翼雲, 『江天閣銷夏錄』, 「玄齋居士墓志」: "玄齋居士旣葬之, 明年庚寅翼雲刻石, 以志其墓文曰, "沈氏籍靑松, 世著勳德, 至我晩沙府君, 遂大昌顯, 居士其曾孫也. 居士生數歲, 輒自知象物畵, 作方圓狀. 少時, 師鄭元伯, 好爲水墨山水, 旣究觀古人畵訣, 目到心解, 始乃一變其所爲, 爲悠遠蕭散之態, 以力洗其陋. 及夫中歲以來, 融化天成, 不期於工, 而無所不工, 嘗畵觀音大師及關聖帝君像, 皆獲夢感, 有使燕還者云, '燕市中, 多貨居士畵者.' 惟其自少至老, 五十年間, 憂患佚樂, 無日不操筆, 遺落形骸, 咀呤丹靑, 殆不省窮賤之爲可苦, 汚辱之爲可恥. 故能幽通神明, 遠播殊俗, 知與不知, 無不慕悅者, 居士之於畵, 可謂終身用力, 能大有成者矣. 居士旣卒, 貧無以斂, 翼雲合諸貼賻, 以相厥具用. 某月日, 其孤郁鎭葬之于坡州分水院某坐, 原在晩沙府君墓東某里." 系之以銘曰, '居士諱師正, 頤叔其字. 考諱廷胄, 妣河東 鄭氏. 有室無育, 子從兄子. 壽六十三, 死葬于此. 嗟! 後之人, 其勿傷毁!'"

그러나 「현재거사묘지」의 경우, 일반적으로 정의하는 지(誌)와 명(銘)과는 사뭇 다르다. 먼저 명(銘)은 운문이기 때문에 압운을 해야 한다. 그러나 친근한 사람의 경우 압운을 하지 않을 수도 있다. 망자인 심사정은 심익운에게는 친족이기에 도타운 정을 피력하기 위해 압운과 같은 관습적 제약을 배제하였다.

또한 일반적으로 명(銘)에서 죽은 이를 칭송하는 데에 반해, 심익운은 명(銘)에서는 칭송이 아닌, 가계, 생애 등의 단순하고도 짧은 인물 소개에 그치고 있다. 망자에 대한 칭송에 관한 부분을 찾는다면 지(誌)에서 확인할 수 있을 뿐이다. 이는 묘지명의 특성상 지(誌)는 있으나 명(銘)은 없는 경우, 반대로 명(銘)만 있고 지(誌)는 없는 경우 등 확연하게 명칭을 구분하지 않았다는 사실로 미루어 볼 때, 그에 따른 내용 역시 구분 없이 혼용했을 것이라 여겨진다.

그럼에도 작가의 의도적 배치라는 느낌을 지울 수 없다. 게다가 여타 묘지명과 비교하였을 때 망자에 대한 칭송에 대한 부분은 여전히 냉정한 묘사로 일관하고 있다. 이러한 이유는 바로 심사정이 심익운의 집안을 폐족으로 만든 심익창(沈益昌, 1652~1725)의 손자이기 때문이다.[60] 따라서 「민노장지」의 경우처럼 일체 자신의 감정을 드러내는 대신 나열식 서술로만 일관하고 있으며 감정적 언사는 배제하고 있다.

이와 함께 친족 관계이기에 최대한 객관적으로 서술하려는 의도가 반영된 것이다. 이에 산문형식인 지(誌)와 운문형식인 명(銘)의 내용을

---

60) 『英祖實錄』 94卷, 「35年(1759 己卯) 9月 2日(己酉)」에 의하면 그의 고조부 沈益昌이 영조의 등장을 막으려는 시해 음모에 가담해 역적으로 처벌되었던 일로 인해 벼슬길이 막히게 된 것이다. 또한 1760년에는 예조판서 鄭翬良이 一鎭의 모자가 養子관계를 파하고자 혈서로 單子한 사건과, 심익운이 손가락을 자른 것은 패륜행위라고 했는데, 이 일로 인하여 대사헌 朴相老의 탄핵을 받아 제주 大靜縣에 유배되어 죽음을 맞이한다.

바꾸어 배치하였다. 칭송에 대한 부분은 지(誌)에 산문의 형식으로 감정적 언사 대신 나열식 서술을 일관하고 있는데, 객관적 서술임을 부각하고자 한 것이다. 명에서 또한 칭송 부분을 망자에 대한 가계만을 언급한 것 역시 이러한 의도가 반영된 것이다. 이처럼 심익운의 산문은 고문의 체식과 형식미를 유지하면서도 주제의식을 구현하기 위한 서술방식에서 독자적으로 변주하는 양상을 보인다. 또한 체식에서 수반되어야 내용을 배제하는 일탈적인 면모도 확인할 수가 있다.

2) 수사(修辭)의 변용(變容)을 통한 정감의 직접적 표출과 현실비판

심익운의 일생에서 주목되는 부분은 가화(家禍)로 인한 유배를 들 수가 있다. 심익운의 남아있는 산문은 주로 이 시기에 창작되었기에 고뇌와 분노, 생활에서의 고통 등이 작품에서 많은 비중을 차지하고 있다. 그중에서도 현실에 대한 비판적 시각이 투영된 작품들은 논지전개나 설득방법 등에 있어서 다양한 방식을 차용하고 있다. 심익운은 현실을 반영하는 즉, 자신의 처한 현실을 문학으로 표현하고자 하였다. 그 방법의 하나가 전술된 우화나 우의 등을 통한 현실비판이다. 대표적인 작품으로 「분서설(焚鼠說)」과 「잡설(雜說)」을 들 수 있다.

「잡설」은『병세집』및『강천각소하록』, 심익운의 문집인『백일년집』에 수록되어 있다.『병세집』과『강천각소하록』에 수록된 작품은 몇몇 글자의 차이가 있기는 하지만 4칙의 이야기가 같은 순서로 배열되어 있다. 반면,『백일년집』에는 5칙이『병세집』과는 다른 순서로 수록되어 있다.[61] 이 5칙의 이야기는 전반적으로 '이(利)'에 주목하여 이익을 좇는

---

61) 「雜說」은 5칙으로 구성되어 있는데, 내용은 다음과 같다. 1칙은 말의 등을 세 사람이

세태에 대해 비판적 태도를 보여주고 있다. 이 작품의 특징은 무엇보다
현실의 세태에 대한 비판적 태도를 우언을 사용하여 짧은 편폭과 간결한
문체로 그려내는 데에 있다. 아울러 현실에 대한 강한 어조의 비판이
우언의 희극성과 함께 융화되어 독자에게 재미와 교훈을 동시에 준다.

> 세 사람이 말 한 마리를 함께 샀는데 주인을 정할 수가 없어서 서로
> 의논을 하였다. 한 사람이 "내가 등을 사지"라고 하자 다른 사람이 "내가
> 머리를 사지"라고 하였고, 또 다른 사람은 "내가 엉덩이를 사지"라고
> 하였다. 얼마 후에 말을 타고 밖으로 나가는데, 등을 산 사람이 말을
> 타고서 머리를 산 사람은 앞에서 끌게 하고, 엉덩이를 산 사람은 말의
> 뒤에서 채찍질하게 하였으니, 영락없이 주인 하나에 두 명의 종이었다.
> 무릇 속임수를 부려 어리석은 자를 속여 자신의 편리함을 취하는 자
> 또한 말의 등을 산 자의 부류이다.[62]

인용문은 「잡설」의 1칙이다. 약삭빠르게 말의 등을 산 사람이 말을
타고서 말의 머리와 엉덩이를 산 사람을 부린다는 내용으로, 우스운

말을 사는 내용을 통해 속임수로 이익을 취하는 행태를 비꼬고 있다. 2칙은 탐욕만이
가득한 세태를 풍자하고 있다. 3칙은 노파의 이야기를 통해서 부귀를 좇지만, 부귀가
자신을 망칠 것임을 모르는 사람들 비난하고 있다. 4칙은 도둑들의 일화를 통해 배반하
는 사람들을 비교하여 현실 세태를 비난하고 있다. 5칙은 능력으로 남에게 자랑하는
태도에 대해 경계하고 있다. 이들의 순서는 문집에 따라 차이를 보인다. 『百一年集』에
는 작품 수록 순서가 5-4-1-2-3으로 되어있다. 심익운은 34세(1767)에 이미 자신이
14년간 쓴 작품을 엮어 자신의 문집인 『百一集』을 편찬하였다. 남아있는 『백일년집』은
1770년과 1771년의 작품을 묶어 만들었으며, 「李老人述」은 1773년에 지어진 것으로 추
정되므로 『병세집』에 수록된 작품들은 심익운의 저작들 중에서도 후대 작품들에 속하
는 것들이다.

62) 「雜說」 1칙: "有三人共買一馬者, 靡所適主, 相與議. 一者曰, "我買脊." 其一者曰, "我
買首." 又其一者曰, "我買尻." 已而騎而出, 買脊者乘, 使買首者牽其前, 買尻者鞭其
後, 儼然一主而二僕也. 夫設詐而欺愚, 自取其便利者, 亦是買馬脊之類也."

장면을 통해서 속임수로 이익을 취하는 행태를 비꼬고 있다. 이 작품은 문체상 설(說), 그중에서도 우언적(寓言的) 설(說)에 속한다. 우언은 일화만 제시되고 주제는 암시적이나 함축적으로 제시되는 것이 일반적이다. 그에 반해 우언적 설은 일화를 먼저 제시하고 후반부에 평설을 부기하여 사태풍자나 논리, 이치 등을 설파한다.[63] 게다가 우언의 특징은 고사의 줄거리가 있어야 하고, 갑을 들어 을을 말하는 것이며, 상대방을 설득함에 목적이 있다.[64] 심익운의 5칙으로 된 「잡설」 또한 전반부에는 일화, 후반부에는 평설(評說)의 형태로 서술하고 있으며, 편말(篇末)의 평설은 간결하고 직설적으로 표현하고 있다. 따라서 이 작품은 우언적 설의 양식을 충실히 따르면서도, 단순히 자신이 들었던 이야기들의 서술에 그치지 않고 자신의 비판적 시각을 녹여내어 하나의 작품을 구성했다는 점에 의의가 있다.

전술하다시피, 우언의 특징은 작가의 의도 즉 비판적 시각을 은밀하게 숨기거나 우회적으로 표현하는 데 있다. 이에 사용되는 수사법은 대화법, 허구화와 의인화, 풍자와 과장법이 두루 쓰인다. 대화법은 대화를 통해 사건을 진행함으로써 극적 효과를 높이고 박진감 있게 사건을 진행하게 한다. 풍자적 수법은 정치·경제·사회의 모순과 인간의 욕망을 비판할 때 사용되며, 메시지를 정확히 전달하는데 일정한 역할을 한다.[65] 심익운의 이 5칙의 작품 또한 우언에 사용되는 여러 수사법이 두루 존재하며 사건의 기술에 초점을 두어 간결한 문체로 표현하고 있다.

---

63) 양현승(2005), 「한국 '說' 문학에 끼친 柳宗元의 영향 연구」, 『어문학논총』 24, 국민대학교 어문학연구소, 163면.

64) 陳蒲淸 著, 吳洗亨 譯(1994), 『중국우언문학사』, 소나무.

65) 김영(2008), 『한국한문학의 현재적 의미』, 한울; 양승민(1996), 「우언의 서술방식과 소통적 의미」, 고려대 석사학위논문.

이 5칙 중에서 1칙의 내용은 성현(成俔, 1439~1504)의 『용재총화(慵齋叢話)』에서도 볼 수가 있다.[66] 이에 이 작품은 심익운의 순수한 창작물이기보다는 전해들은 이야기를 자신의 비판적 입장을 통해 재구성된 작품이라 할 수 있다. 이 외에 4칙의 작품 또한 항간에 알려진 소재나 전승 설화에 자신의 평설을 더한 것으로 보인다. 그렇다면 재구성 과정에서 드러난 심익운만의 특징 무엇인가? 자세한 분석을 위해 원문을 제시하면 다음과 같다.

　　㉠ 有三人共買一馬者, 靡所適主, 相與議.
　　㉡ 一者曰, "我買脊." 其一者曰, "我買首." 又其一者曰, "我買尻."
　　㉢ 已而騎而出, 買脊者乘, 使買首者牽其前, 買尻者鞭其後, 儼然一
　　　主而二僕也.
　　㉣ 夫設詐而欺愚, 自取其便利者, 亦是買馬脊之類也.

이 우언은 당대 및 그 이전 시기에 문헌에 기록으로 남을 만큼 널리 알려진 것이다. 이에 심익운은 똑같은 이야기를 되풀이하기보다는 언어가 갖는 경제성을 활용하여 자신만의 글쓰기로 녹여내고 있다. 아울러 저작 의도가 기록으로 남기는 데 있기보다는 현실비판을 위해 차용한 것이다. 따라서 사건을 자신의 시각으로 함축적으로 재구성하고 있다. 우선 이글은 크게 4부분으로 구분할 수 있으며, 그중에서 ㉢은 이 우화의

---

66) 成俔, 『慵齋叢話』 권5: "昔有靑州人竹林胡東京鬼三人, 共買一馬. 靑人性黠, 先買腰脊, 胡買其首, 鬼買其尾. 靑人議曰, '買腰者當騎之.' 瞀馳突任其所之, 胡供蒭秣而牽其首, 鬼執蜺掃矢而後行. 兩人不堪其苦, 相謂曰, '自今以後, 能遊高遠者當騎.' 胡曰, '我曾到天上.' 鬼曰, '我到爾所到天上之上.' 靑人曰, '汝手所觸無乃有物乎? 無乃有而長者乎?' 鬼曰, '是矣.' 靑人曰, '彼長者是吾脚, 汝捫吾脚必在吾下.' 二人莫對, 長爲靑人僕從."

강령이 되는 부분이다. 심익운은 이 사건의 핵심이 말 등을 산 사람이
두 사람을 부리게 된다는 것에 주목하였다. 이는 '매척자승, 사매수자견
기전, 매고자편기후(買脊者乘, 使買首者牽其前, 買尻者鞭其後)'에서 보듯이
'사(使)'를 서술의 중심에 배치하여 '매척자(買脊者)' 입장에서 서사를 새
구성하였다. 서사의 목적은 사건 자체만을 상상하게 하는데 그치지 않
고, 표현된 사건에 의하여 정서와 의미를 전달하는 데 있기에[67] 작가의
의도에 따라 사건을 재구성할 수 있다. 게다가 서사에 있어 특정한 자(字)
를 사용하여 사건의 흐름을 간결하게 묘사하였다. ㉡의 '이이기이출(已
而騎而出)'에서 '이이(已而)'는 앞선 사건의 흐름을 함축적으로 표현하는
자이고 '엄연일주이이복야(儼然一主而二僕也)'은 이 사건의 결말을 하나
의 문구(文句)로 표현하고 있다.

심익운의 의도는 어디까지나 속임수로 자신의 이익을 취하는 자들
을 통해서 현실을 비판하는 데 있으므로, 이 사건의 핵심이 인물이라
할 수 있는 '매척자'를 중심으로 재구성하였다. 이는 재구성에 있어서
제한적 시점과 등장인물들의 외면 묘사만을 통해서 객관성을 확보하려
는 의도가 내재되어 있다.

또한, 주목할 부분으로는 대화체이다. 심익운은 우언에서 상당한 비
중을 차지하는 대화체를 과감히 축약하여 자신만의 비판의식을 투영하
고 있다. 우선 심익운의 「잡설」은 성현의 『용재총화』에 비해 축약된 형
태로 기술되어 있다. 『용재총화』는 세 사람의 대화가 사건 진행의 주된
역할을 차지하고 있는 데에 반해, 「잡설」은 등장인물의 이름 및 후반부
의 대화는 생략되어 있다. 특히 세 사람이 주고받는 대화는 '아매척(我買

---

67) 이대규(2003), 『수사학 독서와 작문의 이론』, 신구문화사, 161면 참조.

脊)', '아매수(我買首)', '아매고(我買尻)'로, 이 3구(句)에 불과하며 동일형식의 구(句)를 반복적으로 사용하여 정제된 기술을 보인다. 우언에서 주된 용법인 대화체는 서술에서 사건의 흐름과 현장감을 배가시키는 효과를 발휘한다. 심익운은 정제된 기술과 반복적 어구를 사용하여 대화를 기록하고 있지만, 현장감은『용재총화』에 비해 쇠감된 느낌을 지울수 없다. 우언의 표현기법에서 중추적인 역할을 차지하고 있는 대화체를 심익운이 어떠한 의도로 쇠감하였는지 살펴볼 필요가 있겠다.

『용재총화』의 대화체는 상호 간의 주고받는 대화에서 보듯이 삼자의 대화가 균등하게 배열되어 있으며, 이것이 서사의 주된 역할을 차지한다. 심익운은 서사와 대화체를 재창작과정에서 서사를 대화체로, 대화체를 서사로의 의도적인 변술(變述)이 보인다. 「잡설」의 '아매척', '아매수', '아매고'는『용재총화』의 서사부분인데, 심익운은 이를 대화체로 바꾸어 표현하고 있다. 아울러 이들의 대화체는 화자의 내면상태보다는 외면상태만을 묘사하고 있다. 외면상태만을 묘사함은 객관적 시점을 확보하려는 작자의 의도이다. 이글은 장르상 설(說)에 해당하는 것으로 일차적인 목적이 자신의 논리성을 확보하는 데 있다. 따라서 서술에 있어 객관성 확보는 무엇보다 중요한데, 심익운은 이를 서사와 대화체의 변용을 통해 구현하고 있다.

ⓛ은 평설로, 작가는 이야기에 대한 해석을 독자의 몫으로 남기지 않고 기록자의 역할에 만족하지 않으며 평설이라는 방법을 통해 적극적으로 개입하려는 방법을 택하고 있다.[68] 이 평설은 간결한 필치로 직설적인 성격을 보인다. 직설적이고 간결한 서술은 심익운의 문학에

---

68) 김우정(2010), 312면.

서 주된 주제 구현방식으로, 자기 정서의 직접적 표출을 통해 솔직한 고백을 드러내고 있다. 앞서 예시된 이야기들의 서술들 또한 간결하며 함축적이나 모호한 비유가 확인되지 않는다.

설(說)에서 일상의 사건이나 대화를 통해 근원적 진리를 설명하거나 비판하는 양식은 전통적이다. 중국은 물론 고려시대 이규보(李奎報, 1168~1241)를 위시한 조선시대 다수의 작가들이 대부분 위와 같은 설(說)을 방식으로 구성하였다.[69] 따라서 이런 글쓰기 양식이 심익운의 개성을 보여주는 부분이라 하기는 어려운 점이 있다. 그러나 심익운은 우언을 자신의 비판적 입장을 통해 작품을 재구성하는 데에 있어 일화를 간결하게 서술하였다. 논설부분도 반문이나 우회적으로 표현하기보다는 직선적이고 간결하게 서술을 하고 있다. 나아가 서사와 대화체를 변용해서 사용하고 있으며 이들에게서도 최대한 객관성을 확보하려는 의도된 서술이 보인다. 이러한 점은 고문의 형식미를 유지하면서도 서술기법의 변용과 변주를 통해 자신만의 글쓰기를 단적으로 보여주는 부분이다.

> 두려운 것을 두려워 할 줄 안다면 거의 도(道)에 가깝다. 두려움에는 크고 작음이 있으며 군자와 소인이 있다. 위로는 하늘을 두려워하고 아래로는 백성을 두려워하며 가운데로는 쟁신(爭臣)의 말을 두려워함은 나라를 소유한 자의 두려움이다. 위로는 군주를 두려워하고 아래로는 백성을 두려워하며 안으로는 신명(神明)을 두려워하고 밖으로는 어진 사대부를 두려워함은 재상과 경대부의 두려움이다. 위로는 부사(父師)를 두려워하고 아래로는 붕우(朋友)를 두려워하며 속으로는 일심

---

69) 이에 대해서는 이하 논문을 참조하기 바람. 서정화(2007), 「李奎報 散文 硏究」, 고려대 박사학위논문, 32~41면 참조; 안득용(2010), 114~115면 참조.

(一心)을 두려워하고 겉으로는 만사(萬事)를 두려워함은 선비의 두려
움이다. 위로는 법을 두려워하고 아래로는 질병을 두려워하며 산을 갈
때는 호랑이와 표범을 두려워하고 물을 갈 때는 용과 뱀을 두려워함은
백성들의 두려움이다.

필부(匹夫)를 두려워하지 않고 귀인(貴人)을 두려워하며 후세(後世)
를 두려워하지 않고 현세(現世)를 두려워하며 삶을 두려워하지 않고
죽음을 두려워함은 소인의 두려움이다. 귀함을 두려워하는 것은 세(勢)
때문이고, 현세를 두려워하는 것은 이(利) 때문이고, 죽음을 두려워함은
겁(怯) 때문이다. 까닭에 군자는 필부라도 덕이 있으면 두려워하고 후
세라도 시비가 정해져 있다면 두려워하며 삶이 죽는 의리만 못하면
두려워한다. 까닭에 군자는 덕이 나날이 높아지고 업이 나날이 넓어지
며 영예로운 죽음이 있지 욕된 삶이 없으니 이것은 두려워할 줄을 아는
것이다. 까닭에 사람을 볼 때 그가 두려워하는 것을 본다면 실수가 적을
것이다.[70]

심익운의 산문에서 현실비판에 대한 작품들이 상당한 비중을 차지
한다. 이 작품 또한 '외(畏)'를 자안(字眼)으로 삼아 현실에 나타나는 두
려움의 양상을 서술한 것으로 이를 통해 현실에 대한 비판적 인식을
보여주고 있다. 현실비판은 앞서 인용한 「잡설」이나, 「삼적」·「삼계」에
서도 볼 수 있다. 심익운의 문학에서 현실 비판적 태도는 그의 생애와

---

70) 『百一集』文, 「知畏」: "知畏之畏, 則幾乎道矣. 夫畏, 有大有小, 有君子有小人. 上而畏
天, 下而畏民, 中而畏爭臣之口, 此有國者之畏也. 上而畏君, 下而畏民, 內而畏神明,
外而畏賢士大夫, 此宰相卿大夫之畏也. 上而畏父師, 下而畏朋友, 幽而畏一心, 顯而
畏萬事, 此士之畏也. 上而畏法, 下而畏疾, 山行畏虎豹, 水行畏龍蛇, 此庶民之畏也.
不畏匹夫而畏貴人, 不畏後之世而畏今之世, 不畏生而畏死, 此小人之畏也. 夫畏貴勢
也, 畏今利也, 畏死怯也. 故君子匹夫而有德焉則畏, 後之世而是非定焉則畏, 生之不
如死之義焉則畏. 故君子德日崇而業日廣, 有榮之死, 無辱之生, 此知畏也. 故觀人 觀
於其所畏, 鮮失矣."

관련된 것으로, 타의에 의한 관직 진출의 좌절과 유배 생활 등으로 인해 현실과의 일정한 거리를 유지하면서 객관적인 시선으로 당대 현실을 바라볼 수가 있었다. 아울러 자신의 처지에 대한 울분과 비통함이 내재된 것이다. 세태비판은 크게 두 가지 유형으로 나뉘는데, 「잡설」, 「분서설」에서 보듯 우언을 이용하는 유형과 이 인용문인 「지외(知畏)」처럼 논설(論說)에 가까운 유형으로 구현되어 있다.

「지외」와 같은 유형은 그의 산문 중에서 「삼적」, 「삼계」이라 할 수 있는데, 이 글들의 특징은 모두 구절에 있어 반복적인 구조를 보이며 직설적 논지가 두드러진다는 점이다. 인용문 또한 문장에서 반복적 구조를 보이며 서술에서의 직설적 논지가 두드러진다. 대비(對比)를 통한 반복적 구조는 담담한 어조 속에서도 자신의 논지를 강화하는데 적절한 수단으로 사용하고 있다. 게다가 자구의 의도적 배치를 통해 대비를 강화하고 있다. 이는 세상에서 버림받은 자신의 분노와 상처를 여과 없이 드러내고 있는 것으로, 구체적 분석을 위해 원문을 제시하면 아래와 같다.

> ① [前　提] 知畏之畏, 則幾乎道矣. 夫畏, 有大有小, 有君子有小人.
> 　　[大　畏] 上而外天, 下而畏民, 中而畏爭臣之口, 此有國者之畏也.
> 　　　　　　 上而畏君, 下而畏民, 內而畏神明, 外而畏賢士大夫, 此宰相卿大夫之畏也.
> 　　[小　畏] 上而畏父師, 下而畏朋友, 幽而畏一心, 顯而畏萬事, 此士之畏也.
> 　　　　　　 上而畏法, 下而畏疾, 山行畏虎豹, 水行畏龍蛇, 此庶民之畏也.
> 　　[小人畏] 不畏匹夫而畏貴人, 不畏後之世而畏今之世, 不畏生而

畏死, 此小人之畏也.

② [現　實] 夫畏貴勢也. 畏今利也, 畏死怵也.

[君子畏] 故君子匹夫而有德焉則畏, 後之世而是非定焉則畏, 生
之不如死之義焉則畏.

故君子德日崇而業日廣, 有榮之死, 無辱之生, 此知畏也.

[得　理] 故觀人, 觀於其所畏, 鮮失矣.

심익운은 두려움의 양상을 대소(大小)와 군자, 소인인 4가지로 분류하고 있다. 우선 대소는 본문의 서술에서 대(大)를 유국자(有國者)와 재상(宰相), 경대부(卿大夫)라 하였고, 소(小)는 사(士)와 서민(庶民)이라 하였듯이 신분으로 분류하였음을 알 수 있다. 이에 대한 논지는 일반론에서 벗어나지 않으며 반복적인 구조와 대비를 보이며 담담한 어조로 서술하고 있다.

소인에 관한 기술에 이르러 앞선 구조와 변형된 서술 형태를 보인다. 대소에 관한 서술은 5구로 정형화한 데 반해, 소인에 대한 서술은 4구로 바뀌며 앞 구절보다 긴 호흡을 유지하였다. 또한 '불외(不畏)'를 문두에 배치하여 반복적으로 서술하고 있다. '불외(不畏)'를 문두에 배치한 이유는 '그렇게 하면 안 된다'는 이치와 현실에서의 차이를 개탄하기 위해서이다. 이는 서술의 무게가 ①에서는 이 부분에 있음을 보여주고 있는 것이며 서술의 변형을 통해서 강조와 어세, 호흡에 대한 변화를 주고 있다.

②는 현실에 대한 비판이 주를 이루고 있다. 두려움은 형세와 관련되어 나타나는데, 지금 현실에서는 '이(利)'의 형세에 따라 죽음을 두려워한다고 기술하고 있다. 역시 동일한 구조 속에서 자안인 외(畏)를 문두에 배치한 '畏□□也'의 형태로 반복적인 구조를 보인다. 이어지는

군자에 대한 일반적인 서술 부분에서는 다시 '~焉則畏'를 반복적으로 구사하고 있다. 이는 앞서 소인에 대한 기술에서 나타난 구조에서 약간의 변형을 보이다가 군자에 대한 부분에서는 다시 규칙적인 반복을 통해 담담한 어조를 보인다.

이 글의 특징은 무엇보다 현실에 대한 우회적 비판보다는 직설적인 면모를 보이는 데 있다. 심익운은 현실 비판적 태도를 보이는 글에서는 간이(簡易)한 기술을 보인다. 이를 위해 먼저 문두에서 경구(警句)를 선용(善用)하고 있다.[71] 이글의 경구는 '지외지외, 즉기호도의(知畏之畏, 則幾乎道矣)'이다. 이 구절은 『논어』의 구절[72]을 활용하여 두려움에 대해 간결하고도 심묘(深妙)하게 서술하고 있다. 이는 또한 글의 전제로 내세움으로써 구절의 함의가 글 전편에 아우르게 하고 있다. 즉 문두의 '지외지외, 즉기호도의(知畏之畏, 則幾乎道矣)'는 중간 부분의 '부외귀세야, 외금리야, 외사겁야(夫畏貴勢也, 畏今利也, 畏死怯也)'로 이어지며 끝에 '고관인, 관어기소외, 선실의(故觀人, 觀於其所畏, 鮮失矣)'로 이어짐을 볼 수 있다.

심익운은 자신의 논지에 대한 강화와 자신의 정서를 표현하는데 반복적인 구조, 경구를 이용한 문안설정 등을 서술기법으로 이용하고 있다. 이와 같은 서술방식은 절제된 필치와 간결한 문체로 구현하는데 적절한 방식으로 사용되고 있으며 자신의 정서를 직접적으로 표출하는

---

71) 馮永敏(1999), 『散文鑑賞藝術探美』, 文史哲出版社, 232~234면 참조. 警句는 어떤 사상이나 진리를 간결하고도 날카롭게 표현한 글귀나, 상식적으로는 생각해 낼 수 없는 기발한 생각이나 기지에 찬 관찰을 표현한 짧은 글을 말한다. 여기에서는 첫 번째 의미를 말한다.

72) 『論語』, 「季氏」 8장, "孔子曰, 君子有三畏, 畏天命, 畏大人, 畏聖人之言. 小人, 不知天命而不畏也, 狎大人, 侮聖人之言."

데 효과적인 요소로 작용하고 있다. 이 작품의 특이점은 자신의 정서를 글 전편에 적나라하게 표출하되 이를 고문의 형식에서 구현하고 있다. 이러한 부분은 고문작가 및 기(奇)를 추구했던 동시대 작가들과도 구분되는 양상이다.

3) 다양한 소재 및 수사기법을 활용한 입론(立論)의 확장

심익운의 산문에서 기(奇)의 면모로 지적되는 요인 중 하나로 일상적인 소재나 비근한 사물을 통해 입론한 작품들이 즐비하다는 것이다. 이 점은 선행연구에서도 충분히 구명된 바이다.[73] 대표적으로 「사희경(柶戲經)」[74]은 우리나라의 민속놀이의 하나인 윷놀이에 관해 두 아들에게 써 준 글이다. 형태는 경문과 주석의 체재로 이루어져다. 경문에 해당하는 글은 '4자1구(四字一句)'의 형태로 기술되어 있다. 전체는 총 10항 40구 160자로 이루어져 있는데, 짝수 구에 처음부터 끝까지 입성운이 달려있다.

「사희경」에서의 '경'은 어떤 한 가지 사물이나 기예를 기술한 것으로, 『산해경(山海經)』·『목초경(木草經)』·『다경(茶經)』·『연경(烟經)』과 같은 의미이다. 그러나 경전에서 쓰이는 형태를 가져왔고 내용에서도 음양(陰陽)과 소식(消息)의 이치가 깃든 것에 대해 상세하고 구체적으로 기술하고 있다. 이는 고문의 형식미를 유지하면서 동시에 입론에서는 지극히

---

73) 김철범(2012)은 심익운 산문의 개성적 면모를 '비근한 소재에 의한 주제의 형상'과 '우의의 수법을 통한 세태비판'으로 보고 있다.

74) 윷놀이에 대한 기록은 『芝峯類說』, 金文豹(1568~1608)의 「柶圖說」, 『星湖僿說』, 『京都雜誌』, 『五洲衍文長箋散稿』, 『東國歲時記』 등에 보이지만 심익운의 작품처럼 상세하지 않고 개략적으로 언급한 것에 지나지 않는다.

작은 기예에서도 이치를 밝히고 본받고자 하는 의도를 드러낸 것이다.[75]

심익운은 입론의 다양성에만 머물지 않고 고문이 가지고 있는 형식미를 충분히 활용하여 자신의 입론을 강화하는 데 사용하고 있다. 특히 문기(文氣)를 강화하는 방식은 다양한 수사법을 한 작품에서 녹여내어 자신만의 방식으로 활용하고 있다.[76] 심익운은 이와 같은 방법을 행문(行文)에서 어떠한 양상으로 구현하고 있는지 살펴보고자 한다.

> 마포 근처 물가에는 벌레와 뱀이 많다. 내가 집에 돌아오니 어린 종이 큰 뱀 두 마리를 잡았다가 놓아주고 작은 뱀 두 마리를 잡아 죽였다. 그 이유를 묻자 어린 종이 말하였다. "큰 뱀은 신령하여 죽일 수 없고 죽이게 되면 보복을 하는데, 작은 것은 죽여도 사람에게 보복하지 못합니다." 뱀은 악한 짐승이다. 큰 것은 악함이 당연히 크고 작은 것은 악함이 당연히 작다. 지금 큰 것은 크다는 이유로 죽임을 면했고 작은 것은 도리어 작다는 이유로 죽임을 당하였으니 어찌 벌레만이 이 경우에 해당하겠는가? 사람도 악함이 큰 자는 또한 악함이 크다는 이유로 힘을 갖게 되기에 악함이 작은 자가 도리어 죽게 된다. 선(善)의 경우도 선(善)이 큰 자는 알려지지 못하고 선(善)이 작은 자는 알려지기에 대충

---

75) 『百一集』文, 「栖戱經」 10항: "理寓於數, 數以器察. 告我二子, 敬受此述【雖小數也, 有至理焉, 書與壽·愚, 以發其慧】."

76) 대표적으로 虛辭와 句式을 통해 文氣를 강화하고 있다. 허사는 事理에 비추어 보면 관련이 없는 군살에 불과할지 모르나 절실한 작용이 있다. 특히 산문에서는 허사를 통해 語氣를 조절하거나 字句를 긴밀하게 연결해 주기도 하며 語意를 선명하게 하는 기능을 한다.(劉勰, 『文心雕龍』, 「章句」: "又詩人以兮字入於句限, 楚辭用之, 字出於句外. 尋兮字承句, 乃語助餘聲. 舜詠南風, 用之久矣, 而魏武弗好, 豈不以無益文義耶! 至於夫惟蓋故者, 發端之首唱, 之而於以者, 乃箚句之舊體, 乎哉矣也者, 亦送末之常科. 據事似閑, 在用實切. 巧者回運, 彌縫文體, 將令數句之外, 得一字之助矣. 外字難謬, 況章句歟?") 허사가 字를 통한 文氣의 변화라면 句式은 句를 통한 변화로, 산문에서 句를 통한 기세의 변화는 互文, 漸層, 對仗, 雙關, 類句, 連鎖 등 다양한 방법들이 사용된다. 심경호(2013), 104~109면 참조.

(大忠)은 상을 받지 못하고 소충(小忠)은 상을 받게 되며 대현(大賢)은
기용되지 못하고 소현(小賢)은 기용되니 이것이 어찌 선악(善惡)과 대
소(大小)에 다행스러움과 불행함이 있는 것이 아니겠는가? 이에 몇 마
디 한다. "큰 도둑은 척결되지 못하고 좀도둑은 몸이 찢기며, 살인자는
버려두고 두 필을 훔친 자는 죽게 되고 높은 관리는 큰 소리로 나무라기
만 하고 미천한 백성들은 땅바닥에 뒹굴게 된다." 또 말한다. "공자(孔
子)와 묵자(墨子)는 조정에 등용되지 못하였고 보잘것없는 자들은 출세
하며 예장(豫章)은 버려지고 말뚝이 들보가 된다. 지금 이 백성들 중에
누굴 권면하고 누굴 징계할 것인가?"[77]

인용문인 「대소설(大小說)」에서는 일상적 소재에서 입론(立論)하고
있으며, 앞서 언급한 「잡설」과 같이 일화를 통해 현실을 비판하고 있
다. 구성은 '일화—현실대입—작자의 주장'으로 되어 있다. 이 작품의 시
작은 어린 종들이 큰 뱀 두 마리와 작은 뱀 두 마리를 잡는 것에서 출발
한다. 큰 뱀은 신령함이 있어 죽이면 보복하기 때문에 죽이지 못한다.
반면 작은 뱀은 보복을 하지 못하기에 죽이게 된다는 것이 주된 내용이
다. 심익운은 '악행이 크면 살고 작으면 죽는다'는 현상을 통해 현실을
비판하고 있다.

이 작품 서술의 특징은 크기인 대(大)와 소(小)를 중심으로 대비를 설
정하고 대입대상의 확장을 통해 반복을 꾀한 것에 있다. 대입대상에서

---

77) 『百一集』文, 「大小說」: "西湖近水, 多虫蛇. 余至寅舍, 家僮執二大蛇放之, 執二小蛇
殺之. 問其故, 云, "蛇之大者, 有靈, 不可殺. 殺之報人. 小者, 殺之, 不能報人." 蛇,
惡物也. 其大者, 惡宜大, 其小者, 惡宜小. 今大者, 以其大免, 小者, 反以其小見殺, 豈
惟虫哉? 凡人之惡大者, 亦其以其大有力, 故惡小者乃誅焉. 至於善, 善大者不問, 善小
者問, 故大忠不賞, 小忠賞, 大賢不用, 小賢用, 此豈非善惡大小之有幸不幸歟? 乃爲數
語曰, "盜跖不滅, 穿窬裂, 舍其屠割, 誅兩匹, 大吏高喝, 小民蹤." 又曰, "孔墨不登,
斗筲興, 棄其豫章, 杗爲梁. 今此下㠯, 誰勸誰懲?""

뱀의 대소(大小)는 악(惡)의 대소(大小)로 대입되며 이는 물(物)에만 국한되는 것이 아니라 사람의 영역으로 확대되고 있다. 사람의 경우 악(惡)의 대소(大小)는 뱀과 동일한 양상으로 나타난다. 이에 반해 선(善), 충(忠), 현(賢)의 대소(大小)는 상반되는 경우로 나타나는 현실을 기술하고 있다. 선(善)의 경우 크게 선한 자는 알려지지 못하고 작게 선한 자는 알려지게 되며, 충(忠)의 경우 크게 충성스러운 자는 보상을 받지 못하고 작게 충성스러운 자는 보상을 받게 되며, 현(賢)의 경우 큰 현자는 기용되지 못하고 작은 현자는 기용된다는 현실을 그려내고 있다. 이 과정에서 냉혹한 비판과 함께 현실에 대한 분노와 증오가 담담한 어조를 통해 드러내고 있다.

이 글의 마지막 부분에서는 자신의 목소리를 직접 표출하는 방식으로 이루어지고 있다. 악행이 크다고 할 수 있는 큰 도적들이나 살인자는 척결되지 못하는 데 반해 좀도둑들이라 할 수 있는 일반 백성들은 가혹하게 죽임을 당하게 되는 당대의 현실을 비유를 통해서 그려내고 있다.

이 작품의 서술상의 특징은 앞서 언급한 대비와 반복으로 그 서술의 묘미는 다음과 같다. 첫째, 허사를 사용한 어세(語勢)의 변화이다. 어조사는 실제 내용과 관련 없는 것으로 보이나 어기(語氣)와 어의(語意)를 선명하게 하는 등 여러 가지 기능을 담당한다. 이 작품에서는 허사를 통해 어기를 드러내고 있는데, 이는 자신의 감정을 표출하는 양상으로 드러난다. 대표적으로 '금대자, 이기대면, 소자, **반**이기소견살, 기유충재? 범인지악대자, **역**기이기대유력, 고악소자**내**주언(今大者, 以其大免, 小者, 反以其小見殺, 豈惟虫哉? 凡人之惡大者, 亦其以其大有力, 故惡小者乃誅焉)'에서 당대 현실에서 일어나고 있는 양상을 담담한 어조로 표현되고 있지만, 어조사를 통해 작가 자신의 감정을 우회적으로 표출하고 있다.

즉 '반(反)'에서 격양된 어세는 반문을 통해 고조되고 '역(亦)'을 통해 이어
지다 '내(乃)'에 이르러 하강하는 양상을 보인다. 특히 '역(亦)'은 현실을
어찌할 수 없는 분노와 증오감이 내재되어 있으며 '내(乃)'는 이상과 현실
의 차이에서 오는 비애감과 괴리감을 드러내고 있다.

두 번째는 구식(句式)의 변화와 편수문안(篇首文眼)을 통한 설득력 강
화이다. 구체적 분석을 위해 원문을 제시하면 아래와 같다.

> ① 西湖近水, 多虫蛇. 余至寓舍, 家僮執二大蛇放之, 執二小蛇殺之.
> 問其故, 云, "蛇之大者, 有靈, 不可殺, 殺之報人. 小者, 殺之,
> 不能報人." 蛇, 惡物也. 其大者, 惡宜大, 其小者, 惡宜小. 今大
> 者, 以其大免, 小者, 反以其小見殺, 豈惟虫哉?
>
> ② 凡人之惡大者, 亦其以其大有力, 故惡小者乃誅焉. 至於善, 善大
> 者不問, 善小 者問, 故大忠不賞, 小忠賞, 大賢不用, 小賢用, 此
> 豈非善惡大小之有幸不幸歟?
>
> ③ 乃爲數語曰, "盜跖不減, 穿窬裂, 舍其屠割, 誅兩匹, 大吏高喝,
> 小民蹶." 又曰, "孔墨不登, 斗筲興, 棄其豫章, 杙爲梁. 今此下氓,
> 誰勸誰懲?"

이 작품은 크게 3단락으로 구성되어 있다. ①단락에서는 작자 자신이
겪었던 일화에 관한 기술과 이에 대한 일반론에 대입하여 반문하는 형식
으로 구성되어 있다. 일화에서의 서사 부분은 장구(長句)로 서술하다가
어린 종의 말은 현장감을 살리기 위해 대화체로 기술하였고 이를 단구(短
句)로 처리하며 긴박한 호흡을 보인다. 단락의 후반부에 일반론을 개진
한 부분에 있어서 단구를 사용하여 긴박한 호흡을 보이다가 주지(主旨)
라 할 수 있는 부분에서는 다시 장구를 사용하여 현실에 대한 격분과
비통함을 보여주고 있다. 또한 '기유충재(豈惟虫哉)?', '차기비선악대소

지유행불행여(此豈非善惡大小之有幸不幸歟)?', '수권수징(誰勸誰懲)?'에서 보듯이 반문을 사용하여 독자들에게 강한 의문을 갖게 하며 이는 결국 자신의 논지를 강화하는 역할을 하고 있다. 따라서 이 단락의 가장 큰 특징이라 한다면 구(句)의 길이를 통해 호흡의 변화라 하겠다. 즉 '장구–단구–단구–장구'로 구의 길이를 통해 문장의 기세를 변화시키고 있다. 게다가 이를 통해서 서사와 대화를 구분하고 있으며 다시 '장구–단구'의 구조에 변화를 주어 자신의 논지를 강화하는 데 활용하고 있다.

①단락의 '금대자, 이기대면, 소자, 반이기소견살, 기유충재(今大者, 以其大免, 小者, 反以其小見殺, 豈惟虫哉)?'은 이 작품의 문안(文眼)이다. 문안은 요점을 세우는 구절이란 뜻으로 작품의 주제나 관건이 되는 부분을 말한다. 주로 글의 앞부분, 중간, 끝에 제시하는데 이 작품에서는 앞 부분에 위치한 편수문안(篇首文眼)으로[78], 작품의 전반부에서 주제구를 포치하여 후반에 강목(綱目)을 거두고 있다.[79] 이 작품에서는 편말(篇末)에 경전 구절을 인용하여 강목을 제시하며 끝맺고 있는데, 이러한 설정은 구조를 긴밀하게, 구성을 조리 있게 하는 동시에 설득의 효과를 배가시키는 효과를 발휘한다.

②단락에서는 대소(大小)에 따른 가치판단이 전도되는 양상을 서술하고 있다. 악(惡)에서의 대(大)가 선(善), 충(忠), 현(賢)에서는 적용되지 않고 도리어 상반되는 현상으로 나타난다. 심익운은 이와 같은 당대 현실을 그려낼 때 교착법(交錯法)을 사용하고 있다. 교착법은 대조되거

---

78) 劉熙載, 『藝槪』, 「文槪」: "揭全文之旨, 或在篇首, 或在篇中, 或在篇末. 在篇首則後者必顧之, 在篇末則前者必注之, 在篇中則前注之, 後顧之. 顧注, 抑所謂文眼者也." 윤호진, 허권수(2010), 『역주 예개』, 소명, 135~136면 참조.

79) 馮永敏(1999), 186~187면 참조.

나 반대되는 사례를 같은 문형의 구로 함께 거론하여 주제를 강화하는 방법이다. 심익운은 서술에서 구절은 같은 형식으로 반복적으로 구사하고 있으나, 그 구절에서의 특정한 자를 바꾸어 열거하면서 이치를 분석해내고 있다. 이는 현실에 대한 비판을 기술한 부분으로 대소의 의미를 상반되게 기술하여 문장의 구조를 긴밀하게 한 부분이다. 즉 대소의 의미는 연결 확장함과 동시에 적용에서는 상반된 현상을 기술하여 반복 속에서의 변화를 보이는 것이다.

③단락은 자신의 목소리를 직접 드러내고 있다. 이 부분에서는 구절의 대비(對比)로, 4자와 3자의 반복적 구조를 보이며 규칙성을 보인다. 동일한 어구를 반복적으로 사용하는 것은 감정의 크기를 조절하기 위한 방식으로, 심익운은 이를 자신의 목소리에 직접적으로 활용하여 그 효과를 배가시키고 있다. 아울러 격렬한 감정은 이에 그치는 것이 아니라 마지막 구절인 "금차하맹, 수권수징(今此下氓, 誰勸誰懲)"에서 반문을 통해 어세로 변화를 주며 앞서 어세를 더욱 극렬하게 하고 있다. 이는 현실에 개탄을 드러내며 위함이며 이를 통해 글을 마무리함으로써 독자들에게 작가의 감정을 고스란히 전달하는 효과를 발휘하고 있다.

심익운은 설(說)이란 문체가 가진 특성상 내재적 논리성의 확보를 위해 구식의 변화, 허사를 통한 문기(文氣)의 강화, 의도적인 문안(文眼)의 설정 등 다양한 서술기법을 단편적인 글에서 구현하고 있다. 아울러 일상생활에서의 일화나 비근한 사물에서의 소재들을 입론의 대상으로 삼아 그 영역을 확대하고 있음을 볼 수 있다. 심익운은 입론을 대상기존의 주목받지 못했던 것들에 관한 주목이라 할 수 있지만, 무엇보다도 현실을 담고자 하는 실제적 창작 의지와 현실에 대한 비판과 관련된다. 심익운 산문에는 현실비판에 대한 작품들이 상당 부분을 차지하고 있다. 이는 당대 부조리한 현실을 비근한 소재와 사물에 담아 비판적 시각으로 투영하기 위함이다.

이러한 점은 심익운의 산문작가로서의 면모를 드러내는 동시에, 이전 산문 작가들과의 다른 점이며 그의 개성적인 부분이다. 또한 입론대상의 확대는 소품계열에서 주로 확인되는데, 이러한 성향의 작품들은 희작(戱作)과 자오(自娛)의 성격이 강하다. 따라서 뚜렷한 주제의식은 보이지 않는다. 반면, 심익운 산문에서 입론대상의 확대는 현실비판을 위한 것이며, 이러한 양상은 현실비판이라는 주제의식과도 결부되기 때문에 그 결을 달리한다.

4) 소결

심익운의 글쓰기는 간명한 문체와 평이한 구식을 보인다. 작법이론 중에서 「설문【사신】(說文【四神】)」에 등장하는 '기문고이기사금, 기언근이기의원(其文古而其事今, 其言近而其義遠)'는 심익운의 글쓰기에 근간이 되는 부분으로, 고문의 형식을 충실히 따르면서도 글의 소재나 주제는 현실을 담아야 한다는 내용이다. 아울러 난해하거나 간오한 어구들을 사용하여 글의 뜻을 묘연하게 하기보다는 간명한 기술로 그 의미를 심원(深遠)하게 해야 한다는 논지를 보이고 이다.

심익운은 타의에 의한 좌절과 고립으로 인해 자신이 처한 주변 상황이나 자신과 관계된 외부세계에 민감하게 반응하였다. 이러한 상황은 그의 문학에 고스란히 반영되었으며, 자신만의 글쓰기로 삶의 이치를 녹여내어 재창조하였다. 따라서 일상적인 소재들을 입론(立論)하고, 우언 등의 익히 전해 들었던 이야기들을 자신의 비판적 시각으로 재창작하고 있다. 특히 전술된 우언을 재창작하는 과정에서 서사의 의도적인 재구성과 변용을 통해 자신의 논지를 객관화하고 있다. 또한 정격(正格)인 글에서는 자구(字句)를 경제적으로 활용한 간결한 서술들이 주를 이루고 있으며, 한자가 가진 함의와 특징을 통한 문기(文氣)의 변화와, 그 속에서의 자신의 정서를 직접적으로 표출하고 있다.

심익운 글쓰기의 주된 방식은 고문형식미(古文形式美)의 변용(變容)이다. 즉 독창적이기보다는 현실에 맞는 실제적 창작이라 하겠다. 기(奇)에 대한 인식에서도 신(神)을 위주로 한 글쓰기에서 배태된 것이 기(奇)이며, 그 신(神)은 어디까지나 도(道)를 바탕으로 한 것이다. 이러한 관점은 기(奇)를 정(正)과의 대립적 구도에서 벗어나 상보적인 개념으로 인식한 것이다. 따라서 실제 서술방식에 있어 옛것을 배웠지만, 그 법식에 구속됨 없이 자신만의 방식으로 다양한 텍스트에서 활용하는 양상으로 드러난다.

18세기 기(奇)를 추구한 작가들은 장르적 관습에서 벗어나 통념을 반박하기 위해 다양한 글쓰기 행태를 보이는데, 이는 보편적 전범에 대한 강한 부정인식이라 하겠다. 심익운은 새로움에 경도되어 주류(主流)에 휩쓸리기보다는 자신을 둘러싼 외부세계로의 감정투사를 통해서 자신만의 글쓰기를 추구하였다. 이는 당대 문인들과는 또 다른 양상을 보이며 기(奇)의 다양성을 보여주는 부분이다.

이 절에서는 심익운 산문작품에서 기(奇)의 면모를 체식(體式)의 일탈과 변주를 슬픔의 형상화, 수사의 변용을 통한 현실비판, 다양한 소재 및 수사기법을 활용한 입론의 확장을 통해 살펴보았다. 먼저 체식의 일탈과 변주는 주로 비지류에서 드러나는데, 주로 망자의 슬픔에 관한 서술과 관계된다. 슬픔을 표현하는 데 있어서 서사만을 통해 우회적으로 표출하고 있는 점은 일탈적 면모이고, 묘지명의 명 부분에서 칭송하는 기록을 생략하는 것은 변주적 면모임을 확인할 수 있었다. 이 중에서도 망자에 대한 슬픔을 표현하는 데 서사만을 강조하는 것은 진한고문(秦漢古文)과 유사성을 보이는 부분이고[80], 슬픔의 형상화 방식에 있어서 기존 관습적 표현과 반대되는 서술은 진정(眞情)을 표현하기 위한 것이므로 소품과 유사성이 확인되는 부분이었다.

입론대상 확대의 경우도 소품과 유사성이 확인되는 부분이다. 다만 소품에서의 입론 대상의 확대는 희작(戲作)과 자오(自娛)의 성격이 강한 데 반해, 심익운의 경우는 현실비판과 관련되며 뚜렷한 주제의식을 보인다는 점이다. 심익운의 산문은 현실비판과 관계된 내용이 즐비한데, 입론의 대상 또한 당대 부조리와 현실을 비근한 소재에 담아 자신의 시각으로 재창조하고 있음을 보여주는 부분이다. 물론 서술기법은 당송고문에서 사용되는 4언과 6언의 반복을 통해 평이한 구식을 바탕으로 하고 있다. 따라서 심익운은 상기(尚奇)의 논의에서 정(正)과 기(奇)를 상보적으로 설정하며 전범을 바탕으로 한 새로움을 추구한 것처럼, 실제 작품

---

80) 실제 심익운은 진한고문를 통해 문장을 학습하였다. 그는 먼저 諸子書를 익혔고, 屈原·司馬遷을 배웠으며 春秋三傳을 공부하였다. 만년에는 三禮·『詩經』·『易經』을 읽고 立言의 오묘함을 궁구하였으며, 『文選』을 숙독하여 敍事의 오묘함을 유추하였고, 班固·范曄의 역사서와 韓愈·柳宗元의 문집을 두루 고찰하여 結撰의 득실을 바로 이해한 후에야 文과 道가 둘이 아님은 예와 지금이 같다는 사실을 알게 되었다고 하였다. 또한 五經은 대가리요 兩漢은 등뼈요 六朝는 살진 배요 한유와 유종원의 글은 꼬리라 비유하였다. 沈翼雲, 『百一集』文, 「百一文集序」: "吾爲文, 始學諸子, 已又屈原·司馬遷, 學公羊·穀梁·左氏傳. 以是粹駁無常, 體裁不立, 前之所是, 後或爲非, 昔者所好, 今爲復改. 夫如是, 則烏能有一定之見哉? 晚讀三禮·詩·易, 究立言之奧, 熟觀昭明文選, 繹敍事之妙, 歷考班·范史書, 與韓·柳文集, 正結撰之得失, 然後知文道無二, 古今爲一. 譬之於魚, 五經其首也, 兩漢其頂脊也, 六朝其腹腴也, 韓·柳其尾也. 方悟向者所嗜, 或吃其骨鯁, 或舐其鱗鬣, 未始味其全體也. 於是, 就前所爲文, 錄其可存者六十五篇, 爲一卷."

양상에서도 당송고문을 바탕으로 진한고문의 서사와, 소품의 주제의식
등을 융합하여 자신만의 글쓰기로 재창작하고 있음을 확인할 수 있었다.

3. 노긍

노긍(盧兢, 1738~1790)은 모방과 창조의 대립이 첨예하였던 18세기의
문인이다.[81] 그에 대한 평은 정격(正格)에서 벗어난 일탈(離脫)로 귀결되
며 이것이 기(奇)로 평가되고 있다. 조수삼(趙秀三, 1762~1849)은 패관어
(稗官語)를 사용하여 경사(經史)의 기미가 없다고 하였고,[82] 홍취영(洪就
榮, 1759~1833)은 성령(性靈)을 드러낸 점을 높이 평가하였으며,[83] 정범조
(丁範祖, 1723~1801)[84]와 이가환(李家煥, 1742~1801)[85]은 전범에 대한 모방
보다는 독창적인 문학을 추구한 점에 주목하였다. 또한 홍취영과 이명오
(李明五, 1750~1836)의 기록에서 노긍이 자신의 기적(奇的) 면모를 인정하
였고 문장가로서의 자부를 드러냈음을 볼 수 있다.[86]

---

81) 이 부분의 논의는 필자의 (2014b)를 참고하여 서술하되, 본 장의 서술 구도에 맞게
수정·보완한 것임을 밝힌다.

82) 趙秀三, 『秋齋集』 권8, 「與蓮卿」: "其文則誠不足道也. 所謂策論, 不過功令爛飯, 序
記題跋書牘, 純用稗官語, 無經史氣味. 比如寒家供客, 掇樊括圃, 釘紅飯白, 望望雖似
珍美, 卽之無可下筋, 奈何奈何?"

83) 洪就榮, 「漢源集序」: "漢源之於文章, 闡發性靈之功, 誠偉矣."

84) 丁範祖, 『海左集』 권27, 「進士盧君墓碣銘」: "弗試而後才專, 甚窮而後奇生, 才且奇而
後名迺顯. 此天以才且奇, 作成其人者也, 若近時盧君如臨非耶! …… 其爲詞章, 不肯
出之前輩作者機籥中, 而務爲獨創孤詣之調以自恣, 誠難已."

85) 李家煥, 『錦帶詩文抄』 下, 「盧漢源墓誌銘」: "漢源於爲文, 其膽瓠, 其眼珠, 其筆宋斤
魯削. 凡世之蒙陋鄙俚, 拘攣蕪穢之習, 一切擺去, 而籠挫出入於天心月脇之間."

86) 홍취영의 기술은 3장 67번 주석을 참고. 李明五, 『泊翁詩鈔』 권7, 「南遊錄」: "漢源大

예전의 문장을 나 역시 보았다. 성인(聖人)의 문장은 공정하고 드넓으며 간절하고, 현인(賢人)의 문장은 트이고 광대하다. 지사(志士)의 엄격함과 운사(韻士)의 맑고 상쾌함은 모두 일정한 법식과 고정된 원칙이 있는 것이 아니라, 만나는 바에 따라 형상화하고 성령(性靈)을 쏟아내었다. 용과 뱀이 약동하고 우레가 쏟아져 때때로 기이하고 위대함을 드러냄으로써 귀를 울리고 눈을 부시게 하니 이 역시 스스로 즐길 만하다. 이것이 옛사람에게 좋은 문장이 많은 이유이다.

오늘날의 문장을 내가 따져본 적이 있다. 재능이 저열한 데다가 기운 역시 비천한데도 한 편이 나올 때마다 훌륭한 법식[繩墨]과 유포된 행문(行門)을 조금이라도 벗어나면 옆의 한 사람이 그것을 지목하며 "이것은 고칠 만하다"라고 말하니 자신은 애써 그것을 고친다. 또 한 사람이 그것을 비판하며 "이것은 빼버릴 만하다"라고 말하니 자신은 그 말을 따라 빼버린다. 남에게 의지하여 찡그리고 웃으니 어찌 다시 자기 자신이 있겠는가? 또한, 꺼림을 두기를 마치 아녀자가 무당을 따르고, 가시나무 가득하여 걸음을 제대로 내딛지 못하는 것처럼 한다. 제(齊)나라 왕의 옥이 교지를 받들어 깎여지고, 단보(單父)의 붓이 제약을 이기지 못하며, 그림 그리는 일이 채 시작되기도 전에 훌륭한 몸이 먼저 졸렬해지니 오늘날의 사람들에게 훌륭한 문장이 없는 이유이다.[87]

인용문은 「설문(說文)」으로, 노궁의 산문에 대한 인식과 기준을 엿볼 수가 있다. 노궁은 옛글의 훌륭한 점을 일정한 법식과 형식이 아니라

言才亦副, 我文三匹朝鮮疆."
87) 盧兢, 『漢源文集』 권4, 「文說」: "古之文, 吾亦見之矣. 聖人之文公溥而惻怛, 賢人文之踈達而博大. 志士亢厲, 韻士散朗, 皆非有畦逕定本, 隨遇賦形, 傾寫性靈, 龍蛇攄而雷雨發, 時出怪偉, 以震耀之, 亦足自快. 此所以古人多好文也. 今之文, 吾嘗試之矣. 才旣劣下, 氣亦膚淺, 而每一篇出, 少越徽繩, 墨溢行門, 則傍一人目之曰, "是可改也." 吾勉而改之, 又一人瓜之曰, "是可删也." 吾從而删之, 嚬笑倩人, 豈復有我哉? 又有忌諱, 如婦女之徇巫, 荊棘滿前, 步履不舒, 齊王之玉, 奉教而琢, 單父之筆, 不勝其掣, 繪事未施, 元身先拙, 今人所以無好文也."

만나는 상황과 제재에 따라 작가의 성령(性靈)을 쏟아낸 것에서 찾고
있다. 이에 반해 현재 작가들은 재주가 옛사람들의 수준에 못 미칠 뿐
만이 아니라 정해진 법식과 형식에 구속되어 뛰어난 작품들을 찾을 수
없다고 개탄하고 있으며, 작자의 뚜렷한 주관 없이 남의 평에 이끌려
다니는 현상을 기술하고 있다.

이를 통해 노긍이 생각하는 문장의 기준을 정리하면 다음과 같다.
첫째, 일정한 형식과 법식에 구애되어서는 안 된다는 것, 둘째, 글의
제재에 따라 작가의 성령(性靈)을 다 드러내야 한다는 것이다. 더구나
문집에 남아있는 작품들은 현실과 지금에 주목한 작품들이 즐비하며
유배지에서와 해배(解配) 이후의 작품들이 대다수를 차지하고 있다. 따
라서 좌절과 체념이 작품의 주된 정서로 자리 잡고 있다. 아울러 작품
에 따라 다양한 서술방식을 보여주고 있다. 특히 백화체(白話體)를 사
용한 소설적 글쓰기와 체식(體式)에 갖추어야 할 기본적 요소를 배제하
는 등 전범에서의 일탈과 그만의 개성적인 면모를 확인할 수가 있다.

4-3에서는 노긍 산문에서의 기(奇), 그 개념과 실체를 밝히기 위해
서술기법에 주목하고자 한다. 그의 산문은 고문(古文)의 체식(體式)인
논설류(論說類), 애제류(哀祭類), 서발류(序跋類) 등을 고루 갖추고 있다.
즉 서술방식에 있어 고문을 어떻게 변용(變用)하며, 왜 변주(變奏)를 하는
지에 주목하고자 한다. 이를 위해 노긍의 『한원문집(漢源文集)』과 『한원
고(漢源稿)』를 텍스트로 삼아 노긍 산문에 내재된 기(奇)의 구현양상을
밝히고자 한다.

1) 상상(想像)의 기술과 백화체(白話體)의 구사를 통한 심상의 구현

「상해(想解)」는 노긍의 작품 중에서도 단연 백미이며, 독창적 면모를
대변한다. 제목에서 보이듯이 유배지에서 해배(解配) 이후의 삶을 상상
하며 지은 작품이다.[88] 따라서 상상이 입의(立意)에서 중요한 역할을 차
지한다. 상상으로 입의한 점은 같은 시기인 이옥(李鈺, 1760~1815)이나
이학규(李學逵, 1770~1835)의 기술에서도 확인되는 바이다. 특히 노긍과
이학규의 작품에는 유배지에서의 내면적 갈등과 번뇌의 표출을 상상의
방법으로 일소하려는 시도가 보인다.[89]

상(想)은 사색(思索), 희망(希望), 상념(想念), 상상(想像) 등의 의미를
내포하고 있다. 노긍 또한 이 작품에서 상(想)이 갖는 다양한 의미를
활용하고 있다.[90] 이 작품에서 노긍의 상상은 자신의 경험을 통해 얻어

---

88) 서양에서 상상은 사실이나 실재의 부족한 것을 완전하게 꾸밀 수 있는 일종의 창조적
능력으로 창작력과 유사하게 인식하고 있다. 르네상스 이전까지는 합리적 사고를 방해
하는 異常心理의 하나로 간주되었으나 문학에서 이성보다는 상상력과 관계가 깊다는
생각은 프랜시스 베이컨이 처음 분명히 하였다. 18세기 영국 애디슨은 감각적 체험을
심상으로 파악하는 능력일 뿐 아니라, 감각의 대상이 없을 때에도 머릿속에 심상을 만
들어보고, 또한 여러 심상들을 융합하여 전혀 새로운 심상을 형성할 수 있는 능력이라
하였다. 이상섭(2001), 『문학비평용어사전』, 민음사, 152면. 콜러리지는 정신과 자연이
라는 이 두 세계를 연결시키게 하는 힘을 상상력이라 하였다. 『文學評傳』에서 '무한의
존재의 영원한 창조행위를 유한한 정신 속에서 반복하는 일'이라 하여 상상력을 창조와
다소 유사한 것으로 보았다. R. L. Brett 著·沈明鎬 譯(1979), 『상상과 상상력』, 서울대
학교 출판부, 58면.

89) 정우봉(2006), 「洛下生 李學逵의 散文世界」, 『한국실학연구』 6, 한국실학학회, 201~
202면 참조.

90) 想은 想像, 空想, 妄想, 虛想, 幻想, 夢想 등으로 풀이할 수 있다. 이 책에서는 '상상'으
로 규정하여 논의를 진행하고자 한다. 노긍의 기존연구에서는 망상, 상상, 공상의 개념
을 구분하지 않고 혼용하고 있다. 이 작품의 文頭에서 상상은 현실에 없는 것이거나
있을 수 없는 망상과 구별된다. 또한, 심리적 현실의 차원에서 현실과 관계하는 은밀한
삶의 영역인 무의식에 의해 생성되는 꿈과 환상과도 구별된다. 나병철(2010), 『환상과
리얼리티』, 문예출판사, 17~22면 참조. 또한, 현실적이지 못하거나 실현될 가망이 없는

진 기억과 회상을 바탕으로 발현되고 있다. 이에 현실에 있을 수 없는 망상(妄想), 환상(幻想)과 구별된다. 즉 리얼리티가 수반된 상상이며 심리적 현실에 근거해 균열의 틈새를 메우는 이미지들의 상상이라 할 수 있다. 그러나 문두(文頭)에서 상상의 의미는 서술이 전개될수록 실현될 가능성의 부재로 인해 좌절과 체념의 정서를 보이며 그 의미가 망상으로 변모되어간다. 따라서 이 장에서는 상상이 망상으로 변하는 과정과 그 진행 과정에서의 심상 변모에 주목하고자 한다.

　　① 나는 변방에서 죗값을 치르느라 온갖 고초를 겪지 않은 것이 없었다. 밤에 누워 몸을 웅크리면 이런저런 생각들이 일어나고 꼬리를 무는 상상으로 번져서 별별 일이 다 떠오르곤 한다. 상념은 번졌다. 어찌해야 사면을 받아서 돌아갈까? 어떻게 고향을 찾아가지? 가는 도중에는 어찌할까? 집 문을 들어설 때는 어찌할까? 부모님과 죽은 마누라 무덤을 찾아가선 어찌할까? 친척들과 친구들이 빙 둘러앉아 있을 때 어찌할까? 채소는 어떻게 심을까? 농사는 어떻게 할까? 상념은 세세하게 이런 생각까지 하였다. 어린 자식들의 서캐와 이는 내가 손수 빗질해서 잡아내고, 곰팡이 피고 물에 젖은 서책은 뜰에서 볕에 말려야. 모두 세상 사람들이 해야 할 일들인데 마음을 다 에워싸는 것이었다. 이렇게 뒤척이다 창이 훤해 지면, 도무지 이루어진 일이라곤 전혀 없이 여전히 위원군에서 귀양살이하며 걸식하는 사내일 뿐이었다. 밤사이에 떠올랐던 상상들은 다 어디로 갔을까? 나는 도대체 누구란 말인가?

───────────

것을 막연히 그려보는 空想과도 구별된다. 19세기 영국의 콜러리지는 공상과 상상이 감각을 토대로 하여 심상을 형성하는 능력인데, 공상은 다분히 기계적, 표면적인 작용으로 고정된 이미지들을 뜯어 맞추는 저급한 기능이며, 이에 반해 상상은 감각의 이미지들을 새로 조합, 통합, 변모시키는 종합적인 기능이라 하였다. 이상섭, 앞의 책, 385면 참조. 따라서 상상과 공상의 구분을 현실적인 것과 실현 가능성에 의한 구분과, 이미지들의 조합과 변모의 능력에 의해 구분한다면 공상보다는 더 포괄적 의미인 '상상'이 이 작품의 想 의미로 적합하다고 여겨진다.

(余負罪塞上, 千辛百苦, 無不備焉. 夜或弓臥, 緣妄起情, 依[91]因轉想, 曲穿旁出. 念到如何被救去, 如何覓鄉回, 如何在道時, 如何入門時, 如何展省父母亡妻邱壟, 如何團聚親戚故人言笑, 如何種菜, 如何課農? 細至童穉蟻虱, 將手櫛之, 書冊黴漏, 將庭曝之. 一切世人應有事, 悉周於心. 如是展轉, 囱白起來, 都不濟事, 依然是渭原郡編管人乞食漢子. 不知想歸何處, 我都是誰?)

이 단락에서의 주된 내용은 해배(解配)에 대한 갈망과 그 이후의 삶으로, 상상을 통해 나열식으로 그려내고 있다. 노긍은 밤이 되면 몸을 활처럼 웅크리고 자신이 희구하는 삶을 상상한다. 그의 상상은 해배의 과정에서부터 자신이 경험했었던 기억에서 기인한 상상 및 앞으로의 삶에 대한 영역까지 두루 확장되고 있다. 상상으로 서술된 부분은 구체적이며 사소한 것들이다. 노긍의 상상은 누구나 할 수 있고 누구나 실현할 수 있는 것들이다. 이러한 점이 노긍 자신에게 절실한 희구가 되는 것은 현재의 삶이 이를 실현할 수 없는 유배지에 처해 있기 때문이다.

또한, 자신이 처한 실상에 대한 언급은 전무하다. 그러나 이 상상으로 그려진 삶들이 실현되지 못하기에, 독자로 하여금 그가 처한 현실의 참담함을 상상하게 하고 있다. 즉 노긍은 상상의 기법을 통해 자신이 희구하는 삶을 그려내는데 그치지 않고 동시에 독자들에게 노긍의 처한 상황을 상상하게 하는 영역까지 그 역할을 확대하고 있다.

①단락에서의 서술방식은 주로 사언구(四言句)를 사용하여 배비(排比)를 이루며 정제된 기술이다. 도입부는 어조사 없이 조밀한 서술로 이루어져 있다. 그러다가 상상으로 기술된 부분은 '여하(如何)'를 반복

---

91) 『한원고』에는 '懷'로 되어있으나 문맥에 따라 『한원문집』의 '依'에 따라 번역하였다.

적으로 사용하며 짧막한 호흡을 보인다. 게다가 단구(短句)와 장구(長句)를 이용하여 기세의 변화를 주고 있으며 이를 통해 문세(文勢)를 왕성하게 하고 있다.[92] 일반적 행문(行文)에서 구(句)를 반복적으로 사용하는 이유는 묘사와 서사의 박진감과 기세(氣勢)를 강화하기 위함이다. 이 작품 또한 이러한 효과와 무관하지 않다. 그러나 반복적으로 사용된 구절이 모두 상상을 통해 실현하고 싶은 것이라는 점에 주목해야 한다. 생생한 묘사로 기술된 상상은 순차적으로 진행되기보다는 변화무쌍하게 그 영역을 확대하고 있다. 노긍은 나열식의 서술을 통해 상상의 흐름이 빠르게 진행된다는 것과, 시간과 공간을 초월하여 자유롭게 그 영역을 확장하고 있는 것을 보여주고자 하였다.

　①단락 후반부에서는 현실과 마주하게 된다. '창백기래, 도부제사, 의연시위원군편관인걸식한자(囱白起來, 都不濟事, 依然是渭原郡編管人乞食漢子)'에서 보듯이 밤새 변화무쌍하게 시공간을 초월하던 상상들은 아침이 밝아오게 되면 어느 것 하나 이루어진 것 없이 흔적조차 사라져 버린다. 노긍은 이에 대한 상실감과 비애감을 '도(都)'를 통해 집약적으로 드러내고 있다. 게다가 이 구절에 백화체를 사용하고 있다. '도(都)'는 '도무지', '전혀'의 의미로 사용되는데 고문(古文)에서는 잘 쓰지 않는 뜻이다. '기(起)' 또한 '일어나다'의 뜻이 아니라 '백기(白起)'에서 '백(白)'의 상태를 보조하는 동사로 '(흰해) 지다'의 의미로 사용하였다. 이와같이 백화체를 고문의 형식에서 그대로 사용하는 경우는 드물다. 박지원

---

92) 朱榮智(1988), 『文氣與文章創作關係硏究』, 臺北, 師大書苑, 246면 참조. "句以字數的多少, 分短句和長句, 短句字數少, 長句字數多. 短句易氣勢挺拔, 長句多氣勢徐緩. 短句字少, 常使語促, 不過, 短句而有轉折, 則不嫌其促, 長句字多, 易生冗濫, 不過, 句長而有勁氣, 則不失之冗."

(朴趾源)의 『열하일기(熱河日記)』나 이옥(李鈺)의 『동상기(東廂記)』에서
도 백화체를 사용하고 있으나, 주로 대화에 삽입하여 현장감을 드러내기
위한 시도였다. 반면, 노긍은 대화가 아닌 일반 진술에서 사용하고 있
다.[93] 노긍은 자신만의 개성을 문학에서 구현하기 위한 여러 가지 수단
의 하나로 백화체를 일반 진술에서 사용하였다.

> ② 나도 모르게 실소가 나와서 다음과 같이 말하였다. 오늘 밤 새벽녘
> 에도 허름한 초가집에 다시 몇 천만 명의 사람이 다시 몇 천만 가지의
> 상상을 일으켜 이 세계를 가득 채우겠지. 속으로는 이익을 챙길 생각을
> 하면서 겉으로는 명예에 집착할 상상을 하겠지. 귀한 몸이 되어 한 몸에
> 장군과 재상을 겸할 상상을 하고, 부자가 되어 재산이 왕공(王公)에
> 비슷할 거라는 상상을 하겠지. 또한 첩들로 뒷방을 채울 상상을 할 것이
> 고, 아들 손자가 집안에 넘쳐날 상상도 할 것이며, 자기를 내세워 남을
> 이기는 상상도 할 것이며, 남을 밀쳐내 원한을 갚으려는 상상도 할 것이
> 다. 원래 사람이란 누구나 한 가지 상상이 없는 자가 없는 법이지. 갑자
> 기 창이 훤해지면, 도무지 이루어진 일이라곤 전혀 없이 예전처럼 가난
> 한 자는 그대로 가난하고, 천한 자는 그대로 천하며, 이씨는 그대로
> 저 이씨이고, 장씨는 그대로 저 장씨이다.
>
> (遂自失笑道. 今夜五更, 中破[94]窩裏, 更有幾千萬人, 更起幾千萬
> 想, 充滿世界. 陰而有射利想, 陽而有噉名想. 貴而有身兼將相想, 富而
> 有貲擬王公想. 亦有姬妾塡房想, 亦有子孫衍宇[95]想, 亦有衒己好勝
> 想, 亦有擠人修隙想. 元無一人初無一想. 渠亦囱白起來, 都不濟事, 依

---

93) 이 단락에서 백화체의 사용은 '念到', '是'에서도 확인된다. 노긍의 백화체에 대한 분석
은 류기일(2012), 심경호(2013)에서 상세히 밝히고 있으므로, 이들의 논저를 참고하기
바란다.

94) 『한원고』에는 '被'로 되어 있다.

95) 『한원고』에는 '宗'으로 되어 있다.

然是貧也還貧, 賤也還賤, 李還他李, 張還他張.)

②단락에서는 현실에서 실현되지 못한 상상을 다른 이들의 경우로 확대하고 있다. 앞서 노긍의 상상은 경험을 통해서 형성된 회상의 이미지와 이를 바탕으로 예상한 것들이다. 따라서 이 단락에서의 상상은 보편적인 인간상에서 누구나 상상할 수 있는 것으로, 인간의 상상을 대변하는 것들이다.

이 단락에서 상상은 두 가지 형태인 '□而有□□□'와 '亦有□□□□'으로 기술되어 있으며 ①단락과 같이 나열하는 방법을 취하고 있다. 아울러 문말(文末)에서는 ①단락에서 쓰였던 '창백기래, 도부제사, 의연~(凔白起來, 都不濟事, 依然~)'을 그대로 사용하여 상상을 실현하지 못한 상실감을 배가시키고 있다. ①단락에서와 마찬가지로 시공간을 초월하던 상상들을 통해 고조되던 분위기는 이 구절에 이르러 꺾이게 된다.

왜 노긍은 동일구절을 반복해서 사용하고 있는가? 그 이유는 상실감을 배가시키기 위해서일 뿐 아니라 그로 인해 발생하는 심상들의 차이를 보이기 위함이다. 즉 ①단락에서는 '도(都)'를 통해 좌절의 심상을 드러내었다면, ②단락에서의 '도(都)'는 좌절을 넘어 체념의 심상을 드러내고 있다. 앞선 ①단락에서의 상상은 이룰 수 없는 망상으로 인식하는 단초를 보여주기 위함이다. 게다가 앞서 ①단락에서 사용되었던 백화체 빈도가 높아지고 있다. 도(都), 도(道) 이외에, 환(還)이 반복적으로 사용되고 있다. '시빈야환빈, 천야환천, 이환타이, 장환타장(是貧也還貧, 賤也還賤, 李還他李, 張還他張)'에서 환(還)의 의미는 '여전히'라는 뜻이다.[96]

---

96) 심경호(2013), 37면 참조.

③ 전생에 쌓은 근기(根基)를 현세에 받아쓴다고 한다. 조화옹은 뻣 뻣한 목으로 조금도 인정을 봐주지 않는다. 운명을 한번 결정지으면 다음에는 재차 기회를 주어 고쳐주는 법은 없다. 설령 네가 이런 생각과 저런 궁리, 이런 잔꾀와 저런 교묘히 수단을 부려서 신통하게 10만 8천 리를 근두운을 타고 날아다니는 재주를 발휘한다고 해보자. 아무리 날 뛰어도 부처님 손아귀를 벗어나지 못하고, 아무리 뚫고 나가도 분수 밖으로 나가지 못한다. 하릴없이 오늘도 또 제 본분에 맞는 밥을 먹고, 제 본색에 맞는 옷을 입는다. 그러다가 염라대왕의 사령이 명부를 가지 고 이르면 즉각 길에 올라 감히 주저할 수 없다. 지금까지 수천만의 상념들을 뒤에다 버려두고, 단지 머리만 수그리고 그 뒤를 따라갈 수밖 에 없다. 결국 '제게는 수 많은 숙원들이 있는데 생각만 하고 이루지 못했으니 제발 기한을 늦춰주시기 바랍니다'라고 끝내 말하지도 못한 다. 아! 이러한 행로가 바로 결국에는 떨어질 곳이다. 삶이 이러함을 인정하고 받아들이는 것이 바로 뭉뚱그려 일을 줄이는 방법이다.

(蓋宿世根基, 今生受用. 造翁强項, 不着些兒人情. 一次註定, 更無 第二次改標. 縱饒伱左思右量, 這般狡恁般獪, 使出神通, 十萬八千里 觔斗雲伎倆. 跳不出圈子, 內侵不過界分外. 沒奈何, 今日又喫本分飯, 着本色衣. 及至閻王早隷, 持批帖到來, 登時就道, 不敢躊躇. 向來千想 萬想, 抛撇在後, 只管低着頭隨去. 終不成道, '我有多多宿願, 想頭未 了, 乞緩程期.' 咄! 如此行徑[97], 政是究竟下落處. 如此認取, 方爲打疊 省事法.)

③단락은 좌절을 넘어 체념의 정서로 굳어지는 양상을 보여주고 있 다. 전생에 쌓은 근기(根基)를 현세에 받아 이용한다는 것은 현재 자신 이 처한 삶이 전생의 업으로 인한 것임을 밝히고 있다. 아울러 조화옹 은 인정이 없어 운명을 바꿔주는 법이 없다고 기술하고 있다. 이는 운

---

97) 『한원고』에는 '經'으로 되어있다.

명론적 인식을 바탕으로 한 체념의 정서가 표출되는 부분이다. 이러한 체념의 정서는 『서유기(西遊記)』에 등장하는 근두운(觔斗雲)의 고사를 인용하고 있는 부분에서 더욱 짙어진다. 더욱이 소설에서나 등장하는 전고를 사용하는 동시에 '사아(些兒)', '종요(縱饒)', '저반(這般)', '임반(恁般)', '돌(咄)', '지관(只管)', '타첩(打疊)' 등 백화체에서나 볼 수 있는 표현들도 이전 단락보다 과감하게 서술하고 있다.

노긍은 이 단락에서 소설과 같은 분위기의 글쓰기를 보여주고 있다. 그것도 정격(正格)인 논설류(論說類)에서 말이다. 왜 노긍은 정형된 글쓰기에서 소설에서나 쓰이는 전고와 문체를 사용하여 소설적 분위기를 조장하고 있는가? 물론 박지원이나 이옥이 현장감을 살리기 위해 백화체를 사용한 것과 같이 노긍 또한 문장에서 생동감을 불어 넣기 위해 백화체를 사용하고 있다. 그러나 그 이면에는 이 단락의 주된 정서인 체념과 연관된다고 볼 수 있다.

이 작품은 좌절에서 점점 체념의 정서로 변모된다. 따라서 이룰 만한 상상이 이룰 수 없는 망상이라 인식하게 된다. 이러한 인식은 ③단락에 들어서 자신의 운명이라 규정하는 데까지 이르고 있다. 근두운 이야기는 현실에 존재할 수 없는 환상적 요소이다. 노긍의 심상은 상상에서 망상으로 변모하는 데서 그치는 것이 아니라 망상마저 현실에서 존재할 수 없는 환상임을 보여주기 위해 소설의 고사와 백화체를 활용하였다. 이러한 서술방식은 체념에 대한 직접적 서술이 없으면서도 ①단락의 현실적 상상을 이룰 수 없다는 절대적 체념을 소설적 글쓰기를 통해 우회적으로 드러낸 것이다. 앞선 ①단락에서의 '도(都)'와 ②단락의 '원(元)' 또한 체념적 정서나 부정할 수 없는 현실을 백화체로 표현하고 있다. 이와 같은 양상은 「경설(驚說)」에서도 감지된다.

　① 밤에 우렛소리를 듣고 벌떡 일어나 곰곰이 나에 대해 생각해보니, 일평생 죄악을 이루 다 셀 수가 없었다. 충성하지 않고, 효도하지 않고, 우애하지 않고, 공손하지 않고, 간음이나 일삼고 남을 해치기나 하여, 하는 짓거리마다 하늘의 신에게 죄를 얻는 일체의 인간들은 또한 무슨 유감이 있겠는가?

　(余夜聞雷聲, 蹶然而起, 默念自身, 平生罪惡, 不可勝數. 又有一切人, 不忠不孝, 不悌不恭, 奸淫害人, 動輒得罪於天神者, 亦有何恨?)

　② 응당 와르르 쩌렁쩌렁 둥근 쇳덩어리 불덩어리가 쏟아져 그 자리에서 불태워야 하는 일이 있어야 하지만 결국은 그러한 일을 듣지 못했다. 곰곰이 따져보니, 그런 죄 많은 인간들이 지상에 두루 차 있어 가려 뽑아낼 도리가 없기에, 인간의 운명을 관장하는 신이라 하더라도 처리할 방도가 없었을 것이다. 단지 저들이 하는 대로 내버려 둔 채 지은 죄가 가득 차기를 기다렸다 자기가 지은 죄를 자기가 받도록 하는 수밖에 방법이 없었을 것이다.

　(應有骨喇喇一響哤, 一團鐵片火塊下來, 立地燒死, 竟亦不聞. 竊意這箇人遍滿上, 不可揀擇, 司命者, 沒法處置. 只恁麼縔, 他做去了, 待其孽滿, 自作自受了.)

　③ 그런데 내가 호통치고 헐뜯는 말이 하늘의 신을 모독하는 것이니, 그 죄가 더욱 만 번 죽어 마땅하겠다.

　(余雄誹所發, 褻瀆[98]天神, 其罪尤該萬死.)[99]

　이 작품의 주된 정서 또한 '인간의 운명을 관장하는 신이라 해도 처치할 방법이 없을 것[司命者, 沒法處置]'이라는 부분에서 좌절과 체념임을 보여주고 있다. 앞서 「상해」에서 조화옹이 운명을 바꿔주지 않는다는

---

98) 『한원고』에는 '瀆褻'로 되어있다.

99) 盧兢, 『漢源文集』 권4, 「驚說」.

서술은 이 작품의 '운명을 관장하는 신이라도 처치할 방법이 없을 것이
다'의 부분과 같은 맥락이다.[100] 이 작품에서도 좌절의 심상을 백화체를
통해 구현해 내고 있다. 작품은 크게 세 개의 단락으로 구성되어 있는데,
백화체는 ②단락에서 주로 사용하고 있다. 특히 '골나나일향량(骨喇喇一
響哮)'과 같이 『서유기』에서 등장하는 구절이나 표현들을 그대로 차용하
였다.[101] 아울러 '절의저개인편만상(竊意這箇人遍滿上)'에서 '저개(這箇)'
는 지시대명사로, '타주거료(他做去了)'·'자작자수료(自作自受了)'에서 '료
(了)'는 어기사로 사용하고 있다.

　노긍은 산문에서 다양한 방법으로 심상들을 구현하고 있다. 주된 심
상은 상심(傷心)이다. 특히 「상해」라는 작품은 유배지에서의 상상을 통
해 내면의 갈등과 고뇌를 그려내고 있는데, 이는 공간과 장소의 상실에
서 기인한 불안정성의 표출이다. 노긍의 상상은 현실에서 출발하며, 과
거의 경험을 재구성하여 새로운 것을 만들어내는 생산적 상상이라 할
수 있다. 그러나 서술이 전개될수록 자신의 처지를 인정하며 바꿀 수
없는 현실에 대한 좌절을 넘어 체념을 드러내고 있다. 「경설」에서도
이와 같은 양상은 동일하게 나타난다. 노긍은 이런 심상의 변화를 백화
체를 통해 구현하였다. 게다가 소설에서나 사용되는 전고를 가져와 소설
적 분위기의 글쓰기를 보여주고 있다. 이는 소외된 문인들이 자신의
문학적 역량과 개성을 표출하는데 하나의 방식으로 사용되었던 면모와

---

100) 노긍은 모든 일이 필연적 법칙에 따라 일어난다는 운명론적 자세를 보인다. 이는 유
　　배지에서 체념의 정서에서 드러나는데, 그 아들에게 보내는 편지에서도 볼 수 있다. 『漢
　　源文集』 권3, 「寄家兒勉敬書」에 "사람을 취함에 괴이하게 굴고 성냈기 때문에 신께서
　　벌을 내려 이처럼 궁벽한 곳에 나를 가둔 것이다(取人怪怒, 所以神降之罰, 而錮之窮塞
　　之徵)."라 하였다.
101) 『西游記』 第48回: "正行時, 只聽得冰底下撲喇喇一聲響哮, 險些兒唬倒了白馬."

또 다른 양상이다. 노긍은 현실의 개선 불가능함에 대한 절망을 상상과 환상으로 표현하고자 하였고, 이를 위해 백화체와 소설적 서술기법을 사용하였다.

노긍의 백화체를 활용한 소설적 서술기법은 전술했던 소수삼의 병에서도 『수호지』의 구두를 끊어 와서 인용하고 의론할 때에는『서상기』의 평어를 답습하였다'[102]는 부분과, '패관어를 사용하여 경사의 기미가 전혀 없다'고 한 부분과도 연관된다. 아울러 노긍의 말을 인용하여 그의 글쓰기에 대해 부정적 견해를 드러내고 있다. 특히 '육경과 제자백가가 대부분 썩어 문드러짐이 극에 달했다'는 부분을 인용한 것은 전범에 대한 부정적 글쓰기를 언급하기 위함이다. 노긍의 시(詩)가 중국 명나라의 종성(鍾惺, 1574~1624)과 담원춘(譚元春, 1586~1631)을 스승으로 삼았다고 주장한 부분도 의고주의에 반발에 대한 측면에서 언급한 것이다. 전범에 대한 일탈과 관계된 부분은 정범조와 이가환의 평에서도 확인할 수 있다. 이들은 노긍 기(奇)의 특징으로 전범에 대한 모방보다는 독창적인 문학을 추구한 점을 지적한 것이다.

따라서 이 장에서는 평자들이 지목한 노긍 산문에서의 전범에 대한 일탈 부분을 백화체를 활용한 심상의 구현 측면과 관계하여 살펴보았다. 의사(議事)와 관련된 체식은 논리적 전개가 무엇보다 중시된다. 노긍은 이러한 체식에 부합되는 글쓰기 대신, 소설에서 사용되는 전고와 평어들을 가져와 자신의 심상구현 및 논지강화에 사용하고 있다. 더구나 의론이

---

102) 趙秀三, 『秋齋集』권8, 「與蓮卿」: "噫! 如臨之才, 固不當止於此, 而五十年跳踉, 竟止於如此者, 則可以知之矣. 其中以獨斷曰, '六經百家, 已爲千古受用, 若傳舍之閒人, 多腐爛極矣.' 與其討人牙後之慧, 孰若簸奇弄新, 自王龜玆之爲愈. 故每於記事處, 引斷水滸句讀, 論議處循襲西廂評語, 時遇窘迫苟且處, 忽以遙遙葱嶺, 遮暎人目, 誠極可笑也."

강조되는 해(解)나 설(說)과 같은 체식에서 서사를 통해 자신의 심상변화를 구현하고 있다. 이러한 점은 당대 평자들에 의해 부정적·긍정적 평으로 나뉘며 노긍의 산문에서 기(奇)의 요소로 지목되었고, 18세기 기(奇)를 추구하였던 여타 문인들보다 노긍에게서 특히 도드라지는 면모이다.

2) 회화적 묘사와 반어의 어법에 담긴 진정(眞情)의 극대화

인간은 받아들일 수 없는 외부적 충격이 자신에게 다가오면 다양한 방어기제를 통해 고통을 희석하려 한다. 그중에서도 죽음은 생리학적인 통각(痛覺)과 구별되는 심리적 고통과 슬픔을 안겨주므로, 이에 관한 희석의 방법들은 실로 다양하다. 노긍의 삶에서 불행의 시초는 1777년에 발생한다. 그는 과장(科場)에서 과문(科文)을 팔았다는 죄명으로 평안북도 위원군(渭原郡)으로 유배에 처하게 된다. 7년 동안의 유배 시절 아내를 잃었고, 해배(解配) 이후에는 아들 및 아끼던 노비를 잃게 된다. 아끼던 자들과 생사를 달리한 슬픔은 문집에 남겨진 제문(祭文)과 묘지명(墓誌銘)에서 확인할 수 있다.

제문은 고향(告饗)에서 출발하였으나 중세 이후 고인의 행적을 칭송하고 죽음에 대한 슬픔을 표현하는 것으로 변모하게 되었다.[103] 조선 초기에는 개인적 정서보다는 보편적 이념을 중시하였는데, 16세기 이후 제문이 대표적인 애도 방식으로 자리하면서 죽음에 대한 곡진한 인정을 나타내는 경향의 작품들이 많아지게 되었다.[104] 조선후기에 이르

---

103) 賀復徵 編, 『文章辨體彙選』 권479, 「祭文」: "按祭文者, 祭奠親友之詞也. 古之祭祀, 止於告饗而已. 中世以還, 兼讚言行以寓哀傷之意, 盖祝文之變也."
104) 이은영(2004), 271~278면 참조.

러서는 망자에 대한 애도의 정서가 강화되면서 다양한 제문이 출현하
게 되었다.[105]

　일반적으로 제문의 내용은 크게 망자 행적의 칭송, 작자와 망자와의
관계, 망자의 죽음에 대한 슬픔과 애도가 관습적으로 수록된다. 따라서
망자의 어떤 점을 부각하였고, 그에 대해 어떠한 방식으로 슬픔의 정을
나타내는가에 관건이 달려있다.[106] 『한원문집(漢源文集)』에 남아있는
제문은 「제망노막돌문(祭亡奴莫石文)」・「제신시견문(祭申時見文)」・「제조
추문(祭鳥雛文)」으로 3편이다. 특히 「제망노막돌문」은 문집에 남아있는
제문들 가운데에서도 그의 기적(奇的) 면모를 유감없이 보여주는 작품
이다.

　　① 모년 모월 모일에 주인이 글을 지어 죽은 노비 막돌이의 장례에
　고한다. 아! 너는 채씨(蔡氏)로 네 아비는 관동 땅의 양민이었고 네
　어미는 내 외가의 여종이었다. 네 아비는 20년 동안 내 말을 끌다가
　길거리에서 죽어 내가 남원 만복사(蔓福寺)에다 장사를 치렀다. 네 어
　미는 30년 동안 나를 받들다 집에서 죽어 내가 공수곡(公邃谷) 서산
　밑에 장사를 치렀다. 네 형은 수십 년 동안 내게서 부지런히 일하다
　또 집에서 죽었고, 나는 또 장사를 치렀다. 지금은 네가 또 아들 없이
　죽었으니 너희 채씨 집안은 결국 씨가 없어졌구나.
　　(維年月日, 主人以文, 告于亡奴莫石之葬曰. 嗟乎! 汝姓蔡, 汝父關
　東良人, 汝母吾外氏婢也. 汝父牽吾馬二十年, 卒死于途, 吾葬之南原
　蔓福寺. 汝母養吾躬三十年, 卒死于家, 吾葬之公邃谷西山下. 汝兄服
　勤吾數十年, 又死于家, 吾又葬之. 今汝又無子而死, 汝蔡邃無種矣.)

---

105) 황수연(2002), 66~77면 참조.
106) 이영호(2006), 199면.

② 네가 태어난 지 3년 만에 네 아비가 죽었고, 6년 만에 네 어미가 죽었다. 네 안주인이 너를 거두어 길렀는데, 굶주리고 추위에 떨고 병들어서 오래 살지 못할까 염려했다. 네 안주인이 죽었을 때 너는 아직 어린아이였는데, 괴이한 몰골과 헝클어진 머리로 마치 마른 원숭이 같았다. 내가 또 재앙에 걸려들어 부자(父子)가 흩어지게 되자 너는 만리 길을 울부짖으며 동해 바닷가로【아들이 간성(杆城) 땅에 귀양갔다】, 또 관서 변방으로【아비는 위원(渭原) 땅에 귀양갔다】오가며 눈 서리와 더위와 비에 발뒤꿈치가 갈라지고 머리가 벗겨져도 후회하는 기색이 없었다. 또 가난한 집에서 일하느라 두 눈이 늘 흐릿했는데, 하루도 일찍 자거나 늦게 일어난 적이 없었다. 등을 긁고 머리를 흔들면서 맑게 노래를 부르며 티 없이 즐거워하였으니 내가 매우 부끄러웠다. 만약 네 배를 열면 분명 붉고 불같은 것이 땅 위로 솟구쳐오를 것이니, 평생 주인을 향한 핏물임을 알겠다.

(汝生三歲, 汝父死, 六歲汝母死. 汝之內主, 收而鞠之, 飢寒痒疴, 恐其不壽. 及汝內主之喪, 汝尙五尺, 古怪骷髏, 僅若瘦猿. 而吾又罹殃, 父子分散, 汝乃呼號萬里, 于東海之濱【子謫杆城地】, 亦西塞之外【父謫渭原地】, 雪霜暑雨, 拆趾滅頂, 無悔色焉. 又僕於貧家也, 兩目常蒿, 未甞一日, 早眠晏起. 搔背搖頭而淸謠, 凞然以樂, 吾其負負矣. 然若破其腹, 則必有丹而如火, 跳出地上者, 認爲乎生向主血也.)

③ 네가 이제 지하로 가면 네 아비, 어미와 형, 그리고 네 안주인과 작은 주인이 네가 온 것을 보고 놀라 눈이 떠서 다투어 내 형편을 물을 것이다. 너는 근래 온몸이 불편하고 이가 빠지고 머리가 듬성듬성하여 늙은이가 다 되었다고 고하겠지. 서로들 얼굴을 쳐다보고 탄식하고 낯빛을 바꾸며 나를 불쌍히 여기겠지. 아!

(汝今入地中, 汝父汝母與汝兄, 若汝內主與小主人, 當驚開汝來, 競問我何狀. 汝告以比年以來, 五體不利, 牙髮滄浪, 甚老翁爲也. 其將相顧, 齋嗟動色, 而閔我矣. 嗚呼!")[107]

인용문은 노비 막돌이에 대한 제문인데, 노궁의 다른 제문과는 달리 격식을 갖추고 있다.[108] 날짜, 망자와의 관계 등 제문의 도입부에 등장하는 기본적 내용을 볼 수 있다. 문체 또한 백화문이나 험벽한 전고 등이 전혀 보이지 않고 있다. 이는 노궁의 작품으로서는 특이한 점인데, 그 이유는 제문의 대상이 노비이기 때문이다. 내용면에서 제문의 격식과 고문체로의 서술은 노비 막돌이에 대한 예우 차원인 것이다. 만약 대상이 노비가 아니었다면 이러한 내용은 기술하지 않았을 것이다.[109] 노비를 위한 제문에서는 격식을 갖추는 것이 오히려 파격이다.

이 작품은 크게 3단락으로 구성되어 있다. ①단락에서는 작자와 망자의 관계 및 망자의 가계를 간략하게 서술하고 있다. 이 부분에 있어 주목되는 점은 망자뿐만이 아니라 망자의 부(父), 모(母), 형(兄)들도 작자가 직접 장례를 치렀다는 데 있다. 이는 슬픔을 표면적으로 기술하지 않고 망자 가계와의 관계를 나열식으로 기술함으로써 우회적으로 드러내고 있다.

②단락에서는 망자의 행적을 구체적으로 기술하고 있다. 행적은 다시 어릴 적 일화, 유배지에서의 일화, 집안에서의 일화로 나뉘며 시간적 흐름에 따라 기술되어 있다. 망자의 어릴 적 행적은 일찍 부모를 잃어 안주인에 의해 길러졌으나, 안주인마저 죽었다는 기술을 통해 망자의 삶이 순탄치 않았음을 일례로 보여주고 있다. 고된 삶이 예고된 그의 생애는 유배지에서의 일화를 통해 고난이 더욱 가중되었음을 알

---

107) 盧兢, 『漢源文集』 권4, 「祭亡奴莫石文」.
108) 「祭申時見文」에서는 제사에 날짜에 대한 기록은 없고 묘지에 찾아간 날짜만을 기록하고 있다.
109) 류기일(2012), 50면.

수 있다. 그럼에도 망자의 순진무구함과 주인에 대한 정성은 삶의 고난과 무관하게 일정함을 보여주고 있다.

제문에서 망자의 덕이나 행적을 기술하는 것은 그를 칭송하고자 함이다. 노긍이 이 3가지 일화를 기술하는 것은 망자의 덕 중에서도 주인에 대한 정성을 드러내기 위함이다. 이와 함께 막돌이의 배를 가르면 주인을 향한 붉은 핏덩이가 솟아오를 것이라는 다소 과격한 가정과 상상을 통해 망자의 덕을 칭송하고 있다. 제문에서는 객관적인 사실을 바탕으로 엄중하게 표현하는 데 반해, 이러한 설정은 정격(正格)과의 거리감을 보이는 동시에 노긍만의 참신한 면모를 드러내고 있다.

3단락에서는 노긍만의 문학적 감각이 더욱 심화되고 있다. 우선 시선의 전환을 보인다. 서술의 초점이 자신에게 있으며 서술의 상당 부분도 상상에 의한 것이다. 상상으로 기술된 부분은 일상생활에 일어날 수 있는 일화나 일상적인 감정들로, 이를 생생한 묘사로 현실감 있게 전달하고 있다. 이는 인간이 가질 수 있는 보편적 정서를 통해 동감을 유발한 것이다. 나아가 이 부분은 물리적 거리로 다가갈 수 없는 남겨진 자의 슬픔이 주된 정서이며 이 정서를 노긍은 자신의 삶에 투영하고 있다.

다음은 문체적 특징을 살펴보자. 1단락은 전체적으로 고문의 형식에 자주 쓰이는 배비구로 처리하며 담담한 서술을 통해 개인적 감정보다는 서사를 중심으로 기술하고 있다. 이는 초반부터 감정에 대한 토로하기보다는 절제를 통해 후반부의 비애감을 증폭시키기 위한 의도적 기술이다. 2단락에서는 주인과 주인의 아들이 서로 다른 곳에 유배되었을 때 그 사이를 오고가는 힘든 상황을 '설상서우, 탁지멸정(雪霜暑雨, 拆趾滅頂)'으로 표현하였다. 3단락에서의 자신의 늙고 초췌한 모습을 '오체불리, 아발창랑(五體不利, 牙髮滄浪)'으로 표현하고 있다. 이들은 모두 4자 2구의 형태로, 허사를 배제하여 집약적이면서 회화적(繪畵的)으로 그려내어 현실감과 생동감을 일으키고 있다.

노궁은 엄격한 형식이 요구되는 제문에서도 개인적인 문학적 감수성을 유감없이 발휘하고 있다. 제문의 기본 요건은 세상에 귀감이 될만한 망자의 행적을 기술하여 그 덕을 칭송하는 데 있다. 노궁은 제문의 이러한 요건을 충족시키기보다는 망자의 일생에서도 특정 부분만을 서술하고 있으며, 슬픔에 대한 표면적 기술을 배제하고 서사적 기술을 나열하면서 이를 통해 감정을 우회적으로 표출하고 있다. 아울러 개인적 슬픔의 정서를 전중(典重)한 분위기와 상반되는 일상적 일화를 삽입하여 보편적 정서를 통한 공감을 불러일으키고 있으며, 이에 관한 서술은 섬세한 묘사와 회화적 기법을 통해 진행하고 있다.

또한, 애도 측면에서 제문과 비슷한 묘지명에서는 망자를 잃은 슬픈 감정을 보편적 정서와 반대되는 자신만의 독특한 감정으로 표출하기도 한다. 죽은 아내의 묘지명인 「망실유인한씨묘지명(亡室孺人韓氏墓誌銘)」에서는 유배의 고통과 그 사이에 아내를 잃은 슬픔을 '7년 만에 돌아왔는데 그간의 고생과 재앙을 노궁 부인인 한씨(韓氏)는 듣지 못하니 복 받은 사람이다'[110]라고 표현하고 있다. 아들 묘지명인 「망아면경묘지(亡兒勉敬墓誌)」에서는 '아비의 원통함을 호소했다가 도리어 동해로 귀양을 가 낙산사에서 일출을 보게 되었다'[111]라고 기술하고 있다. 이들 작품에 드러난 노궁의 감정은 괴이하다 못해 상정(常情)과 반대된다. 하지만

---

110) 盧兢, 『漢源文集』 권4, 「亡室孺人韓氏墓誌銘」: "七年乃還, 菑害孔烈, 而韓氏不與聞, 吉人也."
111) 盧兢, 『漢源文集』 권4, 「亡兒勉敬墓誌」: "又欄駕告父冤, 反謫東海, 觀日出洛山寺."

이는 자신보다 먼저 떠난 아내와 아들에 대한 처절한 상실감인 동시에 내면의 고통이 반영된 표현들로 지극히 개인적인 감정들을 반어(反語)로 기술하고 있다.

이와 같은 양상은 당대를 대표하는 박지원(朴趾源, 1737~1805)의 「망자유인박씨묘지명(亡姊孺人朴氏墓誌銘)」에서도 볼 수 있다. 박지원은 일반적으로 묘지명에서 기술하는 사실들은 과감하게 생략하고 오직 자신과 누이와의 관계만을 밝히고 있다. 이는 감정을 절제함과 동시에 슬픔을 극대화하기 위한 의도적인 전개로 파격적인 구성이라 할 수 있다. 이덕무(李德懋, 1741~1793)는 이 작품에 대한 미비(眉批)에서 박지원과 마찬가지로 서정성이 강한 묘사로 기술하여 작품에 공감과 감정이입을 통해 긍정적 인식을 하였다.[112] 이에 반해, 박지원의 처남인 이재성(李在誠, 1751~1809)은 "상자에 감춰 두기 바란다"[113]라고 평한 것을 보면, 당대 일반적인 묘지명에 비해 얼마나 파격적인 작품인지를 알 수 있다. 이러한 점들은 소쇄(小瑣)하고 자질구레한 일상적 표현으로 성령설(性靈說)을 기반으로 하는 소품문에서 자주 나타나는 현상이다. 이 작품은 원매(袁枚, 1716~1798)의 「제매문(祭妹文)」과 비교할 수 있다. 「제매문」은 한유(韓愈, 768~824)의 「제십이랑문(祭十二郞文)」과 함께 애제문(哀祭文)의 백미로 평가되는 작품이다. 이들 역시 일상적이고 서정성이 강한 묘사로 기술되어 있다. 이런 면모는 고문가들 입장에서 속기(俗氣)·야기(野氣)·소설기(小說氣)를 나타내는 것으로 비판의 대상이 되었다.[114]

---

112) 김경(2010), 28~31면 참조.

113) 『燕巖集』: "緣情爲至禮, 寫境爲眞文, 文何賞有定法哉! 此篇以古人之文讀之則當無異辭, 而以今人之文讀之, 故不能無疑, 願秘之巾衍."

114) 강혜선(1997), 171면 참조.

회화적 묘사와 역설적 표현은 애제문과 비지문에만 국한된 것은 아니다. 「적죄인설(謫罪人說)」과 같은 글에서도 동일한 양상을 확인할 수 있다.

> 지난날 심령공(沈令公)이 찾아와 이르길 '중국에서는 죄인을 유배 보낼 때 대부분 남방으로만 보내고 동·서·북으로 보내는 것이 드문 건 어째서인가?'라고 묻자 나는 밤에 누워 생각해보니 그 지세(地勢) 때문에 그러하였다. …… 우리나라의 경우 이른바 수 천 리라는 것도 방문과 방문 사이 드나드는 것과 같고, 하늘의 사면령은 또한 다달이 기대해 볼만하다. 게다가 나 같은 자는 얼굴에 유배 죄인의 흔적이 있는 것도 아니고, 의관을 한 채로 느긋하게 유배지의 마당을 거닐어 고향에서의 옛 걸음걸이를 잃지 않는다. 만약 하루아침에 사면의 은택을 입어 예전의 몸으로 돌아간다면 소와 돼지를 이끌고 몸소 김매고 밭갈며 닭을 키우고 과실을 가꿀 것이고, 사시사철 절기마다 선인을 흠양하고 그 남은 술과 음식을 먹고 누워 있으면 친구들이 찾아와 문을 두드릴 것이며, 그들을 붙잡아 앉히고는 취한 김에 멋대로 지껄이는데 평생에 겪은 바를 쏟아놓다가 유배지의 풍토·초목·음식의 다름과 알아들을 수 없었던 사투리들을 쭉 늘어놓다보면 서로 배를 움켜쥐고 웃다가 모임이 끝날 것이니, 어찌 한때의 고생스런 일이 죽을 때까지 이야깃거리로 되지 않겠는가? 그렇다면 나는 진실로 유배에 처해진 행복한 백성이요, 중국에 태어나지 않고 동국(東國)에 태어난 것을 스스로 축하한다.[115]

---

115) 盧兢, 『漢源文集』 권4, 「謫罪人說」: "昨日沈令公見謂曰, '中國行遣罪人, 多於南方, 而罕于東西北者, 何也?' 余夜臥思之, 其勢然矣. …… 所謂數千里者, 由之乎戶闥之間, 而爲天需之降, 又時月而可冀也. 況如余者, 面無瘢痕, 明着衣冠, 詑詑塞垣, 不失鄕里故步. 倘蒙一朝之幸, 返其恒幹, 則當率其豚犢, 躬自耘植, 養鷄蒔果, 四時俗節, 享厥先人, 飮胺頹臥, 張三李二, 扣門相訪, 挽之使坐, 乘醉放言, 傾倒其平生所經歷, 迤及塞上風土之殊, 草木之形, 飮食之具, 言語侜儜而不可曉者, 仍爲捧腹而罷玆, 豈非一時辛苦之事, 終身談噱之資耶? 然則余固爲謫籍中幸民, 而竊自賀不生於中國而生於東國也."

이 글은 과거시험을 대신 쳐주었다는 누명으로 인해 유배를 당한 뒤에 쓴 글로, 심이지(沈履之, 1720~1780)가 중국의 경우 죄인을 남쪽으로만 보내는 이유에 관해 묻자 이에 답한 형식으로 되어있다. 이 글에서도 가정과 상상을 통한 섬세한 묘사와 회화적 기법은 유감없이 발휘되고 있다. 유배지에서 겪는 고초로 인해 분기(憤氣)가 가득 서려 있기보다는 일상생활과 다름없는 생활상을 그려내고 있으며, 유배지에서 겪었던 고초에 대해 상상을 바탕으로 한 서사적 서술을 통해서 해학으로 풀어내고 있다. 이러한 서술기법은 회한(悔恨)의 정(情)을 직접 드러내기보다는 반어를 통한 간접적인 방법을 택하여 유배지에서의 번뇌를 일소하려는 시도와 함께 보편적 정서를 통한 진정(眞情)을 극대화하려는 의도이다.

노긍은 작가의 성령을 쏟아낸 글에 높은 가치를 두었다. 장르의 격식에 구애받지 않는 자유로운 글쓰기를 통해 자신의 진정(眞情)을 충실히 드러내어 서정성을 강화하고 있다. 이러한 점은 앞서 언급하였던 성령을 드러낸 점을 높이 평가한 홍취영의 평과 연관되는 부분이다. 게다가 엄중한 격식이 요구되는 제문이나 묘지명에서도 개성적 면모를 드러내고 있는데, 「적죄인설」과 같은 글에서도 확인할 수 있었다. 특히 애제문과 같은 체식의 기본 요건은 기사(記事)의 사실성에 있다.[116] 그러나 노긍은 객관적 사실에만 의존하기보다는 가정과 상상 등을 통해 생생한 모습으로 재현하고 있다. 애도의 측면에서도 혼자 남은 자의 슬픔을 지면에 직접 드러내기보다는 자신만이 느낄 수 있는 감정들을 우회적이거나 반어로 표현하여 망자를 잃은 슬픔을 극대화하고 있다. 이러한 서술기법은 조수삼이 언급하였던 '남의 견식을 따지기보다는

---

116) 이에 대한 논의는 송혁기(「조선시대 문학비평에 나타난 기사의 사실성과 문학성」, 『동방한문학』 제39집, 동방한문학회, 2009)를 참조하기 바란다.

차라리 기이하고 새로운 것을 부려 스스로 변방의 한 나라에 왕 노릇하
는 게 낫다'[117]라 한 부분의 반증이기도 하다.

3) 시적(詩的) 변주(變奏)와 틈의 기법을 활용한 다층적 형상화

노궁의 산문에서는 정통 고문의 체식을 충실히 따르기보다는 자신만
의 글쓰기로 변주하는 모습들이 빈번하다. 전술하였던 「상해」와 「경설」
은 논설류에서 해당하지만, 백화체를 사용하여 소설적 글쓰기를 보여주
었다. 아울러 진중함을 요구하는 제문과 묘지명에서는 지극히 개인적인
일화를 통해 자신의 진정을 과감하게 드러내어 슬픔을 극대화하였다.
이런 점들은 자신의 내면적 갈등과 고뇌를 해소하기 위한 일환으로서
글쓰기 양상이었다. 그렇다면 다른 체식에서 글쓰기는 어떠한가?

> 이날은 무릇 세 번 바뀌었다. 의관을 갖춘 옛 귀족들과 호탕한 초야의
> 기인이 절간의 다락을 빌려 꽃잎이 떠 있는 물가에서 생각을 부친다.
> 다정하게 만났는데 성난 듯도 하고 서운한 감이 있는 듯도 하여 말도
> 적고 웃지도 않은 채 밤을 새울 모양이다. 이렇게 얼굴빛을 근엄하게
> 하려고 모인 것인가?
> 이윽고 눈이 움직여 마주치고 가까운 사람에게 눈짓을 보내며 미묘한
> 말이 현묘한 지경에 들어가고 우아한 해학에 시운(詩韻)을 넣는다. 맑
> 은 물가에서 저승을 말하고, 부처 앞에서 세속의 인연을 징험한다. 먼저
> 울고 나중에는 웃으니 그대는 어디에 거처하고 싶은가?
> 또 이윽고 술병이 찰랑거리고, 숲속의 새가 저녁을 알리니 비녀도
> 떨어지고 노리개도 떨어트리며 예법도 아랑곳하지 않으며, 술기운이

---

117) 趙秀三, 『秋齋集』 권8, 「與蓮卿」: "與其討人牙後之慧, 孰若簸奇弄新, 自王龜玆之
爲愈."

얼굴에 가득하다. 불그레하여 다른 모습을 보이는 것은 술이 아니면
무엇이겠는가? 배꽃을 보고서 푸른빛이 생기고 동산에 오른 달을 잡으
려 시늉을 한다. 그대들의 날개는 향내가 있는듯하지만 병든 이 몸 뼈마
디는 삐그덕 삐그덕 소리가 난다. 정미년 늦봄에 도협귀객 쓰다.

　(是日凡三變. 衣冠舊族, 湖海畸人, 借榻禪樓, 寄想花水, 穆然相逢,
如慍似懟, 稀言罕笑, 若將終夕. 爲是色莊者乎? 已而目動爲成, 眉送
其襯, 微言入玄, 雅謔投韻. 話窮塵於淸水, 證俗緣於佛前. 先啼[118]後
笑, 子欲何居? 又已而壺浪生潮, 林鳥報夕, 遺簪墮珮, 越禮踰法, 發氣
滿容. 赫然殊觀者, 匪伊何? 見梨花而生碧, 擬捉月於東峯. 諸子羽翼,
似有馨香, 病夫骨節, 珊珊作聲矣. 丁未暮春, 桃峽歸客書.)[119]

　인용문은 「남사시회발(南寺詩會跋)」이다. 이 작품은 체식으로 구분하
자면 서발문(序跋文)에 해당하고, 서발문 중에서도 발문(跋文)에 속한
다. 발문은 주로 저작물이나 시문학 작품의 뒤에 자리하여 저자 소개,
저작 과정 및 저작 의도·저작 내용, 저작 체제, 목차 등에 관해 서술하
거나 논의한다. 서발류는 성격상 의례적이고 도의적인 차원에서 이루
어진 것, 의론성을 지니는 것, 의론성과 서정성을 겸비하는 것으로 나
눌 수 있다.[120]

　이 작품의 가장 큰 특징이라고 한다면 시회(詩會)에 대한 발문에서
시에 대한 언급은 전혀 없으면서도 시를 짓는 분위기를 통해 시평을
대신한다는 점에 있다. 즉 서발문에서 기본적으로 요구되는 법식은 전혀
갖추고 있지 않다. 게다가 시회에 대한 묘사가 모두 시적(詩的)이다. 주

---

118) 『한원고』에는 '眺'로 되어있다.
119) 盧兢, 『漢源文集』 권3, 「南寺詩會跋」.
120) 김영주(2007), 「서발문의 특징과 전개 양상」, 『한국한문학의 이론 산문』, 보고사, 53~
　　55면 참조.

로 4구를 반복적으로 사용하는 규칙적인 기술을 통해 산문에서 시적인 글쓰기를 구현해 내고 있다. 아울러 서사에 관한 서술은 시간순으로 배열되어 있지만 틈과 생략[121]을 이용하여 독자들로 하여금 주목하게 하고 그 틈을 메우게 하고 있다.

이 작품은 문두에서 밝히듯이 3부분으로 나누어져 있으며 시간의 흐름에 기대어 기술하고 있다. 첫 부분은 시회(詩會)에 참여하는 사람들과 장소 및 모임의 시작단계에서 어색한 분위기를 서술하고 있다. 서발문에서 도입단계는 일반적으로 모임의 내력, 저술에 대한 소개나 이와 관계된 인물을 구체적으로 언급하면서 시작한다. 이 작품은 이러한 형태를 지니고 있지만 남사(南寺)라는 장소, 구족(舊族)과 기인(畸人)이라는 참여 인물 등에 대한 구체적인 언급은 없다. 또한 '차탑선루, 기상화수(借榻禪樓, 寄想花水)'는 시회에 참여한 자들이 착상에 몰두하는 모습을 시적으로 표현하고 있다. 시작부터 불투명하고 관념적 서술들이다.

두 번째 부분은 어색한 분위기가 사라지고 시회에 참석한 이들이 서로에게 의사를 보내고 본격적으로 운을 띄우며 시작(詩作)하는 모습을 그려내고 있다. 이는 앞서 어색한 분위기와는 다르게 진지하며 엄숙하기까지 하다. 노긍은 이들의 시를 쓰는 모습을 '미언입현, 아학투운(微言入玄, 雅謔投韻)'으로 서술하고 있는데, 사언구(四言句)를 사용하여 간결하면서도 집약적으로 묘사하고 있다. 즉 노긍은 산문에서도 시적(詩的)인 변주(變奏)를 꾀하고 있다.

---

121) 틈이란 문맥상 있어야 할 곳에 무언가가 빠졌거나 비어 있는 상태를 말한다. 이것은 낱말과 낱말 사이, 문장과 문장 사이, 단락과 단락 사이일 수도 있다. 이러한 틈이나 공백은 명확한 것이 아니어서 독자에 따라 그 착안점이 다를 수 있다. 어쨌든 텍스트상의 공백은 독자의 관심을 끌어 독자가 그것을 채우게 하려는 데 목적이 있다. 진선주(2010), 「조이스의 열린 문학과 《더블린 사람들》」, 문학동네, 403면.

세 번째 부분은 시작(詩作)을 끝내고 술자리의 홍겨운 모습을 자신의
모습과 대비하여 서술하고 있다. 술자리에서의 분위기는 첫 단락의 어
색한 분위기와 완전히 상반된다. '호랑생조, 임조보석(壺浪生潮, 林鳥報
夕)'은 어느덧 시간이 흘러 저녁이 되었음을 시적 표현으로 보여주고
있다. '유잠타패, 월예유법(遺簪墮珮, 越禮踰法)'은 술자리의 모습을 표
현한 구절로 앞서 어색한 분위기와는 전혀 상반된다. 나아가 이들의
모습은 홍겨움을 넘어 방자한 모습까지도 보여주고 있다. 가식적으로
색장(色莊)하는 무리들은 너나 할 것 없이 술기운에 불그레한 얼굴로
전혀 구속됨이 없이 즐기고 있다. 또 이들은 분위기에 취해 이백(李白)
이 하던 모습을 따라 하고자 달을 잡는 시늉까지 한다.

이에 반해 노긍의 모습은 경계인의 태도로 바라보고만 있을 뿐이다.
'제자우익, 사유형향, 병부골절, 산산작성의(諸子羽翼, 似有馨香, 病夫骨
節, 珊珊作聲矣)'에서 자신을 제외한 나머지 사람들은 신선이 되어 향기로
움을 낼 듯하다. 하지만 이들과 대조적인 자신의 늙은 모습만을 기술하
며 서글픈 감정으로 글을 끝맺고 있다. 이는 뒤틀린 심사를 우회적으로
표현한 것으로, 서술은 대부분 사언구(四言句)를 반복적으로 사용하고
있는데 안정된 리듬과 급박한 호흡을 형성하여 묘사와 서사에 박진감을
주고 있다. 나아가 뚜렷한 주제를 전달하기보다는 시회의 상황을 시적
묘사로 그려내는 데 머물 뿐이며 갑작스러운 결말로 글을 끝맺고 있다.
이로 인해 끝부분의 쓸쓸한 정감은 작품 전체를 지배하고 있다. 같은
체식인 「화계사시회서(華溪寺詩會序)」에서도 비슷한 양상이 보인다.

⑴ 화계사는 본래 별다른 볼 것이 없으나 3일에 만나기로 약속했다.
1일에 중량포(中梁浦)에서 저녁을 먹었는데 장천(長川)이 벌써 절에

도착했다는 말을 들었다. 번천(樊川)도 오고 있다고 하여 서둘러서 말을 타고 나서는데 도중에 날이 저물어 어두워졌다. 화촌(華村)에 이르러 두 사람을 만나 함께 걸어 올라갔다. 두 횃불이 앞장서니 숲속이 환히 밝아졌으나 길가를 살필 수는 없었다. 팔장실(八丈室)에서 술을 마시며 서로의 노고를 풀고 조금 이야기하니 졸음이 몰려왔다. 산행의 멋은 이 정도로 약하게 끝났다.

(華溪寺, 本無殊觀, 而約以三日會. 一日在中梁浦夕飯, 聞長川遽已到寺. 樊川亦從, 遂促騎出, 在道昏黑. 至華村, 遝兩川, 偕步而上. 二炬導前而熠熠林中, 不省傍邊. 八丈室, 解酒相勞, 少語多睡. 山行風味, 淺鮮止此.)

2 아침에 일어나 창문을 여니 비로소 노송과 여러 단풍나무들이 보였다. 흐르는 물이 돌을 싸고 떨어진 잎들이 다리를 덮고 있었다. 수락산과 불암산 여러 봉우리들 중에 높은 봉우리는 상투와 눈썹 같기도 하고 낮은 봉우리는 책상을 펼쳐 띠를 풀어놓은 듯하였다. 내려다보니 번동 입구에 짙은 노을과 엷은 안개가 껴 단장하고 칠한 듯 자태가 보였다. 눈에 보이는 것마다 다리품이 아깝지 않았다. 이 땅도 이 경관도 밤이나 아침이나 여전하다. 그러나 즐길 것은 모두 밤에 없고 아침에만 존재하니 이는 전에 숨겼다가 나중에 드러내는 것이 아니다.

(朝起拓窓, 始見老松雜楓. 淙流被石, 零葉覆橋. 水落·佛岩諸峯, 高者竦髻浮眉, 低者鋪案拖帶. 縱視樊口, 濃霞薄烟, 粧抹有態. 眼中所領, 足償襪費. 玆地玆觀, 夜夫朝也. 而卽所供悅者, 皆夜無而朝有, 則非前廋而後衒也.)

3 내 눈은 밝고 어두움에 구애되어 있다. 그러나 취하고 버리는 것은 눈에 달려 있지 않지만, 숨고 들어남은 실제로 때[時]에 달려있다. 사군자가 정조를 품고 은밀한 곳에 거하니 혼세에는 밤과 같고 난세에는 잠자는 것과 같아 소리를 찾고 빛을 더듬어도 보이는 것이 없다. 그러나 동해의 물결이 거듭 얕아지면 진안(眞根)이 드러나고, 사람에 대한 평

가가 밝혀져 거듭 새로워지면 정론이 나오게 된다. 우뚝 솟은 옥이어야 열 성(城)의 땅과 바꿀 수 있고 골짜기를 덮는 나무라야 백 척의 누관(樓觀)을 지탱할 수 있다. 그런 뒤에야 사람은 망연자실하여 놀라 깨닫지 않는 것이 없다. 단상의 장군은 가랑이 밑으로 지나갔던 사나이이니 인끈을 맨 수령은 어찌 미천한 나그네가 아니었겠는가! 사람을 바꾸지 않고 사람이 스스로 모습을 고치게 하는 것은 오로지 때일 뿐이리라!

(吾目有拘於明闇也, 然取舍非在乎目, 隱顯實繫于時. 士君子懷貞處密, 昏世如宵, 亂世如寐, 尋聲按光, 不可得以見也. 及夫東海之波, 再淺而眞根, 現月朝之評, 重新而定論. 莊礡[122]之玉, 能易十城之地, 蔽螫之杞, 可梁百尺之觀. 然後人莫不恍然而失, 憬然而悟. 壇上之將, 卽是袴下之夫, 見綬之守, 豈非負薪之客! 不易其人, 而人自改觀者, 惟時也夫!)[123]

인용문은 「남사시회발」과 동일하게 시회(詩會)의 서문(序文)이다. 이 작품에서도 시회의 내력이나 시에 관한 내용은 전혀 보이질 않는다. 주된 서술은 지인인 장천(長川), 번천(樊川)과 함께 화계사를 찾아가는 여정과 경관에 대한 감상이다.[124] 따라서 내용으로만 보자면 서발문(序跋文)보다는 오히려 유기(遊記)에 가까운 작품이다.

이 작품의 도입은 화계사는 볼만한 경치가 없다는 것으로 시작된다.

---

122) 『한원고』에는 '藏璞'으로 되어있다.

123) 盧兢, 『漢源文集』 권3 「華溪寺詩會序」.

124) 장천과 번천은 洪鳳漢(1713~1778)의 아들로 추정된다. 이들과의 교유는 1751년에 노긍의 아버지인 盧命欽을 따라 洪鳳漢家에 기숙하면서 시작되었다. 樊川은 樊川詩社를 주도했던 洪樂任(1741~1801)으로 보인다. 김영진(1998)은 홍봉한 자제 중 홍낙임과 노긍이 가장 친밀한 교유관계를 유지하였음을 언급하였다. 또한 上京에 대한 기록은 「家狀」에 의하면 노긍의 나이 15세인 1751년에 홍봉한 집안에 기숙하였음을 밝히고 있다. 반면 洪龍漢의 기록에 의하면 노긍이 10살 때 상경하였다고 기술하였다. 『長洲集』, 「盧如臨傳」: "盧如臨名兢, 拙翁子也. 十歲時隨拙翁, 來館于我伯氏翼齋公宅."

게다가 장천과 번천이 일찍이 도착하였기 때문에 약속 장소인 화촌(華村)으로 서둘러 가게 되었고, 가는 도중에 날이 저물어 주변 경관을 자세히 볼 수가 없기에 경치에 관한 서술은 전무하다.

②단락에 들어서 글의 내용이 전환된다. 이 단락에서는 전날 보지 못했던 풍경에 관한 서술이 주된 내용으로 차지하고 있다. 날이 밝자 창문을 열면서부터 자연경관에 관한 서술이 이어진다. 여러 노송과 단풍나무, 바위를 감싸고 흐르는 물과 낙엽으로 덮인 다리 등, 가을 산의 풍경을 세밀히 묘사하고 있다. 노긍의 시선은 단락 후반부로 갈수록 가까운 곳에서 먼 곳으로 변화를 보인다. 멀리 보이는 수락산과 불암산의 봉우리, 안개 낀 번동 입구의 모습을 한 폭의 그림을 감상하듯 회화적으로 묘사하고 있다. 서술방식은 '노송잡풍, 종류피석, 영엽복교(老松雜楓, 淙流被石, 零葉覆橋)'와 '종시번구, 농하박연, 장말유태(縱視樊口, 濃霞薄烟, 粧抹有態)'에서 보듯이 주로 4언구를 사용하여 반복적인 방식을 취하고 있다. 앞서 「남사시회발」에서도 4언구를 사용하여 묘사와 서사에 회화감과 박진감을 주었던 양상과 같다.

①단락에서 화계사 경치에 대해 기대하지 않았던 것에 반해, ②단락에서 화계사 경치의 진면목을 확인하게 된다. 이 과정에서 얻게 된 깨달음을 ③단락에 이르러 서술하고 있다. 이전까지 노긍 자신은 눈이 밝고 어두움에 구애되긴 하지만 취하고 버리는 것은 눈에 달려 있지 않다고 믿어왔다. 그러나 실제 때[時]에 달려있다는 사실을 터득하게 된다. 이러한 깨달음은 한신(韓信)의 고사를 인용하면서 인물의 진면목은 적절한 때를 만나야 한다는 주장으로 이어지며 작품을 끝맺고 있다.

이 작품은 시회에 대한 서문인데도 노긍은 시회에 대한 언급은 전무하고 시회에 참석한 여정과 이를 통해 터득한 깨달음만을 말하고만 있다.

그렇다면 노긍의 이러한 의도는 무엇인가? 노긍은 홍봉한의 아들인 홍낙임(洪樂任, 1741~1801)과 함께 번천시사(樊川詩社)를 조직하며 여항시인들과 활발한 교류를 보여 왔다.[125] 화계사의 시회 또한 여항시인들이 다수 참여했을 것이라 짐작할 수 있다. 여항시인들은 뛰어난 재주를 지녔음에도 신분적 제약과 불우한 시절로 인해 자신들의 진면목을 드러낼 수 없었다. 노긍 또한 불우한 집안의 배경으로 인해 출사하지 못하였다. 따라서 이 작품은 시회에 참석하였던 여항시인 및 노긍 자신이 느꼈던 불우한 정서의 표출이자, 그들과 자신에 대한 위로이다. 노긍은 화계사를 찾아가는 여정과 그 과정에서 얻은 깨달음을 통해 우회적으로 표현하고 있다. 즉 노긍은 시회의 소개나 시평(詩評) 대신 자신이 느끼고 깨달았던 감정만을 기술함으로써, 독자들에게 시회 모습을 상상하게 만들고 있다.

이상에서 보듯이, 노긍은 그의 기적(奇的) 면모를 서발문에서도 유감없이 발휘하고 있다. 시회에서 기본적으로 갖추어야 할 모임의 내력과 시의 내용은 거의 보이지 않는다. 체식에서 갖추어야 할 기본양식조차 갖추고 있지 않은 것이다. 이러한 점은 18세기에 기(奇)를 추구하던 작가들에게서도 볼 수 있는 양상이다. 그렇다면 노긍의 기(奇)가 지니는 특징은 무엇인가? 우선 작품의 길이도 짧으며, 같은 구를 반복적으로 사용하여 압축적인 묘사를 보인다는 점이다. 서술 대부분도 묘사와 서사만이 차지하고 있다. 게다가 서사 또한 산문이기보다는 시적인 표현들이 즐비하다. 즉 산문을 시적으로 변주하여 기술한 것이다.

또한, 시간의 흐름에 따라 기술하고 있지만, 시간과 시간 사이, 공간

---

125) 번천시사에 참여했던 여항시인은 李德南(?~1773), 南玉(1722~1770), 李鳳煥(1710~1770), 李明伍(1750~1836) 등이다. 김영진(1998), 28면 참조.

과 공간 사이, 단어와 단어 사이의 틈과 생략이 글 전편에 깔려 있다. 노긍은 모호한 서술을 통해 시회의 모습을 상상하게 만들고 있다. 즉, 시회에 대한 구체적 묘사를 배제한 서술방식은 독자들로 하여금 그 여백을 메우게 하는 동시에 시회에서의 모습들을 상상을 통해 주목하게 만들고 있다는 점이다. 작품의 서술은 단지 나열식 서술로 일관하고 있지만, 이 글을 접한 독자들로 하여금 이미지를 심원(深遠)하게 형상하게끔 한다. 이는 수용미학에 있어 작품의미의 개방성을 추구하여 독자들에게 다각적이고 다층적 이미지를 구현하게 하는 것이다.[126] 이러한 점들은 전범에 대한 모방보다는 독창적인 문학을 추구한 점에 주목하여 평한 정범조와 이가환의 평에 연관되는 부분이다.

4) 상이(相異)한 장소감(場所感)을 통한 자기위로와 현실비판

공간은 물리적으로 고정된 것임에도 인간에 의해 다양한 장소감을 지니게 된다.[127] 때문에 같은 공간에서도 인간이 느끼는 장소감은 자신의 체험과 경험에 따라 다양하다.

---

126) 이와 같은 양상은 이용휴에게서도 확인할 수 있다. 「題霞思稿」, 「送洪大夫使燕序」에서 의론은 일체 배제하며 서사성만을 두드러지게 하는 특징이 있다. 김경(2013a), 326면 참조.

127) 이푸 투안은 '공간이 우리에게 완전하게 익숙해졌다고 느낄 때 장소가 된다(124면)'고 하였고, 에드워드 렐프는 '장소는 의도적으로 정의된 사물 또는 사물이나 사건들의 집합에 대한 맥락이나 배경이다(103면)'고 하였다. 때문에 공간은 장소보다 추상적이고 공간에 가치를 부여함에 따라 공간은 장소가 된다. 본고에서는 두 논의를 참고하여 공간에서 개인이 터득한 의미를 장소감(sense of place)이라 지칭한다. 이하 공간과 장소에 대한 논의는 이푸 투안(구동회·심승희 옮김, 『공간과 장소』, 대윤, 1995)과 에드워드 렐프(김덕현·김현주·심승희 옮김, 『장소와 장소상실』, 논형, 2005)의 저서를 참고하였다. 아울러 이 부분의 내용은 김경(「盧兢 散文에 나타난 空間의 구현양상과 그 의미」, 『대동한문학』 47, 대동한문학회, 2016)의 논문을 내용에 맞게 수정·보완한 것이다.

노긍의 산문에는 다양한 공간이 등장한다. 이들 공간을 크게 유형화하면 유배지와 해배(解配) 공간으로 나눌 수 있다. 특히 유배시절에 지어진 작품들은 유배지라는 공간을 활용하여 노긍의 개성적인 면모를 유감없이 드러내며 작가적 위치를 점하였다. 해배 이후에도 공간을 활용한 주제의식의 구현은 지속된다. 그만큼 노긍 산문에서의 공간은 노긍의 기적(奇的) 문학을 이해하는데 있어서 중요 요소라 하겠다.

먼저 유배지에서 지은 작품들을 살펴보자. 대표적인 작품은 앞서 소개하였던 「상해」이다. 「상해」는 제목에서 보듯이 유배지에서 해배 이후의 삶을 상상하며 지은 작품이다. 이 작품에서 상상의 시초는 유배지라는 공간에서 기인한다. 노긍의 공간은 자신의 선택이 아닌 타인에 의해 기인된 것이기에, 삶의 질서가 파괴되고 공간의 일시성으로 인해 불안정성 등이 가중되었을 것이다. 이에 불안과 결핍에 대한 해소를 상상에서 찾아내고 있다. 따라서 자신의 현재 처지를 다른 공간의 장소감과 연계하여 유배지에서의 현재 공간과 과거의 공간, 나아가 해배 이후 공간들을 상상을 통해 구현하고 있다. 이는 공간에 대한 장소감이 창작의식에서 작동기제로 작용하고 있음을 보여준다.

노긍에게 있어서 유배지는 부재(不在)의 공간이다. 가족, 친척, 친구들이 부재한 공간은 노긍에게 있어 안식처가 될 수 없었을 것이다. 아울러 유배지는 영속성이 결여된 공간이다. 인간은 생물학적으로 지속적으로 기댈 수 있는 존재와 사물이 필요하다. 친밀한 장소는 기억의 심연 속에 새겨져 있으며 각각의 기억들이 떠오를 때마다 진한 만족감을 준다.[128] 즉 노긍은 현재 공간의 낯설음으로 인해 낯익음을, 불편함

---

128) 이푸투안, 앞의 책, 226면, 참조.

으로 인해 편안함을 환기한 것이다.

이러한 반대적 이미지로의 치환은 부재와 결여로 인해 시작된다. 친밀한 경험은 반성을 통해서만 그 가치를 인식하게 된다. 일례로 고향에 대한 친밀한 이미지는 고향집 건물에 의해서가 아니라 구체적으로 만질 수 있고 냄새 맡을 수 있는 구성요소에 의해 환기된다. 인용문에서의 "채소는 어떻게 심을까? 농사는 어떻게 할까?"와 "어린 자식들의 서캐와 이는 내가 손수 빗질해서 잡아내고, 곰팡이 피고 물에 젖은 서책은 뜰에서 볕에 말려야지"라는 부분은 그 공간에서 일상적 체험들을 통해 고향의 이미지를 구체적으로 환기하고 있다. 여기에서 고향이라는 공간과 그곳에 머물렀던 주변인들에 대한 그리움은 직접적으로 서술하지 않고 체험적 기술들로만 구성하고 있다.

노긍은 유배지가 갖는 공간적 의미를 직접 드러내지 않고 자신의 희구하는 공간이나 일생생활만을 기술함으로써 자신이 이전에 생활했던 공간에 대한 중요함을 환기하고 있다. 즉 「상해」에서도 공간을 자신의 심상을 표현하는 데 활용하고 있다. 문면에는 해학, 자조 등의 정서를 표출하고 있지만, 그 이면에서는 공간의 장소감을 통해 좌절, 체념, 회한을 담아내고 있다. 이를 통해 유배지라는 공간의 단절적 이미지를 대변하고 있으며 동시에 상상으로 구현된 공간의 현실감을 높이고 있다.

공간은 개인의 체험을 통해 장소감을 지닌다. 노긍은 유배지에서 과거 고향에서의 장소감을 통해 해배 이후의 상황을 상상하며 그 공간을 구현하고 있다. 노긍은 「상해」나 「적죄인설」과 같은 작품에서 상상을 통해 시공간을 초월하고 공간과 움직임의 자유를 경험함으로써 현재의 공간을 탈피하여 희구의 공간으로 구현할 수 있었다. 또한 희구의 공간을 체험적 공간으로 재구성함으로써 유배지를 벗어나고 싶은 노긍의 욕망을 효과적으로 구현하고 있다. 이러한 서술기법은 현실부정을 통해 절망의 공간을 희구의 공간으로 변모시키고 있으며 이는 유배지에서의 고난을 이겨내려는 작가의 치열한 내적 심상의 반영으로 자기위로에 해당한다.

다음으로는 해배 이후 작품들을 살펴보자. 앞서 소개하였던 「남사시회발」이나 「화계사시회서문」에서는 기존의 서발문의 형식을 활용하면서도 반드시 수반해야 할 내용을 배제하는 변주(變奏)를 통해 기존 전범에 대한 부정적 의식을 표출하고 있다. 즉 현실에 대한 불만과 억압구조에서 느낀 무기력함을 표면적으로 드러내기보다는 문학을 통해서 현실 세계의 질서와 사회의 체제에 도전하려는 자세를 견지하는 것이다. 따라서 이 작품은 시회에 참석하였던 여항시인 및 노긍 자신이 느꼈던 불우한 정서의 표출이자, 위로이기도 하다.

이 지점에서 공간의 의미는 깨달음과 관계된다. 시회라는 목적으로 구현된 공간 속에서 노긍은 시회가 갖는 의미보다는 화계사와 주변 경관을 이해와 성찰의 대상으로 인식하고 있다. 한문학에서 자연은 주로 이상적 공간이었다.[129] 즉 보편적이고 초월적이며 추상적인 공간인 것이다. 노긍 또한 자연을 이상적 공간으로 인식한다는 측면은 이전시기 및 동시대의 인식과 연속성을 지닌다. 다만 보편적 자연의 법칙을 통해 얻어진 진리를 자기 수양에 반영하기보다는 사람들 속에서 느낀 심리적 경계로 인해 자신의 신념을 확인하고 있다. 나아가 공간이 갖는 고유감을 거부하며 오히려 고유감과 상반되는 의미를 부여하며 당대의 부조리함과 자신의 불우한 처지를 대변하고 있다. 즉 공간에서 '우리'보다는

---

129) 고연희(2003), 「조선시대 진환론의 전개」, 『한국한문학과 미학』, 태학사, 109면.

'나'를 중시하며 외적 공간을 내적 공간으로 탈바꿈하고 있다.[130] 내적
공간은 탈속 지향적이다. 그럼에도 허무주의로 경도되기보다는 자신의
존립기반인 현실세계를 직시하고 있다. 이는 불합리한 현실세계의 고통
과 이를 극복하려는 작가의 치열한 정신세계를 반영하고 있다.

또한, 노궁 작품에서 제문과 묘지명에서는 죽음과 관련된 공간 인식
을 확인할 수 있다. 산 자와 죽은 자의 공간은 구별되기에, 무덤은 사람
들이 일상적인 생활을 영위하는 공간에서 벗어난 곳에 정해진다. 집을
양택(陽宅)이라 하고 무덤을 음택(陰宅)이라 할 만큼 무덤의 위치가 갖
는 독거성(獨居性)을 중시한다. 그러나 양택과 음택은 물리적으로 구별
된 공간이면서도 심리적으로는 연계된 공간이다. 이 당시 사람들은 음
택이 편해야만 양택이 편해진다는 생각을 지니고 있다. 아울러 무덤은
조상의 음덕과 관련되기에 명당자리를 차지하기 위한 다툼이 치열하였
다.[131] 이를 산송(山訟)이라 하는데, 18~19세기에 집중적으로 나타났
다.[132] 실제 산송은 일률적인 법안이 정해지지 못해 백성들의 송사가
많았다.[133]

---

130) 로뜨만은 모든 문화 공간을 1인칭 대명사를 내포하는 나 자신만의 공간인 내적 공간
과 이와 대조적인 개념으로 그들의 공간인 외적 공간으로 구분하였다. Yuri M. Lotman,
유재천 옮김(1998), 『문화기호학』, 문예출판사, 197면.

131) 이는 사대부에서부터 일반 백성에 이르기까지 비슷한 인식을 보였다. 조선시대의 묘지
풍수에 대한 신앙이 당시 유교의 追孝思想과 일치함으로써 깊은 뿌리를 내리게 되었다.
金到勇(1990),「朝鮮後期 山訟研究: 光山金氏·扶安金氏家門의 山訟 所志를 中心으로」,
『考古歷史學志』 5~합집, 동아대학교 박물관, 322면 참조.

132) 송기호(2006),「죽음과 무덤」,『대한토목학회지』 54권, 대한토목학회, 112면 참조.

133) 丁若鏞,『牧民心書』권9,「刑典六條○聽訟」下, 한국문집총간 285, 519면,"國典所
載, 亦無一截之法, 可左可右, 惟官所欲, 民志不定, 爭訟以繁."

노긍이 아우를 잃고 가난하여 장사 지낼 곳이 없어 집 모퉁이에 묻고 넉자의 무덤을 만들었다. 그 남쪽 근처에 류씨의 집이 있었는데 가로지른 언덕이 가리고 있어 두 집의 등성이는 서로 볼 수 없었다. 류씨 집은 남쪽으로 향해 있고, 무덤은 동쪽으로 나 있어서 형국이 다르고 방향도 달랐다. 그런데 류씨는 집이 백 걸음 내라고 하여 관아에 송사를 걸었다. 노긍이 말했다. "저 사람은 저 마을에 있으니, 이 무덤과는 어찌 서로 바라보겠습니까?" 관아에서는 이렇게 말했다. "나라 법에 단지 백 걸음이라고 했지, 서로 보이지 않는다는 말은 없다." 노긍이 "내가 내 집에 장사 지내는데, 저쪽 마을과는 무슨 상관이 있습니까?"라고 하자, 관아에서는 "나라 법에는 단지 백 걸음 이내에는 장사 지내지 못한다고만 되어있지 우리 집에 묻어도 된다는 말은 없다. 그런 말이 없는 것은 이의를 제기할 수 없다."라고 하였다. 이에 노긍은 굴복하여 마침내 그 무덤을 파헤쳤다.[134]

인용문은 이러한 당시의 시대상을 반영하고 있다. 일반적으로 무덤을 자신의 집으로 정하는 경우는 흔치 않다. 무덤을 거소(居所)에서 멀리 떨어진 곳으로 정하는 이유는 사자(死者)가 경제적 욕구가 없는 존재라는 인식에서 기인된 것이다. 따라서 주로 생산이 전무한 곳인 야산(野山)이 무덤의 위치로 정해진다. 그러나 노긍은 동생의 무덤을 자신의 집으로 선택하였다. 이는 가난 때문에 별도의 장지를 마련할 수 없었다는 점과, 다른 사람들의 눈에 띄지 않았기 때문이라 말하고 있다. 그러나 당시 무덤은 인가(人家)로부터 백 보 밖에 있어야 한다는 규정

---

134) 盧兢, 『漢源文集』권4, 「禁葬說」: "盧兢喪其弟, 貧無葬地, 坎其屋角, 而爲塚四尺, 而近其南, 有柳氏之居, 橫岡翳之, 兩家屋脊, 不得相望. 彼村南向, 此塚東向, 形局旣殊, 面勢又別, 而柳氏以爲家在百步之內, 訟于之官. 兢曰, "彼在彼村, 與此塚有何相見耶?" 官曰, "國法只有百步, 無不相見之文." 兢曰, "吾葬吾家, 與彼村有何相關耶?" 官曰, "國法只有百步, 無葬吾家之文, 無其文者 不可義起也." 於是, 兢屈而遂發其瘞.

이 있었다. 관아에서는 이러한 규정만을 내세워 노긍의 선택을 불허한
다. 결국, 노긍은 굴복하며 동생의 무덤을 파헤치는 것으로 글을 마무
리하고 있다. 이에 나타난 노긍의 서술태도는 자신의 심상을 구체적으
로 드러내지 않고 있지만, 국가기관이 백성의 실정을 고려하지 않는
경직된 일 처리에 대한 반감을 우회적으로 표출하고 있다.

> …… 노긍이 말하였다. "그렇다면 문제는 보이는 데 있는 것이지 거리
> 에 있는 것이 아니네. 이제 보이기만 하면 비록 백보를 넘더라도 오히려
> 또 이를 금하면서, 지금은 보이지 않는데도 백보가 차지 않으면 허가할
> 수 없다는 것인가? 모두 나라 법전에 실려 있지 않기는 마찬가지인데,
> 어찌 유독 저 경우에는 이렇고 저렇고를 따지면서 이 경우에는 따지지
> 않는가? 저 경우에는 옳으니 그르니 하면서 이 경우에는 그러지를 않는
> 가?" 노긍이 또 말하였다. "성인 아래로는 모두들 자신의 견해에 따라
> 먼저 주장을 세우네. 무덤이 보이지 않으니 장사 지내도 괜찮겠지 했던
> 것은 나의 견해고, 보이지 않아도 장사 지낼 수 없다고 여긴 것은 관아의
> 견해라네. 때문에 서로 먹혀들지 않는 것일세." 말하는 이가 다시 따지
> 지 않고서 떠나갔다.[135]

이 글에서는 앞서 동생의 묘지를 자신의 집을 정한 이유를 보다 상세
히 기술하고 있다. 노긍은 가난 때문에 동생의 무덤을 자신의 집으로
정했다고 하지만, 그 보다 더 가난했던 일반 백성들이라 하더라도 자신
의 집에다 무덤을 안치하는 경우는 흔치 않다. 그러나 노긍은 백보(百步)

---

135) 盧兢, 『漢源文集』 권4, 「後禁葬說」: "…… 曰, 然則果在見, 非在步也. 今也爲其見也,
則雖過百步, 猶且禁之. 今也爲其不見也, 則雖不滿百步, 顧不可許也? 均爲國典所不載,
則何獨有左右於彼, 而無左右於此也? 有低昻於彼, 而無低昻於此耶?" 余又曰, "聖人以
下, 皆不免我見隨而先立. 以爲不見而可葬者, 卽我之我見也, 以爲不見而不可葬者, 卽
官之我見也. 是以不能相入也." 或者, 不復辨而去."

라는 물리적 거리보다는 견(見)을 중시하며 무덤을 자신의 집으로 택하
였다. 즉 노긍은 나라의 규정에서 백 보라는 거리가 설정된 근원을 가시
성(可視性)에서 찾았다. 이 점은 무덤의 독거성(獨居性)을 배제하는 것으
로 당대 보편적 인식과는 상이한 점이다.

이를 통해 본다면 앞서 동생의 무덤을 자신의 집으로 정한 행위는
물리적 거리 못지않게 심리적 거리도 중시한 데서 나왔다는 것을 알
수 있다. 즉 무덤이 갖는 공간의 의미를 물리적으로만 국한하지 않았다
는 점이다.[136] 망자와의 이별을 통해 느낀 아픔 속에는 다시 만날 수
없다는 공간적 이별에 대한 인식 이상으로 그들과 소통이 단절된 심리
적 이별을 두려워한 감정이 드러난다. 아울러 동생의 무덤을 자신의
집으로 선택한 행위에는 당시 규정 및 현실에 대한 비판의식이 내재되
어 있다. 실정을 고려하지 않고 규정만을 내세우는 국가기관에 대한
비판, 진실한 정감보다도 도덕적 준칙만을 강요하는 지배층에 대한 반
감이 이면에 담겨 있다.

정리하자면, 노긍은 죽음을 도피의 대상으로 인식보다는 그것에 대
한 직시를 통해 삶의 의미를 찾고자 하였다. 게다가 죽음은 망자와의
이별이 불가피하기 때문에 슬픔을 위로하는 방식을 이치보다 진정을
통해 극복하고자 하였다. 따라서 무덤이라는 공간에 대해서도 물리적
공간으로 인식하기보다는 심리적 공간으로 인식하며 상이한 장소감을
형성하였고, 생사의 경계로 분리된 공간보다는 망자와의 소통 단절을

---

136) 이와 같은 인식은 아들 면경에게 보낸 편지에서 확인할 수 있다. 삶과 죽음이 정해져
있다는 숙명론을 받아들이면서 무덤의 장소보다는 자신이 죽은 후 아들의 아픔과 실정만
을 고려하고 있다. 盧兢, 『漢源文集』권3,「寄家兒勉敬書」: "吾乞食寄宿, 心志浮孤, 肥
肉消脫. 不待鬼符之來, 而已覺自厭其生矣. 死生有定, 淸州亦死, 渭原亦死, 固不足恤.
而但死於此, 則使汝將抱無涯之痛, 而家力如此, 何以返骸於千里之外哉!"

주된 아픔으로 인식하였다. 이에 죽음이라는 추상적인 공간을 진정의
투영을 통해 구체적이고 현실적인 공간으로 구현하였다. 이러한 입의
와 서술양상은 무엇보다 상이한 장소감을 바탕으로 이루어진 것으로,
그의 기적(奇的) 면모에서 파격에 부합하는 것이다.

5) 소결

노긍은 기(奇)가 갖는 의미 중에서 새로움, 파격, 참신함에 부합하는
작가이다. 그러나 이러한 의미는 당대 기(奇)를 추구했던 작가들에게서
도 볼 수 있다. 이에 이 절에서는 18세기 기(奇)를 추구했던 작가들과
변별점을 마련하기 위해 서술방식에 주목하여 노긍 산문에 내재된 기
(奇)의 실체를 밝히고자 하였다. 그의 산문에는 일정한 규격과 법식이
보이질 않는다. 글의 소재나 제재, 자신의 처한 상황과 현실 등이 복합
적으로 형성되었기에 작품마다 서술방식에서 차이를 보인다. 즉 노긍
은 작품의 내용에 가장 알맞고 자신의 성령(性靈)을 온전히 쏟아내기
위한 서술방식에 주안점을 두었다. 이에 전범에 구속받지 않는 자유로
운 글쓰기가 가능하였다.

이 장에서는 노긍의 서술방식을 4가지로 나누어 개진하였다. 노긍
은 일반적 서술방식이 요구되는 곳에 새로운 기법을 써서 기존 서술방
식을 변용, 변주하고 있다. 「상해」와 「경설」은 논변류에 해당하지만,
자신의 상상이 이루어질 수 없는 망상임을 드러내기 위해 소설에서나
쓰이는 백화와 문구 등을 사용하여 소설적 글쓰기를 보여주고 있다.
좌절이 체념의 정서로 변모되는 과정을 직접 서술하지 않고 서사로만
나열하며 동시에 소설적 기법을 사용하여 자신의 심상을 대변하였다.

 또한, 「제망노막돌문」에서는 망자의 신분이 노비이기에 오히려 다른 제문에서 볼 수 없었던 제문의 격식을 갖추고 있다. 이는 노긍이 작품의 대상에 따라 서술방식을 달리하였음을 보여주는 부분이다. 제문과 묘지명은 엄중한 격식의 글쓰기를 요구하지만, 그 속에서도 자신의 진정을 충실히 드러내며 가정과 상상을 통해 역설적으로 드러내기도 하였고 이와 같은 양상은 다른 체식인 「적죄인설」 및 「금장설」·「후금장설」에서도 확인할 수 있었다. 노긍은 성령(性靈)을 중시하였기 때문에 진정(眞情)의 표출을 우선시하였다. 따라서 관습적 제약보다는 슬픔을 곡진하게 드러내는 것을 관건으로 삼았다. 이에 망자의 대상에 따라 슬픔을 노출하는 방식을 달리하며 때로는 자신의 감정을 과도하게 노출하거나 슬픔을 우회적으로 표현하는 등 기존 서술기법과는 다른 표현방식을 사용하여 상투적 표현에 반발하는 면모를 보여주었다.

 아울러 공간에서 자신의 체험을 통해 형성된 장소감에서도 전복과 일탈 및 심지어 파격적인 면모를 확인할 수 있었다. 노긍이 구현한 공간은 희구적 공간에 가깝기에 추상적이고 관념인적 공간이 되어야 하지만, 오히려 자신의 경험을 통해 얻어진 체험적이고 구체적인 공간이었다. 이러한 양상의 주된 원인은 자의가 배제되었기 때문이다. 노긍의 공간 선택은 타인에 의한 부탁과 강요에서 비롯되었다. 유배지는 강요된 공간이고 시회는 청탁에 의한 것이며, 죽음은 불감당의 영역이다. 때문에 노긍 산문의 주된 내용은 욕망에 대한 절제와 현실세계에서의 고난이다. 그러나 노긍은 이를 작품에 구현하는 데 있어서 직접적으로 표출하기보다는 우회적 방법을 택하였다. 이러한 특징은 노긍 산문에서 기(奇)를 형성하는 주요 틀이다. 즉 현실의 고난과 이를 극복하고자 하는 작가의 치열한 정신력을 문예미로 발산한 것이다. 이는 고통의 완화를 위한 자기위로의 방법이자 당시 지배층과 사회구조에 대한 냉소와 반감이라 하겠다. 이러한 양상은 명·청의 성령을 중시한 공안파 문인들과 친연성을 보이기 때문에 소품문과 유사한 성격을 보여주는 부분이다.

「남사시회발」과 「화계사시회서」에서는 서사에 대한 묘사를 시적인 글쓰기로 보여준다. 서사에 대한 부분을 시적으로 표현하였기에 생략된 부분들이 많다. 이러한 기술방법은 독자들로 하여금 그 틈을 채우게 하고 이를 통해 작품에 주목하여 다층적인 이미지를 떠올리게 하려는 의도가 내재된 것이다. 게다가 사자일구(四字一句)를 반복적으로 사용하며 문기(文氣)를 조절하고 있다. 이와 같은 양상은 기존연구에서 소품문으로 지칭되었으나, 서술기법에만 한정한다면 서사의 중시와 사자일구의 반복을 통한 문기 조절의 측면에서 진한고문의 기법을 차용하고 있음을 볼 수 있다.

18세기 기(奇)를 추구한 작가들은 각자 자신의 개성적인 면모를 부각하기 위해 다양한 방법을 모색하여 글쓰기에서 구현하였다. 이들 작가 중 박지원과 이옥은 대화부분에 백화체를 사용하여 현장감을 배가시키는 도구로 사용하고 있다. 이에 반해 노긍은 작자의 심상을 구현하기 위해 백화체를 사용하였다. 더구나 해(解)·설(說)과 같이 관습적 제약이 강한 체식에서도 백화체를 사용하며 자신의 심상변화를 서사 위주로 구현하였다. 이 부분은 당대 기(奇)를 추구한 작가들에게도 볼 수 없는 특징이다. 또한 틈의 기법과 변주를 운용하는 측면은 이용휴(李用休)가 열린 결말을 시도한 부분에서 독자들로 하여금 상상하게 만드는 면모와 비슷하다고 하겠다. 그러나 노긍은 결말만이 아닌 글 전편에 틈과 생략의 기법을 이용하여 서술 이면을 상상하게 만들고 있다. 이에 노긍의 기(奇)는 당대 기(奇) 가운데에서도 첨예(尖銳)한 위치를 차지하며, 기(奇)로 대변되는 다른 작가들과 그 결을 달리한다.

4. 이덕무

이덕무(李德懋, 1741~1793)가 독창적이고 개성적인 면모를 부각하고
자 다양한 글쓰기를 시도하였다는 점은 제가(諸家)의 평에서 확인된다.
윤행임(尹行恁, 1762~1832)은 '이덕무는 창의적으로 문장을 지어 홀로
현묘한 경지에 이르렀기에, 억지로 깎아 만든 흔적이 조금도 없다'[137]
고 하였고, 남공철(南公轍, 1760~1840)은 '새로운 격조를 만들어 한 글
자 한 글귀라도 옛날에 나온 묵은 말이나 죽은 법과 비슷한 것은 찾아
볼 수가 없다'[138] 라 하였으며, 성대중(成大中, 1732~1812)은 '껄끄러울지
언정 방탕하게 하지 않았고, 메마르게 할지언정 기름지지 않게 하였으
며, 괴벽한 것에 가까울지언정 화려하게 하지 않아 지혜로운 마음과
넓은 식견으로 독창적인 현묘함을 이루었다'[139]고 하였다.

또한, 다른 평자들은 이덕무 산문의 독창적이고 새로운 격조를 기(奇)
라 평하기도 하였다. 박지원(朴趾源)은 "이덕무의 문장은 백가(百家)를
두루 취하여 스스로 일가를 이루었고 창조적 구상[匠心]을 홀로 터득하
여 진부한 말을 본받지 않았다. 기이하고 날카로웠으나 진실하고 간절함
에서 멀어지지 않았으며, 질박하고 진실하였으나 평범하고 용렬한 데로

---

137) 尹行恁, 『靑莊館全書』 권4, 「雅亭遺稿序」: "獨創杼軸, 獨玄妙界, 絶無椎斧痕."

138) 南公轍, 『金陵集』 권11, 「雅亭遺稿序」: "倡起新調, 一洗近時之陋俗, 則未有如懋官
之妙者也. …… 故其平生所著書至多, 而求一字一句之彷彿陳言死法, 不可得焉."

139) 成大中, 『靑城集』 권8, 「雅亭遺稿跋」: "發爲詩文, 寧澀無蕩, 寧枯無膩, 寧近乎僻,
無近乎庸, 慧心博識, 獨造玄悟."

떨어지지 않았으니 천 년, 백 년 이후에도 한 번 읽으면 완연히 눈으로
본 듯할 것이다"[140] 라 논하였다. 이 서술에서 이덕무 산문의 특징을 집약
적으로 보여주는 부분은 '기초이불리어진절'(奇峭而不離於眞切)'이다. 즉
기초(奇峭)하면서도 진절(眞切)함을 잃지 않았다는 서술로 볼 때, 기초(奇
峭)함이 이덕무의 산문에서 특징적인 한 면모임을 알 수 있으며, 진(眞)과
도 관련되어 있음을 볼 수 있다. 따라서 진(眞)에서 벗어나지 않은 기(奇)
라는 것은 이상함과 기괴함이 아닌 개성, 참신 등으로 풀이할 수 있을
것이다.[141]

또한, 3장에서 언급했듯이 유만주(兪萬柱, 1755~1788)는 당대 기(奇)의
대표적인 작가로 이용휴와 함께 이덕무를 지목하면서, 사대기서(四大奇
書)의 현묘(玄妙)함을 추구하였다는 기술하고 있다. 이덕무가 현묘함을
추구했다는 것은 소설류에서의 서술방식을 사용했다는 것을 말한다.

김택영(金澤榮, 1850~1927)은 이덕무 시(詩)의 특징을 '기궤첨신(奇詭尖
新)'으로 단언하였다.[142] 물론 이는 시(詩)에 국한된 평이다. 그러나 앞서
박지원·유만주의 평을 고려할 때 산문에도 적용할 수 있는 것이라 하겠
다. 기궤(奇詭)는 기괴(奇怪)와 함께 규범에서의 일탈을 의미하며, 첨신
(尖新)은 새로움만을 추구하는 것을 말한다. 이들은 모두 당대 패관소품
의 문제점을 지적할 때 쓰이는 평어들이다. 특히 정조(正祖, 1752~1800)

---

140) 朴趾源, 『燕巖集』 권3, 「炯菴行狀」: "其爲文, 博采百氏, 自成一家, 匠心獨詣, 不師
陳腐. 奇峭而不離於眞切, 樸實而不墮於庸凡, 使千百載下, 一讀而宛然如目擊也."

141) 선행연구에서도 이덕무의 奇를 眞과 연계하였다. 또한, 奇의 의미를 순수, 신기, 개
성으로 보았다. 趙炫映(2009)

142) 金澤榮, 『韶濩堂文集定本』 권2, 「申紫霞詩集序」: "自英廟以下, 則風氣一變, 如李惠
寰錦帶父子, 李炯菴·柳泠齋·朴楚亭·李薑山諸家, 或主奇詭, 或主尖新, 其一代升降之
跡, 方之古則猶盛晚唐焉."

는 이러한 문풍에 대해 문체를 타락시키는 주된 요소로 인식하며 부정적
인 견해를 보였다. 그러나 김택영은 기궤와 첨신함이 당대 문풍에 영향
력을 행사하며 하나의 문학사조로 정착되었다고 단언한 것이다.[143]

제가의 평을 종합하면, 그들은 이덕무 산문에 대해 독창(獨創), 현묘
(玄妙), 신조(新調), 현오(玄悟) 등으로 표현하였다. 이는 이덕무의 산문
이 모방과 답습보다는 깨달음을 통해 독자적 기법과 새로운 격조를 창
출하였음을 보여주는 것이다. 아울러 이러한 측면이 기초(奇峭), 기궤
(奇詭) 등으로 표현되며 기(奇)로 평가되었음을 볼 수 있다. 이덕무 또한
'정신(精神)이 유동(流動)하여야만 바야흐로 살아있는 글[活文]이라고 할
수 있으며 만일 진부한 것을 답습한다면 이는 곧 죽은 글[死文]이다'[144]
라는 주장에서 보듯이 글쓰기에 있어서 소재나 표현 등에서 기존의 방
식을 모방하거나 답습하기보다는, 자신의 유동하는 정신을 글로 표현
하기 위해 새로운 표현과 격조를 추구하였음을 알 수 있다. 따라서 이
절에서는 평자들이 이덕무 산문에서 기(奇)로 언급한 부분이 실제 작품
에서 어떠한 양상으로 구현되는지를 살펴보고자 한다.

1) 세밀한 묘사와 정감 표출방식의 변화

이덕무가 젊은 시절에 창작한『이목구심서(耳目口心書)』에는 개인적·일
상적 순간들을 기록한 작품들이 높은 비중을 차지한다.[145] 특히 개인적·

---

143) 남재철(2007), 「李德懋 詩에 나타난 奇詭尖新의 美學」, 『한국한시연구』 15, 한국한
    시학회, 111면.
144) 李德懋,『嬰處文稿』권4, 「題內弟稿」: "凡詩文, 箇箇有一脉精神流動, 方是活文. 若
    蹈襲腐陳, 便是死文. 盍嘗觀六經之文, 無精神未?"
145)『이목구심서』는 다양한 내용을 담고 있는 종합 필기류라 할 수 있다. 주된 내용은
    박학과 고증의 경향, 이덕무의 개인적·일상적 순간들을 기록한 작품들이 많다. 최두헌

일상적 순간들을 기록한 작품에서는 유독 감각적 언어와 참신한 비유를
통해 이미지를 사실적으로 재현하려는 특징을 보이며, 이를 통해서 이덕
무의 개인적 정감을 표출하였다. 나아가 개인의 주관적인 정감을 표출하
는 데 있어 상례를 벗어나는 방식을 취하고 있다. 장르와 제재에 따라
때로는 간접적으로, 때로는 직접적으로 서술하여 그 방식이 단일하지
않다. 아울러 그 방식에 있어 극적인 묘사나 과도한 감정표출 등 비관습
적 서술들을 삽입하고 있다. 이 절에서는 이덕무 개인적 정감의 노출방식
과 그 정감을 구현하는데 사용되는 서술기법을 살펴보고자 한다.

> ① 만약 지기(知己)를 얻는다면 나는 10년 동안 뽕나무를 심고 1년
> 동안 누에를 길러 직접 오색실을 물들일 것이다. 10일에 한 가지의 빛깔
> 을 물들이면 50일에 다섯 가지의 빛깔을 물들일 수 있을 것이다.
> (若得一知己, 我當十年種桑, 一年飼蠶, 手染五絲. 十日成一色, 五
> 十日成五色.)

> ② 따뜻한 봄날 볕에 말려 여린 아내에게 백 번 달군 금침으로 내
> 지기의 얼굴을 수놓게 하고선 기이한 비단으로 장식하고 고귀한 옥으로
> 축을 만들 것이다.
> (曬之以陽春之煦, 使弱妻, 持百鍊金針, 繡我知己面, 裝以異錦, 軸
> 以古玉.)

> ③ 이것은 높다란 산과 세차게 흐르는 물가, 그 사이에 두고서 말없이
> 보다가 해가 저물면 품에 안고 돌아오리라.
> (高山峨峨, 流水洋洋, 張于其間, 相對無言, 薄暮懷而歸也.)[146]

(2011), 111~120면 참조.

146) 李德懋, 『靑莊館全書』 권63, 「蟬橘堂濃笑」.

이 글은 지기(知己)에 대한 희구로, 자신의 개인적 정감을 유감없이 표출한 작품이다. 다만 개인적, 주관적 정감을 직접적으로 표출한 단어는 사용하지 않으면서도 지기를 얻고자 하는 진실하고도 간절한 마음을 곡진하게 표현하였다. 문두(文頭)의 '약(若)'에서 보듯이, 이 글은 어디까지나 가정과 상상에 기반한 것이다. 이덕무는 '지기를 얻다'라는 가정을 설정하고, 이 가정을 앞으로 일어날 일들로까지 확장하고 있다. 즉 글 전편이 모두 가정과 상상으로 이루어진 작품이다.

작품은 내용상 크게 3부분으로 나눌 수 있다. 먼저 ①에서는 10년 동안 뽕나무를 심어 기르고, 1년 동안 누에를 길러 오색실을 물들이는데, 10일에 한 가지의 색을 물들여 50일이 되어서야 완성할 수 있다고 말한다. 이러한 일들은 가정과 상상에서 시작되었지만, 구체적인 숫자로 기술하여 사실적으로 재현되고 있음을 볼 수 있다. 게다가 이 구체적 기술들은 지기에 대한 자신의 곡진한 정감을 강하게 피력하는 데에도 활용되고 있다.

②에 이르러 생생한 서사적 기술을 통해 곡진한 정감을 더욱 부각하며 글의 전체 분위기를 고조시킨다. 따뜻한 봄날, 여린 아내, 백 번 달군 금침, 기이한 비단과 고귀한 옥 등 구체적인 사물에 관한 기술들이 이어지고 있다. 이와 같은 표현들은 하나같이 정성이 묻어나는 것들이다. 앞서 오색실을 물들이는 것은 물리적인 시간으로 지기에 대한 정성을 표현한 것이라고 한다면, 후반부는 물리적 정성을 넘어 심리적 정성을 표현한 것이다. 이는 자신이 할 수 있는 모든 정성을 담아 지기의 모습을 형상해 내고자 하는 의지의 반영이라 하겠다.

③에 이르러서는 정성껏 수놓고 장식한 표구를 높은 산과 세차게 흐르는 물가에 두고서 감상하는 모습을 그리고 있다. 특히 아아(峨峨)와

양양(洋洋)과 같이 백아(伯牙)와 종자기(鍾子期)의 고사에 등장하는 구절을 차용하고 있다.[147] 이를 통해 깊숙한 산골짜기에서 홀로 표구를 바라보는 모습은 이덕무의 지기에 대한 갈망과 절실함이 표출하는 데에 효과적으로 활용되고 있다. 문말(文末)에서는 말없이 마주 보다가 날이 저물게 되면 품에 안고 돌아오는 모습을 기술하며 마무리하고 있다. 이러한 모습은 읽는 이들로 하여금 애틋함을 느끼게 하며 글의 서정성을 더욱 부각시키는 효과를 주고 있다.

이 작품은 서술이 전개될수록 지기를 희구하는 작가의 모습이 점층적으로 확대되어간다. 서술한 것들은 모두 있음직한 것들로 구성되어 있고, 또한 핍진한 묘사들이다. 이덕무는 가정을 바탕으로 한 글에서 이와 상반되는 사실적 이미지를 재현하는 데에 주력하였고, 이를 통해 그 형상을 생생하게 그려내고 있다. 따라서 이덕무가 설정한 가정과 상상에 대해 읽는 이들이 쉽게 공감할 수 있으며, 이덕무의 간절함을 절실히 느낄 수가 있는 것이다.

아울러 이 작품에서 주목할 점은 지기에 대한 희구를 직접적으로 표현하지 않고 철저히 회화적 묘사만으로 그려내고 있다는 것이다. 나열한 각각의 이미지들은 모두 한 장의 그림과 같다. ①과 ②에서는 주로 색과 관련한 한자어를 사용하여 시각적 이미지를 구현하고 있다. ③에 이르러서는 시각과 청각에 관련한 한자어를 사용하여 공감각적 이미지를 구현하고 있다. 이러한 감각적 한자어의 사용은 앞서 나열한 이미지

---

147) 『列子·湯問』: 춘추시대 거문고의 명인 伯牙가 높은 산에 뜻을 두고 연주하면, 친구인 鍾子期가 "멋지다, 마치 태산처럼 높기도 하구나[善哉 峨峨兮若泰山]"라고 평하였고, 흐르는 물에 뜻을 두고 연주하면 "멋지구나, 마치 강하처럼 넘실대는구나[善哉 洋洋兮若江河]"라고 평했다는 고사가 있다.

들을 더욱 구체화하는 동시에 자신이 그려내고자 한 이미지를 각인시키는 효과를 주고 있다. 나아가 근거리에서 원거리로 이동하는 시선의 변화를 통해 한 편의 그림을 완상하는 느낌마저 들게 한다. 이러한 회화적 기법은 지기를 갈망하는 직접적인 서술이 없이도 중첩된 이미지들의 나열만을 통해서 자신 주지를 전달하며, 동시에 쉽게 공감을 유도하는 효과를 발휘한다.

이 글은 필기류에 해당하므로, 전통 고문에서 요구되는 관습화된 양식에 비해서 자유로운 성격을 지닌다. 그럼에도 이 글은 의론에 대해서는 철저히 배제하고 오직 서사만을 기술하고 있다. 또한 '장이이금, 축이고옥(裝以異錦, 軸以古玉)'과 '고산아아, 유수양양(高山峨峨, 流水洋洋)'에서 보듯이 배비구와 첩어를 반복하여 사용하고 있다. 배비구와 첩어는 한문산문에서 자신의 주장을 강화하기 위해 사용되는 서술기법으로 문기(文氣)의 강화 측면에서 사용된다. 그러나 이덕무는 이미지들을 구체화하기 위한 세밀한 묘사에 이 기법을 활용하고 있다.

이덕무 산문에는 자신의 논지를 설파하는 글들이 존재하지만, 대부분 자신의 논지를 강하게 주장하기보다는 주로 정서적 공감과 감응을 유도하는 작품들이 주를 이룬다. 따라서 장황하게 설명하거나 논리적 근거를 세우기보다는 서사의 사실적 재현과 형상성에 대한 생생한 포착을 통한 묘사가 주된 글쓰기의 방법으로 자리하고 있다. 이러한 서술기법은 서정성을 강화하고 개인적 정감을 표출하는 데에 적절히 활용되고 있다.

　　①-1 경진년(1760) 나의 벗 사화(士華)의 죽음을 듣고 눈물을 흘리며 글을 지어 다음과 같이 애도한다. 아, 슬프도다! 태어나고 장성하고

늙고 죽는 것은 사람의 네 번 변함인데 생명을 가진 사람으로서 피할
수 없으니 또한 슬픈 일입니다. 지금 그대의 죽음은 몸이 아직 늙지
않았고, 기운 또한 왕성합니다. 늙은이의 죽음도 슬픈데 하물며 그대와
같이 젊은이가 죽다니요!

(維庚辰月日, 故人某聞士華之亡, 含涕作文而悼之. 曰, 嗚呼! 生壯
老死, 人之四變也, 有生者, 不可逃, 亦可悲也. 今君之亡, 身不老, 氣
又盛. 老者之死, 尙可悲, 況如君者乎!)

1-2 좌백(佐伯)이 "사화가 죽었다네"라고 전할 때, 나는 마침 어떤
사람과 이야기를 하고 있다가 그 소리를 듣자마자 어찌할 줄 모르며
"사화가 누구인가? 사화가 누구인가?"라고 세 번이나 반복하다가 바로
탄식하여 다음과 같이 말하였습니다. "서군 사화가 정녕 죽었단 말인
가? 내가 평소에 보니 사화가 음식도 줄지 않고 행동도 이상이 없었는
데 어찌하여 죽었단 말인가? 그의 나이를 헤아려 보니 27세이고, 그의
얼굴을 생각해보니 얼굴도 나이와 같은데 또한 어찌하여 그렇게 되었
는가?"

(佐伯傳曰, "士華已矣." 余方與人言, 聲才入耳, 惶急曰, "士華誰也,
士華誰也?" 如是者三, 酒噫曰, "徐 君士華, 乃爾云耶? 吾平日見士華,
飮食不減, 行步不差, 何乃爾云耶? 計君之年, 廿七甲子, 想君之貌, 貌
如其年, 亦何乃云爾耶?")

2-1 아아! 그대의 집이 너무 가난하여 사방으로 이사 다녔고 그런
중에도 늙은 어머니를 굶주리지 않게 모셨습니다. 내가 그대를 칭찬하
여 말하기를 "사화는 집이 가난하여도 그 어버이를 편안하게 모시니
그의 효성과 공손함을 남들이 알기 어렵다"고 했었는데, 어찌하여 그
정성을 다하지 못하고 죽음에 이르렀습니까?

(嗚呼! 君家甚貧, 播遷四方, 出沒於世, 老母不飢. 吾嘗善君之爲人
曰, "士華家貧, 能安其親, 孝恭之行, 人所難知." 奚至泯滅, 未盡其誠?)

②-2 파뿌리 같 3이 머리가 하얗게 센 어머니는 관을 어루만지며 통곡하며 "내 아들아, 내 아들아! 나를 버리고 어디를 가느냐?"라 통곡하고, 아름답고 연약한 아내는 어린아이를 안고 울면서 "우리 낭군님, 우리 낭군님이여! 어머니와 어린아이를 버려두고 어디로 가십니까?"라 하는데, 어린 딸은 응애응애 울면서도 슬픔을 알지 못하니, 비록 자란다 한들 어찌 아버지의 얼굴이나 알 수 있겠습니까? 그대도 아마 저승에서 눈물을 흘릴 것입니다.

(皤皤鶴髮, 拊棺而哭曰, "吾子吾子, 棄吾何歸?" 娉娉弱婦, 抱兒而泣曰, "吾夫吾夫, 棄吾姑與吾兒而何歸?" 幼女喤喤, 無知其戚, 雖生長於世, 安知其父面? 君應飮泣於泉臺矣.)

③-1 아아! 금년 봄에 강가에서 그대를 만나 온종일 담소를 나눌 때에 그대는 "나는 비로소 고양(高陽)에 정착하여 위로는 어머니를 모시고 아래로 처자를 거느리고 살아가며 좌우에 책을 쌓고 「범저전(范雎傳)」을 천 번 읽게 되었으니, 이만하면 나의 생애를 보낼 수 있겠네"라고 하였다. 나는 웃으며 "그대가 뜻을 이루었으니 내 응당 가봐야겠습니다"라 했었는데, 그날이 그대와의 영원한 이별이 될 줄을 누가 알았겠습니까?

(嗚呼! 今年之春, 逢君於湖上, 談笑竟日, 君曰, "吾始定居高陽, 上奉老親, 下率妻孥, 左圖右書, 讀范雎傳千遍, 足以過去吾生." 吾笑曰, "君得計矣, 吾當往之." 誰知其日便成千古之訣乎?)

③-2 아아! 무인년(1758) 여름에 그대와 나, 좌백(佐伯)과 운경(雲卿)이 함께 서로 어울렸지요. 웃고 떠들며 해학하기를 친형제같이 하였는데, 좋은 일이란 늘 있는 게 아니라 운경은 이미 죽었고, 좌백은 이사를 하였으며, 그대도 타향으로 떠돌아다니었습니다. 나는 이때 이미 사람의 일이란 변하기 쉬움을 깨달았었는데, 그대마저 죽으니 다시 한번 인간 세상이 꿈결 같음을 깨달았습니다.

(嗚呼! 戊寅之夏, 君曁我與佐伯雲卿, 坐臥共之. 笑語諧謔, 親如弟

兄, 好事不常, 雲卿遭喪, 佐伯移家, 君又流寓於它鄕. 余於此時, 已覺
人事之易變如今, 君又亡焉, 亦復覺人世之如夢也.)

4-1 27년이 새와 같이 빠르니, 나 같이 병 없는 사람도 아파서 서서
히 죽게 하려나 봅니다. 그대의 늙은 어머니와 연약한 아내는 쓸쓸히
의지할 곳이 없으니 무엇을 먹고살며 또 무슨 옷을 입겠습니까? 포대기
속에서 우는 아이가 반드시 잘 자라리라고 기필할 수 있겠습니까? 어쩔
수 없을 것입니다!
(二十七年, 䆗焉如鳥, 使它人不病而痛, 冉冉如就死也. 君之老親弱
妻, 子子無憑, 何故以食, 亦何故以衣? 呱呱者在襁褓, 其成就何可必
也? 已焉哉!)

4-2 예전에는 한(漢)나라의 서적과 진(晉)나라 필첩이 책상 위에
쌓였더니, 오늘은 붉은 명정(銘旌)에 흰 관만이 방안에 놓여 있고, 예전
에는 편지를 부쳐 안부를 물었더니, 오늘은 애도문을 지어 혼령에 조문
하게 되었습니다. 길이 멀고 막히어 친히 제물(祭物)을 드리며 곡하지
못하고, 또 대신 제사에 참석하게 할 사람도 없기에 다만 애도문을 지어
서쪽을 향하여 크게 읽고 이어 태워버립니다. 슬픕니다, 사화여! 이
마음 아는지 모르는지. 아아, 애통합니다!
(昔日漢書晉筆堆於床, 今日丹旌素棺寄於房, 昔日寄書問安平, 今
日作文吊精靈. 道途脩阻, 不能親奠而哭, 又無使者, 不得替我而祭, 只
以哀悼文, 西向而大讀之, 仍以焚. 嗟嗟士華! 知之也不. 嗚呼哀哉!)[148]

인용문은 27세의 나이로 죽은 서사화(徐士華, 1734~1760)를 애도하는
글이다. 일반적으로 애제문(哀祭文)의 내용은 크게 망자 행적의 칭송,
작자와 망자와의 관계, 망자의 죽음에 대한 슬픔과 애도가 관습적으로

---

148) 李德懋, 『嬰處文稿』 권2, 「悼徐士華文」.

수록된다. 따라서 망자의 어떤 점을 부각하고, 어떠한 방식으로 슬픔의 정을 드러내느냐가 관건이다.[149] 나아가 제문은 죽은 자에 대한 슬픔과 그리움을 표현하기 때문에 슬픔의 정서가 지배적이다. 그럼에도 과도한 감정의 표출은 자제하는 편이다. 인용한 이덕무의 글 또한 슬픔의 정서를 표현한다는 측면에서 이러한 양상에 부합한다. 하지만 슬픔을 표현하는 방법에 있어 상이한 점을 보인다. 우선 감정을 절제하기보다는 자신의 감정을 문면에 쏟아내고 있다. 앞서 인용문에서는 개인적 정감을 간접적으로 표현한 데 반해, 이 작품에서는 직접적으로 표출하고 있다.

또한, 이러한 슬픔을 드러내는 주된 방식으로 묘사를 활용하고 있다.[150] 이덕무 산문에서 묘사의 방법은 그 장르나 제재에 따라 다양한 방법을 취한다. 이 글의 주된 서술방식은 상황의 대비이며, 이에 대한 구현은 핍진한 묘사가 활용되고 있다. 먼저 과거에 있었던 일화와 현재 상황, 죽은 자와 살아남은 자 등, 각각의 대비가 묘사의 주된 방식이다. 이는 슬픔을 극대화하려는 의도가 내재된 것이다. 게다가 과거의 회상과 현재 상황을 묘사하는 데 있어 주로 대화체를 사용하고 있다. 다른 애제문에서와 달리 대화체의 빈도가 상당수 차지하고 있음을 볼 수 있다. 이를 통해서 생생한 묘사를 구현하고 있으며 나아가 현장감을 강화하며 사실적인 재현을 하고 있다.

①단락은 애제문의 기본 형식에서 출발한다. 죽은 이에 대한 슬픔은 누구에게나 감당하기 어려운 것이다. ①-1에서는 서사화의 죽음이 요

---

149) 이영호(2006), 199면.
150) 애제문에서 이와 같은 양상은 「祭妹徐妻文」(『刊本雅亭遺稿』 권5)에서 볼 수 있다. 자신의 슬픈 감정을 억제하기보다는 숨김없이 드러내 보인다. 게다가 서술방식에서도 과거를 회상하며 묘사 위주의 서술로 구현되어 있다.

절이라는 것을 언급함으로써 슬픔을 부각하고 있다. ①-2에서는 부고를 접한 당시 상황을 구체적으로 묘사하고 있다. 나아가 이 묘사에서 단락의 대부분을 대화체로 서술하고 있다. 좌백이 전하는 말과 자신의 말을 대화체로 구성하여 당시 상황을 재현하고 있으며, 아울러 생생한 현장감을 통해 이덕무 자신의 슬픔을 표출하고 있다. 특히 이덕무 자신의 말은 계속적 반문으로 구성되어 있는데, 서사화의 죽음을 인정하기 어려운 자신의 심정과 안타까움을 표현한 것이다.

②단락은 ②-1과 ②-2의 상황대비로 구성되어 있다. ②-1은 과거 서사화가 가난 속에서도 어버이를 봉양한 그때의 상황에 대해 이덕무 자신의 말로 기술하고 있다. ②-2는 현재 서사화의 어머니와 아내의 상황을 그들의 말로 서술하고 있다. ②-1에서 서사화가 봉양하던 식솔들의 모습을 ②-2에 기술함으로써 과거와 현재 상황을 대비하고 있으며, 이를 통해 남은 자들의 슬픔을 극대화하고 있다. 여기에서도 ①단락에서처럼 대화체가 사용되고 있다.

③단락은 ③-1과 ③-2가 모두 과거의 회상과 현재 상황의 대비로 이루어져 있다. 앞서 ②단락 전체에서 사용되었던 과거와 현재의 대비를 이 단락에서 2부분으로 나누어 서술하는 방식을 취하고 있다. 먼저 ③-1 에서의 회상은 비교적 구체적이며 시간 또한 멀지 않으며 서사화와 주고받았던 대화로 구성되어 있다. 서사화의 말은 이 글에서 사용된 대화와 조금 다른 성격을 지닌다. 이덕무는 대화체를 수사적 효과보다 대화 당사자의 개성과 인격을 드러내는 데 주로 사용한다.[151] 이 글에서도

---

151) 이덕무 산문에서 대화체는 선행연구에 의해 구명된 바 있다. 권정원(2006), 155~163면 참조. 이덕무는 특히 문답을 통해 서술을 확장하는 방법을 취하고 있다. 이는 장르와 관계없이 활용되고 있는데, 주로 대화 당사자의 인격과 개성을 형성화하는데 활용하고

서사화의 평소 언행을 보임으로써 그의 성품과 인격을 드러내고 있다. 그러나 서사화의 말을 인용한 것은 역시 과거와 현재의 대비를 통해 슬픔을 이끌어내기 위한 매개물이기도 하다. 서사화가 비로소 거처를 정하게 되자 이덕무가 한번 방문하겠다고 약속한 사실을 이들의 대화를 통해 알 수가 있다. 따라서 서사화의 말은 약속을 지키지 못한 이덕무 자신의 슬픔을 극대화하기 위한 의도적인 삽입이라 하겠다. ③-2 또한 과거의 회상과 현재 상황을 대비하고 있다. 다른 단락에서 주로 사용되었던 대화체는 볼 수 없으나, 역시 과거의 일화와 현재 자신의 모습을 대비함으로써 슬픔을 형상화하고 있다.

④-1단락에서는 이덕무와 서사화의 가족들의 슬픔을 묘사하고 있다. 즉 남은 자들의 슬픔이다. 이들의 묘사는 주로 첩어를 사용하고 있다. 이덕무 자신은 '염염(冉冉)', 서사화의 어머니와 아내는 '혈혈(孑孑)', 어린아이는 '고고(呱呱)' 등의 의태어와 의성어를 사용하여 현재의 심정을 사실적으로 재현하고 있다. ④-2는 '석일한서진필퇴어상, 금일단정소관기어방, 석일기서문안평, 금일작문적정령(昔日漢書晉筆堆於床, 今日丹旌素棺寄於房, 昔日寄書問安平, 今日作文吊精靈)'에서 보듯이 과거와 현재의 대비를 같은 구식(句式)으로 풀어내고 있다. 즉 이 단락에서도 대비를 통해 슬픔을 극대화하고 있음을 확인할 수 있다.

이상에서 보듯이, 이 작품에서 이덕무의 주된 서술방식은 과거와 현재의 대비를 통한 슬픔의 극대화이며, 과거를 회상하는 데 있어 대부분 대화체를 삽입하고 있음을 볼 수가 있다. 이덕무는 대화체를 통해 과거의 회상장면을 생생하게 묘사하였고, 이를 통해 슬픔을 극대화하기 위

있다. 그러나 이 글에서는 현장감을 부각하며 슬픔을 극대화하기 위해 사용된다.

한 주된 서술방식으로 활용하였다. 대화체는 주로 유기(遊記)나 전(傳) 등에서 현장감을 구현하기 위해 사용된다. 그러나 이덕무는 대화체가 갖는 서술적 효과를 애제문에서도 사용하였다. 대화체의 삽입은 비관 습적 면모이자 변칙이며 그만의 개성적 글쓰기가 드러나는 부분이다.

이 작품은 어디까지나 애제문이다. 따라서 망자의 행적에 기술과 칭송이 주된 내용이 되어야 한다. 그러나 망자의 행적에 관한 기술과 칭송보다는 자신의 슬픔을 드러내는 데 주력하고 있다. 게다가 애제문에서는 감정을 절제해야 하나, 이덕무는 과도할 정도로 자신의 슬픔을 지면에 노출하고 있다. 이는 자신의 감정을 사실적 묘사를 통해 숨김없이 문면에 드러내어 서정성을 강화하고 있는 것으로 상례를 벗어나는 정감 표출방식이다. 이러한 양상이 전통적인 애제문의 양식과 상이한 점이라 하겠다.

이덕무의 산문의 내용적 특징은 '자기위로'를 빈번하게 드러낸다는 점이다. 이 절에서 인용된 작품들은 벗에 대한 희구와 상실을 표현한 것이다. 이덕무는 '희구에 대한 갈망'과 '상실에 대한 절망'에 대해 자신의 정감을 다양하게 표현한다. 갈망에 대해서는 가정 설정을 통해 자신의 정감을 간접적으로 표현하였고, 상실에 대해서는 대화체의 삽입을 통해 직접적으로 표현하고 있다. 이들은 모두 세밀한 묘사를 통해 대상이나 상황을 사실적으로 재현하고 있다. 나아가 정감의 표출에 있어 기존의 관습과는 상이한 점을 보인다. 정감을 드러내야 하는 글에서는 간접적인 방식을 사용하고 있고, 정감을 절제해야 하는 글에서는 반대로 직접적인 방식으로 표출하고 있다. 이덕무의 이러한 특징은 소품문과 연계된다. 소품문에서는 진정의 표출을 우선시하였기 때문에 관습적 제약보다는 슬픔을 곡진하게 드러내는 것을 중시하였다. 이덕무도

벗에 대한 희구 및 상실에 대한 감정을 관습적 제약에서 벗어나 자유롭
게 표출했다는 측면에서 소품문과 유사성이 확인된다. 그러나 서술방
식에서는 서사를 위주로 자신의 감정을 구현하고 있다. 서사가 중심이
되는 단락에 4자로 구성된 구(句)를 반복적으로 사용하면서 문기(文氣)
를 조절하고 있다. 따라서 주제구현에서는 소품문, 서술방식에서는 진
한고문과 친연성을 보인다.

이러한 양상은 제가의 평 중에서 유만주와 윤행임·남공철의 평과
연관되는 점이 있다. 먼저 세밀한 묘사를 통해 사실적 재현의 서사 위주
의 글쓰기는 유만주가 소설적 글쓰기 특징으로 언급한 위곡(委曲)에 해
당하는 부분이며, 정감 표출에서 상례를 벗어난 점은 생신(生新)과 연관
된 부분이다. 아울러 유만주의 생신(生新)은 윤행임의 독창(獨創)과 남공
철의 조신(新調)와도 연계되는데, 이들은 이덕무가 험벽한 자구나 전고
등으로 문맥을 어렵게 하거나 특이한 발상으로 개성을 부각하기보다는,
장르나 제재에 따라 다양한 서술방식을 통해 자신만의 개성적인 면모를
표출하여 창의적인 글쓰기를 시도한 점을 지적한 것이다. 이러한 양상은
당대 및 후대의 평자들에 의해 기적(奇的) 요인으로 지목되었고, 당대
기(奇)를 추구한 작가들과도 상이한 점이다.

2) 구어적 표현을 통한 관습적 서사의 탈피

한문산문은 18세기 이르러서는 정격(正格)에서 일탈과 변주를 보이는
작가 및 작품들이 이전 시대에 비해 상당한 비중을 차지한다. 이때 주로
사용되는 방식 중 하나가 백화투 및 구어적 표현이다. 18세기를 대표하
는 박지원(朴趾源)은『열하일기』에서 고문체를 기조로 하면서 적재적소

에 조선식 한자나 백화투의 구어적 표현을 가미하고 있다.[152] 이옥(李鈺)
은 『동상기』에서 주로 대화체에 백화투를 삽입하여 현장감을 드러내는
데 사용하고 있다. 노긍(盧兢)의 작품에서는 자신의 심상변화를 드러내
기 위해 백화체를 사용되는데, 문어적 측면에서 활용하고 있다. 이덕무
또한 백화투와 같은 구어적 표현을 사용한 작품들을 볼 수 있다.

　 ① 사방으로 통하는 길거리와 큰길 가운데에도 또한 한가함이 있으
니, 마음이 진실로 한가하면 어찌 반드시 강호(江湖)에 있고, 산림(山
林)에 있을 필요가 있겠는가?
　(通衢大道之中, 亦有閒, 心苟能閒, 何必江湖爲山林爲?)

　 ② 내 집은 시장 근처라 해 뜨면 마을 사람들이 모여 소란하고, 해지면
마을의 개들이 모여 짖어대지만, 나만은 편안하게 글을 읽는다. 때로
문을 나서면 달리는 자는 땀을 흘리고, 말을 탄 자는 달리며, 수레와
말이 온통 뒤섞여 복잡하나 나만은 천천히 걸으며 소란함 때문에 나의
한가함을 잃어 본 적이 없으니 나의 마음이 한가하기 때문이다.
　(余舍傍于市, 日出, 里之人市而鬧, 日入, 里之犬羣而吠, 獨余讀書
安安也. 時而出門, 走者汗, 騎者馳, 車與馬旁午而錯, 獨余行步徐徐,
曾不以擾失余閒, 以吾心閒也.)

　 ③ 저들은 마음이 어수선하지 않는 자가 적으니 그 마음에 각기 영위
함이 있어서이다. 장사하는 자는 작은 수치까지도 따지고【1자 원문
빠짐】, 벼슬하는 자는 영욕을 다투고, 농사하는 자는 밭 갈고 김매는
일에【1자 원문 빠짐】분주하여 날마다 생각하는 것이 있다. 이와 같은
사람들은 비록 영릉(零陵)의 남쪽 소수(瀟水)·원수(沅水)의 사이에 놓
아두더라도 두 손을 깍지 끼고 앉아 졸면서 생각하는 것을 꿈꿀 것이니,

152) 강혜선(1999), 178면 참조.

어찌 한가할 수 있겠는가?

> (彼方寸不擾擾者, 鮮矣, 其心各有營爲. 商賈者【缺】錙銖, 仕窧者爭
> 榮辱, 田農者【缺】耕鋤, 營營焉, 日有所思. 如此之人, 雖實諸零陵之
> 南, 瀟沅之間, 必叉手坐睡, 而夢其所思, 奚閒爲?)

④ 나는 이러한 까닭에 "마음이 한가하면 몸은 저절로 한가해진다"라
한다.[153]

> (余故曰, "心閒身自閒.")

인용문은 「원한(原閒)」이다. 제목에서 보듯이 원체(原體)에 해당하는
글이다. 원(原)은 논설류(論說類)의 하나로, 산문에서 작품 이름으로 등
장한 것은 한유(韓愈)의 오원(五原)에서 비롯되었다. 주로 사물이나 사
리를 분석하고 시비를 변별하는 것을 목적으로 한다.[154] 따라서 논지를
근원적으로 규명하는 성격이 강하기 때문에 설득을 위한 지식이나 증
거를 제시하는 것이 주된 내용이다. 이덕무는 정통 한문고문 체식에서
도 앞서 언급하였던, 형상성에 대한 포착과 이를 통한 사실적 재현을
주된 서술방식으로 이용한다.

이 글은 제목에서 보듯이, 한가함에 대해 논한 글이다. 글의 제재나
형식은 한문산문의 글쓰기에 있어 보편적 양상이다. 이 작품을 단락으
로 구분하자면 4개의 부분으로 나눌 수 있다. ①에서 한가함은 큰 길이
있는 번잡한 도시에도 있다고 말한다. 이는 한가함을 느끼는 것은 자신
의 마음에 달렸기 때문에 장소와는 무관하다는 것이다. 시작에서부터
글의 주지가 다 드러나 있다. 게다가 반문을 통해 비교적 강한 어조를

---

153) 李德懋, 『嬰處文稿』 권2, 「原閒」.
154) 진필상 지음, 심경호 옮김(1995), 179면 참조.

띄고 있다. ②에서는 자신의 경험담을 통해서 ①에서 주장한 논조를 강화하고 있다. 즉 자신의 주장에 대한 증거를 제시한 부분이라 하겠다. ②에서의 주된 서술방식은 배비(排比)를 통해 구현되고 있는데, 자세한 분석을 위해 원문을 제시하면 다음과 같다.

> ②-1 日出, 里之人市而鬧, 日入, 里之犬羣而吠, 獨余讀書安安也.
> ②-2 時而出門, 走者汗, 騎者馳, 車與馬旁午而錯, 獨余行步徐徐.
> ②-3 曾不以擾失余閒, 以吾心閒也.

먼저 내용상으로 보자면, 자신이 처한 집을 중심으로 안과 바깥을 대비로 설정하였다. 또한 ②-1은 시정 사람들의 모습을 낮과 밤으로 구분하고 대비를 설정하여 기술하고 있다. 이덕무는 사람들이 모이는 시장 근처에 살기 때문에 환경은 번잡하기가 그지없다. 하지만 이덕무 자신은 편안하게 글을 읽을 수 있다고 말한다. 집 안에서의 한가함을 방해하는 요소는 청각에 달려있기에 투(鬧), 폐(吠)와 같은 소리와 관계된 한자를 사용하고 있다. 집 밖에서의 한가함을 방해하는 요소는 주로 시각에 달려있기에 한(汗), 치(馳), 착(錯) 등 주로 자신의 시각에 포착된 상황을 재현하는 한자들로 구성하고 있다. 즉 청각과 시각과 관계된 감각적(感覺的) 언어들을 통해 묘사에 생동감을 불어넣고 있다.

또한, 이와 대비되는 이덕무 자신의 모습을 '안안(安安)', '서서(徐徐)'로 기술하고 있다. 이덕무 산문의 특징 중 하나는 첩어(疊語)를 즐겨 사용한다는 것이다.[155] 첩어는 주로 의태어와 의성어로 사용된다. 앞

---

155) 권정원(2006), 138~146면 참조.

서 인용하였던 「선귤당농소」에서의 '고산아아, 유수양양(高山峨峨, 流水
洋洋)'에서도 의태어인 아아(峨峨)와 의성어인 양양(洋洋)을 사용하였고,
「원한」에서는 '안안(安安)', '서서(徐徐)', ③에서는 '요요(擾擾)', '영영(營
營)'을 사용하고 있음을 볼 수 있다. 즉 감각적 언어와 첩어를 통해 서
사에 생동감을 높이고 있다는 것이다.

이 단락에서는 제행(齊行)과 산행(散行)의 기법을 번갈아 사용하면서
리듬감을 형성하며 문장의 기세를 활달하게 하였다. 먼저 ②-1은 동일
형식의 구(句)를 반복적으로 사용하는 제행(齊行)의 기법을 유지하고 있
다. 행문(行文)에서 자구(字句)를 반복적으로 사용하는 것은 서사의 박진
감과 기세(氣勢)를 강화하기 위함이다. 이덕무 또한 이러한 효과를 얻기
위한 의도적 기술이다. 자신 논지를 강화하기 위해 서술된 부분이므로
제행(齊行)의 기법을 활용하여 어기(語氣)를 단단하게 하는 기술방식을
이용하였다.

게다가 나열된 사례들은 자신이 체험한 것을 예리한 포착과 생생한
재현을 통해서 묘사의 세밀함을 보여주고 있다. ②-2에서는 앞서 반복
된 구절과 다른 형태의 구(句)로 서술을 이어가며 산행(散行)의 기술방식
을 택하고 있다. ②-3에 이르러서는 다시 제행(齊行)으로 통해 ①에서
주장했던 논지를 반복하며 단락을 끝맺고 있음을 볼 수 있다. 즉 ②단락
내에서 제행(齊行)-산행(散行)-제행(齊行) 서술방식의 변모를 통해 문세
(文勢)를 왕성하게 하는 효과를 기대한 것이다. 이와 같은 행문의 기법을
사용하는 이유는 반복과 나열을 통해 문장의 기세를 높이다가 적절한
곳에 변화를 주어 문장을 활달하게 하기 위함이다.

그런데 이 지점에서 이덕무만의 개성적인 서술방식이 드러난다. 원
(原)은 논설류 산문이기에 대부분 의론성이 강한 특징을 지닌다. 행문

(行文)에서 제행(齊行)과 산행(散行)을 번갈아 가며 문세를 왕성하게 하는 것은 어디까지나 자신의 논지를 강화하기 위해 어조를 조절하는 것이다. 반면 이덕무는 의론성이 강한 원체(原體) 산문에서 서사성을 보다 높이기 위해 이와 같은 서술방식을 택하고 있다. 즉 원체(原體) 산문에서도 의론보다는 서사를 중시하고 있다는 점이다. 이와 같은 면모는 다음 단락인 ③에서 보다 강화되어 간다. "상가자【결】치수, 사환자쟁영욕, 전농자【결】경서, 영영언(商賈者【缺】錙銖, 仕宦者爭榮辱, 田農者【缺】耕鋤, 營營焉)"에서도 ②에서와 같이 동일구의 반복 형태로 기술되어 있다. 이 부분은 묘사에 해당하는 것으로 핍진함과 생동감을 위한 의도적 기술이라 하겠다. ④에서는 ①에서 주장했던 내용을 구어체로 변화시켜 끝맺고 있음을 볼 수 있다.

무엇보다 이 글의 서술방식에 있어 가장 특징적 면모는 백화투와 구어적 표현의 구사이다. 이덕무는 원체(原體)와 같은 전통고문 형식에서도 이처럼 백화체를 과감하게 구사하고 있다. 앞서 첩어로 지적된 '안안(安安)', '서서(徐徐)', '우우(擾擾)', '영영(營營)' 등도 구어체 표현들이다. 전술한 작품에서의 첩어는 의태어와 의성어로 사용하면서 묘사의 생동감을 위해 사용되었으나, 이 작품에서는 구어체로도 활용하고 있다. 당대 문인 중에서도 박지원(朴趾源), 이옥(李鈺) 등은 구어체를 생생하게 표현하기 위해 사용하였다. 반면, 이덕무는 문어적 측면에서 사용하고 있다.[156]

이덕무는 「원한」과 같은 전통 체식에 조차도 대상의 생생한 재현을 위해 백화투와 구어적 표현을 사용하고 있음을 볼 수가 있다. 이러한

---

156) 이점은 盧兢의 「想解」와 비슷한 양상이다. 노긍 또한 解體라는 고문체식에서 자신의 좌절된 심상을 표현하기 위해 백화체를 사용하고 있다. 김경(2014b), 72~76면 참조.

양상은 제가의 평 중에서도 유만주의 평과 관련된다. 유만주는 이덕무가 현묘함을 추구했다고 하는 점은 소설류에서나 사용되는 서술기법 등을 과감하게 활용하는 측면을 지적한 것이다.[157] 인용문에 보듯이, 이덕무는 장르의 관습과 구애에서 벗어나 서술을 시원스럽게 전개하고, 자세하고 곡진하게 서술하여 새롭고 신기하게 만드는 방식을 선호하였고, 이를 실제 작품에 반영하고 있다. 다만 글 전체가 정격에서 벗어났다기보다는, 일부분인 묘사나 서사와 관련된 기술에서만 이러한 특성을 사용하고 있다. 이덕무는 고문의 서술기법에서 문세(文勢)를 강화하기 위해 사용되는 제행(齊行)·산행(散行)의 행문(行文)과 같은 정통방식을 충실히 따르면서도 사이사이에 소설적 서술기법을 배치하고 있다. 즉 고문을 변주 및 변용하여 하나의 작품에서 유려하게 융합하고 있다. 이덕무는 스스로 6할은 정(正)을 추구하고 4할은 기(奇)를 추구하였다고 밝힌 부분과 상응하는 측면이기도 하다.[158] 이 점에 대해 당대 및 후대에서 부정적 인식을 보이는 평자들은 소설적 글쓰기를 사용한 측면을 주로 부정적인 의미의 기(奇)로 평가한 것이고, 긍정적 인식을 보이는 평자들은 새로운 격조를 추구하였다는 긍정적 의미의 기(奇)로 평한 것이다.

---

157) 이덕무 산문이 소설체와 관련되어 있음은 正祖의 서술에서도 확인할 수 있다. 정조는 이덕무와 같은 서얼들이 자신의 불우한 신분으로 인해 패관소품 등을 사용하여 자신의 존재를 드러내고자 한 것이라 하였다. 『弘齋全書』 권165, 「日得錄」 권5: "李德懋·朴齊家 輩文體, 全出於稗官小品, 以予置此輩於內閣, 意予好其文, 而此輩處地異他, 故欲以此 自標, 予實俳畜之, 如成大中之純正, 未嘗不亟獎之." 그러나 노긍과 이덕무의 산문에서 백화체를 사용한 이유는 자신들의 불우한 처지와 무관하다고는 볼 수 없으나, 이들은 모두 당대 지식인이자 문장가로서 자신의 독특한 문학적 성취를 이루기 위해 백화체와 같은 소설적 서술기법을 도구로 활용하였다.

158) 李德懋, 『靑莊館全書』 권16, 「尹曾若【可基】」: "某主趣而欲靈, 進玉主氣而已幻, 某 全平不欲也, 全奇不能也. 故四分平六分奇, 時行坦途, 時入深山."

선도(仙道)는 무(無)이면서 무(無)이고, 불도(佛道)는 유(有)이면서
무(無)이며, 유도(儒道)는 유(有)이면서 유(有)이다. 무(無)이면서 무
(無)인 것은 허(虛)한 것이고, 유(有)이면서 무(無)인 것은 적(寂)한 것
이며, 유(有)이면서 유(有)인 것은 실(實)한 것이니, 치리리 유(有)이면
서 유(有)인 것을 할지언정 유(有)이면서 무(無)인 것이나 무(無)이면서
무(無)인 것을 하여서는 안 된다.

(仙之爲道, 無而無, 佛之爲道, 有而無, 儒之爲道, 有而有. 無而
無者, 虛也, 有而無者, 寂也, 有而有者, 實也, 寧有而有, 不可有而
無無而無也.)[159]

인용된 작품은 「유무설(有無說)」로 53자로만 구성된 작품이다. 이덕
무의 초기 산문에서 주목되는 점은 인용문에서 보듯이 편폭을 단형화
한 작품들이 주를 이룬다는 것이다. 먼저 내용에서는 유(儒)·불(佛)·선
(仙)에 대해 자신의 견해를 논변류의 체식에 기반하여 풀어내고 있다.
선도(仙道)는 '무이무(無而無)'하기에 허(虛)한 것이고, 불도(佛道)는 '유
이무(有而無)'하기에 적(寂)한 것이며, 유도(儒道)는 '유이유(有而有)'하기
에 실(實)하다고 하였다. 따라서 이덕무 자신은 유도(儒道)를 따르겠다
는 내용이다. 이덕무의 다른 산문보다 감각적 언어나, 참신한 비유, 일
상적 소재를 입론하는 양상은 찾을 수 없다. 다만 주제에 대한 단상(斷
想)으로 기술되어 있다. 따라서 논증을 위한 구체적인 설명과 증거 등
은 모두 생략되어 있다. 내용상으로도 정통고문과 다른 희작성(戱作性)
이 강한 작품이라 하겠다.

서술에서의 특징은 무엇보다 짧은 편폭에서 자(字)와 구(句)를 반복
적으로 사용한다는 점이다. 무(無)와 유(有)를 9번이나 사용하고 있으며

---

159) 李德懋, 『嬰處文稿』 권2, 「有無說」.

'□之爲道, □而□'와 '□而□者, □也'의 구(句)를 반복적으로 사용하고
있다. 즉 동어반복과 의미가 상반되는 한자어로 구(句)를 구성하여 열
거하고 있다. 여기에서 '~者~也'는 논설류 산문에서 주로 설명이나 판
단을 기술할 때 쓰이는 구식(句式)이다.[160] 이덕무는 자신의 논지를 설
명하기 위해 고문형식의 구식을 사용하면서도 같은 구식을 반복적으로
사용하고 있다.

한문산문 형식미는 반복을 피하고 간결함을 추구한다. 산문은 시가
(詩歌)보다는 생략과 도치가 적은 데 비해 허사는 시가보다 많은데, 이
는 산문을 소박하고 자연스럽게 만드는 역할을 한다. 따라서 간결함을
추구할 때에는 우선 허사를 생략하여 구를 짧게 만드는 일이 많다. 허
사를 극단적으로 사용하지 않게 되면 문장이 난삽하거나 호흡이 급하
게 된다. 그럼에도 허사의 의도적인 생략과 반복적인 표현방식을 사용
하기도 하는데, 그 대표적인 경우가 교착법(交錯法)과 유자(類字)이다.
'교착법'이란 이치를 분석하여 드러낼 때 대조되거나 반대되는 사례를
같은 구식의 구를 이용하여 함께 들어서 본 주제를 강화하는데 사용되
는 방법이다. '유자'는 산문에서 여러 구에 한 가지 글자를 써서 문장의
기세를 씩씩하게 하는 방법으로 쓰인다.[161]

이 작품에서 이덕무의 주된 서술방식은 열거를 기반으로 한 교착법과
유자의 활용이다. 특히 유자의 경우는 진한고문에서 주로 활용되는 기법
으로 반복을 통해 문장의 기세를 높이고 글의 뜻을 넓히는 데 사용된다.

---

160) '~者~也'의 句式은 柳宗元 산문에서 주로 사용된다. 물론 유종원은 이러한 구식을
설명보다는 묘사에 자주 활용한 측면이 있다. 陳幼石(1983), 『韓柳歐蘇古文論』, 上海古
籍出版社, 108면.
161) 심경호(1998), 74~87면 참조.

이덕무도 자신의 논지를 강화하고 문장의 왕성한 기세를 위해 이와 같은
서술방식을 활용하고 있다. 그러나 이덕무는 교착법과 유자를 구어적
표현으로 구현하는 데도 활용한다. 즉 동일형식 자구의 반복을 통해
호흡을 긴박하게 하며 급작스런 마무리로 작품을 끝맺고 있다.[162] 이러
한 특징을 소품문적(小品文的) 성향으로 보기도 한다.[163] 우선 작품의
길이에서 100자 미만으로 구성되어 있고 구어체(口語體) 사용의 빈도가
높으며 반복 열거를 통해 급박한 호흡의 전개를 보여주고 있다는 점이
다.[164] 즉 「유무설」은 내용과 표현기법에서 기존의 진한고문에서 사용되
는 기법과 18세기 소품문 작가들에게 보이는 특징적 단면이 드러나는
글이기도 하다.

---

162) 이와 비슷한 양상은 「관물헌기」의 미비에서도 확인된다.
　　李德懋, 『鍾北小選』, 「觀物軒記」, 眉批: "雲之逝也, 遣者山焉, 水之逝也, 遣者岸焉,
輪之逝也, 遣者軸焉, 矢之逝也, 遣者弦焉, 逝之者聲, 耳者遣之, 逝之者色, 目者遣之,
逝之者味, 口者遣之, 逝之者香, 鼻者遣之. 橫橫縱縱, 方方圓圓, 無非逝也, 無非遣也,
飛飛潛潛, 動動走走, 無非遣也, 無非逝也. 歡之悲之笑之泣之, 誰不逝之, 歌之飮之行之
坐之, 誰不遣之? 逝逝遣遣, 遣遣逝逝, 逝遣逝遣, 遣逝遣逝, 皇王帝伯, 如是如是, 經史
子集, 如是如是, 又復如是如是, 如是亦復如是." 이 글에서 遣과 逝는 무려 19번과 18번
반복적으로 사용되고 있다. 글자뿐만 아니라 句 자체도 반복적으로 기술되어 있다. 이
글은 어디까지나 비평문이기 때문에 일반 산문양식과 달리 비교적 자유로 서술방식으로
구성된다. 그럼에도 교착법과 유자 등을 통해 반복을 꾀하는 서술방식은 인용문과 너무나
도 흡사하다. 김경(2010), 18~22면 참조. 자구는 간결하면서도 반복을 통한 서술방식은
진한고문의 특징이기도 하다. 특히 『전국책』에서는 유세가들이 상대방을 설득하기 위한
방법으로 字와 句를 반복적으로 사용하였다. Reboul Olivier 저, 박인철 역(1999), 『수사
학』, 한길사, 77면.
163) 이덕무의 산문의 이러한 특성을 소품문으로 규정하기도 한다. 강명관(2002a); 강명관
(2002b); 권정원(2006). 이들 연구는 이덕무의 산문이 公安派에 경도되었고, 특히 원굉도
산문에 심취하였다는 연구결과를 제시하였다. 그러나 『청장관전서』 전체를 일별할 때,
이덕무를 소품문 작가로 보기는 어렵다. 다만 일상적 소재와 섬세한 묘사 등에서 소품문
성향을 간접적으로 유추할 수 있을 뿐이다. 여기서 주목하는 것은, 이덕무의 산문 일부에
서 소품적 성향이 서술방식으로 구현된 예를 볼 수 있다는 점이다.
164) 안대회 편(2003), 103~108면 참조.

그러나 무엇보다도 이 글은 고문체에 기조를 두고 사이사이에 구어적 표현을 융합하고 있다. 원(原), 설(說) 등의 논변류 산문은 한문산문에서의 정통적 양식으로 무엇보다 정형성이 요구된다. 이덕무는 형식적 제약이 요구되는 체식에서도 자신만의 글쓰기로 구현하고 있다. 즉 정통체식과 소설에서나 쓰이는 표현방식을 융합하여 일종의 변주(變奏)를 꾀하고 있다. 이러한 점은 관습적 서사에서의 탈피이자, 자신만의 변주라 하겠다.

이상 이덕무는 정통고문의 양식적 제약 속에서도 자신만의 글쓰기로 변주 및 변용하고 있음을 볼 수 있었다. 특히 비교적 형식적 제약이 많이 요구되는 정통 체식에서도 서사 위주의 글쓰기는 지속되며, 이를 위해 백화투와 구어적 표현까지 활용하고 있음을 볼 수 있었다.

유만주가 이덕무 산문에서 기(奇)의 요소로 지적하였던 것은 현묘(玄妙)이다. 이때의 현묘는 소설류 사용되는 서술기법 의미한다. 아울러 윤행임, 남공철도 이덕무 산문의 특징적 요소로 현묘(玄妙)로 제시하였는데, 이들은 당시 문단의 모방적 행태를 지적하며 이와 반대되는 이덕무의 글쓰기 양상을 독창(獨創)과 현묘(玄妙)라는 평어로 제시한 것이다. 따라서 유만주, 윤행임, 남공철이 이덕무의 산문에서 기(奇)로 평가한 부분이 그의 서술기법 중에서도 구어체를 통한 서사적 기술의 변주와 관계된 것임을 유추할 수가 있다.

3) 나열식 서술을 통한 개체의 주목과 진(眞)의 추구

이덕무 산문을 일별할 때, 참신한 주제로 입론한 작품들이 많은 부분을 차지한다. 대부분 개체의 중시로 인해 과거 몰가치로 인식되었던 사물이나 사건을 입론한 것이다. 이는 개체에 대한 세밀한 관찰과 철저한 고증적 태도를 보이며 중심부에서 주변부로 인식의 영역을 확장하고 있다는 점이다. 나아가 이덕무 산문의 주제들은 시대와 현실에 대한 비판보다는 사물과 개체의 내면에 주목하고 있으며 개인적이고 일상적 영역을 기록의 대상으로 삼았다. 이러한 점은 문체적인 특징이기보다는 내용상의 특징이라 하겠다.

　　내가 전에 서리 조각을 봤을 때 거북 무늬 같았는데 근래에 또 보니 어떤 것은 비취 새 깃털 같기도 하고 또 어떤 것은 아래에 작은 줄기가 있는데 매우 짧고 가늘며 위에는 좁쌀 같은 것이 모여 있어서 반드시 여섯 개가 모두 뾰족하고 곧게 서 있었다. 대저 기와나 나무에 붙은 것은 매우 작고 가늘며 초가지붕에 붙은 것은 자못 분명하고, 집 밖에 나와 있는 해진 솜이나 베에 붙어 있는 것은 하나하나 셀 수 있어 그 기묘한 모양은 다 말할 수가 없었다. 나는 자세히 관찰할 때마다 가슴속의 묘한 생각이 마치 누에가 실을 뽑아내는 것과 같았다. 눈과 우박이 또한 여러 종류 있는데 성애는 서리의 종류이다. 대개 눈과 우박은 공중으로부터 이미 형상을 이루기 때문에 밤낮없이 내린다. 서리와 성애는 기운이 겨우 물건에 붙어야 비로소 형상을 이루어 그 상태로 엉기는데 이는 다만 밤을 타서 이뤄지기 때문이다. 또한 서리는 오직 하늘 쪽으로 드러난 곳에만 생기는데 이러한 현상은 기운이 곧장 내려와서일 것이다. 성애는 서리와 매우 달라서 처마 사이의 깊숙하고 은밀한 곳이라도 나무 조각이나 갈대, 혹은 뒤섞인 터럭, 엉킨 실이 있으면 가리지 않고 꽃을 피운다. 이것은 안개 같은 기운이 천지에 가득 차고 흘러넘쳐서 비록 처마 사이라도 기운이 통할 수 있는 곳이라면 곧장 들어가서 꽃이 생기는 것이니 이것도 또한 한 가지 기이한 구경거리이다.
　　(余前見霜片如龜文, 近又見, 或如翡翠毛, 或下有一微莖甚短細, 上必有如粟粒者, 相聚必六箇, 皆矗矗直立. 大抵着瓦者着木者甚微細,

着茅茨者頗分明, 着曝露之敗絮壞布者, 歷歷可數, 其奇巧不可勝言.
余每細玩胸中妙思, 如蠶抽絲耳. 雪雹之類, 亦有數種, 霧淞花, 霜之類
也. 盖雪雹, 自空中已成形而下, 故無論晝夜. 霜及霧淞花, 氣纒着物,
始成形而仍粘凝, 是只乘夜爲之故耳. 且霜, 只露天處生了, 意者氣直
下歟! 霧淞花, 大異於霜, 如簷間奧密處, 若有木柹茅葦, 或亂髮棼絲,
無不緣而生花. 此盖霧氣之類, 密塞天地, 橫溢奔逐, 雖簷間, 氣可通
處, 則橫入而生花耳, 此亦一奇玩.)[165]

인용문은 서리에 대한 관찰을 통해 서리의 종류와 서리의 모형이 다르
게 형상되는 연유에 관해 기술한 작품이다. 이 작품을 통해 드러나는
이덕무의 자세는 일반적 시선이 아닌, 세밀한 관찰을 통해 지극히 세분
화하고 있음을 볼 수 있다. 거북 무늬, 비취 새의 털, 좁쌀 등과 같은
구체적 사물에 빗대어 자신이 관찰한 모습을 형상화하고 있다. 즉 개체
에 대한 관찰을 통해 평소 인식하지 못했던 새로운 세계를 발견하고
있다.

서리와 같은 자연 경물을 글감으로 다루는 것은 한문산문에서 보편적
양상이다. 주로 사물과 자연에 대한 관찰을 통해 이치를 깨닫고 이를
자신의 삶에 반영하려는 의지를 서술하기 마련이다. 그러나 이덕무는
관찰의 과정만을 서술하고 있으며 완상의 대상으로만 인식하고 있다.
이러한 면모는 선행연구에서 소품문의 실례로 거론되기도 하였고[166] 필
기의 관점에서 박학의 추구의 한 면모로 지식의 습득 과정을 기술한
것이라 하였다.[167] 그동안 주목하지 않았던 것을 입론의 대상으로 과감

---

165) 李德懋, 『靑莊館全書』 권48, 『耳目口心書』 권1.
166) 권정원(2006), 81면.
167) 최두헌(2011), 69~70면 참조.

하게 차용한 이덕무의 의도는 일차적으로 글감의 대상을 확대하려는 것이다.

그러나 하나의 사물에 대한 면밀한 관찰과 그 과정을 세밀한 묘사로 그려낸 것은 개체의 관심이 반영된 것이라 하겠다. 게다가 인용된 이 작품은 관찰의 과정을 압축하여 교시적(教示的)으로 드러내기보다는 현상에 대한 나열로만 일관하고 있다. 자신의 주장을 표면으로 드러내기보다는 있는 그대로의 사물을 묘사하는 것이 이 작품의 서술의 주된 방식이다. 나아가 자연 경물의 관찰로 인해 얻어진 현상에 대한 나열은 회화적 묘사가 주를 이룬다.[168]

이덕무 산문에서는 유독 나열로만 일관하는 글들이 많은 비중을 차지한다. 이러한 작품들에 주로 사용되는 서술기법은 반복적 자구와 대비이다. 이와 함께 뚜렷한 주제의식은 보이지 않는다.

> 번뇌가 이를 때 눈을 감고 앉으면, 눈 속이 하나의 빛이 빛나는 세계가 된다. 붉기도 하고 푸르기도 하며 검기도 하고 희기도 한 광채가 아른거려 형용할 수 없다. 어느 순간에는 뭉게뭉게 피어나는 구름이 되고, 또 어느 순간에는 넘실넘실 출렁이는 물결이 되며, 또 어느 순간에는 수놓은 비단이 되며, 또 어느 순간에는 부서지는 꽃잎이 되기도 한다. 때로는 반짝이는 구슬 같고 때로는 흩어진 좁쌀 같기도 하여 순식간에 변하고 번번이 새롭게 되니 이러다 한때의 번민과 근심이 싹 사라지게 된다.
>
> (煩惱時, 闔眼坐, 瞋膜之間, 作一着色世界. 丹綠玄素煜流蕩, 不可

---

168) 이덕무 산문의 이와 같은 특징은 여러 작품에서 확인할 수 있다. 주로 『선귤당농소』와 『이목구심서』에서 콩, 금붕어, 모기, 거미 등 지극히 보잘것 없고, 미세한 존재들에 관한 서술들이 주된 내용을 차지하고 있다. 또한 이들에 대한 주된 서술방식은 나열식 표현을 통한 회화적 묘사이다.

以名. 一轉而爲勃勃之雲, 又一轉而爲瑟瑟之波, 又一轉而爲纈錦, 又
一轉而爲碎花. 有時而珠閃, 有時而粟播, 變沒須臾, 局局生新, 足可銷
一場繁憂.)[169]

인용문은 번뇌에 대해 기록한 것이다. 글의 시작은 번뇌가 이르게
되면 가만히 눈을 감게 되는 상황에서 시작된다. 눈 속에서의 형상은
하나의 빛으로 시작되는데, 잠시 후 붉은빛과 검은빛으로 아른거려 형
용할 수가 없다고 말한다. 하지만 이후 서술은 형용할 수 없는 대상을
자신이 경험했던 형상에 빗대어 나열하고 있다. 피어나는 구름, 출렁
이는 물결, 수 높은 비단, 부서지는 꽃잎, 반짝이는 구슬, 흩어진 좁쌀
등 하나같이 주변에서 흔히 볼 수 있는 사물들을 통해 핍진하게 묘사하
고 있다. 이는 하나로 형용할 수 없기에 주로 움직이는 사물들의 유동
적 상태를 기술하였다. 경험으로 기술된 부분은 보편적이기보다는 자
신이 체험한 것으로만 기술하였기 때문에 지극히 주관적이다.

한문산문에서 번뇌와 같은 제재를 입론할 때에는 성리학의 이(理)를
바탕으로 한 거경(居敬) 및 수신(修身)과 연관한 것이 주된 내용이다. 따
라서 심(心)에 관한 내용을 기술하는 것도 이(理)의 존재 및 존숭을 말하
기 위함이다. 그러나 인용된 작품에서는 이와 같은 것에 대한 언급이
전무하다. 오히려 번뇌를 해소하기 위한 노력보다는 방관적 자세만을
취할 뿐이다. 이는 번뇌를 일으키는 요소가 세상의 물질적 요소와 관계
되기 때문이다. 앞서 형용할 수 없는 번뇌를 눈 속에서 움직이는 사물
에 빗대어 서술한 것과 이러한 이미지들에 대한 묘사는 눈을 뜨면 사라
지는 세상사의 허상을 말하기 위함이다. 결국, 이덕무는 번뇌를 일으

---

169) 李德懋, 『靑莊館全書』 권49, 『耳目口心書』 권2.

키는 세상사 모든 것이 실체가 없다는 것을 말함으로써 무의미함을 주
장하고 있다.

서술방식에는 번뇌의 형상을 비유한 부분이 모두 반복적 구식(句式)
으로 이루어져 있다. 묘사의 치밀함과 그 치밀한 구식을 반복적으로
나열함으로써, 대상의 형상성을 높이고자 하였다. 그러나 구식의 계속
적인 반복보다는 그 안에서의 조금씩 변형을 꾀하고 있다. '一轉而爲□
□之□'의 형식을 반복하다가 '一轉而爲□□'의 형식으로 바꾸어 반복
한 다음 '有時而□□'으로 변형하고 있음을 볼 수 있다.

한문산문에서 지나친 반복을 피하는 것은 보편적 양상이다. 이덕무
또한 글의 문세(文勢)를 유려(流麗)하게 만들기 위한 의도적 변형이라
할 수 있겠다. 그러나 그 이면에서는 묘사하려는 대상이 한가지로 규정
될 수 없기 때문이기도 하다. 일차적으로 형용할 수 없는 대상을 형상
화하기 위해서 반복이라는 서술방식을 이용하여 그 대상의 형상성을
높이고자 하였다. 하지만 형상하려는 대상을 하나로 규정할 수 없기에
중첩되는 이미지를 피하기 위해서 자구의 변형을 꾀하고 있다. 따라서
이덕무는 이 작품에서 무엇보다 묘사에 주안점을 두었고, 묘사의 대상
에 따라 혹은 대상의 이미지에 따라 서술방식이 변모하고 있음을 살펴
볼 수가 있다. 그렇다면, 이덕무가 글의 주제를 뚜렷하게 문면에 드러
내기보다는 경물에 관한 관찰의 과정과 이를 통해 자연의 질서 및 법칙
만을 깨닫게 되는 장면과 상황만을 나열식으로 일관하는 이유에 대해
살펴볼 필요가 있겠다.

이덕무가 처한 18세기는 기존 세계관의 균열과 상공업의 발달로 인해
생활방식이 급변한 시기이다. 이덕무는 이러한 변화에 대응하기 위해
자신과 연관된 일상적인 것에서 의미를 찾으려 하였다. 이와 함께 개체

를 통해 자연 질서의 보편적 진(眞)을 검증하려 하기보다는 오히려 개체를 통해 상대적이고 주관적 진(眞)을 추구하였다. 이때의 진(眞)은 진아(眞我)의 의미에 가깝다. 따라서 일차적으로 자신에게 주목하였으며, 이것은 자아 회복을 위한 글쓰기를 하게 된 이유 중 하나이다.[170] 따라서 진(眞)의 추구로 인해 자아에 주목하게 되었고, 자아의 관심은 각각의 개체로 대상이 확대되며, 개체에 대한 주목과 관찰에서 터득한 고증적 연구방법을 통해 박학(博學)이라는 연구 태도를 견지하게 된 것이다. 이 과정에서 반드시 자득을 통해 터득한 개체의 진실을 표현하기 위해서 기존과 또 다른 새로운 문체나 표현기법에 주목한 것이라 할 수 있다. 이것이 이덕무의 기(奇)와 신(新)이다. 결국, 이덕무는 자아인식을 통해 얻은 진(眞)을 필요로 하였고 이에 따른 양상으로 나타난 것이 창작에서의 독특함이다. 이 독특함이란 무조건적인 새로운 것이 아니라 진(眞)을 추구하였기 때문에 진정성을 내포한 것이라 할 수 있다.[171]

이 항에서 이덕무가 서러나 번뇌에 주목한 것은 그동안 주변부에 위치한 개체의 관심이며 이 관심을 통해 주변부에서 중심부로 위치를 격상시키려는 의도가 내재되어 있다. 따라서 이 대상들 자체가 진(眞)이기 때문에 의론보다는 서사를 서술의 중심에 둔 것이다. 또한, 개체마다 다른 진(眞)을 보여주고자 한 것이기 때문에 의론성이 강한 서술보다는 서사

---

170) 이덕무 산문에서 자신 및 자아에 주목한 작품들이 자못 발견된다. 尹光心의 『幷世集』에 수록된 「字懋官說」에서 이덕무는 『書經』의 구절을 차용하여 자신의 字를 明叔에서 懋官으로 바꾼 사실이 기록하고 있다. 이는 단순히 字에 관해 기술하고 있는 것으로 보이나 그 이면에는 남들과 구분할 수 있는 자신[眞我]를 추구하겠다는 말이 내재되어 있는 것이다.

171) 李德懋, 『靑莊館全書』 권48, 『耳目口心書』 권1: "余以寫出眞情爲務, 無非胸臆間事耳. 夫文章, 沁入骨髓可好耳. 古人云, 可與知者道, 不可與俗人語, 余每疑此語甚薄而無忠厚意, 近日漸覺此語不得已也. 君之文章, 不無疵處, 余愛其眞情流出, 每多之也."

를 중시하였고 서사에서도 나열과 같은 방법을 사용하고 있다. 앞서 지식 전달보다 정서적 공감을 유발했던 유형과는 또 다른 면모이다. 이러한 점은 인식론적 저항의 일종이라 하겠다. 기존의 가치관에서 중시했던 것을 글의 제재로 활용하기보다는 자득을 통한 깨달음을 바탕으로 비주류의 제재들을 과감하게 입론하면서 당대 사유의 한계선에서 발생되는 낯설음을 유발한 것이다. 이 낯설음이 평자들에게 기(奇)로 지목되었고, 평자에 따라 긍정적, 부정적인 입장을 취하게 되었다.

이 항을 통해서 드러난 이덕무의 기(奇)는 진(眞)과 관련되어 있기에 기괴(奇怪)보다는 신기(新奇)에 가깝다. 앞서 박지원이 이덕무 산문을 '기초이불리어진절(奇峭而不離於眞切)'이라 평가한 부분이 바로 이러한 점이다. 따라서 이러한 점은 당대 기(奇)를 추구했던 작가들이 첨신(尖新)만을 주장한 것과 다른 면모이다.

4) 자신의 객체화를 통한 자오(自娛)의 개아(個我) 추구

18세기 한문산문에서 일탈적 글쓰기는 여타 시기보다 부각된다. 이러한 원인은 내·외적인 문제가 복합적으로 작용하여 단일하지 않지만, 당대 일탈적 글쓰기인 기(奇)를 추구했던 문인들은 문학방면에서 지식인이 되는 것만이 자신의 존재를 부각시킬 수 있는 유일한 길이라 믿었고, 문학이라는 틀에서 자신들만의 배타적인 메시지를 구축하고자 하였다. 따라서 이 시대의 일탈적 글쓰기는 개성을 동반하고 있는데, 이는 무엇보다 자신에게 주목한 결과들이다.[172] 이에 이 시기에 이르러서

---

172) 이 부분은 김경(「18세기 自傳에서의 他者化 양상과 그 의미 – 李德懋와 兪漢雋을 중심으로」, 『민족문화연구』 82, 고려대 민족문화연구원. 2019)을 수정·보완한 것이다.

는 주어진 사물의 모방이 아닌 작가 자신의 표현이라는 사상이 대두되면서 개성적 면모가 부각되었고, 또한 이러한 시대적 배경을 바탕으로 자신을 주제로 한 작품들이 활발하게 창작되었다.[173]

이러한 양상은 여타 산문장르보다 규범성이 강한 자전(自傳)에서도 확인된다.[174] 자전은 자기규정이다. 그래서 처음부터 '나는 누구인가?' 혹은 '나는 누구이다'로 시작된다. 하지만 '나'라고 직접 서술하지 않는다. 때문에 '여(余)'라든가, '아(我)'라든가 하는 명확한 1인칭을 사용한 것은 특수한 예에 해당한다. 즉 서술자가 자신임이 분명하더라도 자신을 가리키는 것과 타자를 가리키는 것을 구별하지 않았다. 이러한 양상은 자전이 전(傳)의 하위장르이기 때문에 그 체재를 답습하는 것이다. 즉 기록자의 입장에서 자신에 대한 기록이지만, 공인으로서의 입장을 반영하여 서술자인 자신은 집필자로서의 객관적 자리를 획득하게 된다.

아울러 자신에 대한 지칭은 가계(家系)를 밝히는 부분에서 서술되는데, 이러한 양상은 자서(自序)에서도 동일하다. 사마천(司馬遷, B.C.145?~B.C.86?)의 경우, 가계 및 부친인 사마담(史馬談)을 소개하면서 자신의

---

173) 일례로 自編 문집의 편찬이 증가하면서 自序의 창작이 활발해졌다. 김수진, 「朝鮮後期 文集刊行의 推移와 그 特徵」, 『어문연구』 41, 한국어문교육연구회, 2013; 김수진, 「조선시대 자편문집에 대한 탐사 – 규장각 소장 자편문집의 발굴과 분석」, 『서지학연구』 68, 한국서지학회, 2016; 정용건, 「조선후기 문집 自序의 창작과 그 특징 – 자기 사사로서의 면모와 관련하여」, 『민족문학사연구』 64, 민족문학사연구소, 2017.

174) 여기에서 자전은 작자 스스로가 지은 傳을 의미한다. 또한 자전은 작자와 대상인물이 일치하는지 여부에 따라 史傳계열로 托傳계열로 구분하고자 한다. 자전의 분류에 대해 심경호(『나는 누구인가』, 이가서, 2010, 623~638면)는 자기의 일생 사적을 기술한 전을 자서전 계열, 자기를 추적하기 보다는 고정된 자기의 상을 묘사하는 것을 탁전계열로 지칭하였다. 본고에서는 타자화 측면에 주목하였기 때문에 기술된 대상인물이 사실성을 지니면 사전계열, 허구성을 지니며 탁전계열로 지칭하고자 한다. 즉 사전계열은 '작자=화자=대상인물', 탁전계열은 '작자=화자≠대상인물'임을 말한다.

이름을 서술하였다. 즉 사전의 경우 가계·성명·자(字)·호(號)는 작품 서두에 등장하는데, 자서 및 자전에도 이와 같은 방식은 전형성을 지닌 다. 이는 자신의 정체성을 확인하기 위함이자, 타인에게 자신을 규정하 는 중요한 요소였으며, 나아가 자기 자신을 둘러싼 세계의 관점에서 자기를 파악하는 것으로, 이런 태도에서 개별적 자아보다도 집단적 자아 를 우선시하였다는 점이 드러난다.[175]

또한, 자전의 주된 내용은 자신의 호(號)에 대한 해명과 자신이 지향 하고자 하는 삶에 대한 피력이다. 그 과정에서 작가는 자오(自娛)를 추 구하고자 하는 의지를 반영한다. 자오이기 때문에 타자와 공유하려는 태도보다는 스스로 즐기는 것에 만족한다. 그럼에도 이 즐김은 공리(公 利)와는 대치되지 않는 것이 일반적이며, 18세기 조선에도 동일한 경향 을 보인다.

그런데 자오에 대해 스스로 즐긴다는 차원을 넘어 다른 이와 공유할 수 없는 것이자, 공리와 대치되는 성격을 지니는 면모가 등장하기도 한다. 이 중에서도 문장에 대해 스스로 즐긴다는 '문장자오(文章自娛)'는 도연명(陶淵明, 365~427)의 「오류선생전(五柳先生傳)」에서 비롯된 이후, 자전에서 자신의 삶과 문학을 집약하거나 지향점을 피력할 때 투식처럼 사용되었다.

---

175) 자기규정은 '나는 누구인가라'는 질문에 대한 대답이다. 이 질문은 화자들의 소통에서 최초의 의미를 찾는데, 나의 가계에서부터 나를 가장 중요하게 정의하는 관계가 이루어지 는 도덕적·정신적 방향의 공간에서 내가 누구인지를 정의한다. 찰스테일러, 권기돈·하 주영 옮김, 『자아의 원천들』, 새물결, 2015, 81면; 가와이 코오조오, 가와이 코오조오 지음·심경호 옮김, 『중국의 자전문학』, 소명, 2002, 41~43면 참조.

① 목멱산(木覓山) 아래 어리석은 사람이 살고 있었다. 말이 어눌해 잘하지 못하였고, 성품이 게으르고 옹졸하여 융통성이 없었으며 바둑이나 장기는 더더욱 알지 못하였다. 남들이 욕을 해도 변명하지 않았고, 칭찬하여도 뽐내지 않았으며 오직 책만 보는 것을 즐거움으로 삼아 추위와 더위나 배고픔을 전혀 알지 못하였다.

② 어렸을 때부터 스물한 살이 된 지금까지 하루도 옛 책을 손에서 놓은 적이 없었다. 그의 방은 매우 작았다. 하지만 동쪽, 남쪽, 서쪽에 창이 있어 동쪽 서쪽으로 해가 드는 곳에 따라 옮겨 가며 밝은 데에서 책을 보았다.

③ 보지 못한 책을 볼 때마다 기뻐서 웃으니, 집안사람들은 그가 기뻐하는 모습을 보면 기이한 책을 구한 것임을 알았다. 그는 특히 두보(杜甫)의 오언율시(五言律詩)를 좋아하여 읊기를 앓는 사람처럼 웅얼거렸고, 깊이 생각하다가 심오한 뜻을 알게 되면 매우 기뻐 일어나 왔다 갔다 하는데 그 소리가 까마귀가 짖는 듯하였다. 어떤 때는 조용히 아무 소리도 없이 눈을 크게 뜨고 멀거니 보기도 하고, 어떤 때는 꿈꾸는 사람처럼 혼자서 중얼거리기도 하였다. 사람들이 책만 보는 바보라 하여도 웃으며 받아들였다.

④ 그의 전기(傳記)를 써 주는 사람이 없기에 붓을 들어 그 일을 써서 「간서치전(看書痴傳)」을 짓고 그의 성명은 기록하지 않는다.[176]

이덕무의 자오(自娛)는 독서이다.[177] 이 글에서는 문장에 대한 본격

---

176) 李德懋, 『嬰處文稿』 권2, 「看書痴傳」: "木覓山下, 有痴人. 口訥不善言, 性懶拙, 不識時務, 奕棋尤不知也. 人辱之不辨, 譽之不矜, 惟看書爲樂, 寒暑飢病, 殊不知. 自塗鴉之年, 至二十一歲, 手未嘗一日釋古書. 其室甚小, 然有東牖, 有南牖, 有西牖焉, 隨其日之東西, 受明看書. 見未見書, 輒喜而笑, 家人見其笑, 知其得奇書也. 尤喜子美五言律, 沉吟如痛痾, 得其深奧, 喜甚, 起而周旋, 其音如鴉叫, 或寂然無響, 瞠然熟視, 或自語如夢寐人. 目之爲看書痴, 亦喜而受之. 無人作其傳, 仍握筆書其事, 爲看書痴傳, 不記其名姓焉." 번역은 한국고전번역원 DB를 참조하되, 필요한 부분은 수정하였다.

177) 이덕무의 독서에 대한 애호는 「蟬橘堂濃笑」에서도 확인된다. "讀人得意之文, 狂叫大拍, 評筆掀翻, 亦宇宙間一遊戲."

적인 논의가 등장하지는 않지만, 이덕무가 문장을 대하는 태도를 엿볼
수 있다.[178] 그는 이 글에서 오로지 책을 읽는 즐거움만을 자기서사의
대상으로 삼았으며, 독서의 즐거움 극대화하였다. 이를 위해 '간서치
(看書痴)'라는 호(號)의 정당성을 타자의 시선을 통해 객관화하였고, 나
아가 탁전의 전형적인 서술방식을 활용함으로써 공감을 유도하였다.

또한, 자오의 즐거움을 극대화하기 위해 자전에서 상투적으로 서술
하는 성품과 연계하였다. 성품에 해당하는 자는 치(痴)이다. 이덕무는
치(痴)를 나졸(懶拙)로 부연 서술하였는데, 이는 시무(時務)를 잘 알지
못했기 때문이라 하였다. 즉 세속적 가치관과 대치되는 것이다. 이처
럼 탁전에서 성품은 주로 세속의 가치와 무관하게 서술된다.[179] 세속의
가치와 무관하다는 것은 '부지하인(不知何人)'과 함께 현실 세계로부터
일탈한 사람이라는 것과 허구로 설정된 인물이라는 것을 보여주기 위
함이다. 이 글에서 성품은 독서의 목적과 연계되는데, 그 목적은 명예
나 이익의 추구가 아니다. 이는 「오류선생전」과 흡사하다.[180] 독서 이
외의 것을 목적으로 삼지 않았고, 독서의 쾌락을 추구하였다는 점에서

---

178) 이덕무는 한때 문학을 유희의 수단으로 인식하기도 하였다. 李德懋, 『靑莊館全書』
　　권4, 「書諸子書目後」: "然何必傳世之爲愈, 靜居著述, 聊以自娛洒可也. 古今人自娛者,
　　又幾人歟! 欲傳于世者, 過半也歟!";『靑莊館全書』권3, 「嬰處稿自序」: "維余自童子日,
　　性無它所好, 能嗜文章, 亦不能善文章, 惟嗜也."
179) 중국의 경우 嬾·懦·拙懶등이 사용되고, 우리나라 자전에서는 懦·痴 등이 사용된다.
　　이 외에도 스스로를 어리석고[癡] 미쳤으며[狂] 우활하다[迂] 생각한 조선후기의 적지
　　않은 문인지식인들이 자서전을 창작했다. 18세기에는 이덕무 이외에 趙秀三(1762~1849)
　　또한 「經畹先生自傳」에서 자신을 狂士라 하였다. 안득용, 「조선후기 자서전의 특징적
　　局面과 그 의미」, 『한국한문학연구』 56집, 한국한문학회, 2014, 431~435면 참조.
180) 「오류선생전」에서는 "閑靖少言, 不慕榮利, 好讀書, 不求甚解, 每有意會, 便欣然忘
　　食."하였는데, 독서를 수단으로 삼아 명예나 이익을 추구하기보다는 自娛하고자 하는
　　태도를 보인다.

동일한 성격을 지닌다. 다만 「오류선생전」의 후반부는 술에 대한 즐거움과 은거에 대한 즐거움으로 서술이 이어지는데, 향유하고자 하는 즐거움을 차례대로 나열한 것이다. 반면, 이덕무는 오로지 독서의 즐거움만을 서술하고 있다.

②에서는 독서에 대한 즐거움을 누리는 데 있어 현실적 제약을 서술하였다. 이덕무의 독서에 대한 즐거움은 현실적인 요소인 가난과 대립하면서 공리(公利)와 대치된다.[181] 그럼에도 세속에 대한 반항은 전무하고 오히려 자신의 내적 즐거움을 서술의 중심에 배치하는데, 이는 독서의 즐거움을 대타적(對他的) 방향이 아닌 대자적(對自的)방향으로 이행하게 한다.[182] 즉 "기실심소, 연유동창, 유남창, 유서창언, 수기일지동서, 수명간서(其室甚小, 然有東牖, 有南牖, 有西牖焉, 隨其日之東西, 受明看書.)"는 가난을 단적으로 드러내는데, 이러한 물질적 제약은 오히려 독서의 즐거움을 방해하기보다는 가난을 괘념치 않는 모습을 통해 독서의 즐거움을 극대화하고 있다. 그런데 「오류선생전」에서의 즐거움은 『논어(論語)』의 구절인 "단표(簞瓢)"를 통해 쾌락에 끌려다니기보다는 담박한 태도로 회

---

181) 兪漢雋 또한 治世보다는 自娛로서의 문장을 추구하겠다는 자신의 신념을 피력하였다. 兪漢雋, 『自著』 권14, 「自傳」: "漢雋雖文章自娛, 傷時命不偶, 不能策名樹功, 爲當世之用."

182) 對自는 卽自와 함께 헤겔 철학에서 역사의 변증법적 과정을 해명하는 데 사용되는 개념이다. 卽自란 사물이 직접 드러난 현상이나 존재, 실체를 가리키며, 對自는 그 실체에 대한 객관화를 통해서 인식되는 행위이자 주체화되는 상태로서 변증법적 지양을 거쳐 개념화된 인식 상태를 가리킨다. (한국문학평론가협회, 『문학비평용어사전』下, 국학자료원, 2006, 888~889면 참조.) 이덕무의 '간서치'는 타자에 의해 부여된 정체성이기 때문에 자립성을 잃게 되어 對他로 발전한다. 하지만, 지양의 과정을 거치지 않기 때문에 헤겔이 제시한 對自와는 다른 면모이다. 그럼에도 결국 '간서치'를 호로 삼았다는 것은 무자각 상태에서 자기의식 대상으로의 전환을 의미하기 때문에 對自의 성격을 내포하고 있다.

귀하며 내면세계의 안정을 구축한다. 조선의 경우, 이덕무 이전에 최충성(崔忠成, 1458~1491)이 「산당서객전(山堂書客傳)」에서 독서에 대한 즐거움을 서술하였는데, 역시 "단사표음(簞食瓢飮)"이란 구절을 차용하여 독서의 공리적 성격을 강조하며 내면의 안정화를 구축하였다.[183]

그런데 이덕무의 독서는 공리에 대치되는 것을 넘어서 쾌락에 이끌러 다니는 탐닉에 가깝다는 것을 ③에서 확인할 수 있다. 따라서 타자들은 이 모습을 병적이라 여겨 이덕무를 '간서치'라 명명하였다. 호(號)는 이름처럼 타인에게 호명되기 위해 명명한 것으로, 그들에게 호명되었을 때 생명력을 유지할 수 있다. 작품에서 간서치는 자신이 명명했다기보다는 타인이 명명한 것이고, 자신 또한 부정하지 않는 모습으로 서술되어 있다. 이러한 서술을 통해 이덕무는 '간서치'라는 호에 정당성을 부여하고 있다. 일차적으로는 탁전의 방식인 '자기타자화'로써 자신을 객체화하였고, 서술 내에서는 '간서치'를 타자의 시선으로 그려냄으로써 재차 객체화를 시도하였다.

아울러 자신이 지향하고자 하는 인물을 이상적으로 그려내기보다는 오로지 독서하는 모습을 핍진하게 서술하였다. 즉 '간서치'라는 호를 의론으로 개진하기보다는 일상생활을 구체적 묘사하는 탁전의 전형을 활용한 것이다. 이는 백거이(白居易, 772~846)의 「취음선생전(醉吟先生傳)」에서 비롯되었는데, 「취음선생전」에서는 기(嗜)·탐(耽)·음(淫) 등의 과도한 어휘를 사용하면서도 일상생활 및 현실 생활에 안정감을 유지하고 있다. 우리나라에서는 최기남(崔奇南, 1586~?)의 「졸옹전(拙翁傳)」에

---

183) 崔忠成, 『山堂集』 권2, 「山堂書客傳」: "自知寡足眞堪笑, 賴有顔瓢一味長. 其爲養眞也則布被百結, 藜羹一盂, 一簞食, 一瓢飮, 得之則飽焉. 冬一裘, 夏一葛, 得之則服焉, 不以飢渴而苟得於人, 不以困窮而改其初心, 忍飢忍寒而講讀不撤."

서 확인할 수 있다. 특히 독서하는 모습을 구체적으로 서술했다는 점에서도 유사한 면모를 지닌다.[184] 그러나 이덕무의 「간서치전」처럼 안정감을 파괴함으로써 자신의 쾌락을 극대화하는 면모와는 다르다.

또한, 이덕무는 자오(自娛)인 독서의 즐거움을 타인과 공유하기보다는 개인의 영역에만 한정하였다. 나아가 그 즐거움을 논리로 개진하기보다는 자신의 생활방식을 고집하는 태도만을 드러내었다. 이 과정에서 이덕무는 자기성찰적인 면모라 할 수 있는 자신의 내면에 주목하고 있지 않다. 오히려 타인에게 의미가 없는 것을 통해 독서의 즐거움에 대한 의미부여의 강도를 높이고 있다. 즉 타자의 관점에서 정립된 자신의 단점을 그저 일관되게 보여주는 태도를 견지함으로써, 고치지 못했다고 하기보다 고치려 하지 않았다는 점을 강조하고 있다. 따라서 이덕무의 독서는 자오(自娛)이지만, 작품 내에서는 서술자와 서술대상 간에 철저한 거리감이 유지되면서 독서의 즐거움은 외부세계로 전달되지 않아 전반적으로는 고독의 정조에 가깝다. 이처럼 이덕무의 자오(自娛)는 타자화의 전략을 통해 개별성을 지닌다.

따라서 자오(自娛)를 추구하는 과정에서 현실의 나와 이상적 나 사이에서의 내면적 갈등이 배제되어 있지만, 이는 탁전(托傳)계열에서 구체적인 일화만을 기술하기 때문에 문면에 노출되지 않았을 뿐이다. 오히려 자신을 타인에게 정확히 피력하고자 하는 의도가 반영된 것이다. 이러한 서술의 바탕에는 문장가로서 자부심이 내재되어 있기 때문이다.[185] 즉 타인의 시선에서 규정된 자신에 대한 비판을 자부심으로 치

---

184) 崔奇南, 『龜谷詩稿』 권3下, 「拙翁傳」: "以簡編自娛, 得會心處, 怡然忘憂, 興到則輒
獨往林麓間, 吟嘯徜佯. 或於稠人羣處, 泯嘿如愚人, 談論是非, 不欲與人相較. 衆人之
所趨, 羞不肯爭, 衆人之所捨, 守分安焉."

환하였다. 이것이 바로 이덕무가 자신의 전(傳)에서 독서하는 모습만을 서술하였는지에 대한 이유이기도 하다. 이덕무는 작품에서 자오(自娛)를 통해 그저 자신에게 충실한 삶을 그려내고, 나아가 궁극적으로 자신의 삶을 관철한다는 의지를 강조하였다. 게다가 독서에 대한 즐거움은 타인에게 동의를 구하거나, 그들과의 갈등 및 현실을 초월하는 기쁨이 내재 되어있기에 이덕무의 자오(自娛)는 사적인 영역을 넘어 이덕무만이 지닐 수밖에 없는 개아(個我)의 성격에 해당한다.

결국, 이 작품은 입전된 인물의 독서 모습에만 한정되어있는데, 이를 위해 이덕무는 타자화 방식을 여타 자전에서보다 엄격히 적용하였다. 그럼에도 타자화 전형의 유지가 아닌 변주의 결과를 가져왔다. 즉 형식의 전형성을 더욱 견고하게 유지하는 방식을 통해 내용에서 자신만의 배타적인 메시지를 구축하였다는 점이다. 이는 자오(自娛)의 추구 과정에서 '간서치'는 타자화의 전략을 통해 대타적(對他的) 방향이 아닌 오히려 철저히 자신에게만 국한하기 때문에 대자적(對自的) 방향으로 이끄는 효과를 발휘하였기 때문이다. 이덕무의 정체성은 자기규정이 아닌 타인에 의한 것인데, 이덕무는 그 정체성을 적극적으로 수용하면서 철저히 자기화하였고, 이 과정에서 객체인 '간서치'는 주체가 되기 때문에 이덕무가 추구한 자오(自娛)는 개별성을 지니게 되는 결과를 가져오게 되었다.

즉 이덕무는 자신의 삶을 변호하고 자신의 이상을 추구하고자 하는

---

185) 이덕무가 독서를 酷好하는 것은 부단한 노력 때문이 아니라 타고난 것이며, 이를 통해 자신 삶의 지향점이 학문에 있음과, 지식인으로서의 내재된 자부심을 드러내고 있다. 김경(2015), 「李德懋 散文의 自己告白에 나타난 이중적 自我」, 『대동한문학』 45, 대동한문학회, 253~254면 참조.

의지를 문면에 적극적으로 표출하지 않았음에도 결국 자신을 적극적으로 변호하는 결과를 낳았다는 점이다. 이는 형식에서의 타자화 방식을 유지하면서도 내용에서 변주를 통해 구현한 것이다. 특히 타자화 방식이 허구성을 수반하기 때문에 유희적 요소가 가미되지만, 이들은 진중한 서술태도를 보여주기 때문에 유희적 요소가 상대적으로 희박하였다. 아울러 자기규정을 통해 확인한 자기정체성에는 유사한 면모가 확인되는데, 바로 문장가이다. 이덕무의 '문장자오(文章自娛)'는 자전에서 문인들이 상투어처럼 사용해왔던 용어이다. 하지만 이덕무는 그 말을 끌어와 자신의 글쓰기가 주자학적인 의론을 취한 것도 아니고 국가를 경영하는 일에 일조하려는 것도 아니라 자부심을 우회적으로 표출하려는 데에 목적을 두었다. 따라서 이덕무의 자오(自娛)는 공적(公的)인 것이 아니라 사적(私的)인 성격에 해당한다. 이러한 인식 및 행위의 기저에는 문장을 공리적 요소로 인식하기보다는 사적 요소로 여긴 것에서 기인한다.

정리하자면, 이덕무는 타자화라는 자전의 전형적인 방식을 통해 자신을 정의하고 있다. 타자화 방식으로만 보자면, 오히려 전대보다 견고한 방식을 구축하였다. 그런데 내용상에 있어 자신을 당대의 인식망에서 일탈한 존재로 규정하였다. 이 지점에서 18세기 자전의 변주 양상을 확인할 수 있었다. 그렇다면 '이덕무는 형식에서 전형성을 강화하면서도 내용상에서의 변주를 추구하였는가?'라는 물음을 발생시킨다. 타자화란 방식은 전형성을 지니기에 자전의 전형성을 강화하였다는 것은 판에 박힌 틀을 통해 개성적 면모를 표출하려 했던 것이라고도 볼 수 있다. 더구나 자전의 전형을 통해 타인들과 소통하고 이해를 공유하고자 하는 태도를 견지하였다. 따라서 이러한 일탈적 면모는 자전의 전형인 타자화를 통해 타자 및 동시대의 인식망과 관계를 유지하였기에 자전에서의 내적 혼란을 야기하면서도 결국 자전으로의 성립이 가능하였다.

주지하다시피, 18세기 산문에서 변주와 전복을 주장한 문인들에게서 확인할 수 있는 특징은 개성과 독특성의 추구이다. 개성과 독특성이란 다른 사람과 차별화되는 점을 전제로 하는데, 18세기에 개성적 면모가 부각되는 문인들 또한 자전적 글쓰기를 방식을 활용하여 자신을 저술의 대상으로 삼았다. 이 시기뿐만 아니라 자전을 통해 자신을 서사의 대상으로 삼았던 문인들은 대체로 자신을 불우한 인물로 인식하였다. 이에 작가 스스로가 타인에 의해 입전의 대상이 되어 후대에 전할 만한 인물로 여기지 않았다. 아울러 자신에 대한 기록이 타인에 의해 왜곡될 수 있다는 염려와 함께 자신의 진면목을 알 수 있는 자는 자신만이 유일하다는 이유가 저술동기로 작용하였고, 이러한 면모가 당대 및 후대에 기(奇)의 요소로 지적되었다.

5) 소결

이덕무는 제가의 평에서 기(奇)로 지목된 작가이자, 스스로도 기(奇)에 대한 긍정적 인식을 보인 인물이다. 그는 기(奇)에 대해 정(正)과의 상보적 관계를 설정하며 자득(自得)을 통해 구현된다는 인식을 보였다. 따라서 이덕무는 자득을 바탕으로 작가의 개성을 중시하며 사물과 개체의 다양성을 인정하였다. 실제 작법에서도 험벽한 자구나 전고 등으로 문맥을 어렵게 하거나 특이한 발상으로 개성을 부각하기보다는 장르나 제재에 따라 다양한 서술방식을 시도하면서 자신만의 글쓰기로 재창작하면서 개성적인 면모를 표출하였다. 이러한 양상에 대해 평자들은 이덕무의 산문이 모방과 답습보다는 깨달음을 통해 독자적 기법

과 새로운 격조를 창출하였음을 지적하며 기초(奇峭), 현묘(玄妙), 독창
(獨創), 신조(新調) 등으로 평하였다.

이 절에서는 평자들이 이덕무 산문에서 기(奇)의 요소로 언급한 부분
이 실제 작품에서 어떠한 양상으로 구현되는지를 4가지로 나누어 논의
하였다.

첫 번째, 이덕무는 세밀한 묘사를 통해 자신의 정감을 다양하게 표
출하였다. 다만 정감표출 방식에 있어 변격과 변화를 통해 상례와 반대
되는 양상을 보인다. 특히 극적 묘사나 과도한 감정표출 등이 비관습적
인 면모로 지적되며 기(奇)의 요소로 언급된 것이다. 자신의 감정표출
에서는 진정(眞情)의 발로를 우선시하였기 때문에 체식의 관습적 제약
에서 벗어난 일탈적 면모를 보인다. 이러한 점은 소품문의 주제의식과
비슷한 양상이다. 그러나 서술기법에서는 서사를 중심으로 단구의 반
복을 통해 문기(文氣)를 조절하고 있음을 볼 수 있었다. 아울러 주제를
표면적으로 전달하기보다는 서사나 묘사만으로 일관하며 우회적으로
드러내고 있다. 따라서 이덕무 산문에는 소품문, 진한고문 등 일정 문
파에 귀속되기보다는 각 문파의 문예미를 인정하며 자신만의 글쓰기로
재창작하고 있음을 볼 수 있다.

두 번째, 원(原)·설(說)과 같은 관습적 제약이 요구되는 체식에서도
백화체를 과감하게 사용하였다. 물론 글 전편에 걸친 양상이라기보다
는 고문체에 기조를 두고 사이사이에 구어적 표현을 융합하고 있다는
점이다. 18세기 고문에서의 백화체 사용은 박지원·이옥·노긍에서도
볼 수 있는데, 이덕무는 백화체를 첩어와 함께 서사의 생동감을 높이는
데 활용하였다. 이를 통해 원·설과 같은 장르에서도 의론보다는 서사
를 중시하였고 구어적 표현을 통해 관습적 서사에서 탈피하였음을 알

수 있었다. 이를 통해 구체적인 사물과 사간에 대해 핍진한 묘사와 생동감을 구현하고 있다.

이 절에서 3번째 양상인 입론의 다양화는 이 시대 기(奇)를 추구한 작가들에게 자주 확인되는 점이다. 이덕무 또한 일상적 소재들을 과감하게 입론함으로써 그 영역을 확장하고 있음을 보았다. 그러나 입론된 대상들을 통해 글의 주제를 교시적(敎示的)으로 드러내기보다는 현상에 대한 나열로만 일관하였다. 현상에 대한 나열 또한 세밀한 관찰을 통해 지극히 세분화하고 있는데, 이는 주목하지 않았던 비주류에 대한 주목이자 각각의 개체에 대한 구별과 발견으로 이어지고 있다. 이덕무의 이러한 태도는 입론의 대상 자체가 진(眞)이기 때문에 의론보다는 서사를 중시하였고 이들의 진(眞)은 보편적이기보다는 개별적이고 구별된 진(眞)이기 때문에 진아(眞我)의 의미에 가깝다. 따라서 현실비판과 풍자를 위해 입론을 확대한 경우와는 그 결을 달리한다. 게다가 주제의식을 문면에 직접 드러내기보다는 우회적인 방법으로 자신의 논지를 전달하고 있다. 따라서 소품문에서 확인되는 자오(自娛)나 희작(戱作)과는 그 성격을 달리한다. 이덕무의 이러한 글쓰기는 특정 문파에 귀속되지 않았기 때문에 당대 및 후대 평자들에게 인식의 경계선에서 낯설음을 유발하며 기(奇)라 지칭된 것이다. 이를 통해 이덕무의 기(奇)에 대한 추구는 진아(眞我)를 구현하기 위해 사용된 하나의 방식임을 알 수 있었다.

3번째 양상에서 드러난 특징은 4번째인 자신의 객체화를 통한 자오(自娛)의 개아(個我) 추구와 연계된다. 인간은 유한한 존재이기 때문에 시간의 흐름에 따라 사라져가고 타인의 기억에서 사라져 갈 수밖에 없다. 이러한 유한한 기억을 보존하기 위한 수단 중 하나가 바로 전(傳)이다. 그런데 이덕무 및 18세기 기(奇)를 추구한 문인들은 전의 기본적 특징에

다 다른 점을 추가하였다. 즉 다른 사람과의 차별성이 있어야지만 입전의 대상이 불후한 인물이 될 수 있다고 주장하였다.[186] 이를 위해서는 전에 시간과 공간을 초월할 수 있는 그 사람만의 개성과 독특성을 담아내야 한다는 것이다. 다만 그 사람만의 개성과 독특성은 타인이 알기 어렵다. 이러한 주장은 전의 저자가 자신이 될 수밖에 없는 필연적인 동기를 부여하게 한다. 이러한 저술동기의 이면에는 심리적 기제인 소외감이 또한 자리한다. 소외감에는 외적인 요소와 내재인 요소가 병존하는데, 외적인 요소는 주류사회로 편입할 수 없는 신분적 위치나, 자신의 능력을 제대로 파악하지 못하는 당대 현실이다. 내적인 요소는 당대 현실과 맞지 않거나, 또는 맞출 수 없는 자기정체성이다.

　이처럼 이덕무는 자전의 저술동기에 있어 내외적 요인이 복합적으로 작용하는데, 무엇보다 자신이 확인한 정체성과 사회에서 요구하는 정체성 사이의 괴리감이 일차적인 저술동기로 작용하였다. 하지만 자신이 확인한 정체성은 이전시대를 거쳐 형성된 인식망에서 벗어나지 않았다. 따라서 자전에서 형식의 파괴가 아닌 내용에서 변주하는 데에 그쳤다고 할 수도 있다. 하지만 이덕무가 자전의 전형을 유지하였다는 것은 동시대 및 후대에 이해받고자 하는 의도였기에 한계가 아닌 보편성의 유지라 하겠다. 게다가 허구성을 수반하는 타자화를 방식을 활용하면서도 유희적 요소가 상대적으로 적었던 것은 저자가 자신에 될 수밖에 없었던 절실함 때문이며, 자기 존재의 증명을 위해 고심했던 흔적이기도 하다.

---

186) 이와 같은 양상은 朴齊家(1750~1805)의 글에서 뚜렷하게 확인된다. 그 자신의 傳에 대한 저술동기를 贊에 기록하였다. 朴齊家, 『貞蕤閣集』 권3, 「小傳」: "贊曰, "竹帛紀而丹靑摸, 日月滔滔, 其人遠矣. 而況遺精華於自然, 拾陳言之所同, 惡在其不朽也. 夫傳者傳也, 雖未可謂極其詣而盡其品乎, 而猶宛然知爲一人, 而匪千萬人, 然後其必有天涯曠世而往, 人人而遇我者乎!'"

이덕무의 산문에서 기(奇)의 구현양상은 동시대 작가들에게서도 볼수 있었던 동일한 양상 및 이덕무만의 개성적인 면모가 병존한다. 그중에서도 이덕무 산문만의 특징이라 한다면, 뚜렷하게 일관된 경향성을 보이기보다는 글의 제재에 따라 서술방식에서 변화를 보인다는 점이다. 즉 이덕무는 18세기 실험적 글쓰기를 추구하였던 작가들의 특성 및 이전 시기부터 전수된 법식을 융합하여 자신만의 글쓰기로 재구성하고 있다는 점이다. 이러한 점은 기(奇)에 대한 인식에서도 정(正)과 기(奇)의 연계를 중시하며 자득을 통해 자신만의 글쓰기를 추구한 부분에서도 확인된다.

제5장

18세기 상기의 산문사적(散文史的) 의의

이 장에서는 지금까지 살펴본 18세기 한문산문의 상기(尙奇) 논의와 작품양상을 통해 이 시기 산문에서 기(奇)가 지니는 의미와 가치를 밝힘으로써 그 문학사적 의의를 논하고자 한다. 이를 위해서는 한문산문의 전체적 흐름 속에서 파악하는 것이 효과적일 것이다.

우선적으로 이 시기 산문에서 기(奇)가 지니는 특징과 의의를 검토하기 위해서는 18세기 문단의 흐름 속에서 파악해야 할 것이다. 그러나 18세기 상기(尙奇)에 대한 논의는 16~17세기 산문론과 비평영역에서의 이론적 성과를 토대로 형성된 것이기에, 18세기 기(奇)의 특징과 의의를 검토하기 위해서는 이전 시기와의 상호대비가 필수적이다. 따라서 이 장에서는 18세기를 기준으로 그 이전 시기와 비교함으로써 18세기 기(奇)가 지니는 의의를 기술하고자 한다.

또한, 4장에서 거론된 4명 작가들의 기(奇)에 대한 구현양상을 비교·대조함으로써 18세기 산문에서 기(奇)를 추구하거나 기(奇)로 평가되는 작가들의 특징을 주제의식, 서술방식, 문체적 측면에서 종합적으로 구명하고자 한다.

1. 산문론의 전개와 기(奇)에 대한 인식의 전변(轉變)

기(奇)는 정(正)과 반대되는 의미에서 파생되었기 때문에 기본적으로 '전범에서의 일탈'이라는 의미를 담고 있다. 이에 산문론에서는 주로 부정적 의미로 언급되며, 다만 특정 장르나 작가와 관련된 영역에서 긍정적 의미로도 사용되었다. 그러나 18세기에 이르러서는 상기(尙奇)에 대한 논의가 이전 시기보다 부각되며 기(奇)가 당대 문풍을 대변하는 용어로도 사용된다.

18세기 산문론에는 고금(古今)에 대한 인식의 전환, 법고(法古)와 창신(創新)의 조화, 위(僞)에 대한 비판과 진(眞)의 추구 등이 주된 논의로 등장한다. 이들 논의 중 상기(尙奇)는 고금(古今) 및 진(眞)과 관련된 논의에서 등장하는데, 기존의 관습화된 표현과 인식에 대한 저항적 성격을 지닌다.

먼저 고금(古今)에 대한 논쟁은 전범설정과 관계되기에 18세기 당대뿐만 아니라 이전 시기부터 논쟁의 화두였다. 17세 후반부터 18세기 초반까지는 진한고문(秦漢古文), 당송고문(唐宋古文), 공안파(公安派)를 비롯한 명대 문학사조의 이해 과정에서 상호대비를 통해 다양한 논의들이 제출되었다. 특히 허목(許穆, 1595~1682)을 중심으로 한 남인계열과, 김창협(金昌協, 1651~1708)을 중심으로 한 노론계열의 치열한 상호 논박이 있었다. 이 시기 주요 논점은 전범설정에서의 고(古), 실제 작법에서의 간(簡)과 평(平)의 문제였다.[1] 우선 전범설정에서의 고(古)는 허목 계열의

의고(擬古)와 김창협 계열의 법고(法古)로 대비된다. 따라서 기(奇)에 대
한 논의도 이 두 계열의 대비를 통해 구분할 수가 있다.

허목 계열의 고(古)에 대한 논의는 전후칠자의 복고(復古)에 대한 지
향과 관련된다. 진한고문을 추숭한 허목 계열은 상고주의(尙古主義)를
바탕으로 하였기에 고(古)에 절대적 가치를 부여하며 선진양한 이후 문
학에 대해서는 전도와 일탈의 상태라 여기며, 이를 기(奇)로 표현하였
다. 당송고문을 전범으로 삼은 김창협 계열 또한 법고(法古)를 지향하

---

1) 허목 계열과 김창협 계열은 전범설정에서 이견을 보이기 때문에, 실제 작법에서도 상당
한 차이를 보인다. 먼저 허목을 중심으로 한 남인들은 古氣를 재현하고자 선진양한산문을
추구하며 당송고문과 대별되는 미의식을 보였다. 이들의 산문은 簡奧로 대변되며 당송고
문의 平易함과는 결을 달리한다. 이들은 산문학습의 텍스트로『左傳』·『戰國策』·『國語』
등을 전범으로 내세웠다. 대표적으로 허목은 이상적인 문장을 육경에 두고 그 뒤로는
하강의 역사가 진행되었으며 문학사의 평가 역시 육경고문에 얼마나 가까운가에 달린
문제라 여겼다. 따라서 전범텍스트의 반복적 독서를 통한 文氣의 체득을 무엇보다 중시하
였고 작법에서 의도적인 자구와 어사의 생략, 궁벽한 전고, 난삽한 구두들을 통해 쉽게
독해되지 않는 難解性을 추구하였다. 허목은 실제 작법에서도『書經』의 聱牙한 문장을
추구하였고 후대의 평도 佶屈聱牙한 자구를 이루었는데 모아진다. 송혁기(2005a),
「17세기 후반~18세기 초 허목 계열 남인 문단의 산문론: 동시기 김창협 계열 산문론과의
대비를 중심으로」,『민족문학사연구』제27권, 민족문학사학회, 87~90면; 권진호(2000),
「眉叟 許穆의 尙古精神과 散文世界」, 성균관대학교 박사논문, 80~81면 참조.
　반면, 김창협 계열은 전후칠자의 尙古主義를 비판하며 古에 대한 절대적 가치를 숭상
하기보다는 古와 今을 상대적으로 파악하였다. 전범 텍스트에 대한 학습에서도 허목
계열이 전범과 흡사한 작품을 창작하는 데 주력했다면, 김창협 계열은 옛글의 재현보다
는 법을 배우되 당대의 어휘를 적용해야 한다고 주장하였다. 나아가 전후칠자의 奇僻難
澁한 문장을 비판하고 상대적으로 達意를 중시하였다. 이는 華와 實의 조화로 즉 형식과
내용의 조화를 이루려고 하였다는 점에서 의의가 있다. 또한 김창협 계열은 도학과 문학
을 결합하고자 하였다. 따라서 주제의식의 논리적 전개를 중시하기에 편장자구에 집중
하며 구성과 관련된 수사기법과 다채로운 운용방식을 작법에 제시하였다. 그러나 이들
은 일차적으로 글을 구성을 이루기 위한 전제로 주제의식을 중요시하였는데, 주제의식
은 주자학에 바탕을 두었다. 김창협과 이의현은 주자학적 관점에서 전후칠자를 비판하
는 것이 많은데, 이 또한 주제의식에 있어서 진한계열의 탈주자학 성향을 겨냥한 것이다.
이병순(2007), 132~133면 참조.

며 고(古)에 가치를 두었기 때문에 기(奇)를 부정적 의미로 인식하였다. 따라서 이 시기 기(奇)에 대한 담론은 공통적으로 고(古)의 추구에서 설정된 전범이나 규범에서의 일탈과 전도된 양상을 의미한다. 이를 통해 기(奇)의 의미를 규정하자면 '전도된 문풍이나 작가'라 할 수 있는데, 이는 이전 시기의 인식과 그 맥을 함께 한다.

하지만 실제 작법에서는 차이점이 확인된다. 허목 계열은 기간(奇簡)을 중시하였기 때문에 그들이 인식한 기(奇)는 간(簡)과 오(奧)의 의미에 가깝다. 실제 작법에서도 어조사와 같은 허사를 생략하거나, 단구의 반복을 통해 문기(文氣)를 중시하였다. 이에 기(奇)에 대한 긍정적 입장을 보이지만, 간(簡)과 관련되어 있기에 기(奇)의 의미가 제한적이다. 반면, 김창협 계열은 전대 인식과 동일한 양상을 보인다. 주로 허목 계열을 비판하기 위해 기(奇)를 사용하였다. 우선적으로는 고(古)에 대한 잘못된 학습방법을 기(奇)라 하였고, 그 양상으로 드러난 글쓰기를 기굴(奇崛)이라 칭하였다.

그러나 18세기에 이르러서 기(奇)에 대한 인식의 변화를 보인다. 물론 한구정맥(韓歐正脈)을 표방하는 김창협 계열이 문단의 주류적 위치를 점하고 있었기 때문에 대부분은 기(奇)를 부정적 의미로 인식하였다. 이점은 기(奇)의 인식에 있어서 전대 시대와 연속성을 보여주는 부분이다. 하지만 18세기 실험적 글쓰기를 추구하였던 문인들에 의해 기(奇)의 긍정적 의미가 부각되는 양상을 보이는데, 이는 이전 시기와의 전변성을 확인할 수 있는 부분이다. 이러한 양상은 상기(尙奇)에 논의로 이어지는 데 시대적 배경과 연관된다. 18세기 문학사적 방향은 반의고적(反擬古的) 경향이 강하였다. 탈정주학, 도문분리, 전범 부정, 진(眞)의 추구 등이 이를 대변한다. 18세기 초반 이전까지는 추구 대상만 구별될 뿐, 규범에 따르고자 하는 경향이 지배적이었다. 이에 허목 계열이든, 김창협 계열이든 대상이 바뀌었을 뿐 전범에 얽매이기는 마찬가지라는 비판이 제기되었다. 법(法)과 의(意)를 대비하면서 비판의 논의가 제기되었는데, 이는 귀고천금(貴古賤今)을 극복하고 전범을 상대화하는 견해로 연결된다. 나아가 도문일치(道文一致)의 인식변화로 전통적 미의식과 구별되는 새로운 산문 경향이 대두하였다. 이와 같은 주장은 일부 문인에게만 나타나지만 18세기 새로운 문풍과 실험적 글쓰기에 전초를 마련하였다는 점에서 의의가 있다.

따라서 기(奇)에 대한 논쟁도 새로운 국면을 맞이한다. 이전 시기는 허목 계열의 의고(擬古)와 김창협 계열의 법고(法古)의 논쟁에서 기(奇)가 논의되었다면, 18세기는 한구정맥을 잇는 고(古)와 새로운 문풍인 진(眞)의 대립구도에서 기(奇)가 논의된다.

먼저 18세기의 고(古)에 대한 논쟁은 소품계열까지 논장(論場)에 들어서면서 고(古)와 금(今)에 대한 논의는 확대되었다. 18세기 이전까지는 고금(古今)의 관계를 시간적 개념으로 중시하였으나 이 시기에 이르러서는 시간적 개념뿐만 아니라 공간적인 거리도 인식하였다. 특히 소품계열은 중국과 조선의 공간을 상대적으로 인식하면서 법고에 대한 비판을 내세웠다. 게다가 이들은 당송계열의 법고의 문제점을 창신(創新)을 통해 극복하고자 하였다. 이와 함께 제기되었던 개념이 바로 진(眞)이다. 법고와 모의를 위(僞)로 간주하며 개별적이고 상대적인 가치인 진(眞)을 중시한 것이다. 다만 당송계열이나 소품계열 모두 모의를 반대하고 자신의 의(意)를 드러내야 한다는 주장은 동일하다. 하지만 당송계열의 경우 주자학의 입장에서 재도적(載道的) 문학론을 바탕으로 하였기 때문에 절대적이고 관념적인 도(道)를 보다 중시하였다.[2] 따라서 주제의식에 있어서 성리학적 재도론에 무게를 두었으며, 실제 작법에서는 고문을 그대로 모방하기보다는 고문의 창작 법을 배워야 함을 주장하였다. 따라서 기(奇)에 대해서도 이전 시기 김창협 계열의 인식과 연속성을 보인다. 이와 같은 인물은 이천보(李天輔, 1698~1761)·남유용(南有容, 1698~1773)·황경원(黃景源, 1709~1787)으로 이전 시기 김창협의 논의를 계승하며 당대 문단을 주도하였다.

이와 달리 소품계열이 추구한 진(眞)은 문화 주체성을 내포하며, 진정(眞情)·성정지진(性情之眞) 등으로 표현되었다. 이 용어들은 주로 새로운 문풍을 주도했던 문인들이 주목한 개념이다. 이들의 진(眞)은 공안파의 문학론과 상관관계를 보인다. 문학론에서의 진(眞)은 명(明)나라 이후 주요 개념으로 제기된다. 전후칠자(前後七子)는 명초(明初)의 부화하고 무기력한 문풍을 바로잡기 위해 진(眞)을 주장하였다. 이에 공안파는 형식주의에 치우친 전후칠자를 비판하면서 인간의 진실한 감정을 중시하는 진(眞)을 강조하였다. 따라서 전후칠자와 공안파가 주장하는 진(眞)의 개념은 상이하다. 공안파의 진(眞)은 개인의 독특한 정감과 욕망이 그대로 드러나는 것을 의미한다. 반면 전후칠자의 진(眞)은 도덕적인 정감을 의미하기에 교화에 도움이 되는 것으로 인식하였는데, 주자학에서 도덕적인 정감을 진정(眞情)이라 한 경우와 상통한다.

---

2) 당송계열의 眞은 조선전기 성정론과 관계에 있어서 크게 두 가지의 입장 차이를 보이는데, 특히 김창협과 김창흡이 제기한 眞은 조선전기와 차별성이 없다는 주장과 새로운 문학론으로 보는 입장으로 나누어진다. 새로운 문학론으로 보는 입장은 김흥규(1982), 이동환(2001)이며, 김창협과 김창흡의 眞이 조선전기와 차별성이 없다라는 입장은 김혜숙(1995), 강명관(2007)이다. 또한 송혁기(「김창협 문학비평의 당대적 위상」, 『古典文學研究』 제18권, 한국고전문학회, 2000)는 박지원과 김창협이 인식한 眞의 차이를 지적하였다. 신향림(2013), 312~313면 참조.

조선전기 진(眞)의 인식은 전후칠자가 인식한 진(眞)의 의미에서 벗어나지 않는다. 물론 이러한 인식은 조선전기에만 국한된 양상이 아니라 조선후기까지도 이어진다. 따라서 성정의 바름이 자연스럽게 드러나는 형식적인 측면에 치중하였다. 이러한 인식은 정조(正祖)에게서 극명하게 확인된다. 정조(正祖)는 명대 문학에 대해 부정적인 입장을 취하고 있다. 특히 속학(俗學)의 폐단을 초쇄피음(噍殺詖淫)한 문체들이 출현하게 하는 원인이라 여겼고, 이는 기궤(奇詭)함을 추구하는 자들의 주된 양상이라 지목하고 있다.[3] 또한, 그 주된 원인으로 명말청초(明末淸初)의 문집들을 거론하며 이단시하고 있으며 나아가 정통 성리학의 이념을 해체하는 요소로 인식하였다. 정조의 인식이 주목되는 이유는 명말청초의 문단을 이단시하는 기준이 성리학적 재도론에 있다는 점과, 이를 기(奇)라는 평어를 통해 평가하였다는 점이다.

실제 공안파의 진(眞)은 기(奇)와 밀접한 관계를 보인다. 이들의 문학론은 성령(性靈)을 바탕으로 하였기 때문에 법고에 대한 추앙을 위(僞)라 지칭하며 그 반대되는 개념으로 진(眞)을 중시하였다. 게다가 진(眞)이 진정으로 표출되고 격식에 구애됨 없이 자연스럽게 드러낸 것을 기(奇)라 하였다. 따라서 이 시기 조선에서 새로운 문풍에 주목한 문인들은 형식적 측면보다는 내용적 측면에서 작가 자신의 솔직한 정감을 구애됨 없이 표현하는 것을 진(眞)과 기(奇)로 말하였다. 이에 창작 경향에 있어서 형식적 제약이 요구되는 전범적 글쓰기와 상반된 경향을 보이게 되며

---

3) 正祖, 『弘齋全書』 권5, 「俗學」: "王若曰, 甚矣! 俗學之弊也. 自有明末淸初諸家, 噍殺詖淫之體出, 而繁文剩, 燦然菁華, 詼諧劇談, 甘於飴蜜, 目宋儒爲陳腐, 嗤八家爲依樣者, 且百餘年矣. 競相奇詭, 日甚月盛, 以孜孜於譁世炫俗之音, 浮念側出于內, 流習交痼于外."

주제의식에서도 성리학적 재도론의 관습에서 벗어나 개인적 정감을 표현하며 작가의 개성을 강조하게 된다. 이러한 양상은 당송계열이 추구한 고(古)에서 벗어나기 때문에 이들의 비판의 대상이 되었다. 반면 소품계열에 우호적 입장을 취한 문인들은 개인적 정감을 표현한 것에 대해 진(眞)이 드러난 양상으로 여겼고 이를 기(奇)라 평하며 긍정적 대상으로 삼았다.

정리하자면, 18세기 이전까지의 기(奇)는 전통적 재도론에 기초하여 고(古)에서 벗어난 양상으로 언급되며 전도된 문풍과 작가를 지칭할 때 사용되었다. 따라서 기(奇)에 대한 담론도 제한적이었다. 기(奇)에 대한 이러한 인식은 18세기 이후에도 당송계열을 추숭하였던 문인들에 의해 지속되었다. 다만 기(奇)의 담론이 18세기 이전까지는 고(古)와 관련된 논의에서 주로 등장하였다면, 18세기 이후의 기(奇)는 태생적인 전범 지향적 경향과 전범에 대한 일탈 지향적 경향의 대립에서 법고(法古)를 비판하기 위해 제기된 진(眞)과 관련되며 산문론과 산문비평에 등장하게 된다. 즉 '진(眞)이라 한다면 뭐든지 가져올 수 있다'는 입장으로 특정 전범에 얽매이지 않았으며 그 결과를 기(奇)로 표현되었다. 따라서 추구하고자 하는 미의식에서도 기(奇)가 등장하고 비평용어에서도 진(眞)을 추구한 문인들의 결과를 기(奇)로 표현한 것이 상기(尙奇)에 대한 논의로 표출되었다. 이때 기(奇)는 주제의식에 있어 진정(眞情), 작가의 개성, 나아가 전범에 대한 전복의 의미로 사용되며 이전 시대보다 그 의미영역이 확장되었다.

이러한 논의로 보자면, 18세기 기(奇)에 대해 긍정적으로 인식한 부류는 일차적으로 공안파의 주장과 밀접한 상관관계를 보인다. 그러나 공안파가 인식한 기(奇)는 신기(新奇)의 의미에 가깝다. 물론 이들의 주장이

하나로 귀결되는 것은 아니지만, 주로 진(眞)을 추구하게 되면 저절로 드러나게 되는 양상을 기(奇)라 인식하였다. 이들은 성령을 바탕으로 하였기 때문에 기(奇)의 의미가 진(眞)과 관련되어 있으며 개개인의 차이에 따라 진(眞)을 기(奇)로 대체하는 양상도 보인다. 그렇다면 공안파의 기(奇)에 대한 인식과 18세기 조선 문인들의 기(奇)에 대한 인식은 어떠한 차이가 있는가?

18세기 상기(尙奇)에 대한 논의는 두 가지 양상으로 구분되는데, 첫 번째는 이전 시기보다 기(奇)의 긍정적 의미가 강조된다는 점이다. 이는 전시대 정(正)과 기(奇)의 대립적 관계에서 상보적 관계로의 설정변화에서 기인한 것이다. 두 번째는 기(奇)를 수사와 미적 추구의 대상으로 인식했다는 점이다. 일부 작가들에 의해 기(奇)가 정(正)을 통합하기도 하고, 반대로 기(奇)로 정(正)을 묵살하려는 시도들이 등장하였다. 비평영역에서도 기(奇)의 의미는 이전 시기에 비해 세부적으로 적용되고, 품격용어로서의 의미도 확대되며 긍정적 의미가 확장되어 간다. 이러한 양상은 이전 시기에 없었던 면모이다.

인식의 경향에 있어서 두 번째 경우는 기(奇)와 정(正)의 대립적 관계를 부정한 측면에서 보자면 공안파의 문학론과 친연성이 확인된다. 공안파는 성령(性靈)을 중시하였기 때문에 정(正)과 기(奇)를 대립적 관계로 설정하지 않았다. 따라서 정(正)을 진(眞)으로 대체하거나, 혹은 진(眞)과 기(奇)를 동일시하였다. 18세기 조선에서도 기(奇)를 미적 대상으로 삼은 문인들이 등장한다. 기(奇)에 대한 전면적인 긍정은 아니라 하더라도 이규상과 유만주는 기(奇)를 하나의 고정된 개념으로 보지 않았다. 특히 이규상의 경우, 모든 품격요소를 포괄하는 의미로 기(奇)를 사용하여 전대 문학가들에 대한 포폄의 기준으로 삼았다. 유만주는 18세기 문풍을 긍정적 의미에서 기(奇)라 평하였다.

또한, 수사적 측면에서는 진한고문에 대해 호의적 입장이다. 특히 기간(奇簡), 기오(奇奧)는 어조사의 생략과 전고 등의 사용을 통해 문의를 난삽하게 하는 진한고문의 작법이다. 따라서 당송고문이 주류적 위치를 차지하는 비평영역에서 기간(奇簡), 기삽(奇澁), 기간(奇艱), 기오(奇奧) 등은 병폐와 폐단의 요소로 지목되었다. 그러나 이규상과 유만주는 이를 긍정적 의미에서 기(奇)의 특질로 인식하였음을 볼 수 있었다. 이러한 점은 진한고문이 18세기에도 여전히 작법으로서의 전범적 역할로서 유효했다는 점이자, 상기(尙奇)의 논의에 구체적인 인식을 보이는 문인들에 의해 유지 및 발전되었다는 것을 확인할 수 있다.

기(奇)에 대한 인식에 있어서 첫 번째 양상은 공안파의 문학론과 무관한 것은 아니지만, 조선 문단의 내부적 요인이 좀 더 반영된 것이다. 조선의 산문론과 산문비평은 18세기 이전 시기부터 전범문파에 따른 상호비판을 통해 이론의 토대를 다지며 심원한 논의를 구축하게 된다. 18세기 산문론과 산문비평은 전대에 이룩한 논의를 토대로 더욱 다양한 논의들을 제출되었다. 18세기 문인들은 상고주의 세계관을 바탕으로 하면서도 다채로운 사유나 문학론에 유연한 태도를 보였다. 양명학(陽明學), 천주학, 기존의 노장(老莊)사상을 적극적으로 수용하거나, 당파에 따른 전범문파에 얽매이기보다는 개방적 자세를 보이며 진한고문, 당송고문, 공안파 등의 다양한 문학론을 흡수하였다. 특히 기(奇)에 주목한 문인들은 당파나 문파에 비교적 자유로운 자세를 보인다. 이들은 각각의 문파가 갖는 독자적인 문채미를 인정하며 문예 수준을 고양하려는 의도로 작가의 개성을 강조하는 양상을 보인다. 따라서 이 시기에는 자득(自得), 주신(主神), 창신(創新), 진정(眞情) 등이 문학론에서 주된 논의로 등장하게 되는데, 모두 모방에 대한 비판과 작가 주체성에 대한 강조이다.

그런데 이 논의들에 있어서 빠짐없이 거론되고 있는 것이 바로 기
(奇)이다. 기(奇)는 관습에 대한 저항이라는 속성을 지니기에 이 시기에
더욱 주목받게 되었고, 실험적 글쓰기를 추구하는 문인들의 문학론과
비평영역에 토대를 제공하게 된다. 먼저 이 시기 자득에 대한 논의는
깨달음을 통해 터득한 새로움과 개성의 의미로 전개된다. 이는 기(奇)
에 대한 인식과도 무관하지 않다. 3장에서 거론한 이덕무, 심익운, 유
한준은 정(正)과 기(奇)를 상보적 관계로 인식하였다. 그 중, 이덕무는
기(奇)를 구현하기 위해서 자득을 거론하였다. 심익운과 유한준의 경우
는 기(奇)가 정(正)과 대립적 개념이 아닌, 유동적인 개념이 될 수 있도
록 신(神)을 주장하였다. 이들은 창작영역에서 작가의 독자적인 면모를
구축하기 위한 개성을 공통적으로 강조하였다. 이들의 논의는 기본적
으로 전범에 대한 모방에서 벗어나기 위한 것이었다.

그러나 한문학에서 모방에 대한 반대는 전범에 대한 반동이기에, 전
범에 대한 완전한 부정일 수는 없다. 이 시기 기(奇)를 긍정적으로 인식한
문인들의 기(奇)와 정(正)의 상보적 관계 설정에서 보듯이, 그들은 관습
화된 규범을 바탕으로 한 개성적 글쓰기를 추구하였다. 박지원의 법고창
신(法古創新)도 법고(法古)와 창신(創新)이란 양자가 서로를 견제하여 하
나의 지점으로 경도되기보다는 글의 성격에 따라 적절히 이 둘을 안배해
야 함을 주장하였다.[4] 이러한 점은 정(正)과 기(奇)를 고정된 개념으로

---

4) 물론 法古創新에 대한 개념은 선행연구에 따라 인식이 다르다. 法古創新에 대한 해석의
크게 두 가지 양상으로 구분된다. 첫째는 法古와 創新을 분리하지 않고 연계된 개념으로
이해하는 경우(정민(2012), 『비슷한 것은 가짜다』, 태학사; 김진호(2012), 〈楚亭集序〉
에 나타난 연암의 法古創新論 연구」, 『민족문화』 39, 한국고전번역원; 강혜선(1999),
『박지원 산문의 고문 변용양상』, 태학사; 李炫植(1993), 「燕巖 朴趾源 文章의 硏究」,

인식하지 않고 유동적이며 상호보완적 관계로 인식하는 양상과 그 맥락을 함께 한다. 즉 공안파의 문학론에서 주장한 개성, 진정 등을 흡수하면서도, 동시에 전범적 글쓰기를 고려한 것이라 하겠다. 물론 이전 시기에 비해 전범에 대한 부정적 성격이 강하지만, 전범을 전혀 고려하지 않은 것은 아니다. 따라서 첫 번째 양상은 전자의 경우보다 진보적 경향이라 할 수 없지만, 당대 문단의 실상을 좀 더 반영한 것이다.

기(奇)에 대한 인식 양상에 있어서 첫 번째 경우는 18세기 조선과 공안파와 사이에 차이점이 존재한다. 이러한 차이점을 갖게 하는 원인은 18세기 조선 문인들이 기(奇)라는 개념의 속성에 주목하였기 때문이다. 공안파 문인들은 진(眞)이 드러난 양상을 기(奇)라 여겼기 때문에, 기(奇)라는 개념 자체보다는 진(眞)을 위한 도구적 성격에 주목하였다. 물론 18세기 문인 중에서 이용휴와 노긍은 이러한 인식과 동일한 양상을 보인다. 그러나 이 시기의 문인들은 기본적으로 기(奇)가 정(正)에서 파생되었기에 정(正)과 관계를 무시하지 않았다. 이는 이 시대 문인들이 주로 정(正)과 기(奇)를 상보적 관계로 설정한 것에서 볼 수 있는데, 관습적

연세대학교 박사학위논문; 김혈조(1992), 「燕巖 朴趾源의 思惟樣式과 散文文學」, 성균관대학교 박사학위논문), 둘째는 法古보다는 創新에 무게 중심을 두고 이해하는 경우이다(신미정(2017), 「법고창신의 생태미학 – 연암 박지원을 중심으로」, 『儒學硏究』 38, 충남대학교 유학연구소; 김명호(2013), 『연암문학의 심층탐구』, 돌베개; 임형택(2009), 「朴趾源의 인식론과 미의식」, 『실사구시의 한국학』, 창비; 이병순(2006), 「朝鮮後期 反擬古 文學論 硏究 – 法古에 대한 비판과 法古創新」, 『漢文學論集』 24, 근역한문학회). 특히 創新의 개념은 창조, 변화할 줄 아는 것[知變], 옛것이 현재에도 이어져 오는 것, 현실의 변화에 따라 적합하게 구현된 것, 진부한 표현을 적절하게 운용하는 것, 새로움, 독자적·개성, 眞의 개념으로 해석하였다. 또한 창신의 주장 배경으로는 실제 경험의 사실적 표현하기 위해(강혜선(1999)), 고정관념의 거부와 진실을 드러내기 위해(김진호(2012), 상대주의 인식을 바탕으로 현실을 드러내기 위해(임형택(2012)) 등으로 설명된다.

글쓰기와 작가의 개성인 이 양자를 아우르기 위해서 기(奇)에 주목한 것이다. 이들은 당대 관습화된 글쓰기에 대한 도전과 전범 추구의 양자 균형을 위한 이론적 토대가 필요하였다. 따라서 이 양자를 동시가 안배할 수 있는 이론적 토대로 기(奇)에 주목한 것이기에, 18세기의 기(奇)는 다양한 문학론에서 거론의 대상이 되었고 문파 및 당파 간의 비판 대상이 되는 동시에 새로운 문풍을 대변하는 용어로도 사용되었다.

이러한 양상을 통해 상기(尙奇)의 논의가 18세기 산문론과 산문비평의 영역을 확대하는 데 일정한 영향을 행사하였다는 점을 확인할 수 있다. 먼저 기(奇)는 주로 고(古)에 대한 논의에서 언급되었는데, 18세기 이전까지는 주로 전도된 문풍이나 작가를 의미하며 부정적 성격이 강하였다. 그러나 18세기에 들어오면서 고(古)에 대한 논의가 시간적 개념만이 아니라 공간적 개념까지도 확대됨에 따라, 고(古)에 대한 비판에도 위(僞), 진(眞)과 같은 개념들이 대두되었고 기(奇)에 대한 논의도 전범에서의 일탈이라는 부정적 의미만이 아니라 당대 문풍과 작가를 지칭하는 등 긍정적 의미로 사용되며 그 영역이 확장되었다.

또한, 기(奇)가 관습적 표현과 상투적 언어에 대한 저항이라는 속성을 지니고 있기에 이 시기 실험적 글쓰기를 추구하였던 문인들의 이론적 토대로 자리한다. 그러나 정(正)과의 관계를 전혀 무시하지 않았기 때문에 관습적 문풍을 안배하면서도 새로운 글쓰기의 이론과 비평에 바탕으로도 자리하며 참신한 문풍을 촉진하거나, 창조적 글쓰기의 토대를 제공하게 되었다. 다만 전범과 개성이라는 양자의 관계를 고려하였음에도, 관습에 대한 부정과 상투적인 표현에 대한 도전적 성격이 보다 강하였다. 즉 전범 문제에서 자유로운 태도를 보이는데, 전범에 대한 부정보다는 특정한 전범에 얽매이지 않았다는 점이다. 전범을 제한적이고 우선적으로 인식하기보다는 주체성을 가지고 전범의 영역을 자유롭게 넘나들었다. 특히 기(奇)를 하나의 고정된 개념으로 인식하지 않는 것은 관습적 글쓰기에 대한 저항을 넘어 전복적 성격을 지니며 다양한 실험적 문체들의 시도에 이론적 바탕이 되기도 하였다.

따라서 18세기 산문론 전개에 있어서 기(奇)는 이전 시기와의 연속성을 유지하면서도 긍정적 의미가 확대되는 전변성을 보이게 된다. 기(奇)의 긍정적 인식의 확대는 무엇보다도 전범에 대한 인식의 전환을 가져왔다는 점에서 의의가 있다. 기(奇)는 전범에 대한 부정과는 다른, 전범에 대한 자유로운 사고와 유연한 자세를 대변하며 작가의 주체성을 바탕으로 특정 전범에 얽매이지 않는 글쓰기 양상을 이끌어내는 데 이론적 바탕이 되었다. 이에 18세기 산문의 다양한 양상과 일탈하려는 일군의 흐름을 대변한다.

2. 변주(變奏)와 창신적(創新的) 서술기법의 대변

18세기 초반 이후에는 한문산문의 문법을 고정적인 것으로 보지 않는 활법(活法)의 관념이 발달하였다. 기(奇)에 대한 인식에서도 법(法)과 정(正)에서 상보적인 것으로 파악한 것 또한 고정된 규격으로 간주하지 않는 활법의 사고이다.[5] 이러한 사고는 한문산문의 서술기법을 넘어 개별 체식(體式) 사이에 존재하는 관습화된 장치들에도 영향을 끼친다. 시대의 흐름에 따라 부차적이고 보조적인 기법, 혹은 쓰일 수 없는 기법들이 개별화된 체식의 관습화를 뚫고 전면에 등장하기도 한다.

---

5) 심경호(2013), 75면.

18세기 초반 문인인 조귀명(趙龜命, 1693~1737)은 법도보다는 자득(自得)을 중시하고 도문일치를 정면으로 부정하기도 하였다. 따라서 그는 산문의 독자적 미를 추구하며 개성적 글쓰기를 주장하였다. 이와 같은 양상은 전통적 산문과 달리 문예 취향으로서 산문이 선호되는 경향과 변화상을 잘 보여준다. 조귀명이 소식(蘇軾)의 산문과, 원굉도(袁宏道)의 문학에 주목한 것도 이 맥락과 무관하지 않다. 원굉도의 산문을 기경(奇警)·첨신(尖新)으로 평하는데, 허목 계열의 간오(簡奧)·난삽(難澁)과 김창협 계열의 평창(平暢)·전아(典雅)와 구별된다. 이는 전범에 추숭과 유가의 이념보다는 진실, 서정성 지향으로서 산문이 추구되기 시작하였다.[6] 나아가 이를 대변하는 평어로 기(奇)와 신(新)을 사용하고 있다. 즉 진한계열과 당송계열과 다른 문풍을 기(奇)와 신(新)으로 대변하고 있다. 물론 이때 기(奇)와 신(新)은 원굉도의 산문을 지칭한 것이므로, 공안파의 문학 및 소품계열과 연관된 것이다. 그럼에도 산문 인식에 있어서 이전 시기와 다른 경향을 대변하는 것이기도 하다.

4장에서 거론한 4명의 작가들은 선행연구에서 소품계열로 지칭되거나, 소품계열과 친연성을 보이는 인물들이다. 이 책에서는 일차적으로 소품계열과의 유사점 및 차이점을 구분하기 위해서 기(奇)에 주목하였

---

6) 李夏坤은 원굉도를 奇巧尖新으로 평하였다. 그는 원굉도의 문장에 대해 주제의식에 있어서 주자학적 이념에 위배되는 것임에 불구하고 사상과는 별개로 원굉도의 문학적 성취를 奇巧尖新으로 가치부여 하였다. 李夏坤, 『頭陀草』 책12, 「珂雪齋文抄跋」: "燈下讀袁少修文, 至二皷乃盡卷. 少修之文, 奇巧尖新, 雖遜於其兄中郞, 淡蕩紆餘, 殆過之, 亦無狹邪艷冶之態, 可喜. 然文氣稍茶弱, 時有太冗處耳. 中郞文章言論, 出自坡翁, 少修亦與子由有相類者, 眞大奇事. 噫! 若坡翁中郞者, 兄弟自爲知己, 文彩風流, 照映今古, 人生如穐袁兩公則亦快活事也." 이는 원굉도 문학을 통념의 파괴와 예측을 뒤엎는 발상과 표현에 대해 장점으로 인식한 것으로 특정한 전범의 추수나 거창한 이념의 추구와는 구분된다. 송혁기(2006), 195~200면 참조.

다. 나아가 당송계열 및 진한계열과의 차이점과 유사점을 통해 고문의
변용양상을 살피고자 하였다. 따라서 이 절에서는 18세기 산문에서 기
(奇)로 대표되는 작가들의 서술기법을 진한계열, 당송계열, 소품계열과
비교·대조함으로써 그 의의를 밝혀내고자 한다.

4장에서 거론하였던 작가들의 산문을 검토한 결과 서술기법에서 유
사점이 발견되었다. 하지만 유사함 속에서도 작가 간의 대조적인 양상
도 존재한다. 주로 이전 시기에 쓰일 수 없는 서술기법이라든지, 전대
서술기법을 자신만의 글쓰기로 변주·변화시키는 양상을 볼 수 있었다.
이러한 점들은 18세기 산문에서 기(奇)로 지칭된 요인들로, 그 양상은
다음과 같다.

첫째, 의론보다는 서사를 중시하였다. 조선 산문은 기본적으로 송대
(宋代) 주소체(註疏體)를 중시하여 평이한 구식을 바탕으로 논리적인 편
장자구의 구축을 추구하였다. 따라서 서사보다는 의론을 중시하였다.
진한고문을 추숭하던 문인들은 이러한 글쓰기에 반발하여 단구의 반복
과 기굴한 문기(文氣)를 통해 서사성이 돋보이는 창작을 주장하게 된다.
그러나 한구정맥이 문단에서 주류적 위치를 차지하고 있었기 때문에
18세기에서도 서사보다는 의론을 보다 중시하였다. 따라서 남인계 이외
에 서사성이 강한 진한고문이 이 시기까지 지속적으로 변화·발전을 이
루어졌는지에 대한 시각은 회의적이었다.

그런데 18세기 기(奇)로 평가되는 작가들은 구체적인 사물과 사건에
대한 핍진한 묘사와 생동감 있는 표현들을 즐겨 사용하며 의론보다는
서사를 중시하였다. 4장 4절에서 이덕무의 경우 4언으로 이루어진 단구
를 반복적으로 사용하였다. 이는 진한고문인『전국책(戰國策)』,『사기(史
記)』등에서 볼 수 있었던 서술기법으로 구체적인 사물과 사건에 대해

핍진한 묘사와 생동감 있는 표현을 위해 쓰였다. 이덕무는 연암그룹의 일원으로서 노론계 인사들과 친밀한 관계를 유지하였다. 그럼에도 남인 계열에서 전범으로 삼은 진한고문의 글쓰기를 보여주고 있다.

노긍 또한 의론이 요구되는 체식에서 서사로만 일관하는 양상을 보인다. 「상해」·「남사시회발」과 같은 작품에서의 서술기법은 4자 1구를 반복적으로 사용하며 문기를 조절하고 있다. 그는 자신의 심상변화를 서사 위주의 서술기법으로 구현하였고, 시회(詩會)의 발문에서도 시에 대한 평 대신 시회의 분위기만을 나열하며 서사로만 일관하였다.

심익운은 현실에 대한 비판적 시각을 투영하기 위해 서사를 중시하였다. 물론 객관성을 바탕으로 설득력을 확보하기 위한 전제이지만, 이전 시대에 이미 존재하는 우언(寓言)을 재구성하는 데 있어 등장인물들의 외면 묘사에만 치중한다든지, 대화체에서 서사로의 의도적인 변술 등은 그가 서사를 중시했음을 확인할 수 있는 부분이었다. 아울러 대비와 반복을 통해 문기를 조절한다든지, 서사가 위주인 단락에서는 4언, 3언 등의 단구를 반복하는 서술기법을 사용하였다. 심익운의 서사에 대한 중시는 이덕무에 비해 그 정도가 덜하지만, 기존연구에서 문체상 당송고문으로 인정받았던 면모와는 구별되는 점이다. 앞서 이덕무의 서사 위주의 서술기법을 소품문으로 보는 경향이 있으나 오히려 진한고문과 친연성이 있음을 볼 수 있었다.[7] 물론 그들은 이 기법을 산문 전체가 아니라 부분적으로 차용하였다.

---

7) 이러한 논의는 하지영(2014)에 의해 지적된 바 있다. 이 연구에서는 소품문을 글쓰기 양식으로 볼 때 진한고문과 상대되는 개념이 아님을 명시하였다. 오히려 소품과 진한고문을 '글쓰기 양식'에만 제한한다면 양자는 친연성을 갖는다는 견해를 보인다. 이덕무의 작품 또한 서술기법으로만 보자면 기존에 소품으로 지적된 양상들이 오히려 진한고문에 가깝다는 것을 확인할 수 있다.

둘째, 입론의 대상을 확대하였다. 심익운과 이덕무는 입론의 대상을 확대하며 비주류의 객체를 주류의 위치로 격상하고자 하였다. 이 점은 소품계열에서 주로 확인되는 양상이다. 소품계열은 문학에서 성리학적 이념보다는 개인과 일상을 중시하였기에 기존 산문보다 입론의 대상을 확대한 것이다. 때문에 희작(戱作)과 자오(自娛)로서의 성격이 강하다.

심익운의 경우, 그동안 주목받지 못했던 객체를 과감하게 입론으로 대상화한 것은 현실을 담고자 하는 실제적 창작 의지와 현실에 대한 비판이 관련된다. 그의 산문에는 일상적인 소재나 비근한 사물을 통해 입론의 대상을 확대하고 있다. 게다가 심익운의 입론은 현실비판에 관한 내용이 상당 부분을 차지하는데, 당대 부조리와 현실을 비근한 소재에 담아 자신의 비판적 시각으로 녹여내었다. 따라서 소품계열에서 희작(戱作)과 자오(自娛)를 목적으로 입론의 대상을 확대한 경우와는 차이를 보인다.

이에 반해 이덕무의 경우 입론 대상의 확대는 객체에 대한 주목에서 기인한다. 그는 보편화된 질서를 부정하고 개별적인 진(眞)을 구현하고자 하였다. 따라서 입론된 대상들은 모두 다른 진(眞)이기 때문에 의론을 통해 논지를 주장하기보다는 회화적 기법을 통해 세밀한 묘사가 주를 이루며 생생한 포착을 통한 묘사가 주된 서술기법으로 리얼리티를 재현하는 데 중점을 두고 있다. 이에 현실비판이나 풍자와 같은 내용은 보이지 않는다. 이에 심익운보다는 소품계열에 가깝다고 할 수 있다. 그러나 소품계열은 희작의 성격이 강하기에 주제의식이 뚜렷하지 않다. 반면 이덕무의 경우는 문면에서 직접적으로 주제의식을 드러내지 않을 뿐 나열과 묘사로써 주제의식을 우회적으로 드러내고 있다.[8] 따라서 입론 확대의 측면만 보자면 소품계열과 유사하나, 주제의식의 전달에 있어서 당송고문과 달리 진한고문의 서사를 주된 방법으로 사용하고 있다. 즉 이덕무는 소품, 당송, 진한계열의 서술기법을 융합하여 자신만의 글쓰기로 변주하였다는 점이다.

셋째, 체식에서의 일탈적 면모이다. 이는 한문산문에서 체식마다 관습화된 규범과 법식에서 벗어나거나, 수반되어야 할 요소를 과감히 배제하는 양상이다.

이용휴 산문에서는 먼저 체식에 수반되어야 할 요소를 배제하는 양상이 주를 이룬다. 증서류에서 증여받는 대상에 관한 서술을 생략한다든지, 서발문에서는 작품에 대한 평가를 생략하거나, 전혀 다른 이야기로 대체하는 양상을 보인다. 선행연구에서 이용휴의 산문에서 기(奇)로 지적된 부분은 주로 문체에 관한 것으로 문장의 파격, 단문의 구사, 이질적 전고의 사용, 날카로운 현실비판 등이었다.[9] 그중에서 단문의 구사와 이질적 전고는 남인계열이 추숭한 진한고문의 서술기법을 그대로 유지하고 있음을 보여주는 부분이다. 다만 전고의 사용에 있어서 기존 양상과 달리 전고의 대상을 소설과 불경에까지 확대하고 있다. 이러한 점들은 일탈적 면모를 대변한다. 그러나 4장 1절에서 살핀 결과 문체는 물론 내용면에서도 기존과 다른 발상의 전환이나, 반드시 수반되어야 할 내용을 다른 이야기로의 대체를 통해 생경한 미감을 형성하였다. 이와 같은 양상은 『칠극』이 남인계열의 교양서라는 점을 감안하여 이용휴의 산문에서 발상의 전환을 통한 입론은 양명학과 무관한 것

---

8) 이와 같은 양상은 당시 소품 계열과 비슷한 양상이면서도 그와는 또 다른 양상을 대변한다. 박지원의 경우 '以文爲戱'라 언급하면서 일부 작품에 戱謔的 분위기를 띠기는 해도, '戱' 자체에 목적을 두지 않았다. 따라서 강렬한 주제의식을 담고 있다. 반면 이옥의 작품에는 消閑을 위한 목적으로의 戱作이 적지 않다. 김영진(2003), 188면.

9) 김영진(2003), 98면.

은 아니지만, 서학과 밀접한 연계가 있음을 확인할 수 있었다.

심익운의 작품 또한 체식에 수반되어야 할 요소를 배제하거나 독자적으로 변주하는 작품들이 주를 이룬다. 이러한 양상은 비지류에서 드러나는데, 망자에 대한 슬픔을 서술하기보다는 서사를 통해 슬픔에 대한 정을 우회적으로 표출하고 있으며, 묘지명의 명 부분에서 칭송에 대한 기록은 생략하는 양상을 보였다.

노긍의 산문에서도 이용휴와 같이 수록되어야 할 내용을 과감하게 생략하는 양상을 「남사시회발」·「화계사시회서」에서 확인할 수 있다. 그러나 체식에서의 일탈적 면모는 노긍에게서 뚜렷하게 확인되는 양상이다. 먼저 「남사시회발」의 서사와 관련된 부분에서 산문을 시적인 글쓰기로 변주하고 있다. 시회의 상황을 핍진하게 묘사하기보다는 시적(詩的) 변주를 통해 틈과 생략을 의도적으로 배치하며 독자들의 궁금증을 유발하게 만들고 있다. 아울러 노긍은 해(解)·설(說)과 같이 관습적 제약이 강한 글에서도 백화체를 사용하고 있다. 박지원과 이옥이 현장감을 재현하기 위해 사용한 양상과는 달리 문어적 측면에서 사용하고 있다. 그는 불가능한 현실로 인한 좌절의 심상을 소설의 기법과 백화체를 통해 구현하였다. 이덕무 또한 노긍과 같이 해·설과 체식에서 백화체를 문어적 측면에서 사용하고 있는데, 다만 이덕무는 무엇보다 관습적 서사의 탈피를 위해 첩어를 구어적으로 사용하며 이를 통해 서사의 생동감을 높이고 있다.

넷째, 진정(眞情)의 표출을 우선시하였다. 진정의 표출은 진(眞)을 추구한 결과이기도 하다. 이용휴와 이덕무는 개체 즉 진아(眞我)를 구현하기 위해 객체에 주목하였다. 이용휴는 진(眞)을 추구하게 되면 기(奇)가 드러나게 된다는 인식을 보였다. 그의 산문에서는 자신 및 객체에 대한 주목과 각성에 대한 내용들이 빈번하다. 「증정재중」에서 발상의 전환을 통해 '눈멈'이라는 주제를 보편적 사실이나 진리에서 벗어난 한 개인의 개별화된 사실이나 진리로 대치하였다. 즉 보편적으로는 진(眞)이라 할 수 없지만 한 개인에게 있어서는 진(眞)이 된다는 인식을 보인다.

이를 위해 '발상의 전환'으로써 관습화된 인식에 전복을 가하며 생경한 미감을 형성하였다. 특히 발상의 전환과 관계된 작품에서는 보편적 이치를 부정하고 개인적이고 주관적인 이치를 주장한다. 이러한 면모는 진(眞)의 추구와 관련되어 있기에 소품계열과 유사한 면모를 지닌다. 다만 이용휴의 진(眞)의 추구는 그릇된 인식에 대한 반박적 성격이 강하기 때문에 진한고문 계열의 진(眞)과도 유사성이 확인되며, 남인계열의 서학과도 연계되는 부분이었다. 아울러 발상의 전환으로 확립된 주제를 구현하는 방식에서는 단구(短句)의 반복을 통해 문기(文氣)의 조절과 간(簡)의 추구를 통해 암시성의 확보 등으로 진한고문에서 주로 사용되는 서술기법을 활용하였다.

이덕무의 경우는 기존에 주목받지 못했던 입론의 대상을 과감하게 입론함으로써 그 범위를 확대하였고, 이를 통해 미시적 세계를 중시하여 보편적 진리보다는 개별적 진(眞)을 중시하였다. 입론된 소재들은 과거에는 몰가치한 것으로 인식되거나 일상적이고 지극히 개인적인 것이었다. 이러한 입론화 대상들에 대한 묘사는 관찰의 과정과 현상에 대한 나열들로만 일관하고 있으며 표면적으로 뚜렷한 주제는 보이지 않는다. 이것은 이 대상들 자체가 진(眞)이므로 의론보다는 세밀한 묘사를 통한 생동감을 재현하는 데 중점을 두었기 때문이다.

또한 자전(自傳)에서는 타인과 구별될 수 있는 진(眞)을 개아(個我)로 여겼다. 특히 자전의 타자화 전략은 전범적인 전의 서술기법이다. 이덕무는 진(眞)을 부각하기 위해 형식적 면모에서는 더욱 공고화하였으나, 내용에서의 변주적 면모가 확인되었다. 따라서 이덕무의 자전에서 '자신을 낯설게하기'는 형식보다는 내용에서의 의미가 부각되었다. 먼저 형식에서 낯설게하기는 인식의 모호함을 유발하여 당대 보편화된 인식을 파괴하거나, 인식을 지연하게 하는 것이 아닌, 오히려 보편화된 인식을 활용하였다. 타자화 방식이 허구성을 수반하면서도 현실과 구분되지 않는 것은 시간을 흐름에 따라서 형성된 공통적 인식망을 활용하였기 때문이다. 반면 내용에 있어서 낯설게하기는 자신의 정체성을 당대 사유의 한계선에서 발생하는 인식에 저항하였다. 이는 무엇보다 문장에 대한 인식과 추구방식에서 있어 기존과 다른 면모인 진(眞)을 위한 개아(個我)를 부각하면서 자신을 일탈한 존재로 규정하였기 때문이다. 따라서 이덕무 자전에서의 타자화 방식은 형식에서 전형을 유지하면서도 내용에서는 일탈적 면모의 추구하였기에, 당대 보편적 인식의 파괴가 아닌 인식을 지연하는 방식이었다.

이 밖에, 심익운, 노긍 또한 애제문과 같은 슬픔을 드러내는 양식에서 진(眞)을 중시하였다. 모두 슬픔의 형상화 방식에 있어 기존 관습과는 반대되는 서술을 보인다. 슬픔을 지극히 드러내야 할 부분에서 슬픔을 우회적으로 표현한다든지, 슬픔을 드러내서는 안 되는 부분에서는 자신의 감정을 과도할 정도로 지면에 노출하는 양상을 확인할 수 있었다. 이들은 슬픔이 개개인마다 차이가 있기에, 단일한 서술기법으로는 인정의 곡진함을 다 드러낼 수 없다는 인식을 보였다. 따라서 개개인의 진정(眞情)을 숨김없이 있는 그대로 표출하기 위해서 다양한 서술기법을 써서 기존과 다른 표현방식을 택한 것이다.

이러한 점은 공안파 문인들에게서 보이는 특징점이다. 즉 주제의식 측면에서 당대 유행하던 소품계열과 흡사한 면모를 지닌다. 자신의 감정을 자유롭게, 있는 그대로 표현한다는 점이 동일한 양상으로 지목되었다. 따라서 본고에서 거론하였던 4명은 기존연구에서 주로 소품문작가로 연구되었다. 그러나 이들의 서술기법을 확인해 보았을 때, 소품계열과 유사점은 발견되지만, 이들을 전적으로 소품계열만으로 규정하기에는 무리가 있다.

이용휴는 공안파에서 추구하였던 진(眞)이라는 주제의식에서 그들과 비슷한 양상을 보이지만 기본적으로는 진한고문의 특징인 단구의 반복, 이질적 전고를 사용하며 내용에 따라서는 당송고문에서 보이는 평이한 구식을 통해 의론에 치중하는 모습을 확인할 수 있었다. 이덕무의 경우는 기본적으로 당송고문을 바탕으로 진한고문의 서사성과 명말청초의 소품계열의 주제의식을 융합하여 자신만의 글쓰기를 구축하였다. 심익운 또한 당송고문을 바탕으로 하되 입론에서의 다양화, 진정의 토로 등의 측면에서는 소품계열과 비슷한 양상을 보였다. 노긍은 파격으로 일관하며 문파나 전범 등의 기존 관습에 전혀 구애됨 없이 독자적인 글쓰기를 추구하였다.

이를 통해 본다면, 18세기 기(奇)로 지적된 작가나 작품들은 모두 한 문파나 전범에 구속되기보다는 변주·변화를 통해 자신만의 글쓰기로 재창작하고 있음을 볼 수 있다. 이러한 양상을 통해 이전 시기부터 이어져 내려온 당파와 문파간의 대립구도가 기(奇)로 평가되는 문인들에 의해서 와해되었다는 사실을 확인할 수 있다. 따라서 18세기 작가들 중에서 실험적 글쓰기를 추구한 이들은 각기 전범 문파에 벗어나기 때문에 부정적 의미에서 기(奇)로 평가되었고, 새로운 문풍에 긍정적 입장을 보이는 인물은 관습에 대한 저항을 대변하는 의미에서 그들의 문학을 기(奇)로 지칭하였다. 나아가 작품의 서술기법에서는 관습적 글쓰기와 상투적인 언어 및 인식에 저항하며 자신만의 글쓰기로 변주(變奏)하는 양상과, 관습을 뚫고 새로운 서술기법을 지향하는 창신적(創新的) 경향이 기(奇)로 대변되었음을 확인할 수 있었다.

기(奇)의 윤곽을 그리며

조선시대 산문은 18세기 이르러 실험적인 글쓰기로 인해 이전 시기
보다 더욱 다양한 양상을 보인다. 특히 이 시기에는 소품문(小品文)이
유행하는데, 이를 대상으로 한 연구들에서는 명·청(明·淸)시대 소품과
의 영향 관계를 통해 소품문의 유입과정, 독서 양상 등에 관한 실질적
인 고찰이 이루어졌으며, 소품문으로 지칭되는 개별 작가들의 작품분
석을 통해 이 시기 새로운 글쓰기 양상을 구명하였다. 이 점은 18세기
산문의 내형 및 외형을 넓혔다는 의의를 지닌다. 하지만 이 시기 산문
에서의 새로운 시도와 실험적 글쓰기에 관한 연구는 소품문에 집중된
경향이 없지 않았다.

게다가 명·청시대의 상기설(尙奇說)이 유입되면서 18세기 조선 문단
에서도 상기(尙奇)에 관한 논의들이 등장하며 18세기 문인들도 당대 문
풍을 기(奇)로 대변하였다. 이 점은 학계에서 주목의 대상이었다. 그럼
에도 기(奇)에 대한 이전 시기와의 인식 차이, 구체적 의미, 실제 작품
에서의 구현양상 등에 관한 기초적 연구는 미흡하였다. 따라서 이 책에

서는 이러한 문제에 주목하여 18세기 다양한 글쓰기 양상을 기(奇)를 통해 조명하였다. 물론 소품문과 관련한 연구들의 대상과 범위에 있어 겹친 부분이 있으나, 소품문으로만 설명할 수 없는 사각지대를 기(奇)를 통해 풀어내고자 하였다.

기(奇)는 그 개념 자체에 개성, 참신 등 긍정적 의미와 일탈, 전도 등 부정적 의미가 병존한다. 따라서 기(奇)에는 혼성성과 다양성을 내포하고 있다. 아울러 기(奇)는 문학론과 비평영역에서는 정(正)과 반대되는 의미로 사용되어왔다. 한문학은 일차적으로 유가(儒家)의 이념을 글로 담아내는 것이 목적이기에 이를 충실히 재현한 것을 정(正)·법(法)·상(常) 등으로 언급하였다. 기(奇)는 정(正)에 반대되는 의미이기에 유가의 이념에서 벗어나거나, 관습적 글쓰기에서 이탈한 양상을 가리키는 용어로 사용되었다.

기(奇)를 포함한 모든 개념은 시간의 흐름에 따라 시대상을 반영하며 그에 대한 이해의 편차가 다르게 나타난다. 이에 기(奇)에 대한 인식과 사용되는 층위는 시대마다 조금의 차이를 보이게 된다. 하지만 관습에 대한 저항, 상투적인 언어와 상투적인 사유에 대한 부정, 금기에 대한 도전 등을 대변하는 의미로 사용되는 것은 동일한 현상이었다.

그러나 기(奇)는 시간의 흐름에 따라 관습화되어가기 때문에 다시 정(正)으로 귀착된다. 더구나 관습화된 이 정(正)은 반대기법인 기(奇)를 생성시킴으로써 비난의 대상이 되기도 한다. 즉 일반적인 기(奇)의 의미는 정(正)과의 관계성에서 정반합(正反合)의 과정인 '정(正)에 대한 반대에서 출현한 기(奇)'→'기(奇)의 관습화로 귀착된 정(正)-1'→'정(正)-1에 대한 반대에서 생성된 기(奇)-1'로 전개 및 변화되어 간다. 그러나 대부분의 기(奇)는 정(正)에 의해 묵살되거나, 정(正)으로 편입된 양상을 보였다.

기(奇)의 이러한 속성을 구체적 의미로 표현하자면, '낯설게하기 (defamiliarization)'를 통한 생경한 미감이다.[1] '낯설게하기'는 인식에 있어 모호함을 유발하여 당대 사람들의 보편화된 인식의 기준점을 파괴하거나 인식을 지연하게 하는 것이다. '낯설게하기'의 양상이라 할 수 있는 모순적 어법, 기발한 언어적 착상, 비유나 은유로 구성된 말 등이 낯설게 들리는 것은 그 표현 및 사유가 관습적이고 상투적인 것에서 벗어나기 때문이다. 따라서 기(奇)는 당대에 지닌 사유의 한계선에서 발생하는 인식론적 저항이라 하겠다. 기(奇)가 낯설게 보이는 것은 우리로 하여금 익숙한 것을 다시 생각하도록 만들기 때문이다. 그러나 문학은 시간 속에 존재하기 때문에 '낯설게하기'로 재현된 기(奇)의 특별한 장치들은 인식의 습관에 굴복하여 대상들과 사건들을 돋보이게 위해서 창안되었던 것들이 마침내 관습이 되어 버린다.[2]

18세기 이전까지의 기(奇)는 정(正)에 대한 저항에서 비롯되었으면서도 시대적 흐름에 따라 유전(流轉)하여 관습화되는 양상이 주된 흐름이었다. 하지만 18세기는 이전 시기보다 기(奇)의 긍정적 의미가 크게 부각된 시기였다. 심지어는 일부 문인들에 의해 기(奇)가 정(正)의 자리를

---

1) '낯설게하기'는 러시아 형식주의의 주요 용어로 처음 사용한 사람은 러시아의 빅토르 쉬클로프스키이다. '낯설게하기'는 '이상하게 만들기(make strange)'를 의미한다. 그는 문학을 문학답게 하는 문학성은 언어를 사용하는 방식과 관련된다고 생각했고 이때 '낯설게하기'의 방식에 의해 문학적 특성이 드러난다고 했다. 일반적으로 시에서는 일상 언어가 갖지 않거나 중요하게 생각하지 않는 리듬, 비유, 역설 등의 규칙을 사용하여 일상 언어와 다른 결합 규칙을 드러내고, 소설에서는 사건을 있는 그대로 제시하는 것이 아니라 플롯을 통해 낯설게 하고 주의를 환기시킨다. 조셉 칠더즈·게리 헨치 엮음, 황조연 옮김(1995), 『현대문학·문화비평 용어사전』, 문학동네, 144면 참조.

2) Robert Scholes 저, 위미숙 역(1997), 『문학과 구조주의』, 새문사, 89~91면 참조.

대신하기도 하였다. 물론 이 시기에도 기(奇)는 대부분 부정적 의미로 사용되지만, 작가의 개성을 강조하는 문인들은 정(正)과 기(奇)를 대립적으로 인식하는 데서 벗어나 상보적 관계로 설정하며, 기(奇)를 관습에서의 탈피, 새로운 서술기법과 미의식 등을 가리키는 의미로 사용하였다. 즉 18세기에서는 기(奇)를 '틀리다'에서 '다르다'로 인식하였다.

이에 이 책에서는 18세기의 실험적 글쓰기와 다양한 문풍을 살피기 위해 먼저 이 시기의 상기(尙奇)에 대한 논의를 거론하였고, 기(奇)로 지목되는 작가들의 서술방식을 통해 기(奇)가 어떠한 양상으로 작품에 구현되는지를 고찰해보았다. 이를 통해 고문이 어떻게 변주·변화하였는지를 살펴볼 수 있었다.

2장에서는 기(奇)의 개념과 상기(尙奇)의 산문론을 거론하였다. 이는 기(奇)의 기본적 특성과 18세기 이전까지 주로 사용되는 용례들을 통해 기(奇)의 일반적 경향을 파악하고자 한 의도였다. 2장 1절에서는 기(奇)의 개념을 통해 기(奇)의 기본적 특징을 살펴보았고, 비평에서 함께 사용되는 평어들을 통해 그 범주를 확인하였다. 기(奇)는 기본적으로 긍정적·부정적 의미가 병존하는데, 특히 이자평어(二字評語)로 사용될 경우 연용(連用)되는 평어에 따라 의미를 달리한다. 아울러 함께 사용되는 평어를 강조하는 경우가 즐비하였다.

2장 2절에서는 문학론에서 기(奇)의 담론을 살피기 위해 기(奇)에 대한 인식의 변화가 뚜렷한 육조(六朝) 및 당·송(唐·宋)시기를 살펴보았다. 이 시기 기(奇)에 대한 인식은 왕충(王充), 유협(劉勰), 한유(韓愈)를 중심으로 살펴보았다. 왕충은 가장 이른 시기 기(奇)에 대한 논의를 보인 작가이고, 유협은 왕충의 논의를 바탕으로 기(奇)를 정(正)과 상대적 개념으로 대비하여 구체적 논의로 발전시켰다. 특히 유협은 기(奇)에 대한 긍정적 인식을 바탕으로 문학에서의 독창적이고 비범한 경지를 기(奇)라 정의하였다. 한유의 기(奇)에 대한 인식은 유협에 비해 수사적 측면에서 긍정적 입장을 취하며 모방과 상반되는 독창적인 면모로 언급하였다. 게다가 이 시기 유가의 현실주의 문학과 대비되는 낭만주의 문학을 지칭할 때도 기(奇)가 사용되고 있음을 확인할 수 있었다. 이때 기(奇)는 유가적 이념에서 벗어나거나, 허무·허탄한 내용을 담은 문학 작품을 말한 것으로 괴(怪)와 밀접한 상관관계를 보였다.

2장 3절에서는 명·청(明·淸)시대의 기(奇)에 대한 인식을 살펴보았다. 이 시기에는 기(奇)를 미의 추구대상으로 삼는 경향이 보이는데, 이는 상기(尙奇)에 대한 논의에서 확인할 수 있었다. 명·청시대 상기(尙奇)에 대한 논의의 특징적 면모는 정(正)과 기(奇)의 연쇄적 관계 설정에서 벗어나 하나의 독자적 영역인 미적 대상으로 간주하였다는 점이다. 게다가 기(奇)의 의미가 진(眞)과 관련되어 있으며 나아가 진(眞)의 개념이 기(奇)로 대체되는 양상을 보인다. 이에 대해 구체적 논의를 보이는 자들은 주로 성령(性靈)을 주장하던 문인들이다. 이들은 성령을 기저로 삼았기에 정(正)과 기(奇)를 대립된 개념으로 보지 않았다. 왜냐하면 문학에서 성령을 표현하는 것을 가장 우선시했기 때문이며, 이때의 기(奇)는 진(眞)과 밀접한 관계가 있었다. 아울러 이들의 문학론은 모방과 형식주의에 대한 반발에서 출발하였기 때문에 기(奇)의 의미가 모방과 대비되는 신기(新奇)와도 관련되었다. 앞서 육조 및 당송시대에 기(奇)는 낭만주의 문학을 지칭할 때 사용되었는데, 명·청시대에는 소설과 희곡에 대한 비평에서 기(奇)가 자주 사용되었고, 환(幻)의 의미에 가까웠다.

3장에서는 18세기 문인 중에서 상기(尙奇)에 대한 논의를 보이는 문인들의 문학론을 통해 18세기 산문론에서 상기(尙奇)의 의미를 살펴보았다. 이와 함께 18세기 기(奇)에 대한 논의를 통해 이전 시기 기(奇)에 대한 인식과의 차이점도 거론하였다. 먼저 1절에서는 창작과정에서 논의된 상기(尙奇)를 살펴보았는데, 이 시기 상기(尙奇)에 내한 논의의 주된 특징은 기존의 정(正)과 기(奇)의 대립적 관계를 상보적 관계로 설정하였다는 점이다. 이러한 인식은 이덕무, 유한준, 심익운에게서 확인할 수 있었다. 다만 이들 사이에도 차이점이 존재한다. 우선 이덕무는 기(奇)를 구현하기 위해 자득(自得)을 중시하였다. 유한준과 심익운은 정(正)과 기(奇)를 상보적으로 설정하였고, 기(奇)가 유동적 개념이 되는 데 신(神)의 운용을 중시하였다. 그럼에도 작가의 개성을 중시하는 면모는 동일하였다.

이러한 양상은 산문 성격의 변모와 관계된 것이기도 하다. 조선시대 산문은 전기에서 후기로 접어들면서 공적 성격에서 사적 성격으로 변모된다. 물론 산문은 조선 후기에도 공용문으로서 역할이 여전히 강조되지만, 산문이 완상의 대상으로 거론되며 문채미가 부각된다. 따라서 18세기 산문론에서의 상기(尙奇)는 자득(自得), 창신(創新), 주신(主神), 진정(眞情) 등의 논의에 빠짐없이 거론되며 모방에 대한 비판과 작가 주체성을 강조하게 된다. 다만 1절에서의 기(奇)에 대한 논의는 정(正)을 근간에 둔 것이기에, 전범에 대한 완전한 부정은 아니다. 정(正)과 기(奇)의 상보적 관계 설정에서 드러나듯이 전범과 창신을 안배한 것이라 하겠다. 이는 공안파가 문인들이 주장한 개성, 진정 등에 긍정적 입장을 표명하면서도 동시에 전범적 글쓰기도 고려한 점에서 드러난다.

3장 2절에서는 18세기 일부 문인들이 기(奇)를 추구해야 할 미적 대상으로 인식하였다는 점을 거론하였다. 이규상은 역대 문인들을 평가하면서 기(奇)를 기준으로 삼아 포폄(褒貶)하였는데, 이는 모든 품격용

어를 포괄할 수 있는 개념어로 기(奇)를 제시한 것이다. 아울러 유만주
는 당대 문풍을 기(奇)로 대변하였고 당대 문인들 중 뛰어난 재능을 보
유한 이들을 기(奇)로 지칭하였다. 이러한 논의는 공안파의 주장과 친
연성을 보인다. 이들은 성령(性靈)을 기저로 삼았기에 정(正)과 기(奇)를
대립적 관계로 인식하지 않았다. 공안파 문인들은 성령이 관습적 제약
을 넘어 여과 없이 표출된 것을 진(眞)이라 인식하였고, 이를 작품으로
구현해 낸 것을 기(奇)라 지칭하였다.

또한, 수사적 측면에서 기삽(奇澁), 기굴(奇崛) 등 전대에 부정적으로
인식되었던 평어들에 대해 긍정적 입장을 보이며 추구의 대상으로 삼았
다. 특히 기굴(奇崛)은 당송고문 계열이 진한고문 계열의 작법을 비판할
때 주된 비평용어로 거론되었다. 18세기에도 당송고문 계열이 문단에
주류적 위치를 점하고 있었기 때문에 남인 이외에 진한고문이 유지 및
발전되었는지에 대해 회의적 입장이었다. 그러나 기(奇)를 추구한 문인
들은 진한고문의 작법을 전범으로 인식하며 추구대상으로 삼았다. 이는
이규상과 유만주가 기간(奇簡)을 수사적 측면에서 지향해야 할 요소로
언급한 부분에서 확인할 수가 있었다. 게다가 기간(奇簡)과 관련된 서술
에서 유몽인, 최립 등 이전 시대 기간(奇簡)을 추구했던 문인들을 전범
작가로 인식한 부분에서도 확인되었다. 이를 통해 18세기 상기(尙奇)에
대해 구체적 논의를 보이는 문인들이 진한고문의 작법을 선호하며 문채
미로서의 기(奇)를 인정하려는 입장을 살펴볼 수가 있었다.

따라서 3장의 한문산문의 상기(尙奇)에 대한 논의를 통해 확인할 수
있었던 사실은 전범 문제에 자유로운 태도를 보였다는 점이다. 즉 전범
에 대한 부정보다는 특정한 전범에 얽매이지 않았다. 전범을 우선적이
고 절대적으로 인식하기보다는 작가의 주체성을 강조하며 작가마다 개

성을 바탕으로 전범의 영역을 자유롭게 넘나들었다. 이에 이 시기 모방에 대한 반대와 창신(創新)을 주장하던 문학론에 기(奇)가 빠짐없이 거론되었으며, 이러한 현상은 기(奇)가 이 시기이 산문론과 산문비병의 영역을 확장하는데 일정한 역할을 하였다는 점을 보여주는 부분이다.

이 책에서 주안점을 두었던 4장에서는 기(奇)의 작품양상을 살피기 위해서 제가(諸家)의 평에서 기(奇)로 지목되거나, 기(奇)로 자처(自處)하는 작가들의 실제 작품을 분석하였다. 분석에서도 특히 서술기법에 주목한 이유는 제가의 평에서 기(奇)로 평가된 부분이 실제 작품에서 어떠한 양상으로 구현되는지를 살피기 위함이었다. 나아가 이를 통해 고문이 어떻게 변주·변화되는지도 아울러 살펴보고자 한 의도였다.

4장에서 거론한 작가는 이용휴, 심익운, 노긍, 이덕무이다. 4명의 작가의 작품을 검토한 결과 서술기법의 변주, 체식에서의 이탈을 통해 자신만의 글쓰기를 꾀하였다는 점을 알 수 있었다. 한문산문에서 기본적으로 사용되는 서술기법을 유지하면서도 작품에 따라 관습화된 표현에서 벗어나는 양상을 보였다. 먼저 전대 서술기법을 변주하는 양상은 의론보다 서사를 강조하는 부분에서 드러난다. 서사의 중시는 회화적 묘사나 사례의 나열, 사물의 생생한 포착 등과 같은 방식에서 드러났고, 이를 표현하는 자구(字句)배치에 있어서 주로 사언(四言)을 통한 단구(短句)를 반복적으로 사용하였다. 이를 통해 4명의 작가들이 진한고문의 작법과 친연성이 있음을 확인하였다.

또한, 입론에서의 주된 양상은 발상의 전환과 진정(眞情)의 발로를 통한 상식의 파괴였다. 이는 공안파 문인들에게 보이는 소품문의 특징적 면모였다. 다만 이용휴의 진(眞)에 대한 추구는 부분적으로 사정(私情)에까지 확장되지 않았고, 진한고문의 진(眞)과 같이 그릇된 인식과 통념을 바로잡기 위한 올바름으로서의 진(眞)임을 확인할 수 있었다. 이는 남인계열의 서학(西學)과도 연계되어 있음을 확인하였다. 나아가 이탈적 부분은 사용해서는 안 되는 서술기법을 사용한다든지, 체식에 반드시 수반되어야 할 내용을 배제하는 양상에서 주로 확인되었다. 노긍과 이덕무의 경우는 해(解)·설(說)과 같은 관습적 제약이 요구되는 체식에서도 백화체나 구어체를 사용하였다. 노긍의 경우는 자신의 심상변화를 위해 백화체를 사용하였고, 이덕무의 경우는 구어적 표현을 통해 관습적 서사에서 탈피하는 양상을 보였다. 이러한 양상은 18세기 산문에서 기(奇)로 대변되는 부분이며 기(奇)의 속성인 '낯설게하기'를 유감없이 보여주는 부분이기도 하다.

4명의 작가가 추구한 서술기법의 변주와 체식에서의 이탈은 관습화된 서술방식에 대한 저항적 성격을 지닌다. 이와 같은 양상을 유발한 가장 큰 원인은 진(眞)을 표현하고자 하는 데에 있었다. 이용휴와 이덕무는 보편적 진(眞)에서 벗어나 객체마다의 진(眞)을, 심익운은 현실을 그대로 보여주기 위해 진(眞)을 중시하였다. 게다가 노긍은 성령을 중시하였기에 진정(眞情)의 발로를 위해 자신의 심정과 감회를 가감 없이 드러내었다. 즉 문학에서 도덕을 초월한 자연본능을 중시하면서 이를 있는 그대로 표현하기 위해서 고정된 법식에서 이탈하거나 심지어는 파괴하는 양상까지 보였다. 따라서 이들은 기존의 상투적인 언어와 관습적인 인식에 대한 반작용으로서의 낯설음을 통해 인식에서의 모호함을 유발하고자 하였다. 이에 '관습에 대한 저항'이라는 기본적 속성을 지닌 기(奇)에 주목한 것이다.

4장에서 작품분석을 통해 확인된 사실은 기(奇)를 추구했거나, 기(奇)로 평가받은 문인들이 문파와 전범에서 벗어나 자유로운 글쓰기를 추구하였다는 점이다. 진한고문, 당송고문, 소품문 등 어느 문파에 국한되기보다는 광범위한 독서를 통해 기존 관습을 변주·변화하여 자신의 글쓰기에 반영하였다. 아울러 기존에 소품문으로 시적되었던 작가들이 서술기법으로만 제한한다면 오히려 진한고문과 친연성이 있음을 확인할 수 있었다. 특히 이용휴, 이덕무, 노긍은 소품작가로 거론된 작가들이나, 실제 작품의 분석과 결과 진한고문, 당송고문, 소품문을 융합하여 자신만의 글쓰기로 재창작하고 있음을 확인할 수 있었다.

그러나 이 글에서 거론한 서술기법들은 하나의 정립된 문체나 표현이기보다는 과도기적 성향을 보인다. 따라서 관습화된 글쓰기에 대한 저항에 그치고 말았다고 할 수 있다. 그럼에도 18세기 기(奇)의 추구는 전범과 구속에서 탈피하여 다양한 글쓰기를 시도하는데 이론적 토대를 제공했으며 서술기법에서도 전대 기법을 변주하거나, 그동안 시도되지 않았던 기법들을 전면에 내세우는 등 파격과 실험성을 드러내었다. 이는 산문의 영역과 서술기법을 확대하는 데 일조하였다는 역사적 의의를 지닌다.

그럼에도 이 책은 다음과 같은 한계를 지닌다. 첫째, 18세기 기(奇)로 평가되는 작가들의 서술기법 완성은 결국 이후 시대에 고정된 법식으로 귀착되었는지의 여부이다. 하지만 18세기 기(奇)를 추구한 작가에 집중하였기에 19세기 초반의 작가들에까지 그 범위가 미치지 못하였다. 둘째, 앞서 2장에서 기(奇)가 낭만주의 문학과 소설을 지칭할 때 주로 사용되었고 괴(怪), 환(幻)과 연용된다는 사실을 확인하였음에도 18세기 한문소설을 분석대상으로 거론하지 못하였다. 셋째, 이 글에서는 기(奇)의 구현양상을 확인하기 위해 4명의 작가를 거론했으나, 박지원·이옥과 같은 문인을 분석대상으로 다루지 못하였다. 따라서 18세기 산문 전반에 대한 양상을 살피지 못한 한계를 지닌다. 이들 문제와 한계에 관해서는 추후 연구를 통해 보완해 나가고자 한다.

참고문헌

1. 원전자료

金柱臣, 『壽谷集』, 한국문집총간 176, 민족문화추진회.

金澤榮, 『金澤榮全集』, 아세아문화사.

金昌協, 『農巖集』, 한국문집총간 161, 민족문화추진회.

金昌翕, 『三淵集』, 한국문집총간 165~167, 민족문화추진회.

金春澤, 『北軒集』, 한국문집총간 185, 민족문화추진회.

南公轍, 『金陵集』, 한국문집총간 272, 민족문화추진회.

南克寬, 『夢囈集』, 한국문집총간 209, 민족문화추진회.

南有容, 『雷淵集』, 한국문집총간 217, 민족문화추진회.

盧 兢 著, 盧載榮 編, 『漢源文集』, 1976.

盧 兢, 『漢源稿』사본, 안대회 소장본.

朴齊家, 『楚亭全書』, 아세아문화사, 1992.

朴趾源, 『燕巖集』, 한국문집총간 252, 민족문화추진회.

徐宗泰, 『晚靜堂集』, 한국문집총간 163, 민족문화추진회.

成大中, 『青城雜記』사본, 이병도 소장본.

成大中, 『青城集』, 한국문집총간 258, 민족문화추진회.

成海應, 『研經齋全集』, 오성사, 1982.

成 俔, 『慵齋叢話』, 한국문집총간 14, 민족문화추진회.

申維翰, 『青泉集』, 한국문집총간 200, 민족문화추진회.

申 欽, 『象村稿』, 한국문집총간 72, 민족문화추진회.

沈魯崇, 『孝田散稿』, 연세대 소장본.

沈翼雲, 『百一年集』, 충북대학교 소장본.

沈翼雲, 『百一集』, 서울대학교 규장각 소장본.

安錫儆, 『雪橋集』, 한국문집총간 233, 민족문화추진회.

俞晚柱, 『欽英』, 규장각자료총서 문학편, 서울대학교 규장각, 1997.

柳夢寅, 『於于集』, 한국문집총간 63, 민족문화추진회.

俞彦鎬, 『燕石』, 한국문집총간 247, 민족문화추진회.

俞漢雋, 『著菴集』, 여강출판사, 1987.

尹光心, 『幷世集』, 국립중앙도서관 소장본.

李家煥, 『錦帶詩文抄』, 한국문집총간 255, 민족문화추진회.

李奎報, 『東國李相國集』, 한국문집총간 1~2, 민족문화추진회.

李奎像, 『一夢文集』, 『한국역대문집총서』 580~567, 경인문화사.

李德懋, 『靑莊館全書』, 한국문집총간 257~259, 민족문화추진회.

李德壽, 『西堂私載』, 한국문집총간 186, 민족문화추진회.

李滿敷, 『息山集』, 한국문집총간 178~179, 민족문화추진회.

李明五, 『泊翁詩鈔』, 국립중앙도서관 소장본.

李森煥, 『小室山房藏』, 한국문집총간 속92, 민족문화추진회.

李　植, 『澤堂集』, 한국문집총간 88, 민족문화추진회.

李用休, 『惠寰雜著』, 국립중앙도서관 소장본.

李宜顯, 『陶谷集』, 한국문집총간 181, 민족문화추진회.

李　珥, 『栗谷全書』, 한국문집총간 45, 민족문화추진회.

李　栽, 『密菴文集』, 한국문집총간 173, 민족문화추진회.

李廷龜, 『月沙集』, 한국문집총간 69~70, 민족문화추진회.

李種徽, 『修山集』, 한국문집총간 247, 민족문화추진회.

李　埈, 『蒼石文集』, 한국문집총간 64, 민족문화추진회.

李學逵, 『洛下生集』, 한국문집총간 290, 민족문화추진회.

李恒福, 『白沙集』, 경문사, 1980.

李夏坤, 『頭陀草』, 한국문집총간 191, 민족문화추진회.

李獻慶, 『艮翁集』, 한국문집총간 234, 민족문화추진회.

李　滉, 『退溪集』, 한국문집총간 29~31, 민족문화추진회.

張　維, 『谿谷集』, 한국문집총간 93, 민족문화추진회.

丁範祖, 『海左集』, 한국문집총간 239~240, 민족문화추진회.

正　祖, 『弘齋全書』, 한국문집총간 267, 민족문화추진회.

丁若鏞, 『與猶堂全書』, 한국문집총간 281, 민족문화추진회.

趙龜命, 『東谿集』, 한국문집총간 215, 민족문화추진회.

趙秀三, 『秋齋集』, 한국문집총간 271, 민족문화추진회.

蔡濟恭, 『樊巖集』, 한국문집총간 236, 민족문화추진회.

崔　岦, 『簡易集』, 한국문집총간 49, 민족문화추진회.

편자미상, 『江天閣銷夏錄』, 국립중앙도서관 소장본.

許　筠, 『惺所覆瓿藁』, 고려대 소장본.

許　穆, 『記言』, 한국문집총간 98, 민족문화추진회.

黃景源, 『江漢集』, 한국문집총간 224~225, 민족문화추진회.

송재소·이철희(2013), 『17·18세기 한문학 비평 자료집』, 성균관대 대동문화연구원.

안대회·이철희·이현일(2013), 『조선후기 명청문학 관련 자료집』, 성균관대 대동
　　　문화연구원.

『CD-ROM 文淵閣四庫全書 電子版』, 迪志文化出版有限公司, 2000.

『承政院日記』, http://sjw.history.go.kr(국사편찬위원회)

『朝鮮王朝實錄』, http://sillok.history.go.kr(국사편찬위원회)

『韓國文集叢刊』, http://db.itkc.or.kr(한국고전번역원)

『표준국어대사전』, http://stdweb2.korean.go.kr(국립국어원)

단국대학교 동양학연구소, 『한국한자어사전』, 1992.

한국의 지식콘텐츠, http://www.krpia.co.kr(KRpia)

2. 번역서

가와이코오조오 지음·심경호 옮김(2002), 『중국의 자전문학』, 소명.

진필상 저, 박완식 역(2001), 『한문문체의 이해』, 전주대학교 출판부.

李奎像 저, 민족문학사연구소 한문학분과 옮김(1997), 『18세기 조선인물지』, 창작
　　　과비평사.

袁宏道 저, 심경호외 역(2004), 『역주 원중랑집』, 소명출판사.

劉熙載 저, 윤호진·허권수역 (2010), 『역주 예개』, 소명.

李德懋 저, 박희병 역(2010), 『종북소선』, 돌베개.

李　鈺 저, 실사학사고전문학연구회 역주(2001), 『역주 이옥전집』, 소명.

張少康 지음, 李鴻鎭 옮김(2000), 『중국고전문학창작론』, 법인문화사.

許　筠 저, 정길수 편역(2012), 『나는 나의 법을 따르겠다』, 돌베개.

鄭太鉉 譯註(2005), 『國譯 春秋左氏傳』, 전통문화연구회.

이용휴 저, 조남권·박동욱 옮김(2007), 『혜환 이용휴 산문전집』, 소명출판사.

陳蒲淸 著, 吳洗亨 譯(1994), 『중국우언문학사』, 소나무.

진필상 지음, 심경호 옮김(2001), 『한문문체론』, 이회.

조셉칠더즈·게리헨치 엮음, 황조연 옮김(1995), 『현대문학·문화비평 용어사전』,
　　　문학동네.

H. F. Plett 저, 양태종 역(2002), 『수사학과 텍스트 분석』, 동인.

Reboul Olivier 저, 박인철 역(1999), 『수사학』, 한길사.

Robert Scholes 저, 위미숙 역(1997), 『문학과 구조주의』, 새문사.

R. L. Brett 著, 沈明鎬 譯(1979), 『상상과 상상력』, 서울대학교 출판부.

Yuri M. Lotman, 유재천 옮김(1998), 『문화기호학』, 문예출판사.

Yi-Fu Tuan 지음, 구동회·심승희 옮김(1995), 『공간과 장소』, 대윤.

＿＿＿＿＿＿＿＿＿, 이옥진 옮김(2011), 『토포필리아』, 에코리브르.

W. 타타르키비츠 저, 이용대 역(1990), 『여섯 가지 개념의 역사』, 이론과 실천.

찰스테일러 지음, 권기돈·하주영 옮김(2015), 『자아의 원천들』, 새물결.

필립르죈 지음, 윤진 옮김(1998), 『자서전의 규약』, 문학과지성사.

3. 국내 단행본

강명관(1999), 『조선시대 문학 예술의 생성 공간』, 소명.

＿＿＿(2007a), 『안쪽과 바깥쪽』, 소명.

＿＿＿(2007b), 『공안파와 조선후기 한문학』, 소명.

＿＿＿(2007c), 『농암잡지평석』, 소명.

강민구(2010), 『조선후기 문학비평의 실제』, 보고사.

강혜선(1999), 『朴趾源 散文의 古文 변용양상』, 태학사.

금동현(2002), 『조선후기 문학이론 연구』, 보고사.

김언종·조영호(2008), 『한자어의미 연원사전』, 다운샘.

김 영(2008), 『한국한문학의 현재적 의미』, 한울.

김우정(2006), 『최립산문의 예술경계』, 한국학술정보.

김철범(2012), 『한문산문 글쓰기론의 논리와 전개』, 보고사.

김흥규(1983), 『朝鮮後期 詩經論과 詩意識』, 高麗大學校 民族文化硏究所.

나병철(2010), 『환상과 리얼리티』, 문예출판사.

閔斗基 편(1985), 『中國의 歷史認識』, 창작과비평사.

박수밀(2007), 『18세기 지식인의 생각과 글쓰기 전략』, 태학사.

박동욱·송혁기(2014), 『나를 찾아가는 길』, 돌베개.

박희병·정길수 외(2007), 『연암산문 정독』 1, 돌베개.

_____(2009), 『연암산문 정독』 2, 돌베개.

박희병(2006), 『연암을 읽는다』, 돌베개.

_____(2009), 『저항과 아만』, 돌베개.

_____(2010), 『연암과 선귤당의 대화』, 돌베개.

송혁기(2006), 『조선후기 한문산문의 이론과 비평』, 월인.

신익철(1998), 『유몽인 문학 연구』, 보고사.

신해진(2012), 『떠난 사람에 대한 그리움의 미학 애제문』, 보고사.

심경호(1999), 『조선시대 漢文學과 詩經論』, 일지사.

_____(2001), 『한문산문의 내면 풍경』, 소명.

_____(2010), 『나는 어떤 사람인가』, 이가서.

_____(2013), 『한문산문미학(개정증보판)』, 고려대학교 출판부.

안대회 편(2003), 『조선후기 소품문의 실체』, 태학사.

_____(2008), 『고전산문산책』, 휴머니스트.

_____(2008), 『나를 돌려다오』, 태학사.

안세현(2018), 『傳, 불후로 남다』, 한국고전번역원.

윤재환(2012), 『조선 후기 근기 남인 시맥의 형성과 전개』, 문예원.

이국희(2003), 『도표로 이해하는 중국문학개론』, 현학사.

이대규(2003), 『수사학 독서와 작문의 이론』, 신구문화사.

이동환(2006), 『실학시대의 사상과 문학』, 지식산업사.

이병관 편(1988), 『形音義原流字典』, 미술문화원.

이상섭(2001), 『문학비평용어사전』, 민음사.

이은영(2004), 『제문, 양식적 슬픔의 미학』, 태학사.

임준철(2010), 『조선중기 漢詩 意象 연구』, 일지사.

임형택(2007), 『우리 고전을 찾아서』, 한길사.

_____(2009), 「朴趾源의 인식론과 미의식」 『실사구시의 한국학』, 창비.

정 민(2007), 『18세기 조선지식인의 발견』, 휴머니스트.

_____(2010), 『고전문장론과 연암 박지원』, 태학사.

_____(2012), 『비슷한 것은 가짜다』, 태학사.

정요일(1988), 『고전비평 용어 연구』, 태학사.

한국문학평론가협회(2006), 『문학비평용어사전』, 국학자료원.

4. 국외 단행본

郭登峯(1965), 『歷代自敍傳文鈔』, 臺灣商務印書館.

郭紹虞 編(1979), 『中國歷代文論選』, 上海古籍出版社.

郭預衡(1999), 『中國散文史』, 上海古籍出版社.

杜黎均(1981), 『文心雕龍文學理論研究和譯釋』, 北京出版社.

杜聯喆(1977), 『明人自轉文鈔』, 藝文印書館.

廖可斌(1994), 『明代文學復古運動研究』, 上海古籍出版社.

馬通伯 校注(1982), 『韓昌黎文集校注』, 臺灣, 華正書局.

憑春田(1990), 『文心雕龍語辭通釋』, 明天出版社.

謝光輝(1984), 『說文解字注』, 臺灣, 黎明文化事業公司.

成復旺 主編(1995), 『中國美學範疇辭典』, 中國人民大學出版社.

葉慶炳·邵紅 編輯(1981), 『明代文學批評資料彙集』, 臺北 成文出版社.

王運熙·雇易生 主編(1996), 『中國文學批評通史·明代』 권5, 上海古籍出版社.

張少康(2004), 『中國文學理論批評史』, 北京大學出版社.

鄭頤壽 主編(2000), 『辭章學辭典』, 三秦出版社.

朱傑人 外 主編(1996), 『朱子全書』, 上海古籍出版社.

朱榮智(1988), 『文氣與文章創作關係研究』, 臺北, 師大書苑.

周楚漢(2004), 『唐宋八家文化文章學』, 中國. 巴蜀書社.

陳幼石(1983), 『韓柳歐蘇古文論』, 上海古籍出版社.

馮永敏(1999), 『散文鑑賞藝術探美』, 文史哲出版社.

何文煥·丁福保 編(2003), 『歷代詩話』, 北京圖書館出版社.

韓湖初(1995), 『文心雕龍研究』 제1집, 北京大學出版社.

黃叔琳·李詳補 注(1999), 『增訂文心雕龍校註』上, 中華書局.

5. 연구논문

강국주(2006), 「『鍾北小選敍』의 改修와 작자 문제」, 『고전문학연구』 30, 한국고전
　　　문학회.

강명관(1995), 「16세기 말 17세기 초 擬古文派의 수용과 秦漢古文派의 성립」, 『한
　　　국한문학연구』 18, 한국한문학회.

＿＿＿(2002a), 「이덕무와 공안파」, 『민족문학사연구』 21, 민족문학사연구소.

＿＿＿(2002b), 「이덕무의 소품문 연구」, 『고전문학연구』 22, 한국고진문학회.

강민구(1997), 「英祖代 文學論과 批評에 對한 硏究 – 趙龜命·林象鼎·李天輔·李
　　　廷燮을 中心으로」, 성균관대 박사학위논문.

＿＿＿(2003), 「『楓石鼓篋集』을 통해 본 18세기 이후 문학비평연구(Ⅰ)」, 『동방한
　　　문학』 25, 동방한문학회.

＿＿＿(2005), 「『楓石鼓篋集』을 통해 본 18세기 이후 문학비평연구(Ⅱ)」, 『동방한
　　　문학』 29, 동방한문학회.

고연희(2003), 「조선시대 진환론의 전개」, 『한국한문학과 미학』, 태학사.

＿＿＿(2012), 「조선후기 산수기행문예에 나타나는 '奇'의 추구」, 『한국한문학연
　　　구』 49, 한국한문학회.

고인덕(2001), 「風格用語 '新奇'로부터 고찰한 公安派와 竟陵派의 문학이론」, 『중
　　　국어문학지』 9, 중어중문학연구.

고　은(2002), 「사대부 자전 연구」, 서울대 석사학위논문.

권정원(2003), 「小說에 대한 兪晩柱의 입장에 관한 一考察」, 『한자한문교육』 10,
　　　한국한자한문교육학회.

＿＿＿(2006), 「이덕무 초기 산문의 공안파 수용양상 연구」, 부산대 박사학위논문.

권진호(2000), 「眉叟 許穆의 尙古精神과 散文世界」, 성균관대박사논문.

김　경(2015), 「18세기 漢文散文의 尙奇 논의와 作品樣相」, 고려대 박사학위논문.

＿＿＿(2015), 「李德懋 散文의 自己告白에 나타난 이중적 自我」, 『대동한문학』 45, 대동한문학회.

＿＿＿(2016), 「盧兢 散文에 나타난 空間의 구현양상과 그 의미」, 『대동한문학』 47, 대동한문학회.

＿＿＿(2019), 「18세기 自傳에서의 他者化 양상과 그 의미 – 李德懋와 俞漢雋을 중심으로」, 『민족문화연구』 82, 고려대 민족문화연구원.

김기완(2009), 「조선후기 사대부 초상화찬 연구」, 연세대 석사학위논문.

김경미(1994), 「조선후기 소설론 연구」, 이화여대 박사학위논문.

김대중(2005), 「『楓石鼓篋集』의 평어 연구」, 서울대 석사학위논문.

김도용(1990), 「朝鮮後期 山訟硏究: 光山金氏·扶安金氏家門의 山訟 所志를 中心으로」, 『考古歷史學志』 5-6합집, 동아대학교 박물관.

김동준(2003), 「李用休 漢詩의 理智的 性向과 새로운 詩的 型式」, 『진단학보』 95, 진단학회.

＿＿＿(2014), 「18세기 文人 夜宴의 현장과 예술적 아우라」, 『한국실학연구』 제28집, 한국실학학회.

김성진(1991), 「朝鮮後期 小品體 散文 硏究」, 부산대 박사학위논문.

김수진(2013), 「朝鮮後期 文集刊行의 推移와 그 特徵」, 『어문연구』 41, 한국어문교육연구회.

＿＿＿(2016), 「조선시대 자편문집에 대한 탐사 – 규장각 소장 자편문집의 발굴과 분석」, 『서지학연구』 68, 한국서지학회.

김영숙(2001), 「一夢 李奎象의 傳 硏究」, 부산대 교육대학원 석사학위논문.

김영주(2005), 「조선후기 소론계 문인의 문학론 연구」, 경북대 박사학위논문.

＿＿＿(2007), 「서발문의 특징과 전개 양상」, 『한국한문학의 이론 산문』, 보고사.

김영진(1998), 「조선후기 사대부의 야담 창작과 향유의 일상: 盧命欽·盧兢 父子와 豐産 洪鳳漢家와의 관계를 중심으로」, 『어문논집』 37, 민족어문학회.

＿＿＿(2003), 「朝鮮後期 明淸小品 수용과 小品文의 전개 양상」, 고려대 박사학위논문.

김용남(2007), 「漢源 盧兢과 그의 小品文 一攷」, 『개신어문연구』 24, 개신어문학회.

김용표(2008), 「글쓰기, 어떻게 할 것인가 – 韓愈 산문의 '奇' 특징에 대한 고찰을 통한 제언」, 『중어중문학』 43, 한국중어중문학회.

김우정(2001), 「월정 윤근수 산문의 성격」, 『한문학논집』 19, 근역한문학회.

_____(2002), 「최립 散文의 一研究: 奇의 문제와 관련하여」『泰東古典研究』 18, 태동고전연구소.

_____(2004), 「簡易 崔岦 散文 研究」, 단국대 박사학위논문.

_____(2010), 「沈翼雲의 「說文」과 산문세계」, 『한문교육연구』 35, 한국한문교육학회.

김지영(2007), 「한원 노긍 한시 연구」, 한국학중앙연구원 석사학위논문.

김진호(2012), 「〈楚亭集序〉에 나타난 연암의 法古創新論 연구」, 『민족문화』 39, 한국고전번역원.

김혈조(1993), 「연암 박지원의 사유양식과 산문문학」, 성균관대 박사학위논문.

_____(2014), 「『鍾北少選』 서문의 작자 문제」, 『동양한문학연구』 38, 동양한문학회.

남재철(2007), 「李德懋 詩에 나타난 奇詭尖新의 美學」, 『한국한시연구』 15, 한국한시학회.

류기일(2012), 「漢源 盧兢 散文 研究」, 고려대 석사학위논문.

박경남(2009), 「兪漢雋의 道文分離論과 散文 세계」, 서울대 박사학위논문.

_____(2010), 「18세기 문학관의 변화와 개인과 개체의 발견(Ⅰ)」, 『동양한문학연구』 31, 동양한문학회.

박경현(2012), 「심익운의 詩文學 연구」, 이화여대 석사학위논문.

박동욱(2006), 「혜환 이용휴 산문 연구」, 『溫知論叢』 15, 온지학회.

_____(2006), 「惠寰 李用休의 文學 研究」, 성균관대 박사학위논문.

박은정(2005), 「17세기말 18세기 전기 농암 계열 문장가들의 고문론 연구」, 한양대 박사학위논문.

박희병(2008), 「『鍾北小選』의 평어 연구」, 『민족문학사연구』 38, 민족문학사연구소.

서신혜(2009), 「이규상의 「金富者傳」 연구 – 긍정적 부자상 형상화를 중심으로」, 『한국고전연구』 20, 한국고전연구학회.

_____(2010), 「이규상이 『병세재언록』에 쓴 明人 기록의 등장 저변」, 『어문논문』 38, 한국어문교육연구회.

서정화(2007), 「李奎報 散文 硏究」, 고려대 박사학위논문.

서한석(2007), 「白沙 李恒福의 散文에 관한 硏究」, 성균관대 박사학위논문.

宋知泳(2004), 「於于 柳夢寅 散文 硏究」, 고려대 석사학위논문.

송혁기(2000), 「김창협 문학비평의 당대적 위상」, 『古典文學硏究』 18, 한국고전문
학회.

_____(2003), 「18세기초 散文理論의 전개양상 一考」, 『한국한문학연구』 31, 한국
한문학회.

_____(2005a), 「17세기 후반~18세기 초 허목 계열 남인 문단의 산문론: 동시기
김창협계열 산문론과의 대비를 중심으로」, 『민족문학사연구』 27, 민족문
학사학회.

_____(2005b), 「17세기말~18세기초 산문이론의 전개양상」, 고려대 박사학위논문.

_____(2006), 「17-18세기 조선 문인의 蘇軾 산문 批評」, 『한자한문연구』 제, 고려
대 한자한문연구소.

_____(2009), 「조선시대 문학비평에 나타난 기사의 사실성과 문학성」, 『동방한문
학』 39, 동방한문학회.

신규수(2012), 「조선시대 유배형벌의 성격」, 『한국문화연구』 23집, 이화여대 한국
문화연구원.

신미정(2017), 「법고창신의 생태미학 – 연암 박지원을 중심으로」, 『儒學硏究』 38,
충남대학교 유학연구소.

신익철(1997), 「어유야담의 창작정신과 서사방식」, 『고전문학연구』 12, 한국고전문
학회.

신향림(2012), 「農巖 金昌協과 燕巖 朴趾源의 거리 – 문학론에서 眞 개념의 운용추
이를 중심으로」, 『한국한문학연구』 49, 한국한문학회.

심경호(1988), 「崔岦의 文章之文論과 古文派」, 『眞檀學報』 65, 진단학회.

_____(2003), 「박지원과 이덕무의 戱文 교환에 대하여」, 『한국한문학연구』 31,
한국한문학회.

_____(2004), 「조선후기와 공안파」, 『한국한문학연구』 34, 한국학문학회.

_____(2005), 「한문고전과 한문학에서의 수사학에 대하여」, 『수사학』 3, 한국수
사학회.

_____(2014), 「간(簡) 개념의 다층적 의미와 개념 활용의 역사」, 『한자한문연구』

9, 고려대 한자한문연구소.

안대회(2000), 「李用休 小品文 美學」, 『동아시아 문화연구』 34, 한양대학교 동아
　　시아문화연구소.

_____(2001), 「조선후기 소품문의 성행과 글쓰기의 변모」, 『한국한문학연구』 28,
　　한국한문학회.

_____(2002), 「盧兢 小品文攷」, 『한문학보』 제6집, 우리한문학회.

_____(2003), 「李德懋 小品文의 美學」, 『고전문학연구』 24, 한국고전문학회.

_____(2005), 「奇로 해석한 문학, 이규상의 奇論」, 『문헌과 해석』 33, 문헌과해
　　석사.

안득용(2010), 「16세기 후반~17세기 전반 散文의 構圖와 展開」, 고려대 박사학위
　　논문.

_____(2012), 「難解性을 통해 본 16·17세기 문학과 환경」, 『한국한문학연구』 49,
　　한국한문학회.

_____(2014), 「자아의 유형에 따른 전근대 자서전의 분류와 그 형성 배경」, 『고전
　　과해석』 17, 고전문학한문학연구학회.

_____(2018), 「自托傳의 각 계열에서 보이는 자기인식의 형상과 그 의미」, 『한국
　　한문학연구』 71, 한국한문학회.

안병학(2002), 「문학의 본질, 그리고 글쓰기」, 『조선유학의 개념들』, 예문서원.

양승민(1996), 「우언의 서술방식과 소통적 의미」, 고려대 석사학위논문.

양현승(2005), 「한국 '說' 문학에 끼친 柳宗元의 영향 연구」, 『어문학논총』 24, 국민
　　대학교 어문학연구소.

오수경(1995), 「法古創新論의 개념에 대한 검토」, 『한문학연구』 10, 계명한문학회.

우지영(2013), 「문답식 한문산문에 대한 연구」, 경북대 박사학위논문.

유동재(2005), 「저암 유한준의 문학관과 문장론 연구: 「자전」과 「문결」 중심으로」,
　　안동대 교육대학원 석사학위논문.

유호진(2015), 「盧兢 詩의 破格的 形式과 眞情의 流露」, 『한국한문학연구』 제58
　　집, 한국한문학회.

윤재민(1990), 「朝鮮後期 中人層 漢文學의 硏究」, 고려대 박사학위논문.

_____(2000), 「조선시대 문인학자들의 문학관」, 『조선시대 삶과 생각』, 고려대
　　민족문화연구원.

_____(2002), 「문체반정의 재해석」, 『고전문학연구』 21, 한국고전문학회.

윤지훈(2007), 「18世紀 農巖系 文人의 文學論과 批評에 관한 硏究」, 성균관대 박사
    학위논문.

이경근(2009), 「惠寰 李用休의 文藝論 硏究」, 서울대 석사학위논문.

이동환(2001), 「朝鮮後期 '天機論'의 槪念 및 美學理念과 그 文藝·思想史的 聯關」,
    『한국한문학연구』 28, 한국한문학회.

이병순(2006), 「朝鮮後期 反擬古 文學論 硏究 – 法古에 대한 비판과 法古創新」,
    『漢文學論集』 24, 근역한문학회.

_____(2007), 「朝鮮後期 文人들의 前後七子에 대한 對應 樣相 硏究」, 단국대 박
    사학위논문.

李相喆(1997), 「明代曲論中的奇」, 『아시아문화연구』 2, 가천대학교 아시아문화연
    구소.

이성원(2001), 「一夢 李奎象의 詩世界 硏究」, 고려대 교육대학원 석사학위논문.

이수영(2011), 「이덕무의 산문 비평의식 연구: 『풍석고협집』·『종북소선』·『엄계
    집』 소재 미비를 중심으로」, 서강대 석사학위논문.

이연세(1988), 「漢詩批評에 있어서의 詩品 硏究」, 『고전비평 용어 연구』, 태학사.

이영호(2006), 「관습적 글쓰기와 창의적 글쓰기 – 조선후기 제문 양식을 중심으로」,
    『작문연구』 2, 한국작문학회.

李鐘周(1990), 「北學派 散文 硏究 – 燕巖 朴趾源을 中心으로」, 서강대 박사학위논문.

이지양(1999), 「18세기의 '眞' 추구론과 性靈說」, 『한국한문학연구』 24, 한국한문
    학회.

이학당(2005), 「李德懋의 文學 批評에 關한 硏究」, 성균관대 박사학위논문.

이현식(1993), 「연암 박지원 문장의 연구」, 연세대 박사학위논문.

이홍식(2001), 「東谿 趙龜命의 主意論的 글쓰기와 奇의 미학」, 한양대 석사학위
    논문.

임유경(1990), 「영조대 四家의 문학론 연구」, 이화여대 박사학위논문.

임준철(2008), 「朝鮮中期 漢詩에서의 '奇'」, 『語文論文』 36, 어문연구학회.

_____(2017), 「支流와 還流: 自傳文學의 관점에서 본 조선시대 自挽詩」, 『민족문
    화연구』 76, 고려대 민족문화연구원.

장유승(2013), 「前後七子 수용과 秦漢古文派 성립에 대한 비판적 고찰」, 『한문학논

집』 36, 근역한문학회.

전희진(2000), 「이규상의 『병세재언록』에 대한 연구」, 성균관대 석사학위논문.

정숙인(1998), 「'奇'字 詩品의 의미분석 연구」, 『語文論文』 26, 한국어문교육연구회.

정시열(2006), 「'奇'字 評語 作品에 대한 一考 – 『小華詩評』과 『詩話叢林』을 대상으로」, 『한국고전연구』 13, 한국고전연구학회.

정우봉(1987), 「李用休의 문학론의 일고찰: 그의 陽明學的 사고와 관련하여」, 『한국한문학연구』 9, 한국한문학회.

_____(1992), 「19세기 詩論 연구」, 고려대 박사학위논문.

_____(2000), 「朝鮮後期 散文理論의 展開와 그 性格(Ⅰ)」, 『한국문학연구』 창간호, 한국한문학회.

_____(2003a), 「조선 후기 문학이론에 있어 神의 범주」, 『한국한문학과 미학』, 태학사.

_____(2003b), 「『雪橋藝學錄』의 산문수사학 연구」, 『한국한문학연구』 32, 한국한문학회.

_____(2006), 「洛下生 李學逵의 散文世界」, 『한국실학연구』 6, 한국실학학회.

_____(2009), 「조선후기 문예이론에 있어 趣 개념과 그 의미」, 『한문학보』 21, 우리한문학회.

정용건(2017), 「조선후기 문집 自序의 창작과 그 특징 – 자기 사사로서의 면모와 관련하여」, 『민족문학사연구』 64, 민족문학사연구소.

조성천(2004), 「文心雕龍·定勢의 解題와 譯註」, 『중국문학이론』 4, 한국중국문학이론학회.

조은상(1999), 「奇자 평어와 관련된 한시의 특성과 문학치료적 효과에 대한 연구 – 『시화총림』을 중심으로」, 건국대 석사학위논문.

조현덕(2001), 「혜환 이용휴의 사유양식과 소품체 산문 연구」, 고려대학교 석사학위논문.

趙炫映(2009), 「이덕무 산문의 眞情論과 奇의 풍격」, 한양대 석사학위논문.

진선주(2010), 「조이스의 열린 문학과 《더블린 사람들》」, 문학동네.

최두헌(2011), 「筆記의 관점에서 본 『耳目口心書』 연구」, 고려대 석사학위논문.

河炅心(2001), 「奇論의 이해 – 李漁의 新奇論을 중심으로」, 『중국어문학논집』 18,

중국어문학연구회.

하지영(2014), 「18세기 秦漢古文論의 전개와 실현 양상」, 이화여대 박사학위논문.

_____(2016), 「이용휴 문학에 나타난 서학적 개념의 수용과 변용」, 『동양고전연구』 65, 동양고전학회.

한　매(2002), 「朝鮮後期 金聖嘆 文學批評의 受容樣相 硏究」, 성균관대 박사학위논문.

황정희(2007), 「한유 산문 중의 인격 형용어 奇 연구」, 『중국어문논총』 33, 중국어문연구회.

裵得烈(1997), 「『文心雕龍』對擧槪念硏究」, 北京師範大學 博士學位論文.

陳兆秀(1976), 『文心雕龍術語探析』, 台灣私立中國文化學院 碩士論文.

今場正美(2003), 「『文心雕龍』の同時代文學批評 – 奇の槪念の檢討を通して」, 『隱逸と文學』, 中國藝文硏究會.

찾아보기

김경(金景)

전주대학교 한문교육과를 졸업하고, 고려대학교에서 박사학위를 받았다. 전남대학교 박사후연구원을 거쳐 현재 고려대학교 한자한문연구소 연구교수로 재직 중이며, 한국 전통문화대학교와 고려대학교에서 강의하고 있다. 주요 논저로「朝鮮後期 類書에서 의 '고양이' 기록과 그 의미」, 「18~19세기 散文에 나타난 '月' 담론과 인식의 일국면」, 「18세기 自傳에서의 他者化 양상과 그 의미」, 『한국 고전 예술비평 자료 역주』(공역) 등이 있다.

한국서사문학연구총서 29

조선 문인, 기이함을 추구하다
18세기 산문사의 상기 논의와 그 구현

2020년 7월 10일 초판 1쇄 펴냄

지은이 김경
펴낸이 김흥국
펴낸곳 도서출판 보고사

책임편집 이순민
표지디자인 손정자

등록 1990년 12월 13일 제6-0429호
주소 경기도 파주시 회동길 337-15 보고사 2층
전화 031-955-9797(대표), 02-922-5120~1(편집), 02-922-2246(영업)
팩스 02-922-6990
메일 kanapub3@naver.com / bogosabooks@naver.com
http://www.bogosabooks.co.kr

ISBN 979-11-6587-065-2 93810
ⓒ 김경, 2020

정가 24,000원